행복한
글쓰기를
위한

달고
맛있는
비평

행복한 글쓰기를 위한 **달고 맛있는 비평**

지은이 | 이동순
펴낸곳 | 도서출판 선
펴낸이 | 김윤태

등록번호 | 제15-201호
등록날짜 | 1995년 3월 27일
초판발행 | 2009년 12월 8일

주　소 | 서울시 종로구 낙원동 58-1 종로오피스텔 314호
대표전화 | (02) 762-3335
팩시밀리 | (02) 762-3371

값 13,000원

ISBN　978-89-6312-022 5 03810

행복한
글쓰기를
위한

달고 맛있는 비평

이동순 지음

　　　　　오랜만에 문학평론집을 엮어봅니다.

　원고를 정리하면서 보니 지난 십여 년 세월 동안 비평적 산문을 참
많이도 썼다는 생각이 듭니다. 평론이란 장르는 대체로 독자들에게는
어렵고 부담스런 존재로 다가오는 것 같습니다. 그만큼 평론이 주는
해설기능과 분석기능이 번거롭고 거추장스럽게 느껴지기 때문일 것
입니다. 그래서 이번 평론집은 시 창작에 남다른 관심과 애착을 가진
독자들에게 비평이란 것이 마냥 편안하고 사랑스럽게 다가갈 수 있도
록 하기 위하여 어떻게든 쉽고 이해하기 편하도록 펼쳐나갔습니다.

　책의 표제를 『행복한 글쓰기를 위한―달고 맛있는 비평』이라 붙인
까닭도 바로 '평론은 쉽고 다정하고 재미있다'라는 생각을 이끌어내
기 위한 것입니다. 말하자면 평론은 '편안하고 정겨운 내 친구를 만
나는 것과 같다'라는 살뜰한 느낌과 상통할 수 있도록 제 나름대로의
특별 배려를 해본 것이지요.

　독자 여러분들이 저자의 이러한 충심을 헤아려주었으면 좋겠습니다.

　원래 비평적 글쓰기에 대해서는 저자의 대상 선정이나 기호가 꽤
까다로운 것이 사실이었습니다. 그 때문에 많은 비평가들의 경우 문

명文名이 널리 알려진 시인 위주로 선택하는 관행이 있어 왔습니다. 하지만 이번 평론집에서는 그 대상을 한층 확장시켰습니다. 비평이란 것이 반드시 유명성有名性 위주로만 고정할 것은 아니기 때문입니다. 이름이 알려지지 않은 시인 중에도 보석과도 같은 순결성과 개결한 시정신을 지니고 있는 경우가 많습니다.

지난날 제가 대학원에서 박사학위 논문을 준비하던 시절의 추억입니다. 식민지 시대에 발간된 신문, 잡지, 각종 간행물을 도서관에서 뒤적거리다가 소스라쳐 놀란 경험을 한 적이 있습니다. 그것은 거기에 수록된 시작품에 관한 느낌입니다만 무명 시인들의 작품에서 한층 시대정신이랄까 자기시대의 구체적 삶과 고뇌에 대한 치열성이 살아있는 경우가 많았습니다. 물론 작품의 기교나 세련미 따위는 기성 문학인에 비해 미흡한 것이 사실입니다만 표면적 잔재주를 앞세우며 진실성은 찾아보기 힘든 사례보다는 그래도 훨씬 낫다고 여깁니다.

식민지 시대의 명망 높은 시인들은 자신의 알량한 이름을 지키고 유지하기 위해 제국주의 통치자들에게 유화적 제스처를 보내고 환심을 사려는 글을 작품으로 발표하는 사례가 빈번했기 때문에 무명시인들의 작품에서 확인되는 정신적 순결성이 상대적으로 한결 크고 아름다운 것으로 다가왔던 것입니다. 이로부터 저는 무명성無名性의 매력과 자유로움에 대하여 깊이 성찰해보기 시작했습니다. 그 후 일제시대의 무명저항시가를 박사논문의 연구테마로 결정하고 낡은 인쇄물들의 숲을 줄기차게 헤매고 다녔습니다.

이번에 펴내는 평론집의 제1부 〈시 쓰는 기쁨과 아름다움〉은 제가 참여하고 있는 인터넷 창작 카페 〈생명과 사랑의 시(http://cafe.daum.net/leedongsoon)〉에서 발표된 시작품을 대상으로 시도해 본 비평적 글쓰기입니다. 선정된 작품들은 그 수준이 상당히 뛰어나고 신선한 감성도 철철 넘치고 있습니다. 당시 〈창작연구실〉이란 공간을 따로 열어서 한 주일에 한 편 정도 선정하고 직접 해설하는 현장비평 활동을 꾸준히 시도했었는데, 그 반응과 열기는 자못 뜨거웠습니다. 이러한 시도는 문단에서의 작은 화제가 되기도 했지요.

온라인으로 발표되는 개별 작품마다 일일이 소감을 달아주던 번거로운 방식을 탈피하여 한 주일에 한 두 편정도 선택하여 창작론과 관련된 여러 유익한 이야기를 쉽게 풀어서 들려주었던 것입니다. 작품 선정도 잘된 작품만 고르지 않고, 때로는 미숙한 작품도 골라서 그것이 왜 미숙한지, 어느 부분을 고치면 더욱 괜찮아질 것인가에 대해서도 비평적 논의를 펼쳤습니다. 선정된 작품에는 작가의 이름을 따로 밝히지 않고 오로지 무명성의 고귀함 속에서 일반적 시 창작론의 자유로움까지 마음껏 풀어보았던 것이지요. 이제 이렇게 한 권의 책으로 모아놓으니 또 다른 이채로움이 느껴집니다.

제2부에 수록된 평론 작품들은 이미 발간된 시집의 해설, 발문형식으로 작성된 평론 작품들입니다. 그러한 글을 통해서도 저자는 창작론의 요체가 될 수 있는 각종 담론들을 해설하려고 애를 썼습니다. 글쓰기에 탐구심을 지닌 독자라면 대목마다 되짚어 읽으면서 행복한 글쓰기에 도움이 될 수 있는 자료들을 스스로 가려서 뽑을 수 있으리라 믿습니다.

우리 주변에서 시를 쓰는 분들의 창작스타일을 가만히 지켜보노라면 대체로 다음의 다섯 가지 부정적 사례를 지적할 수 있습니다. 첫째 상투성에 젖어있는 경우, 둘째 아무런 발전이 없이 꼭 같은 발상과 어투로 진부한 형태를 반복하는 경우, 셋째 건성으로 쓰거나, 경박한 내용을 무절제하게 그대로 쏟아내는 경우, 넷째 기성적 어투를 마구 흉내 내어 자신의 글인 것처럼 올리는 경우, 다섯째 한 번 지적 받은 내용을 전혀 고치려는 의지를 갖지 않고 여전히 타성에 젖어 있는 안일한 경우를 종종 봅니다.

이런 분들은 제대로 된 창작 지도나 조언을 조금만 받게 되면 금방 표시가 날 만큼 발전을 하게 됩니다. 하지만 제대로 된 창작론 지도를 받을 수 있는 기회란 그리 흔치 않습니다. 시를 가르친다는 많은 기관과 단체들이 우후죽순처럼 생겨나 있으나 수준 높은 창작론 지도는 별반 눈에 띄지 아니합니다.

창작 솜씨를 포함하여 모든 자기발전을 위해서는 그에 상응하는 피나는 노력과 정진이 뒤따르지 않으면 안 됩니다. 가만히 앉아서 소극적인 발상과 태도로 발전을 꿈꾸어서는 안 될 것입니다. 그리고 문학을 하려는 사람은 그 무엇보다도 가슴이 따뜻하고 사람다운 사람이 되어야 합니다. 문학을 자기과시의 도구나 수단으로 이용하는 모습을 주변에서 종종 목격하게 되는데 이것은 너무나 천박하기 짝이 없습니다. 항상 겸손하고, 정직하며, 남을 비방하지 않는 진실한 삶의 자세를 먼저 공부해야 합니다. 문학 이전에 인간수업이 먼저라는 사실을 강조하고 싶습니다.

부디 이 평론집이 행복한 시 쓰기에 실질적 도움으로 이어지기를 기대합니다.

2009년 10월
이동순

차례

제2부 시 쓰는 기쁨과 아름다움

차례

제1부
∎
시 쓰는 기쁨과 아름다움

제1부

■

시 쓰는 기쁨과 아름다움

그립고 그리운

마음 고이 접어
떠나보낸 종이 배
물이랑 굽이굽이 위태로워
달빛도 하얀 속곳으로 감싸주던 밤

머언
바다의 고동소리에 놀라
수초에 걸린 몇 날을 모질게 앓다
맴돌아 겨우 떠날 채비에
물빛 더욱 깊게 푸르러지던 기억

저문 강 건너다 지쳐
살풋 내 품에 내려 쉬어 가고 싶었던
다시 태어나도 여전히 민들레이고만 싶은
홀씨 하나

제 뜻대로만 되지 않는다는 걸 바람은

가르치고 싶었던 걸까

살짝 스쳐 지나간 자리에

봄나물 돋듯 몹시도

그립고 그리운 ―

살아가는 삶의 자질구레한 일상사만큼 시 쓰기에 있어서 좋은 소재는 없습니다.

창작을 위한 테마를 굳이 원대하게 꾸민다거나 먼 곳에서 찾으려 하는 것은 오히려 나무에서 고기를 구하려는 연목구어緣木求魚의 어리석음인지도 모릅니다. 그만큼 우리 주변에는 시의 원석들이 그대로 널브러져 있는데 살아가기에 바쁜 일상인들은 그것에 너무도 익숙하여 둔감이나 무감각 속에서 그냥 가볍게 스쳐버리곤 하지요.

하지만 유달리 감각의 촉수가 밝고 뛰어난 시인들은 우리 주변에서 흔히 마주치는 사물들이 보내오는 시적 메시지를 결코 놓치지 아니합니다. 말하자면 모든 사물들은 자신의 본질이 무엇이라는 것을 웅변적으로 항시 알려주려 애를 쓰고, 또 이런 내용이나 이미지를 강렬한 송신으로 보내오는데 오직 시인만이 특별한 수신기를 지니고 이를 포착해낼 수 있는 것입니다.

그러므로 시인의 귀는 일상적 인간들의 수신 장치와 전혀 다른 구조를 갖고 있는지도 모릅니다. 어디 귀만 그러합니까? 시인의 눈은 세상 사람들이 보지 못하는 것을 보려고 애를 쓰며, 이러한 습관이 오래 계속되다 보면 하나의 기질처럼 형성되어 사물의 이면에 감추어진 진실함과 아름다움의 면모를 직관적으로 읽어낼 수 있는 것이지요.

시인의 손은 우주의 모든 사물들이 항시 내지르는 무언의 함성과 손짓을 발견하면서 그것들을 낱낱이 들추어내는 부지런함을 지니고 있습니다. 그리하여 시인이 되려는 자는 모름지기 국어대사전, 백과사전, 식물도감, 동물도감의 책장을 뒤지는 일을 즐거운 습관으로 몸에 익혀야 합니다. 시인이 되려는 자는 남들이 보지 못하는 것을 볼 수 있어야 하고, 남들이 듣지 못하는 것을 들어야 하며, 남들이 생각하지 못하는 것을 상상할 수 있어야 합니다.

불가의 용어이지만 심안心眼이란 말이 있지요. 고깃덩어리의 눈이 아니라 마음의 눈으로 세상을 바라볼 수 있어야 비로소 사물의 진면목이 보인다고 합니다. 이는 구도자들에게만 해당되는 것이 아니라 시인들에게도 필수적으로 요청되는 삶의 덕목입니다.

세상에 홀씨처럼 퍼져 다니는 허다히 많은 시작품들을 대하지만 마음의 눈으로 쓴 시작품은 그리 많지 않습니다. 대다수 육안으로 관찰하고 대충 사물의 표피적인 부분만 슬쩍 건드리다 만 작품들이 태반입니다. 이 시점에서 시를 쓰는 우리들은 자신의 창작 습관이 혹시 육안의 얕은 관찰에 고정되어 있는 것은 아닌지 반성하는 시간을 가져야겠습니다.

오늘 우리가 함께 읽으려는 시 「그립고 그리운」의 내부로 들어가 나직한 발걸음으로 돌아다녀 보면 이 시를 쓴 시인이 사물로부터 끊임없이 송신되어 오는 메시지를 성실하게 수신하려 하는 진지한 자세를 갖고 있음을 먼저 발견하게 됩니다.

이를테면 시 1연에서 위태로운 물굽이를 기우뚱거리며 떠가는 종이배의 아슬아슬함을 안쓰럽게 여기다 기어이 자신의 하얀 속곳으로 종이배를 감싸주는 달빛을 보아낸 것은 범상치 않습니다. 이 대목에서 우리는 시인이 담당해야하는 전형적인 역할을 발견하게 됩니다.

여기서 하얀 속곳은 물론 달빛을 뜻하는 아름다운 표현입니다.

풀이나 나무에서 분리된 솜털 달린 홀씨 하나가 온종일 바람을 타고 날아가다 드디어 황혼 무렵의 강을 건널 즈음 피로에 지쳤습니다. 그런데 그 씨앗이 시인의 팔이나 어깨 위로 가만히 내려앉았습니다. 시인은 이를 발견하는 순간 경이로움에 탄성을 지릅니다. 하나의 작은 씨앗이 인간의 몸에 날아와 붙는 것은 어쩌면 사소한 일에 속하는 것일지도 모릅니다. 하지만 시인은 이를 놓치지 않습니다. 게다가 씨앗이 나타내는 자태의 당당한 모습에 대하여 태어나도 여전히 변함없는 현재의 모습을 지켜갈 것이라는 인식에 도달하고 있는 것은 하나의 깨달음입니다. 결국 이 시에서 민들레 홀씨의 결연한 모습은 시인 자신의 정신적 위상이기도 하지요.

시인은 주변을 불어가는 바람의 행동까지도 읽어내려 합니다. 바람은 민들레 홀씨를 태우고 먼 곳으로 이동시켜 가다가 무슨 생각인지 그 홀씨를 느닷없이 어느 인간의 몸으로 내려앉도록 만들었습니다. 하늘의 섭리를 이미 온몸으로 실천하고 있는 바람은 너무 웅대한 포부를 안고 있을지도 모르는 작은 씨앗이 스스로의 겸손을 깨우쳐 알게 하기 위하여 씨앗으로 하여금 일시적 중단이나 좌절을 경험하게 합니다.

하늘의 섭리와 경이로움, 크고 높은 조물주의 숭고한 뜻을 항시 깨닫고 실천해온 삶의 체험이 이런 시작품의 인식과 표현을 가능하게 했을 것입니다. 모름지기 한 사람의 시인으로 살아가면서 자신에게 주어진 올바른 역할을 제대로 수행해 내기란 어렵고도 어려운 일입니다. 항시 자신의 현재를 돌아보면서 잘못된 관점이나 방향을 반성하고 점검하는 꾸준한 자기성찰이 필요하지요. 그래서 우리는 시인을 구도자의 삶에 비견하고 있는지도 모르겠습니다.

오일팔

지난 밤 꿈에
낯 설은 할무이
먼 산 마주앉아 홀로 밥술을 뜨셨다
쌀 보재기 풀리며
우르르 굴러 나온 붉은 쌀알이
서 말 넘겠다
닷 말이 넘겠다
쌀알보다 많을 성부른 슬픔에
내가 왜 서룬가

낮에 주워 왔던
항아리 속에
바랜 종이 가득히
틀린 철자 어설픈 글씨로
'이렛날, 재한아 보고십다

열여드렛날 재한아 보고싶다
열아흐렛날 재한아 보고싶다
……'

머리숱 풍성한 청년이 웃는 사진은 닳아있고
백 날도 천 날도 더 읊은 그리움이
모난 데마다 절어 있었다

먼저 숨 이운 아들을
끝 간 데 없이 부르다 진 모정이
낯 설은 내 꿈길로 쫓아 왔던가

아,
남도의 오월
새파랗게 젖어
뻐꾹대는 새벽

광주항쟁이 일어난 지도 한참의 세월이 흘렀습니다.
  비통한 역사의 상처가 제대로 아물지도 않은 채 세월만 무심히 흘러가고 있습니다. 그 무렵에 태어난 아기들이 벌써 삼십 대의 문턱에 다다랐네요. 그들은 무엇 때문에 그런 일이 일어났었는지 전혀 짐작을 하지 못합니다. 또 구체적인 관심을 가지려 하지도 않습니다. 다만 당시의 격동 속에서 가족을 잃어버린 사람들만 여전히 상처의 피멍을 어루만지며 아픔을 달래고 있을 것입니다.

이 시는 광주항쟁의 태풍 속에서 어이없이 젊은 목숨을 빼앗겨버린 재한이라는 이름의 한 청년과 몽매간에도 죽은 아들을 잊지 못하는 어머니의 모정을 그린 작품입니다. 광주항쟁을 다룬 시작품이 그동안 무수히 많았으나 애절한 모정에 비친 한 폭의 슬픈 그림으로 이렇게 잘 그려낸 작품은 그리 많지 않습니다.

　할머니의 혼자 드시는 쓸쓸한 식사, 쌀자루 속에서 쏟아져 나온 쌀알보다도 많은 슬픔과 서러움, 항아리 속에 날마다 써서 넣어둔 어머니의 절규인 종이쪽지, '열이렛날 아무개야 보고십다'란 대목에서는 이 글을 따라 읽는 독자들도 함께 피눈물이 날 것 같습니다. 새벽부터 울어대는 저 뻐꾹새는 할머니의 피멍든 속마음을 알고나 우는 것인지….

　이 시는 역사적 소재가 안고 있는 의미의 두께와 부담을 늙은 어머니의 아들 그리움이라는 눈물의 그림으로 옮겨서 잘 그려내었습니다. 슬픔을 단지 강조만 하면서 그 구체적 이유와 과정을 낱낱이 해설한다고 하면 시적 효과는 이미 저만치 달아나버릴 것입니다. 하지만 이 작품은 마치 한 폭의 수묵화를 그리듯 먹물의 담채淡彩로 은은히 배어나게 하는 방법으로 슬픔의 감정을 다루고 있는데, 이것이 이 작품의 효과를 드높이는 놀라운 장치가 되고 있습니다. '시 창작은 어디까지나 관념의 극화劇化와 그 성공 여부에 달려있다'라는 말이 주는 교훈을 우리는 이 작품에서도 절묘하게 확인할 수 있지요. 광주항쟁이 일어난 원인과 과정, 혹은 그 이념적 배경을 시에서 자세하게 설명하는 방법은 어리석은 짓입니다. 한 편의 연극이나 영화를 보듯 가장 감동적인 장면이나 상황을 구체적 장면으로 떠올려 보여주는 것이 몇 갑절로 효과를 얻을 수 있습니다.

　1연에서 '서 말 넘겠다 / 닷 말이 넘겠다'라는 대목은 불필요한 반복

같습니다. 두 분량 중에 한 가지만 선택해서 '서 말도 넘겠다' 혹은 '닷 말도 넘겠다'로 줄이는 것이 더욱 느낌을 강조하는 효과로 이바지할 것입니다.

마지막 연에서 '아, / 남도의 오월 / 새파랗게 젖어 / 뻐꾹대는 새벽'으로 정리된 형태도 무난하긴 하지만 '뻐국대는 새벽'보다는 좀 더 구체적으로 '뻐꾹새 울어대는 새벽'으로 바꾸면 바로 위의 행과 길이의 시각적 구분도 되고, 더불어 마무리도 한결 탄탄하게 느껴질 것입니다.

더욱 적극적인 공력을 들여서 쓴 좋은 작품 보여주시기를 기대합니다.

노인

아파트 뒤 공원 숲길
낮달이 노송 사이에 걸려 있고
고사목의 밑동을 반으로 자른 통나무의자에
일찍 온 가로등 흰빛만 혼자 앉아 있다

솔방울이 먼저 간 고사목의 후손들처럼 떨어지고
솔갈비가 지나온 세월만큼이나 쌓인 그곳
길손의 쉬어가는 의자 되어
얼굴과 손등에 피어나는 저승꽃이 만개했다

검게 박혀있는 옹이가
관절염의 통증처럼 쑤셔오면
반 남은 인생의 쓸쓸함이 함께 마음 일듯
지나온 세월이 불빛에 흐른다
한때 푸르름 자랑하는 마을 어귀에서

한없이 잎과 가지를 뻗어 그 영역을 자랑하였으리라
이제는 마음속에 가릴 것도 없는
모든 것을 다 내어놓은 반 자른 통나무로 태어나
폭우에도 넘어지지 않고 강인함을 자랑하며
버티었을 젊은 시절
언제나 늙지 않고 자신하던 힘이
검고 딱딱한 옹이로 남아 군데군데 박혀 있다

이제 눈비 내리고 비바람 부는 밤에도
고정되어 흔들릴 리 없지만
깎고 페인트칠한 통나무의자에 세월이 고이고 있다
반으로 굽어진 허리의 쓸쓸함이 석양에 빛난다.

오늘은 시 「노인」을 골랐습니다.

우리도 언젠가는 곧 노인이 되어서 흘러간 세월을 반추하게 될 때가 옵니다. 노인이 되면 밤과 낮의 구분이 되지 않고, 항시 수면 상태에서 깨어 있어도 늘 조는 듯합니다. 이른바 가까이 다가와 있는 죽음을 미리 연습하고 있는 과정이기도 하지요.

젊은 세대들은 이러한 노년층을 측은하게 바라봅니다. 노인들은 젊은 세대였을 적에 자녀들을 엄격하게 훈육하였고, 가정을 더욱 튼실하게 일으켜 세우려고 노력했을 것입니다. 그들의 손에 의해 성장한 자녀들은 이제 늙어 꼬부라진 노년층을 향하여 마치 아기를 다루고 어르듯 위로하고 때로는 질책을 하기도 합니다. 이제 한 세상을 풍미하던 그 세대들은 늙고 시들어 볼품없는 존재로 밀려나 있습니다.

글쓴이는 이런 소외 세대를 시적 테마로 선택함으로써 우선 사회적 삶과 인간적 삶의 균형 잡기에 대한 건강하고 올바른 가치관을 나타내 보이고 있습니다. 아무리 요즘 젊은 사람들이 버릇없고, 경망스럽다는 탄식을 해댄다 하더라도 이러한 시각을 가진 분들이 우리 사회의 곳곳에 자리 잡고 있다면 크게 미래를 걱정하지 않아도 될 것입니다.

그러면 이 작품을 한 편의 시작품이 지니고 있어야 할 여러 요건들을 중심으로 살펴보겠습니다. 우선 시적 테마 선택의 적절성이 독자의 마음을 편안하게 합니다. 무리 없는 전개와 비유의 적절성도 돋보입니다. 글쓴이는 노인을 고사목에 비유함으로써 세대적 상징과 그 쓸쓸함의 단면을 매우 부드럽고 온화하게 감싸 안으며 독자들의 공감을 훌륭히 이끌어냅니다.

노송, 고사목, 솔 갈비, 검고 딱딱한 옹이 따위는 소외군상으로서의 노년기 세대 표상을 적절히 상징하고 담보하는 시적 장치들입니다. 이러한 시적 소도구들은 노년기 세대 특유의 고통이자 우울함인 관절염의 통증, 얼굴과 손등에 피어나는 저승꽃, 굽어진 허리, 가로등 흰 빛 등을 고스란히 담아내고 엮어줌으로써 시적 비유의 인과관계가 필연성을 지니도록 자연스럽게 이끌어줍니다.

그래서 이 시는 전반적으로 쓸쓸한 아름다움의 미학을 지니고 독자들로 하여금 연민과 측은지심을 발동시키게 합니다. 그것만으로도 글쓴이의 마음자세는 진실하고 건강한 가치관으로 채워져 있으며, 우리는 이를 따뜻한 신뢰의 마음으로 수용하게 됩니다.

하지만 이 시가 지니고 있는 특유의 효과를 더욱 살려내기 위해서는 가다듬어야 할 부분이 있습니다. 3연이 다른 연과 비교해 볼 때 어딘지 모르게 무겁고 둔중합니다. 이럴 때는 연을 두 개로 쪼개어

보는 것도 하나의 방법이 될 수 있습니다. 어디를 줄이고 어디를 어떻게 바꾸어야 전체의 행 배열과 형식의 균형 잡기에 살아있는 효과를 거둘 수 있는가에 대하여 각별한 신경을 써야 할 것입니다.

시의 퇴고는 거듭하면 할수록 윤이 나고 새로운 얼굴로 거듭 태어난다는 말이 있습니다. 한번 골몰해 보시기 바랍니다. 시인이 한 편의 시에 매달려 있는 시간만큼 행복한 시간은 없습니다. 그 시간은 시간의 고통과 부담이 소멸되는 아름다움의 경험 그 자체이지요.

여린 자의 변辨

묵은 햇살 시들어 흐린 날 오후
아름드리나무 아래 이끼를 본다

하고많은 자리 두고 왜 여기 섰냐고
한 줄 바람 은근히 물어 오면
벌리는 듯 흔들리다 잠잠한 입술

보이지 않는 목소리 절절한 몸짓
무심히 지나는 사람은 알 리가 없다

남의 자리 탐하지 않고 벼랑으로 가자니
거기에는 나이 먹은 침묵이 있어
아름드리나무 아래 세사의 핀잔이
그늘 짙기로는 산 보다 더하랴고

벌리는 듯 흔들리다 잠잠한 입술
무심히 지나는 사람은 알 리가 없다

이 시는 5연 13행의 형식을 지니고 있는 서정시입니다. 우리가 '서정抒情'이라고 했을 때의 '서抒'와 '서사敍事'에서의 서敍는 그 뜻이 전혀 다릅니다.

전자는 가슴속에 맺힌 것을 일시에 쏟아내는 과정을 의미하고, 후자는 장강대하처럼 길게 풀어서 이어가는 과정을 뜻합니다. 모든 시는 서정에 해당하지만 소설은 서사의 범주에 들어가는 것입니다.

이 시의 전체 구도는 오래된 고목나무와 그 아랫도리에 돋아나 있는 이끼라는 두 축으로 나뉘어져 있습니다. 그러한 배경을 통하여 보잘 것 없는 이끼는 자신의 처지와 심경을 피력하는 모습을 나타내 보입니다. 이 시에서의 작중화자는 물론 시인 자신이겠지만 중심적 대상으로서의 이끼는 가슴속에 켜켜이 쌓인 말이 무척 많은 것 같습니다. 세상에는 하고 많은 좋은 자리와 환경이 갖추어져 있을 터이나 이끼가 마음 놓고 자리할 곳은 그리 흔하지 않습니다. 이리 가도 핀잔이요, 저리 가도 남(가진 자, 지배자)들은 불편하다며 투덜거립니다. 이끼의 자리는 점점 좁아만 갑니다. 여기까지 생각이 미칠 때 이끼의 표상은 매우 구체적으로 드러나게 됩니다. 말하자면 중심부에 놓이지 못하고 항상 삶의 주변부에서 눈치 보며 숨죽이고 살아가는 민초들의 모습이 바로 그것이지요.

사실 이런 표상뿐만 아니라, 모든 소외된 존재와 사물들에 대한 암시로 읽어낼 수도 있습니다. 그들은 오래된 연륜이 주는 위압감(권력)과 세상의 각종 핀잔, 멸시 등으로부터 자유롭지 않습니다. 우리 주변에서 이렇게 살아가는 군상들을 흔히 찾아보게 됩니다. 늘 단속반의 유린을 피해 다녀야만 하는 노점상들, 오늘밤도 길바닥에서 웅크려 있는 노숙자들, 낡은 유모차를 끌고 다니며 쓰레기통을 뒤지는 폐품수집 노인들, 지하철에서 보잘것없는 물건을 팔고 다니는 행상들, 밤거리의 여인들……. 이외에도 그러한 사례들은 더욱 많이 찾을수 있습니다. 그들의 가슴속에 쌓인 말들은 산처럼 많겠지요. 그들의처지에 관심을 갖는 사람도 별반 없겠지만 혹시 누가 묻는다 할지라도 그들의 말은 시의 구절처럼 그야말로 '벌리는 듯 흔들리다 잠잠해지는 입술'로 미약하게 달싹거리다 멈출 것입니다. 왜냐하면 그들은삶의 모든 면에서 자신감을 잃어버린 지 오래이기 때문입니다.

그러한 점에서 이 시를 쓴 작가의 마음은 일단 소외군상과 그들의존재성에 대한 따뜻한 연민의 시각을 가졌습니다. 일찍이 백석白石(1912~1995) 시인이 했던 말처럼 시인은 '슬픈 가슴'을 지닌 사람일지도 모릅니다. 슬픈 가슴을 지니지 못한 시인은 결코 제대로 된 시를 쓸 수가 없습니다. 혹시 시늉으로 쓴다 할지라도 그 진실성이 결코 살아나지 못하고 단지 위선에만 그치고 말 것입니다. 아름드리 고목나무와 그 밑동에 돋아난 이끼를 보면서도 시인은 이렇게 삶의 구체적 정황을 떠올리게 됩니다. 이것이 시를 쓰는 이의 올바른 마음자세이자 그 본보기이지요. 동시에 그 광경은 잔잔한 감동의 파장을 우리들 가슴에 일으켜줍니다.

시로써 무슨 대단한 것을 이룩하겠다는 커다란 포부를 가질 필요는 전혀 없습니다. 그저 우리들 삶의 저변에서 흔히 대하는 사물이나장면들을 포착하여 거기에 생명과 사랑의 혼을 불어넣고 싱그런 숨결로 되살아나게 하는 것으로 시인의 역할은 충분합니다.

그러면 이 시에서의 허전한 부분을 지적하고자 합니다. 우선 제목이 너무 낡은 모습을 면치 못하고 있습니다. 1960년대 무렵에는 '∼변辯' 이란 투식을 즐겨 썼습니다만 이제는 너무 진부한 한자어 스타일입니다. 이 시는 말하자면 이끼가 들려주는 말씀이지요. 그러한 뜻을 지닌 한글 문장이나 단어로 축약해서 제목을 새로 정하는 것이 더욱 인상적이며 효과적일 것입니다.

첫 행의 경우도 '묵은 햇살 시들어 흐린 오후'에서 '묵은' '시들어' '흐린'과 같은 관형어들이 너무 무거운 분위기로 중첩되어 독자를 구속하고 있습니다. 도입부에서부터 과도한 심적 부담을 읽는 사람들에게 주어선 안 될 것입니다. 평범하게 전개되는 과정에서 자연스럽게 깊은 울림과 공명효과에 도달시켜주는 방법이 올바른 창작론의 요체要諦이지요.

이 작품의 중심이자 핵심이라고 할 수 있는 4연의 문맥 전개도 다소 부자연스럽습니다. '세사의 핀잔'인지 '세상의 핀잔'인지 분간이 되지 않습니다. 아마도 오자로 여겨지긴 하지만 좀 더 부드러운 소통을 위하여 문맥을 끝까지 다듬어야만 합니다. 시인은 자신의 작품에 대하여 끝까지 책임을 져야할 필요가 있답니다.

그밖에는 특별한 지적이 필요 없을 정도로 이 작품은 좋은 시로서의 가능성을 넉넉히 지니고 있습니다.

더욱 분발해서 먹구름을 일시에 걷어내고 눈부시게 맑은 얼굴을 드러낸 저 밤하늘의 달과도 같은 운파월래雲破月來의 시정신에 도달해 보기 바랍니다.

흔적

미친 듯 깜빡이는
다리 위 젖은 가로등을 본다
비 오는 밤 차창 밖으로 본 풍경이겠다
다리 위에서 가로등은 맨몸이다
가려줄 나무 하나 없는 서러운 밝기로
마음 놓고 잠들지도 못하는
밤마다 고단한 삶 어쩔 수 없이
밝히고 마는 가난한 가로등

절벽으로 몰린 사람들이 발끝으로 서서
마지막 초인종을 누르는 그곳
밝지 않은 가로등 아래
여기서부턴 절벽이 아니라고
함께 발디뎌줄 그 누군가 불러 보다
말려볼 틈도 없이 꺾여져 간 사람들이

31

맨몸으로 절벽이 되어버린 곳
밤마다 미쳐가야 하는 가로등 아래 버려진
신발 한 짝

이 세상 모든 사물은 자기 주변의 사물을 바라보며 서로 영향을 주고받는 관계로 살아갑니다. 이러한 관계는 거의 숙명이거나 필연성으로 해석이 됩니다. 내가 원하든 원하지 않든 내 주변 사물들과의 관계와 영향으로부터 '나'라고 하는 자아는 절대로 자유롭지 않습니다. 그러므로 삼라만상의 모든 사물들은 서로 단단히 묶여있는 결속結束의 형태로 보일 때가 있습니다.

여기 한 개의 조약돌이 있다고 합시다.

그 돌은 주변의 흙에 떠받들려 있습니다. 그 위에는 하늘이 내려누르고 있지요. 그리고 태양은 밤과 낮을 번갈아가며 조약돌 위를 지나갑니다. 때로는 조약돌을 뜨겁게 달구고, 또 때로는 차디찬 냉기로 팽창하게 합니다. 가끔씩 비바람이 지나가면서 뜨겁게 달구어진 돌을 급작스럽게 냉각시키기도 하지요. 어떤 심란한 사람이 지나가다가 신발 끝으로 모질게 걷어차기도 합니다.

길바닥에 구르는 하찮은 돌 하나에도 이렇게 시간의 내력이 있고, 역사의 흐름이 있습니다. 이런 생각을 해볼 때 이 시에 등장하는 중요한 소도구로서의 다리와 가로등은 매우 의미심장한 상징성을 띠고 새롭게 다가옵니다. 커다란 강을 가로지르는 다리와 그 다리 위에 가지런히 늘어선 가로등은 어떻게 보면 운명적인 만남이라 할 수 있습니다. 싫든 좋든 그들은 교량이라는 구조물이 해체되어 없어질 때까지 한 자리에서 같은 운명을 고스란히 접수하며 살아가야만 합니다.

그런데 그 다리 위에서 어느 날 고달픈 삶에 지치고 실의에 빠진 한 사람이 어깨를 늘어뜨리고 다가와 자신의 모든 생애를 다리 아래로 내던져버립니다.

이것은 낙백落魄한 인간만이 저지를 수 있는 시간의 고의적 단절이요, 자기파괴요, 존엄성에 대한 유린입니다. 이 시에서의 구절처럼 '절벽으로 몰린 사람들이 발끝으로 서서 / 마지막 초인종을 누르는 그곳'인지도 모릅니다. 자꾸만 되풀이되는 이 처참한 광경을 다리와 가로등은 매양 지켜보면서 그들의 정신은 미쳐버릴 것만 같습니다. 삶의 막다른 절벽 앞에서 서슴없이 죽음을 결행하는 장면을 지켜보는 일만큼 참담한 정황이 어디 있겠습니까?

그러므로 이 시는 많은 무고한 주민들을 죽음으로 내몰고 있는 현대 사회의 비정한 메커니즘과 그 파탄적 측면에 대한 고발이자 비판인 동시에 풍자라 할 수 있습니다. 밤에도 잠들지 못하는 다리와 가로등이 겪는 고통은 어쩌면 시인 자신이거나 고통 속에 마구 내던져진 우리들 자신의 표상이기도 하지요. 가로등의 명멸明滅조차도 어떤 초조감이나 조바심의 표현으로 읽혀지며 무의미한 광기狂氣로 여겨집니다.

한강은 일찍이 대교가 놓였던 식민지 시절부터 삶의 막다른 길에 봉착한 군상들의 종착지로 흔히 선택되었던 장소입니다. 식민지 시절에는 사랑에 배반당했던 기생들이 많이 투신했습니다. 해방 이후에는 심한 경제난 속에서 절대빈곤에 시달리던 사람들이 신발을 벗어놓고 뛰어내리던 장소였습니다. 근년에는 정치적 부조리에 휘말린 권력자들이 모든 책임을 혼자 뒤집어쓰고 죽음을 결행하던 비극적 장소이기도 했습니다.

시는 원래 행복보다는 불행에 관한 테마로 다루어지는 것을 즐거

위하는 듯합니다.

고통과 번민, 시련과 고독, 절규와 비탄을 다룬 작품들이 세계문학사에는 압도적으로 많지요. 우리가 살아가는 세상은 언제나 과도기입니다. 한 구간에서 다른 구간으로 통과해가기를 많은 사람들은 갈망하지만, 새로운 구간이 다가와도 고통의 분량은 전혀 줄어들지 않습니다.

20세기 후반기가 엄청난 고통의 시대였다고 하지만 새로운 세기가 열리고도 우리 삶의 고통은 변함이 없습니다. 오히려 인터넷의 발달과 삶의 패러다임의 엄청난 변화로 말미암아 과거에는 전혀 예상치 못한 새로운 고통이 출현하기 시작하고 있습니다.

그러므로 시작품의 창작에서 비극적 세계관은 여전히 단골 화두로 떠오르고 있습니다.

시 「흔적」도 비극적 세계관에 기초를 두고 있지만 우리가 흔히 보는 따분하고 상투적인 비극적 테마와는 거리를 두고 있습니다. 이 시는 삶의 비극성을 초래한 현실에 대하여 강한 비판과 고발의식을 내포하고 있다는 사실을 독자들은 놓쳐서는 안 될 것입니다. 이 작품에서 시인이 끝까지 추구하고자 하려는 가치관과 윤리적 관점 따위를 유추해 들어가면 우리는 곧 글쓴이의 건강한 시정신과 만날 수 있게 됩니다. 죽음을 결행한 이가 다리 위에 가지런히 벗어놓았던 신발 한 짝을 슬쩍 하나의 극적 장면으로 떠올려 보여줌으로써 독자들은 한 인간을 죽음으로 내몰게 했던 그 비정한 메커니즘에 대한 강한 분노를 느끼게 됩니다.

시어의 선택과 문맥의 전개도 수월하고 무리가 느껴지지 않습니다.

다만 마지막 행이 너무 길어서 다른 행과의 밸런스를 상실하고 있습니다. 이런 것은 적절한 위치에서 호흡을 감안하며 토막을 짓게 되면 한결 순조로운 문맥의 흐름으로 변화시킬 수 있습니다. 말하자면 '밤마다 미쳐가야 하는 가로등 아래 / 버려진 신발 한 짝'과 같은 스타일로 마지막 행에 포인트를 주는 방법이 바로 그것입니다. 이 방법은 느낌을 강조하며 분위기가 주는 여운을 오래 감돌게 하는 효과를 자아내게 할 것입니다.

더욱 분발하셔서 빛나는 성과 이룩하시기를 기원합니다.

장미의 추억

노오란 유치원 버스가 서고 떠나는
골목길 흰 담장에
옹기종기 얽히고설켜 붉은
피로써 맺은 사랑이 좁은 방 자식들 눈빛처럼 빛난다

하루치의 품삯을 팔러 나온 할머니의
빗질하는 허리에
떨어진 붉은 꽃잎이 아침 햇살의 추억속에 도망한다

하루의 모든 꿈이 타며 서산으로 몰려갔다가
다시 빛으로 오는 아침
그 꿈을 찾아 먼저 간 할아버지의 깎지 않은
억센 수염이 고집 세고 말 없는 장미의 가시를 닮았다

해마다 붉은 잎으로 피는 생일 때면

오월을 통째 안겨주던 장미 송이
끊어진 사랑의 끈 이어주던 끈은 없어도
추억은 모질게도 남아
붉게 피어났다

바람이 골목 안으로 불고
유치원 버스 아이들 우르르 내리면
노란 허리 한 번 펴고 바람막이 둘러친 꽃망울 속
손자 녀석의 어린 눈망울이 깜빡인다.

　　어쩌다 좋은 시를 만나게 되면 그 기쁨은 이루 말로 형
언할 길이 없습니다.
　　하지만 가뭄 끝에 단비를 기다리듯 좋은 시를 애타게 기다리지만
마음에 차지 않는 작품들만 대면하게 되면 그 실망과 허탈감이 주는
공백은 몹시 큽니다.
　　그런데 오늘 모처럼 좋은 작품 하나를 만났습니다.
　　시 「장미의 추억」이 바로 그것입니다. 시를 전문적으로 쓰는 분들
이 아닌 경우 대개는 어색하거나 미숙한 부분이 드러나기 마련인데
이 작품의 경우 전반적으로 결 고른 호흡과 언어적 토운, 절제된 감
정의 조절로 읽는 사람의 마음을 편안하게 이끌어 갑니다.
　　누구에게나 늙음은 찾아오기 마련이고, 그 늙음은 마침내 볼품없
고 초라한 모습으로 삶의 주변부에 놓이게 됩니다. 누구든 그것을 각
오해야만 하지요.
　　이 작품에는 두 극단의 존재성이 대립함으로써 축을 형성하고 있

습니다. 하나는 고독한 노년기의 표상으로 등장하는 길거리의 노점상 할머니와 지금은 세상을 떠나고 없는 늙은 영감님입니다.

그리고 다른 하나는 바로 이들의 쇄락한 이미지에 대립함으로 존재하는 이미지로써 버스에서 막 내리는 유치원 어린이들입니다. 글 쓴이가 만약 두 존재를 평면적인 장면의 단순 대비로만 구성했다면 이 시는 싱겁고 재미없는 상투성으로 기울고 말았을지 모를 일입니다. 하지만 작가는 이 과정에서 장미라는 객관적 상관물을 떠올려 두 존재성과 그 의미를 더욱 뚜렷하게 부각시켜주고 있습니다.

1연에서 장미는 '옹기종기 얽히고설켜 모여 붉은 / 피로써 맺은 사랑'으로 묘사되고 있지만 기실 이것은 혈연의 끈끈한 관계를 말해주는 에피세트(epithet)지요. 여기서 장미는 혈연의 의미를 상징적으로 환기시켜주는 매우 요긴한 시적 소도구로 활용되고 있습니다.

아파트 입구 도로 등에서 하루의 일을 시작하는 노점 할머니는 주변을 청소하는 것으로 자신의 하루를 열고 있습니다. 바람이 불어서 떨어진 장미 꽃잎이 할머니의 몸(허리)에 얹힙니다. 그리고 그것이 다시 길바닥에 떨어지는 광경을 시인은 놓치지 않습니다.

3연에서는 할머니와 사별한 영감님이 저승에서 다시 호출되어 옵니다. 시인은 이렇게 저승으로 떠난 사람도 마음대로 불러올 권능을 가졌답니다. 할아버지는 살았을 때 무척 고집이 세었고, 젊었던 시절의 실패와 좌절로 인하여 항상 말이 없었던 것 같습니다. 자신의 용모를 깨끗하게 가다듬지도 못한 채 더부룩이 자란 억센 수염을 그대로 방치했던 것 같습니다. 시인은 이 억센 수염이 내뿜는 고집스러움과 고지식함의 표상을 장미 가시에 비견하여 절묘한 이미지의 일치를 이루고 있습니다.

4연은 아마도 자녀들로부터 받았던 장미꽃다발의 기억으로 읽혀집니다. 멀리 떠나가서 소식조차 제대로 전해오지 않았던 불효막심한 자녀들이었지만 그 장미꽃다발은 끊어진 사랑의 끈을 제대로 이어주던, 결코 놓아서는 안 될 무서운 인연의 끈이었지요. 자식들이 부모에게 아무리 소홀하고 서운하게 대한다 하더라도 부모의 마음은 끝끝내 그들을 거부하거나 물리칠 수 없는 것이지요. 왜냐하면 혈연이고, 또한 자식이기 때문입니다.

5연에서는 모든 장면이 다시 현실로 회귀합니다. 지금은 대개 할머니의 주변을 떠나고 없습니다. 정들었던 가족들, 사랑이나 애착, 미련 따위는 더 이상 할머니의 주변에 머물러 있지 않습니다. 오직 남아있는 것이 있다면 가슴속에 묻어둔 그리움이나 낡고 구겨진 흑백사진처럼 빛바랜 추억의 편린들이 아닐까요.

장미는 대개 화려한 사랑이나 청춘의 연정을 나타내는 도구로 많이 사용되어 왔습니다. 그런데 이 시에서 장미는 놀랍게도 노점상 할머니의 쓸쓸한 삶을 그려내는 적절한 도구로 활용되고 있습니다. 상당수의 독자들은 장미라는 단어가 주는 식상함에 곧 선입견을 가지며 뻔한 내용으로 전개될 것이라는 예견을 하게 될 것입니다. 하지만 조금만 주의 깊게 이 시를 읽어보게 되면 결코 따분하거나 만만한 작품이 아니라는 사실에 다시 한 번 놀라움을 갖게 될 것입니다. 마치 영화 스크린에서의 장면 이동을 따라가듯이 독자들은 자연스러운 변화에 스르르 이끌려 갑니다. 그 과정에서 독자들은 작품 속에서 줄곧 연민을 갖고 있었던 할머니가 결코 낯선 존재가 아니라 자기 자신의 또 다른 표상이라는 사실을 깨달으며 소스라쳐 놀라게 됩니다. 바로 시적 대상과 자아와의 일치 효과이지요.

한 편의 훌륭한 시를 읽고 난 뒤의 흐뭇함은 좋은 음식을 먹고 난 뒤의 즐거움과도 같습니다. 하지만 그 음식은 결코 산해진미로 잘 차린 화려한 음식이 아니라, 정갈한 산채나물과 소박한 반찬으로 차려진 정성스러운 밥상인 것은 분명하지요.

더욱 분발하셔서 높은 시의 세계에 도달해 보시기 바랍니다. 우리 삶의 주변에는 너무도 많은 시의 소재와 테마들이 널려 있는데 사람들이 그 중요한 것들을 대개 가볍게 지나쳐 버리고 있다는 사실을 다시 한 번 상기하시기 바랍니다.

춘당지 왜가리

회색 줄무늬 부라우스 입고
하얀 스카프에 검은 댕기하고
분홍 스타킹 신은 왜가리 한 마리가
춘당춘색고금동이라는
창경궁 춘당지 섬돌에 앉아
연못 속을 들여다보고 있다

사람들은 네가
연못의 물고기를 고누고 있다 하나
나는 네가
너의 쓸쓸한 그림자를 들여다보며
하늘과 구름과 나무가 어우러진
네 고향을 그리워하고 있음을 안다

너의 잃어버린 짝을 찾아서

41

어찌 어찌 먼 길을 날아와
천연기념물로 이곳에 앉아 있다만
이 여름이 가고 나면
너는 다시 S자 목을 하고
납자 입고 훌훌 오던 길을 날아가리라

　　시 창작의 과정에서 서경적 필치가 주는 묘미는 단적으로 색다른 아름다움의 경험에 있다 할 것입니다. 가장 보편적이고 상식적인 테마를 다룬다 할지라도 그것을 전혀 색다른 광경으로 묘사함으로써 독자들의 경험은 삶의 이질화라는 놀라움에 다다르게 됩니다.
　한 편의 시에서 비유의 구실은 적절하고 효과적인 보조관념을 활용하여 시인이 나타내고자 하는 원관념의 느낌을 한층 강렬하게 표현하려는 점에 있습니다. 왜 이렇게 시인들은 비유를 통하여 전혀 다른 세계를 경험하도록 하는가? 그것은 현실의 경험 자체가 워낙 가파르고 따분하며, 기계적인 메커니즘들로 가득 차 있기 때문입니다.
　이런 삶에 대다수의 현대인들은 곤비한 심신으로 지쳐서 살아갑니다. 이러한 여건 속에서 사람들은 때로 작고도 가벼운 일탈逸脫을 꿈꾸게 되는데, 그 일탈의 방식이나 형태는 여러 가지로 다양하게 나타납니다. 등산과 스포츠도 있고, 친구와의 담소도 있습니다. 가벼운 산책도 있으며, 음악 감상에 젖는 시간도 있습니다. 이런 여러 방법 가운데의 하나로 시적 비유의 경험이 주는 참신성과 산뜻함의 효과는 따분한 일상으로부터 일탈의 즐거움을 느끼게 합니다. 그래서 시인들은 자꾸만 다른 세계, 낯선 경험의 공간으로 독자들을 인도하기 위하여 자기만의 주체적인 비유를 시도하는 것입니다. 이것이 비유를 시도하는 심리적인 이유이기도 하지요.

이 작품의 전개 방식이나 테마는 지극히 단순합니다. 말하자면 창경원 연못 앞에 앉아 있는 한 마리 왜가리를 그린 것이지요. 그런데 그 왜가리를 시적 비유로 옮겨가는 방식이나 서경성의 배치 솜씨가 자못 범상치 않습니다.

회색 줄무늬 부라우스, 하얀 스카프, 검은 댕기, 분홍 스타킹 따위는 인간의 영역입니다. 그런데 시인은 이 인간의 도구들을 왜가리의 몸에다 갖다 입혔습니다. 어떻습니까? 이 시에서의 즐거움과 놀라움은 바로 이러한 시적 비유에서 발생하는 것입니다. 이러한 비유를 수사학(Rhetorics)에서는 풍유諷喩라고 부릅니다. 이를테면 인간이 아닌 사물에 인간적 삶의 정황을 빗대어 묘사함으로써 한 마리 왜가리의 풍경을 통하여 적적하고 쓸쓸한 삶을 살아가는 독거노인이라든가 이와 유사한 존재들을 떠올리게 되지요. '춘당춘색고금동春堂春色古今同'이라는 고전적 사설을 슬쩍 끼워 넣은 방법도 시적 소도구로써 매우 유용하게 재생이 되고 있습니다.

왜가리의 현재 모습을 보편적, 일상적 시각에서는 고기를 잡기 위한 예비 단계에서의 행동으로 봅니다. 하지만 시인은 고향을 그리워하는 자신의 모습을 되새기고 있다는 표현으로 분위기를 반전시키고 있습니다. 얼마나 기발하고 재미있습니까. 시는 이처럼 모든 일상성으로부터의 벗어남이요, 상식으로부터의 탈출이라 할 수 있습니다.

마지막 연에서 시인은 다시 한 번 그러한 즐거움을 독자들에게 선사하고 있습니다.

이 여름이 가고 나면
너는 다시 S자 목을 하고

납자 입고 훌훌 오던 길을 날아가리라

이 대목에서 왜가리의 모양새를 묘사한 'S자형의 목'이라는 부분도 우리를 동심으로 즐겁게 하는 기발한 표현입니다. 일찍이 고려시대의 문인 정지상이 유년시절 물 위에 떠가는 오리를 보면서 '乙乙乙乙'이라고 했다지요. 프랑스의 시인 보들레르와 말라르메의 경우도 이처럼 추억어린 사연들이 남아 있습니다.

납자納子란 승려의 회색 옷을 일컫는 말입니다. 그래서 불가의 승려들은 스스로를 일컬어 흐르는 구름과 물처럼 저잣거리를 정처 없이 떠돌아다니는 운수납자雲水納子라고 하지요. 시인은 이 작품에서 한 마리 왜가리를 운수납자에 비유하고 있지만 사실은 우리 현대인 모두의 표상을 이렇게 나타내고 싶었는지도 모릅니다. 우리들은 제각기 인간의 집에 머물러 살고 있지만 언제 어느 때 흐르는 구름처럼 전혀 다른 세계로 홀쩍 미련 없이 떠나버리게 될지 본인 스스로도 모르고 있지요.

쉽고 부담 없는 언어의 재치 있는 조합으로 삶의 철학성이나 종교적인 이치에까지 다다르게 하는 효과를 이 시는 지니고 있답니다. 다시 한 번 차분히 이 시를 즐기며 감상해 보시기를 권합니다.

물론 자신을 줄곧 한 마리 왜가리라고 생각하면서 읽어야겠지요.

무너미*

차고 넘치는 것들이여
내게로 오라

실개천으로 모여든 슬픔
하늘에서 내리던 눈물
한 곳에 고여 흐르지 못하고
원怨이 되어 넘실대는 호수여
높은 둑이 가로막고 있거든
내게로 오라

우당탕탕
벽력같이 내지르며 푸른 들을
끝없이 달리게 하리니
산굽이 휘돌아 치며
바다까지 이르게 하리니

차고 넘치거든

우르르르 둑을 허물지 말고

내 등을 타고 넘어라

네 삶이

폭포수처럼 소용돌이치리니

> * **무너미**: 저수지나 댐에서 둑보다 조금 낮은 만수 시 물이 흐르도록 한
> 물길. 원래 '물넘이'란 말이 변형된 것으로 보인다.

좋은 시는 언제 어떤 경우에 빚어지는가?

이 문제에 대하여 곰곰이 생각해 보면 대체로 다음과 같은 경우가 떠오릅니다.

첫째는 평소 모든 일들이 수월하게 잘 풀려갈 때 심신도 덩달아 유쾌하고 즐거움으로 가득 찬 시간들 속에서 좋은 시가 이루어질 확률이 높다는 것입니다. 고통의 정점이나 비극적 환경의 극단에서 좋은 시가 형성되기 어려운 법입니다. 어떤 경험이든지 경험 그 자체는 하나의 원석과 같아서 충분히 발효醱酵되지 않은 상태로는 좋은 시에 곧장 도달하기 어렵습니다.

둘째로는 잘 풀리지 않던 일상적 현안들이 뜻밖에도 쉽게 해결되어 가슴속에서 몹시 시원한 청량감을 느낄 때도 좋은 시가 빚어질 가능성이 높습니다. 가슴속에 꽉 쌓인 것은 대체로 스트레스라는 이름의 심리적 부담입니다. 현대인들은 누구나 이러한 부담 속에서 가슴속에 켜켜이 쌓인 답답함을 시원하게 풀지 못한 상태로 살아갑니다.

그 때문에 불만은 갈수록 높아만 가고, 표정은 어두우며, 감성 또한 밝지 않습니다. 이런 가운데서 뜻밖의 소통이 주는 상쾌함은 극도로 감격스러운 심적 흥분상태로 빠져들게 합니다. 시를 쓰는 사람들의 경우 위와 같은 순간에 쉽게 좋은 시를 낚을 확률이 높습니다.

그렇다면 모양새가 제대로 갖추어지지 못한 시작품은 기획의 무리함과 과장된 조작 및 터치에서 발생합니다. 좋은 시를 만들어보겠다는 욕심에서 출발한다면 십중팔구 실패하고 맙니다. 그렇게 쓴 시작품은 우선 형식과 표현에 있어서 지나친 조작과 작위가 느껴져서 오히려 읽기에 거북한 느낌을 주게 됩니다. 하지만 마음속에서 좋은 시를 써야겠다는 열망을 느슨하게 이완시키게 된다면 나태와 방관이라는 이름의 매너리즘에 빠져들게 됩니다. 그러므로 좋은 시를 쓰기 위해서는 평소 충분한 독서와 시에 대한 집중적인 생각과 구상, 다른 시인들의 작품성에 대한 세심한 분석과 연구가 필요할 것입니다.

서설이 다소 길어졌으나 오늘 우리가 다루게 될 「무너미」라는 시작품은 뜻밖에 대면하게 된 좋은 시의 표본에 해당됩니다. 어떤 특정한 시적 대상이나 목표를 염두에 두고 시를 쓰기가 쉽지 않은데, 이 작품의 경우 대상이 주는 선입견이나 지식, 고정관념에 빠져들지 않고 시적 중심을 견결히 유지함으로써 좋은 시에 다다를 수 있었던 것으로 보입니다.

이 시작품의 톤은 매우 격정적이고 다이내믹합니다. 어쩌면 역동적이라고도 할 수 있겠습니다. 주석에서도 시인이 풀이한 바와 같이 무너미란 단어는 저수지나 댐에서 둑보다 조금 낮은 만수 시 물이 흐르도록 한 물길을 의미하는 우리 고유어입니다. 이 무너미란 장소는 세상의 모든 물들을 향하여 외치는 자기소개장과도 같습니다. 전반적으로 구사된 남성적 문체도 적절합니다.

세상의 모든 물은 모두 자기에게 오라고 무너미는 외칩니다. 신명을 다 바쳐서 물들을 위하여 헌신하겠노라는 쉽지 않은 고백을 표명합니다. 참으로 각박하고 이기적인 세속도시의 삶에서 이런 자기희생적 삶을 살아가기란 결코 쉬운 일이 아닙니다. 무너미의 삶이 보여주는 헌신적 자세는 자못 숭고하기까지 합니다. 그런 측면에서 이 시의 기본적 가치관은 매우 도덕적이고 윤리적 관점에 치우쳐 있습니다.

이러한 시적 테마를 더욱 생동감 있게 살려주는 장치로는 바로 다이내믹한 율격의 선택입니다. 한국의 전통음악에서 거칠고 격정적인 내용을 담아내는 가락을 우조羽調라고 일컫습니다. 판소리「흥보가」에서 박타는 대목이라든가,「적벽가」에서 조자룡이 유비의 아들을 품에 안고 적진을 혼자 돌파하는 대목을 보통 우조로 표현하지 않습니까? 보통의 안정된 율격은 평조平調로 풀어내며, 슬프고 유장한 분위기를 나타내는 가장 적절한 율조는 바로 계면조界面調라 하겠습니다. 전형적인 계면조가 활용되는 대목은「심청가」에서 심봉사가 아내를 잃고 탄식하는 장면일 것입니다.

이 시는 평조와 우조의 재치 있는 배합과 활용으로 무너미를 표현하는 일에 괄목할 만한 성공을 거두고 있습니다. 자칫하면 따분한 호흡과 상투성으로 떨어지기 쉬운 환경임에도 불구하고 이 시는 2 / 6 / 5 / 5라는 행 형식으로 4연 구성을 선택함으로써 시인이 목표했던 기대 이상의 효과를 거두게 된 것입니다. 특히 3연과 4연이 주는 우조의 효과는 독자들을 무리 없는 공감 속으로 이끌어갑니다.

다만 2연에서 '원怨이 되어'라는 투의 한자말 구사가 다소 튀는 양상을 보이고 있는데, 그대로 두었을 때 약간의 문제가 발생하는 듯합니다. 바로 위의 행과 음절수가 동일하기 때문에 형태에서의 단조로운 느낌이 반복될 위험성이 있습니다. 혹시 다른 적절한 우리말 어휘가 발견된다면 바꾸는 것이 좋을 것입니다.

더욱 집중적인 노력과 관심의 지속으로 좋은 시가 주는 희열을 마음껏 향유해 보기를 권유합니다. 시인의 삶이 특별한 까닭은 다름 아닌 자기만의 확장된 경험 세계를 풍부하게 소유할 수 있기 때문입니다.

수제비

양푼에 밀가루
소금 참기름 몇 방울 치고
물 부어 주물럭주물럭 덮어둔다

김 오르는 냄비
깡마른 다시마 멸치주머니 삼켜
은근한 불에 맑은 맛 우려내고 뱉으면
감자는 반달로 달큼한 양파 얇게
파릇한 호박 도톰한 채 썰어 넣고

쫀득해진 반죽
식구 얼굴 손끝에 담아
매끈하게 떼면
냄비 속에 동동 뜨던 행복

한글 발음 어줍은 아들
'수대지 큰 거 하나 만들어 줘'
손바닥만 하게 떼어서 넣던 웃음
그가 가져가고
수제비만 뽀글뽀글 끓는다

한국시의 역사에서 음식을 작품 테마로 다룬 경우란 그
리 많지 않습니다.

일찍이 백석 시인이 창난젓, 명란젓, 꼴뚜기젓 등의 젓갈을 소재로
시를 쓰면서 '비릿하고 배척하고 간간하다'라는 묘한 미각적 이미지
를 구사한 적이 있습니다. 백석 시인은 우리 민족의 전통적이고 토속
적인 음식문화에 대하여 남다른 애착을 가졌던 분입니다. 그의 시 전
체에서 음식과 관련된 시어는 무려 100여종이 넘습니다. 대체로 식
물성이 많지요.

돗바늘이 숭숭 돋은 돼지고기에 대한 서술도 보이고, 나물 우거지
를 넣고 뼈를 푹 곤 술국에 대한 언급도 보입니다. 어린 시절에 짚불
에 구워 먹었던 개구리 뒷다리에 대한 재미있는 설명도 있습니다.

만주시절에 쓴 시에는 설날에 먹는다는 원소元宵라는 중국떡과 월
병月餅(달떡)에 관한 이야기도 나오지요. 시집 『사슴』과 그 이후에 쓴
시작품에는 평안도 지역과 함경도 지역의 토속적인 음식 명칭이 가
장 관심을 끄는 부분입니다. 북관 지역 주민들이 밤참으로 즐겨 먹었
다는 가자미 식혜와 꿩고기를 넣고 끓인 국수에 대한 이야기는 독자
들의 입에 한 가득 군침을 고이게 합니다.

음식이란 인간의 생존에 있어서 가장 기본을 이루는 재료로써, 어

떻게 보면 우리의 육신을 지탱하게 하고 삶의 평정을 이루게 하는 매우 소중한 것임에 틀림없습니다. 오죽하면 절대빈곤을 "입에 풀칠할 여유조차 없다"라는 적빈赤貧의 광경으로 묘사 했을까요. 또한 생존의 마감에 다다른 순간을 "그가 드디어 밥술을 놓았다"란 말로 대신하기도 합니다.

오늘 선정한 시작품의 경우도 음식을 다룬 전통적인 시작품들과 마찬가지로 우리 민족의 토속음식을 시적 테마로 다루고 있습니다. 그러면서도 시작품의 표현과 언어구사가 단조로움이나 단순 미각표현에 머무르지 않고 민족적 삶과 고유의 풍습에 대한 깊은 애정과 신뢰의 마음으로 가득 찬 주체적 가치관을 보여주고 있습니다.

수제비는 지난 시기 우리의 현대사에서 가장 어렵던 환난의 시대를 배경으로 생겨난 추억의 음식입니다. 어떤 이는 꼴도 보기 싫은 음식이라며 고개를 돌리는 경우가 있는가 하면, 또 어떤 이는 어린 시절에 먹었던 음식이라며 새삼스럽게 찾는 애착을 가진 분도 있습니다. 사실 수제비 한 그릇에 담긴 영양분과 내용물의 구성이 무어 그리 특별하고 풍성하겠습니까마는 이 한 그릇의 소박한 음식을 밥상에 놓고 마주 앉으면 어렵고 힘들었던 시절의 기억들이 낱낱이 재생이 되면서 당시의 온갖 애환과 쓰라림들이 한꺼번에 되새겨지는 기묘한 효과를 자아내는 음식이기도 합니다.

5연 17행으로 구성된 이 시작품의 첫 연은 수제비의 재료와 조리調理의 예비과정에 관한 시적 설명입니다. 밀가루, 소금, 참기름, 다시마, 멸치, 감자, 양파, 호박 따위는 한 그릇 수제비가 만들어지는데 반드시 구비해야할 필수 요소들입니다. 세상의 모든 존재들은 이처럼 갖추어야 할 모든 조건들이 제대로 갖추어져야 비로소 응분의 구실을 하나 봅니다. 시 한 편에도 음소, 어휘, 어절, 행, 연 따위가 모두 적재적소에 놓이고 서로 훌륭한 배합을 이루어야 비로소 멋진 교향악의 울림을 나타내는 것이 아니겠습니까?

수제비 한 그릇을 우리는 하찮은 음식으로 간주하는 경향이 있지만 이를 만드는 주부들의 노고는 가히 비상한 것이지요. 수제비 한 그릇을 먹으며 우리는 세상의 모든 어머니들의 노고와 정성을 반드시 생각해야만 합니다. 그 분께서 끓여주신 따뜻한 음식을 먹고 우리는 마침내 오늘의 우리로 자라났으며, 또 어른이 될 수 있었던 것입니다.

'멸치주머니'를 다룬 대목은 특별히 옛 추억을 환기시켜 주는 강렬한 효과를 가졌습니다. 지금은 거의 사라진 식생활 문화의 한 풍습이지요. 하얀 광목천이나, 옥양목 등속을 알맞은 크기로 잘라서 멸치다시를 우려내도록 만든 그 정갈한 주머니를 기억할 것입니다. 냄비에 담겨서 국물이 끓어오를 때마다 한 번씩 위로 슬쩍 솟구쳐 올랐다가 다시 뜨거운 바닥으로 가라앉아 자신의 모습을 은근히 감추어버리던 그 주머니의 정겨운 모습을 떠올릴 것입니다. 참 살뜰하고 사랑스럽지 않습니까?

3연에서의 감각적인 표현도 특별히 아름답습니다.

쫀득해진 반죽
식구 얼굴 손끝에 담아
매끈하게 떼면
냄비 속에 동동 뜨던 행복

수제비를 '수대지'라 어눌하게 발음하는 아들의 모습, 사랑스런 아들과 마주 앉은 어머니의 자애로운 한 폭의 그림에서는 또한 포근한 대지에서 경험되는 어머니의 사랑을 담뿍 느끼게 합니다.

이 시를 읽는 독자들로 하여금 어머니가 맛있게 끓여놓은 수제비 냄비를 밥상 위에 놓고 그 주변에 둘러앉아 있는 한 서민적 가정의 단란한 풍경을 전형성으로 떠올리게 된다면 이 시의 목적은 충분히 달성되고도 남음이 있는 것입니다.

아, 이 저녁에 우리는 참 아름다운 시 한 편을 함께 읽었습니다.

시는 이처럼 인간의 삶에서 우러나와 인간의 지친 가슴을 쓰다듬고 자상하게 위로해 주는 것인지도 모릅니다. 삶 바깥에서 자꾸만 시를 구하려는 요즘의 경박한 창작풍토를 돌아볼 때 이런 시작품이 지니고 있는 소중한 정신을 우리는 아무리 강조해도 지나치지 않을 듯합니다. 제목도 「수제비」라 하여 더욱 강렬한 단순성의 아름다움으로 읽힙니다. 독자 여러분께서는 과연 어떻게 생각하시는지요?

비온 뒤

동쪽 산등성이가 젖은 커튼을 널어 말린다

매달린 물방울이 입김 호호 불어 세상을 닦는다

말갛게 씻긴 하늘 모서리에 풍선을 단다

풀잎이 머금은 물기를 풀어 무대를 꾸민다

정원에선 멧새 한 마리 날아올라

새로운 막이 오름을 알리느라 분주하다

여름이 긴 팔 내밀어 마술 지팡이를 흔들자

코발트빛 무대 초록빛 배우 터질 듯한 함성

나무들은 일제히 일어나 기립박수를 친다

시는 자연의 모방이라는 담론은 이미 수천 년 전의 고전적 화두입니다.

비록 세상에 이미 존재하는 것을 대상으로 꾸며내지만 일단 만들어진 그것은 세상에서 전혀 처음 대하는 세계입니다. 이것을 우리는 예술이요, 창조의 경지라고 일컫습니다. 이미 존재하는 것을 조금도 변용하지 않은 채 고스란히 재현시켜 놓는다면 그것은 예술이 아니라 복제품에 불과할 것입니다.

그리하여 뭇 예술가들, 그중에서도 시인이란 존재는 언어를 통하여 삼라만상의 모든 것을 새롭게 재구성해 내려고 오늘도 불철주야 고심하고 있는지도 모릅니다. 이렇게 시인이 빚어놓은 창작의 세계는 우리들 삶에 무한한 경이로움과 존재의 다양성에 대하여 새로운 인식을 시켜줍니다.

실제로 인간의 삶이란 매우 평면적이고 따분해지기 쉬운 법이어서 자칫하면 단순성의 맹목적 반복 속에서 마치 다람쥐가 쳇바퀴 돌 듯 무의미한 시간의 소모를 하는 경우가 많습니다. 하지만 예술가들의 창조적 행위와 그 산물로 말미암아 삶의 단조로움은 훨씬 풍부하고 두께 있는 것으로 확장이 되면서 새로운 세계에 대한 호기심으로 삶의 의욕은 더욱 신선하게 부풀어 오르는 것입니다.

가령 별 하나를 두고 보더라도 그러합니다.

별을 단지 하늘에 떠 있는 행성行星으로만 생각할 경우 별의 의미는 지극히 제한되고 편협하기만 합니다. 그러나 희망, 사랑, 순수, 결실, 성공, 기대, 꿈과 이상, 해방, 탈출, 승진, 당첨, 당선, 결혼, 의욕 따위의 의미로 그 해석의 범위를 넓혀 간다면 별을 생각하는 즐거움은 그만큼 크고 광역화된 세계로 확대되는 것입니다. 얼마나 풍부하기만 합니까?

그러므로 문학이란 일사일물—事—物이 아니라 일사다물—事多物로 판단하는 세계로 말할 수 있겠지요. 한 가지 사물을 두고 생각하더라도 거기에 여러 가지의 부수적 의미가 연쇄반응으로 이어져 나오는 것, 바로 이것이 시인의 사물인식이요, 시가 독자들에게 주는 즐거움인 것입니다.

오늘 우리가 함께 읽어보는 시 「비온 뒤」는 강우降雨라는 평범한 자연현상을 무대 위에서 펼쳐지는 한바탕 공연에 비유하여 엮어간 썩 흥미로운 작품입니다. 전체 형태로 볼 때 불과 9행 밖에 되지 않는 소품에 불과하지만 이 작품에 담겨 있는 우주관은 심대하며 인간관은 따뜻하고 수용적입니다. 각 행의 배열도 행과 행 사이에 한 줄씩의 여백을 부여함으로써 독자들의 읽는 호흡에 적절한 휴지休止와 분절分節을 제공합니다.

이것은 매우 효과적인 방법입니다. 만약 이 작품을 행간의 여백이 없이 단조로운 행의 연결로 전개시켰다면 무척 복잡하고 힘겨운 독법讀法에 시달렸을 것입니다. 왜냐하면 각 행에 동원된 언어의 분량이 꽤 긴 것이어서 행이 겹칠 때 그 중량감이 만만치 않기 때문입니다.

우선 첫 행을 볼까요?

여러분께서는 등산을 하면서 높은 산정에 오를 때가 있을 것입니다. 그때 멀리 광활하게 펼쳐진 산과 산의 터전 위로 구름의 그림자가 드리워진 것을 발견하게 되지요. 일찍이 청마 유치환 시인은 그러한 광경을 두고 구름이 빨래를 하여 산등성이에 널어놓았다는 호방한 표현을 구사한 적이 있습니다. '동쪽 산등성이가 젖은 커튼을 널어 말린다'는 표현도 이와 유사하면서 독특한 그 나름대로의 분위기가 서려 있습니다. 계속 이어지는 생기롭고 발랄한 이미지들이 그러한 독특함을 수긍하게 하지요.

매달린 물방울은 입김을 호호 불어서 유리창을 닦듯 세상을 닦습니다. 초등학교 시절의 추억을 생각나게 합니다. 비갠 하늘 귀퉁이에는 예쁜 풍선을 매어답니다. 풀잎이 잔뜩 머금은 초록 물감으로 우주라는 무대를 싱그럽게 장식합니다. 아름답고 활기찬 무대의 연극이 시작된다는 감격적인 소식을 전하기 위해 정원의 새 한 마리는 기운찬 비상飛翔으로 날아오릅니다. 여름이라는 무성한 계절은 재주 많은 마술사와도 같습니다.

여름의 팔에는 마술사의 상징이기도 한 지팡이가 걸려 있는데, 그가 지팡이를 흔들 때마다 초록빛과 코발트빛으로 장식된 무대 위에서는 일제히 탄성의 울림이 들려옵니다. 대지 위에 빼곡히 들어차 있는 초목들은 모두 무대의 관객들입니다. 여름이 펼치는 연기에 흠뻑 도취한 나무들이 드디어 기립박수를 치고 있다는 표현!

얼마나 우리를 신선한 기운으로 약동하게 하는 것입니까?

하지만 세상은 이 작품이 묘사하고 있는 것처럼 온전히 순수와 청결이 보장되어 있지 못합니다.

지금 이 순간에도 개발이라는 이름의 환경파괴가 자행되고 평화라는 이름으로 무참한 대량살육이 펼쳐지고 있지요. 강대한 나라는 약소한 나라를 멸시하며 거대소비 체계 속에서 지구촌은 나날이 병들어만 갑니다. 이렇게 생각하는 사고의 스타일을 비극적 세계관이라고 명명할 수 있습니다. 이러한 세계관은 병들어가는 지구가 겪는 위기를 주민들로 하여금 황급히 인식시키며 그 위기로부터 극복하려는 의지를 불러일으키려는 의도를 지니고 있습니다.

반면에 이 작품의 경우는 낙관적 세계관의 전형적인 모습입니다. 아무리 힘들고 어려운 절박한 상황 속에 우리가 살고 있더라도 아직은 절망적 시간이 아니기 때문에 우리 자신의 내부에 깃든 인간성을 부활시키며, 낙관적 세계관이 지니고 있는 힘과 생기를 더욱 공감할 수 있도록 이끌어가야 한다는 의지를 포함하고 있지요. 세상에는 판단의 두 모델이 모두 효력을 지니고 있습니다.

시 「비온 뒤」는 깨끗한 자연과 인간의 순수가 서로 조화를 이루어 우리가 사는 터전을 보다 아름다운 낙토樂土로 만들고 가꾸어가야 한다는 문학적 지향을 나타내고 있습니다. 그러므로 이 작품은 환경시, 혹은 생태주의 시의 한 전형성을 담보하고 있는 듯합니다.

지난 20세기 후반기에는 절망과 비탄, 한숨과 분노의 적극적 표현으로 문학의 골격이 이루어지던 시절이 있었습니다. 하지만 새로운 세기의 초반으로 접어들어서 우리의 문학은 밝고 활기찬 것으로 바뀌어야 합니다. 지치고 힘겨운 현대인들의 심성을 위로하고 격려해 주는 보다 여유롭고 큰 포부를 지닌 방법은 오직 낙관성과 희망의 확신뿐이지요.

하지만 그러한 희망과 낙관이 아무런 근거가 없는 맹목성으로 일관되어서는 안 될 것입니다. 아직은 이 지구가 살만한 공간이라는 확신을 심어줄 수 있도록 우리 스스로가 환경문제, 주체성 문제, 분단과 상생相生이라는 평화의 실천 문제 따위에서 더욱 선도적인 삶을 살아가야 하지 않겠습니까?

먼 하늘

나지막한 산비탈 풀등걸에

그림자 뉘운 비스듬한 하늘

들빛 스며든 편지지엔 언니의 목소리

망울망울 한숨도 고와라

앙금이 피우는 하얀 꽃

꽃송이 닦아 날린 귀

듣지 못할 세상소리 없어라

멧비둘기 어치 나는 바람결에

어린 꿈 실은 깃털구름

산빛 내리는 강가엔 오빠의 손짓

자작자작 세월도 흥건해라

별이 뜬 설움 비

빗물 담아 뿌린 눈

보지 못할 세상살이 없어라

아무것도 없는
무엇이든 다 있는
아득히 먼 저 곳

우선 이 작품은 우리들 삶에서 가장 아련한 체험이자 아름다움이라 할 수 있는 추억을 작품의 테마로 선택하고 있습니다. 제목도 무난하고, 시적 발상과 전개도 무리가 없습니다.

'들빛 스며든 편지지'와 거기에서 읽어내는 '언니의 목소리'는 독자들의 아련한 공감을 자아내기에 부족함이 없습니다. '꽃송이 닦아 날린 귀'도 표현이 깜찍하고 아름답습니다. '자작자작 세월도 흥건해라'란 대목에서는 압축의 미학이라는 시의 묘미를 한껏 느끼게 합니다.

이런 시를 쓸 수 있게 하는 것은 결코 손끝에서의 재주가 아닙니다. 머리로 쓰는 재주도 아닙니다. 설움과 아픔이라는 생의 시련을 어느 정도 겪어낸 사람만이 쓸 수 있는 세계이지요. 남의 글을 흉내만 낸다고 해서 결코 좋은 시가 될 수 없습니다. 기성시인들 중에서도 가장 좋은 말은 혼자서만 독점하고 있는 듯한 작품을 보게 됩니다. 하지만 그런 글이 지니고 있는 위선을 독자들은 금방 눈치 채게 됩니다. 속 모르는 독자들만 거기에 속는 것이지요. 그러므로 수준 높은 독자가 되기 위해서는 공부를 해야만 합니다. 시적 행간에 스며 있는 언외의言外意를 읽어낼 수 있어야 하지요.

시 「먼 하늘」에서도 부분적인 미숙함은 눈에 띕니다. '풀등걸'이라 했는데, 등걸이란 말은 오래된 나무의 둥치에 해당되는 말입니다. 풀과 같은 초본류에는 적절하지 않습니다. '뉘운'이란 부분도 어색합니다. '누운'이라든가 '뉘어놓은'으로 한다면 오히려 문맥의 소통이 수월

할 것입니다. 시는 한 편의 완성에 도달하기까지 자꾸만 고치고 또
고쳐야만 합니다. 그래서 시 공부는 인격의 공부라는 말도 있답니다.
더욱 노력하여 한 단계 업그레이드시켜 보시기 바랍니다.

잃어버린 시간들

유월의 긴 햇살은
샛강을 걷는 흰 두루미의 날갯짓에
하루가 저물고
엷은 잎 위를 구르던 이슬방울이 차츰
말라 갑니다

처연히 고개를 내밀며
창밖을 쳐다보아도
얼굴 붉어진
사람의 모습은 보이지 않고
창백한 손을 잡은 채
역으로 향하는 사람이 많습니다

길을 잃고 달려온 저마다 모습들
정직한 말 한마디는

63

이미 흙탕물 속에 싹이 돋아
휘청거리는 사람의 쓴웃음이
길거리에 누우려 합니다

3연 16행의 그다지 길지 않은 이 작품은 독자들에게 현대인들의 정신적 주소는 과연 어디인가를 곰곰이 되묻게 합니다. 가만히 앉아 있어도 세월은 자꾸만 경과해 가는데 나날이 달라지는 삶의 급속한 변화는 진정 획기적 진전인지 아니면 답보인지 분간이 안 될 때가 많습니다.

컴퓨터를 통한 삶의 구획과 인터넷의 일반화로 말미암은 삶의 근원적 개편은 우리를 획기적 진전이라는 착각 속에 빠지도록 만들기도 하고, 또 때로는 넋 나간 사람처럼 망연자실한 표정으로 우리를 상실의 혼미한 시간으로 이끌기도 합니다.

이 시작품의 전반적 색조를 장악하고 있는 것은 방황과 혼미, 우울과 좌절의식입니다.

'저물고' '엷은' '말라 갑니다' '처연히' '역으로 향하는 사람들' '길을 잃고' '흙탕물' '휘청거리는' '쓴 웃음' '길거리에 누운' 이란 대목들을 찬찬히 살펴보면 더욱 그러한 느낌을 가지게 됩니다.

'저물고'란 어절이 주는 쓸쓸함, '엷은' '말라갑니다'란 대목이 주는 박탈감, '처연히' '역으로 향하는 사람들' '길을 잃고' 등이 풍겨주는 방황, 좌절심리, '흙탕물'이 주는 혼탁함의 음영, '휘청거리는'이 던져주는 가치와 중심의 상실, '쓴 웃음' '길거리에 누운' 따위가 주는 무대책과 자기방관 등은 현대인 모두가 겪고 있는 상처와 아픔이기도 합니다.

그러므로 이 시는 현대인들의 정신적 신체적 현주소와 처지를 잘 그려내고 있는 작품으로 재해석이 됩니다.

하지만 이 작품은 전체적 분위기가 매우 관념적이고 반추상의 효과에 의존하고 있습니다. 단지 심리적 환경적 뉘앙스만 슬쩍 보여줌으로써 현상의 전모를 암시적으로 느끼게 합니다. 회화로 두고 이야기하자면 구상이 아니라 비구상非具象, 말하자면 추상화의 전형적 분위기에 근접해 가고 있지요. 물론 전혀 근접을 허용하지 않는 단순 묘법描法을 비롯한 고도의 추상화와는 다릅니다. 언어의 색조나 부분적 언급에서 이미 절반 이상의 구체성을 드러내 보이고 있기 때문에 완전한 비구상의 세계와는 판이한 차이가 있습니다.

시적 표현의 다양성과 방법론의 개발이 적극적으로 시작된 이래로 추상, 반추상, 비구상의 세계를 응용하는 기법들은 완강하게 실험되어 왔습니다. 그러한 작품들은 주로 문명세계의 빛깔을 부정적으로 비판하고 풍자하려는 시도를 안고서 출발하였었는데 대개 관념적 표현을 나타내려 할 때 즐겨 시도되었던 방법들입니다.

감정표현이라는 욕망의 절제를 지향하던 모더니즘, 입체파 예술의 경지에 선망을 가지는 큐비즘, 무의식과 초현실의 세계를 넘나들던 쉬르레알리즘, 작품의 외형적 구조물에서만 전체를 파악하고자 했던 포멀리즘(형태주의), 혹은 구조주의, 전통적 권위와 관습을 무작정 파괴하려 들던 포스트모더니즘 등의 유파들에서 이러한 관념 떠올리기의 수법들이 유행했었던 것입니다. 지금도 이러한 분위기와 방법론들은 여전히 하나의 세력을 이루고 있습니다. 이른바 포스트모더니즘 계열을 추구했던 1980년대 시인들의 창작 스타일에서 그러한 경향을 확인할 수 있고, 또한 그들의 후계자들에 의해서 꾸준히 추상, 혹은 반추상의 수법들은 계승되고 있습니다.

문제는 이러한 방법론들이 시적 표현의 다양성을 확대시키는 효과를 지니고 있긴 하였으나 근원적으로 정신적 구원이나 삶의 안정감을 증대시키는 일에는 실패했던 것이지요. 순간적이고 찰나적인 해방감, 혹은 일탈이라는 짧은 자기도취를 경험하게 되었지만 곧 따분하고 고통스런 현실로 되돌아올 수밖에 없는 운명적인 비극성을 안고 있었던 것입니다.

이제 문학의 현실은 매우 중대한 기로에 서 있습니다. 컴퓨터의 기능이 시 창작에 도입 응용이 되면서 전통적 문학은 점차 자신의 위치나 역할을 상실해가고 있습니다. 과거의 권위나 기반이 차츰 해체되어가고 있다는 증거이기도 하지요. 하지만 디지털 기능을 도입한 문학의 현주소도 스스로의 중심을 획득하지 못하고 있는 실정이라 문단의 혼미한 양상은 날이 갈수록 증대되고 있습니다. 전통적 문학과 디지털문학이 모두 흔들리고 있는 여건 속에서 문학의 현실은 부박하고 황폐한 모습으로 조금씩 변질되어가는 양상을 나타내고 있습니다.

하지만 우리는 그것을 위기로 보고 싶지는 않습니다. 한 단계 더 상승된 세계로 나아가기 위한 중간 과정의 일시적 현상으로 해석하고 싶은 것이지요. 모든 인간은 현재보다 더 나은 미래를 꿈꾸며 살아갑니다. 다수의 사람들이 현재를 살아가면서 그들의 미래가 황폐한 세계로 전락되어버리는 것을 그냥 방치하지는 않을 것이니까요. 우리는 그러한 자연의 순리를 일단 믿어보고자 합니다.

광덕 계곡

강원도 산속 깊은 골짜기
광덕 계곡이라 적혀 있네

하얀 물속에 꼬마 물고기
우리는 발을 담그고
하늘을 올려 보았네

더 높은 능선에는 공작새 앉아서
날개를 펼쳐 놓았고
하늘은 저만치 태양열 쟁반 같아라

차돌 바위에 걸터앉아
씻은 발 자꾸 만져 보네

해는 서산에도 없으니
우리는 발길을 돌려야겠네

67

산문은 존재와 사물의 구체적 특성을 낱낱이 분석하고 나열하여 그 개체 하나 하나를 특유의 필치로 솜씨 있게 풀어가면서 읽는 재미를 주는 장르입니다.

하지만 시의 경우는 이와 달라서 사물이 원래 지니고 있었던 원형이랄까, 어떤 원질原質에 해당하는 근원의 모습을 매우 짧은 순간에 극명하게 읽어내는 것입니다. 마치 산을 그리는 화가가 단 한 번의 붓으로 휙 그어내는 곡선을 통해 산의 전체적 느낌을 극명하게 그려내듯 시인도 사물의 원형을 적은 분량의 언어로 그야말로 무색투명하게 그려낼 수 있는 것입니다. 거기엔 아무런 군더더기가 없고, 거추장스런 주변장식도 소용에 닿지 않아서 오히려 소박하고 담백하며 원형이 주는 즐거움과 흐뭇함을 거기서 얻게 되는 것이지요.

오늘 우리가 함께 읽어보고자 하는 시작품 「광덕 계곡」이 여기에 해당하는 바, 곱씹어 읽으면 읽을수록 마치 칡뿌리나 잔대뿌리를 씹듯 흔연하고 아무런 걸림이 없는 느낌이 삶의 흔쾌함을 맛보게 합니다.

물론 작자는 이 작품을 쓰면서 어떤 시적 의도라든가 방법론을 거의 의식하지 않고, 무더운 여름 더위 속에서 분연히 도회를 박차고 떠난 피서의 시간 중에 우연히 맞닥뜨린 경험을 다루었습니다.

이른바 예로부터 동양의 선비들이 여름철이면 자연과 더불어 흔히 해오던 탁족濯足의 의식을 다루고 있는데, 시적 화자는 계곡 물속에 발을 담그고 주변 환경을 둘러봅니다. 그의 엉덩이 아래로는 너럭바위가 듬직하게 자리하고 있으며, 시선이 가닿는 물속에는 뼛속까지 들여다보일 것 같은 작고 앙증맞은 물고기가 헤엄치고 있습니다.

이러한 때 예전 선비들은 물속에 발을 담그고 이렇게 노래했습니다. 맑은 물에는 결코 발을 넣지 못하고 겨우 갓끈을 씻는 조심스러움이 보이지요. 자연에 대한 경외심의 표현입니다. 이제 비가 온 뒤의 흙탕물 앞에서 그는 드디어 발을 씻을 용기를 얻습니다.

창랑의 물 맑음이여! 가히 내 갓끈을 씻을 만하도다!
창랑의 물 흐림이여! 가히 내 발을 씻을 만하도다!

滄浪之水淸兮　可以濯吾纓
滄浪之水濁兮　可以濯吾足

다시 눈을 들고 주위를 한바탕 둘러보니 높은 산의 울창한 수림들이 초록의 성채城砦처럼 사방을 둘렀는데, 시인은 이를 두고 '날개 펼친 공작새'의 화려함에 비유하고 있습니다. 하늘을 '태양열 쟁반'에 비유한 대목도 재미있습니다. '저만치'라는 부사는 이미 1920년대의 천재시인 김소월金素月(1902~1934)이 '산에 산에 피는 꽃은 저만치 혼자서 피어 있네'라고 갈파함으로써 동양적 거리의 신비함과 정신적 여유에 우아하게 도달한 바가 있지요. 그 이후로도 '저만치'라는 부사어의 구사는 시에 촉촉하고 차분한 윤기를 부여함으로써 많은 후배 시인들이 즐겨 쓰는 어휘 중의 하나가 되었습니다.

4연부터는 세속적 삶을 되돌아보며 자신을 성찰하는 자세로 신중하게 다가옵니다. 차돌바위에 걸터앉아서 자꾸만 손바닥으로 쓸어보는 씻은 발을 한 번 생각해 봅시다.

나의 발은 내 몸을 싣고 얼마나 멀고먼 길을 고단하게 걸어서 예까지 온 것일까요? 나는 나의 발에게 우선 감사를 해야겠다는 생각이 먼저 듭니다. 이 발은 앞으로도 내 생이 유지되는 한 나의 육중한 몸을 싣고 또 어딘가를 향해 정처 없이 터벅터벅 걸어갈 것입니다. 내 발의 행보에 대하여 곰곰이 생각하는 모습은 또한 얼마나 철학적 향기를 불러일으키게 합니까?

　이처럼 우리는 우리 몸의 신체 모든 부위에 대하여 진정한 감사를 하며 살아가야 할 것입니다. 나의 눈, 나의 코, 나의 입, 나의 머리, 나의 손, 나의 팔, 나의 배, 나의 등… 이 모든 것은 이 날 이때까지 나를 정상적으로 가동시켜가기 위하여 오늘도 묵묵히 자신의 역할을 다하고 있는 것입니다.

　그러므로 우리는 우리의 몸과 마음을 항상 자연의 이치 속에서 편안히 순환할 수 있도록 의식적인 도움과 배려를 해야만 할 것입니다.

　술을 몹시 만취하도록 마시는 것은 나의 배와 머리와 다리를 학대하는 일입니다. 담배를 많이 피우는 행위는 나의 코와 입과 허파와 머리를 학대하는 짓입니다. 화를 심하게 내는 것은 나의 머리와 혈관과 성대를 학대하는 일입니다. 도박을 하면서 밤을 새는 일은 나의 무릎과 허리와 어깨와 머리를 학대하는 일입니다. 가만히 생각해 보면 우리는 얼마나 정신적 분별을 잃고 우리 몸과 마음을 학대하며 살아가는 것인지요?

　이 시는 독자들에게 모든 삶이 자연의 섭리를 위배해서는 아니 된다는 놀라운 깨우침으로 다가오는 효과를 지니고 있습니다. 시인은 물론 그런 엄청난 삶의 철학이나 규범을 전혀 의식하지 않고 썼을 것입니다. 하지만 조물주는 시인을 통하여 한 번씩 이처럼 놀라운 메시지를 하나의 계시啓示처럼 섬광의 느낌으로 전달해주곤 하지요.

　마지막 대목도 읽는 재미가 있습니다.

　해는 서산에도 없으니
　우리는 발길을 돌려야겠네

지극히 평범하고 반복적인 일몰日沒의 과정을 시적 문장으로 서술한 대목입니다. 말하자면 '이제 해가 졌으므로 숙소로 돌아가자'란 뜻입니다.

하지만 조금만 집중해서 읽어보면 '그 어디에도 정신적 광명은 찾아볼 길이 없으므로 우리 자신의 본연적 삶으로 회귀해야 한다'라는 철학적 언급이 들어있음을 발견하게 됩니다. 이런 발견이야말로 우리가 계속해서 좋은 시를 읽고 또 찾는 이유가 아닐까요?

그러므로 시 「광덕 계곡」은 동양적 삶의 인식과 자연관 속에서 시인 자신도 모르는 사이에 우연히 획득된 놀라움의 세계로 우리들에게 새삼스럽게 다가오는 것입니다.

할머니와 구들장

서울 방 아궁이
도르래 타고 들어간 연탄
밤 태우며 불꽃 피울 때
벌겋게 졸던 구들장

책만 읽던 할아버지 대신
새벽을 광주리에 이고
호미자루 허리에 맨 세월
누이면 으스러지는 소리 내도
힘든 삶 입에 담지 않고
구멍 숭숭한 등뼈 맡긴 할머니

장판에 과녁 만든 구들장
쏜 불화살은 뽀얀 홑청에 씻기고서
매듭진 마디마디 꽂히면

그제야 편안한 잠드는
검버섯 밑에 화색 돌던 할머니

흘러간 시간은 모두 아름답다고 말합니다.

하지만 이 말에 담겨져 있는 마음은 그 속에 감추어진 슬픔과 서러움, 한탄이나 원망, 미련과 후회 따위가 모두 밑바닥에 앙금으로 가라앉은 다음, 그 위에 고인 맑은 물의 상태와도 같을 것입니다. 흘러간 시간이 어찌 아름답기만 하겠습니까?

우리의 지난날을 돌이켜 봅니다. 식민지의 고통과 분단이 휘몰아쳐온 격동에 우리 민초民草들은 엄청나게 시달렸습니다. 흐트러진 삶을 미처 정돈할 겨를도 없이 근본을 뒤흔들어 놓았던 동족상쟁의 시련 속에서 우리는 스스로의 뼈를 깎는 괴로움을 겪어야만 했습니다. 그 어느 때인들 한시도 마음 편할 날이 없었으며, 가난과 정신적 상처의 이중고二重苦에 안으로 울음을 삭여야만 했습니다.

이런 세월을 묵묵히 견디고 가족들을 보살피며, 안으로 자신과 주변을 다독거리며 살아오신 분들이 계십니다.

바로 우리들의 아버지와 어머니, 할아버지와 할머니들입니다.

젊어서 일찍 생을 마감하는 안타까운 분들이 많은 때에 그분들은 갖은 풍파 속에서도 꿋꿋하게 버티면서 오래 오래 삶을 지탱하여 힘들고 고단한 시간을 통과해 오신 것입니다. 단지 이러한 이유 하나만으로도 우리는 그분들을 존경하고 떠받들어야 할 것입니다.

그럼에도 불구하고 세태의 경박함은 날이 갈수록 더해져 노년층들의 마음속 고뇌와 갈등을 읽어내는 일에 젊은 세대들은 전혀 무관심합니다.

거리를 헤매 도는 노인, 빈방을 종일토록 혼자 지키며 얼마 남지 않은 여생을 보내는 독거노인, 떠나간 자식들이 다시는 찾아오지 않는 양로원의 쓸쓸한 노인, 자신의 모든 기억을 송두리째 잊은 채 유년의 세월로 퇴행해버린 치매병원의 노인들, 공원의 한 모퉁이에서 무료한 시간을 덧없이 보내고 있는 흐릿한 눈빛의 노인들…

이분들은 다름 아니라 바로 수십 년 후의 우리들 자신의 표상일 것입니다.

우리에게도 언젠가는 늙음이 반드시 찾아오고야 말 것이고, 흘러간 세월을 반추하면서 우리는 과거 우리가 흔히 보았던 한 사람의 무력한 노인이 되어서 젊은 세대의 소홀함과 무관심에 서운함을 나타내고 있을 것입니다.

저는 언젠가 노인대학을 방문하여 그분들이 젊었던 시절에 즐겨 듣고 애창하던 대중가요를 전축으로 틀어드린 적이 있습니다. 당시 그분들의 기뻐하며 흥겨워하던 모습, 어깨춤을 덩실덩실 추면서 흐뭇해하던 모습을 잊을 길이 없습니다. 행사를 마치게 되자 저의 손을 잡고 흔들며 아무쪼록 자주 찾아와 달라며 간청하던 그분들의 눈빛을 잊을 길이 없습니다.

그만큼 그분들의 시간은 고독 속에 감금되고 방치되어 있는 것이지요.

누구나 노화현상을 두려워하지 않는 사람은 없습니다.

얼굴과 손등에 피는 검버섯, 혹은 저승꽃, 깊고 굵게 패인 주름살, 밤낮없이 터져쌓는 해소 기침, 자꾸만 부스러져 내리는 살갗의 비듬, 젊은 세대들로부터 툭하면 핀잔을 듣는 공연한 수집벽과 고지식한 절약의 습관, 혹은 잔소리와 무분별한 참견, 가만히 있어도 자꾸만 눈구석으로 흘러내리는 눈물, 골다공증으로 구부러진 허리와 늘 시리고 아픈 무릎, 윤기를 잃어 푸슬푸슬한 흰 머리, 방안에 그득한 노인 특유의 퀴퀴한 냄새…

이 모든 것은 노인들의 주변에 강력하게 틀어박혀 항상 고통을 주면서 노인들에 대한 부정적 선입견을 강화시켜주는 현상들입니다. 철모르는 손자들은 노인들의 늙은 모습을 두렵고 추하게만 생각합니다. 품으로 안으려 하면 자꾸만 빠져 달아납니다. 그럴수록 노인들의 가슴은 점점 허전하고 쓸쓸해져만 가지요.

이제 시인의 눈이 이러한 노년기 고독을 놓치지 않으면서 따스한 연민의 시각으로 감싸 안고 시린 가슴을 쓰다듬어 주는 모습은 참으로 아름답고 감동적입니다. 대개는 소홀하게 지나치고 말 소재나 테마에 대하여 이렇게 애정 어린 관심을 갖는다는 그 사실 자체가 하나의 놀라움으로 다가옵니다.

시인 백석은 일찍이 1930년대 후반, 시인이 기본적으로 가져야할 '슬픈 정신'에 대하여 언급한 적이 있습니다. 이 말은 슬픈 광경에 대하여 그 슬픔을 애잔하게 나타낼 수 있는 가슴을 시인은 반드시 가져야한다는 뜻입니다. 시적 대상에 대한 따뜻함이나 슬픔의 마음을 갖지 못한 사람을 우리는 시인으로 일컬을 수 없을 것입니다.

이 시의 첫 연은 할머니가 여생을 보내시던 방안의 광경과 주변 모습입니다.

지금은 연탄을 보기가 어려운 시절이 되었습니다만, 이 연탄을 화덕에 피워서 도르레로 밀어 아궁이 안으로 들이밀던 광경을 흔히 보던 시절이 있었습니다. 아마도 1960년대 후반이나 70년대 초반 무렵이 아니었든가 합니다. 이른바 개량형 아궁이로 선전하면서 도르레 방식이 한참 유행하던 적이 있었습니다. 아랫목까지 도르레를 타고 화덕이 밀고 들어가 방바닥을 곧장 달구었으므로 아랫목의 특정 부위만 까맣게 장판이 타있던 기억이 아련히 떠오릅니다.

2연은 할머니가 살아오신 곡절 많고 고단했던 현대사現代史의 경로입니다. 그분들의 노고와 피땀, 그리고 희생으로 우리 역사가 이만큼 발전하고 확장되었음을 그 누구도 부정할 수 없습니다. 이제 그분들은 지치고 병약한 몸으로 어둔 방구석에 누워서 하루하루를 적막하게 보냅니다. 줄곧 대문 쪽을 바라보지만 찾아와줄 사람은 아무도 없습니다. 이렇게 흘러가는 세월이 바로 노년기 세대들의 전형적인 하루 일상입니다.

인간이 살아간다는 것은 진정 무엇일까요?

그저 소수 핵가족으로 구성된 내 가정만 다독거리고 챙기며 살아가는 삶을 충실한 삶이라고 스스로 자위하고 있지는 않은지요? 아무리 바쁘고 주변을 돌볼 틈이 없다 할지라도 홀로 쓸쓸한 방안을 지키고 계실 늙은 부모와 조부모의 마음속을 잠시라도 들여다보며 그분들이 살아오신 삶의 내력에 관심을 갖는 시간을 자주 내어봄이 어떠할는지요? 그분들의 얼굴에 모처럼 분홍빛 화색이 감돌도록 해드립시다.

그때는 반드시 어린 자녀들과 함께 다녀오셔야만 합니다.

왜냐하면 우리에게 늙음이 찾아와 혼자 빈방을 지킬 때에 어느 날 불쑥 찾아와줄 사람이 바로 그들일 테니까요.

**다시는 만날 수 없는 사랑에 대한
애틋한 그리움**

김미향의 시 「무우를 썰며」

무우를 썰며

오늘은
내가 앉은 자리에서
짚단 타는 냄새가 난다
참 참
좋은 곳이구나

햇무우를
스무 개쯤 썰어
볕 좋은 밭에다 널고 돌아서니
봄이 먼저 와
내 바짓가랑이를 잡고 늘어진다

벌써 왔구나,
내 동그란 창문에

봄 닮은 당신이 벌써 왔어

햇무우가 잘 말라
당신 오시는 봄에 맛깔스런 몸으로
밥상에서 그대 반기면
좋겠다.

모든 인간은 사랑을 먹고 살아갑니다.

밥만 먹으면 살아갈 수 있는 줄 알지만 사실은 전혀 그렇지 않습니다. 밥은 육신의 삶을 겨우 지탱하게 할 수는 있겠지만 정신의 삶을 지탱하게 해주는 것은 바로 다름 아닌 사랑입니다. 부모와 자식 간의 사랑, 형제간의 사랑, 이성간의 사랑, 친구간의 사랑, 불우한 처지에 놓인 사람을 돌보는 사랑, 신앙 속에서 경험하는 사랑…. 우리에게는 이처럼 풍성한 사랑이 항시 존재하고 있기 때문에 아무런 마음의 풍파와 굴곡을 겪지 않고 정신적 안정감 속에서 푸근한 마음으로 살아갈 수 있는 것입니다.

대체 나를 누가 사랑해준다는 말인가?

나의 삶은 너무도 단조롭고 쓸쓸하며 아무도 나에게 특별한 관심을 갖는 사람이 없는데 사랑이란 나와 아무런 관련이 없는 말임에 틀림없어. 이렇게 단정적으로 말하는 사람을 만난 적이 있습니다. 하지만 곰곰이 생각해 보면 그는 결코 우주천공에 혼자 동떨어진 고독한 존재가 아닙니다. 알게 모르게 그를 돌보며 가꾸어 주며 뒷바라지해주는 존재들이 반드시 있게 마련인 것입니다. 하늘 위에 태양이 비치는 것도 조물주가 우리에게 베푸는 사랑의 표현입니다. 몹시 더운

날, 문득 가슴으로 불어오는 시원한 바람 한 줄기도 대자연이 우리에게 베푸는 무궁한 사랑입니다. 말하자면 우리가 살아있다는 바로 그 사실이야말로 사랑의 축복과 그 엄숙함 속에 존재하고 있다는 것이지요.

우리 주변에는 부모를 일찍 여의고 천애고아가 된 어린이, 자녀를 가슴 속에 묻은 채 일생을 시름과 눈물 속에 살아가는 한 맺힌 부모, 부부간에 오래도록 해로하지 못하고 사랑하는 반쪽을 먼저 저 세상으로 떠나보낸 늘 가슴이 아픈 홀로살이 하는 분, 다정한 친구와 서로 다른 세상으로 헤어지고 마음이 적막한 사람…. 많은 분들이 자신을 지탱하기 어려운 힘든 여건 속에서 이승의 삶을 간신히 버티어가고 있습니다. 대부분 원래 풍성하게 지녔던 사랑의 분량을 타율적 제약이나 조건에 의해 감축 당했거나 박탈당했기 때문에 겪는 마음의 병이지요.

그래서 우리가 삶을 보다 안정된 모습으로 가꾸어가기 위해서는 내 가슴 속을 일부러 풍성한 사람의 샘물로 흘러넘치도록 만드는 노력이 필요한 것입니다. 가슴이 따뜻한 분들을 만나서 담소를 나누고, 마음의 정을 주고받으며 서로를 보살펴주는 기회를 자주 가지는 것도 하나의 방법일 것입니다. 내 가슴 속에서 사랑을 잃어버리게 되면 하루아침에 현저히 늙어버린 노인의 모습으로 바뀌어버린 초라한 자신의 모습을 발견하게 될 뿐이지요.

오늘 우리가 함께 읽어보고자 하는 이 시작품은 지금은 다른 곳으로 영영 떠나가 있는 시적 화자(persona)의 사랑하는 사람을 생각하며 쓴 애틋함이 절절하게 살아있습니다.

전반적으로 작품의 시간적 계절적 배경은 봄입니다.

추운 겨울이 지나가고 따뜻한 봄이 와서 시적 화자는 해마다 늘 해

오던 관습의 하나로 무우를 도마 위에서 칼로 잘게 가지런히 썰어서 무말랭이를 만들고 있습니다.

1연에서 시인은 '짚단 타는 냄새'란 대목을 통하여 지난날 사랑하던 사람과 함께 단란하게 지내던 시절의 기억을 후각적 이미지로써 강렬하게 환기하고 있습니다. 그리고 이 방법은 이 시의 도입부에서 매우 적절하고도 효과적인 역할을 담당하고 있습니다. 흘러간 시간 속에서 사랑하던 사람과 함께 보내던 그 시절에도 짚단 태우는 냄새를 맡았을 것입니다.

그와 함께 지내던 시절의 추억을 특별히 강조하기 위해서 '좋은 곳'이란 대목을 부각시키고, '참'이란 부사를 두 번 겹쳐서 사용하고 있군요.

2연은 무말랭이를 만드는 과정이 그려져 있습니다.

우리 민족은 이렇게 한 해 중 가장 적절한 시기에 무우를 잘게 썰어서 따뜻한 햇살에 맑고 정하게 말린 다음 고추장 속에 잘 마른 무우를 넣어서 발효의 과정을 기다리는 것입니다. 이렇게 만든 것이 바로 무말랭이 밑반찬이지요. 경상도 지역에서는 무말랭이를 '오구락지'라고도 부릅니다. '오구락'은 바싹 마른 무우의 모습을 시늉한 말이고, '지'는 김치를 뜻하는 말입니다.

그런데 '봄이 먼저 와서 바짓가랑이를 잡고 늘어진다'는 표현도 재미있습니다.

말하자면 농염하게 무르익은 봄을 나타낸 일반적 서술로 볼 수도 있겠지만 사실은 바짓가랑이를 잡고 늘어지는 그 봄의 실체가 바로 사랑하는 사람의 또 다른 존재성으로 바뀌어져 독자들에게 다가오지요.

3연은 짧지만 이 시에서 가장 핵심이 되는 부분입니다.

벌써 왔구나,
내 동그란 창문에
봄 닮은 당신이 벌써 왔어

사방에 매우 구체적 기운으로 다가와 있는 봄의 계절적 현상들, 이를테면 장글장글한 봄 햇살, 두 볼을 간지르는 훈훈한 바람, 아른거리는 아지랑이, 맑게 갠 하늘, 골목을 걸어 다니는 행인들의 화사하고 밝은 표정, 온갖 곤충과 벌레 등 미물들의 향연 등등….

이러한 봄기운을 느끼면서 시적 화자의 마음은 예사롭지 않습니다.

그 봄기운은 바로 사랑하는 사람의 음성이요, 걸음걸이요, 그가 지녔던 독특한 버릇이요, 그의 모든 것이기 때문입니다.

이 대목을 읽으면서 상당수의 독자들은 함께 눈물이 나려고 합니다.

우리 시가 전통적으로 지녀온 슬프고도 서러운 사랑의 표현법을 우리는 이 시작품에서 다시금 정겹게 확인합니다. 그리고 그것은 너무나 특별하게 다가옵니다.

4연은 사랑하는 사람에 대한 극진한 배려와 마음의 표현입니다.

무말랭이가 잘 만들어지기를 기원하는 시적 화자의 정성스런 마음과 기원이 한지에 배어나는 먹물처럼 선연하게 우리들 가슴에 젖어 듭니다.

옛날 중국의 동진東晉에는 자야子夜라는 여성이 살고 있었습니다.

그런데 사랑하는 낭군은 전쟁터로 끌려 나가 차디찬 삭풍이 불어오는 변방을 지키는 병졸이 되었습니다. 두 사람은 하늘의 달을 보면서 서로의 안타까운 그리움을 표시했을 뿐이지요. 가을바람이 불면서 자야는 드디어 옷감을 준비하여 낭군이 입을 솜 누빈 겨울옷을 만듭니다. 낭군이 아직도 여름옷을 입고 있을 것이라는 상상은 자야의 가슴을 찢어지게 합니다. 자야는 눈물로 옷감을 다듬이질하여 바늘로 한 땀 한 땀 낭군의 옷을 짓습니다. 하지만 이 옷을 전할 길이 없습니다.

동진 시절, 당시 수도였던 장안의 달 밝은 밤에 집집마다 들려오던 다듬이 소리를 시선詩仙 이백李白은 어느 날 길을 가다가 들었던 것입니다.

그렇게 해서 쓴 시작품이 바로 「자야오가子夜吳歌」이지요.

나는 시작품 「무우를 썰며」를 현대판 「자야오가」로 높이 평가하고 싶습니다.

원작의 행 배열은 다소 산문적 서술형태의 배치방식을 사용하고 있는데, 이것이 다소 비효과적인 부분이 있어서 내 나름대로 행과 연 형식을 다시 바꾸어 보았습니다. 하나의 연은 제각기 방의 구실을 하는데, 그 방속에 담겨있는 행의 효과는 비범하게 작용해야만 합니다.

또 마지막 연에 구사된 시어에서 소반小盤이란 한자어가 있었는데, 이를 밥상이란 평범한 어휘로 바꾸었습니다. 물론 시인 자신은 이러한 변화와 덧칠이 흡족하지 않을 수도 있겠습니다만, 시 창작의 방법과 응용과정에서 이렇게 풀어가는 경우와 원작의 형태를 한번 비교해 보는 기회도 그 나름대로 의미 있는 경험이 될 것입니다.

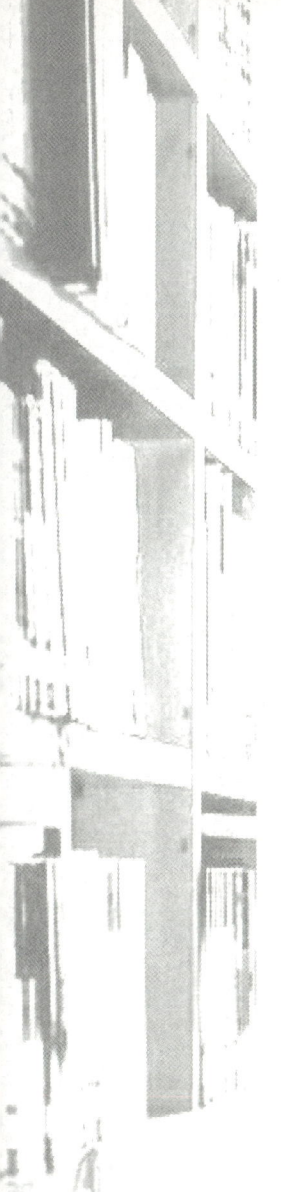

철길의 여정 2

한 몸으로 끓어오르던
사랑은 잠깐이었지

차가운 대지에 뿌리내리고
검은 혈맥으로 흘러 왔지
상처 같은 세월 나란히 베고 누워
달빛 따라 쉼 없이 은륜을 굴려 왔지

한 뼘 거리에 그대를 두고도
차마 범할 수 없었던,
육중한 무게에 압사 당한
두 줄기 그리움

먼 기적 소리 흩날리며
사람 사는 마을 굽이굽이 돌아 왔지

83

한 번쯤은 그대 손잡고
탈선을 꿈꾸어도 보았지만
1.435 미터의 궤간에 포박 당한
숙명의 거리

좁힐 수 없어 먼 길 걸어가는
우리 슬픈 외사랑

시작도 끝도 없는,

　　무릇 세상에는 시가 되지 아니하는 것이 없습니다.

　천사만물千事萬物에 시의 기운이 스미어 있고, 시의 숨결이 넘실거리고 있습니다.

　시인이란 모름지기 존재와 현상의 주변에 서려 있는 시의 기운을 남보다 먼저 포착하고 그것을 제대로 읽어낼 줄 아는 사람입니다. 그리하여 시의 기운이란 다름 아닌 존재의 근원적 생명력이라든가, 혹은 존재의 가치를 더욱 기운차게 살려내는 생기의 원천인지도 모릅니다.

　그러므로 시를 쓸 수 있는 직업이나 전공이 따로 있는 것이 아니라는 생각은 참으로 합당한 평가라는 느낌이 듭니다. 오히려 시를 전문적으로 써온 사람들보다 자신의 본래 전업이 별도로 있으면서 그곳에서의 경험을 토대로 싱그럽고 윤기가 느껴지는 시작품을 써내는 사람들의 작품세계가 한결 미더웁고 든든하게 느껴지는 것입니다.

　시만 전문으로 써온 시인들의 작품을 가만히 들여다보면 어딘가 모르게 얕은 말재주, 복잡하고 현학적인 비유와 상징의 기술 따위에 한결 치우쳐 있는 것을 보게 됩니다. 하지만 전문적 자기 직업을 갖고 있는 분들의 작품을 분석해 보면 세련된 언어 다루기라든가 감칠 맛 나는 기법에 있어서 다소 투박한 느낌을 가질 수 있을지 모르지만 그들의 작품 세계가 지니는 진정성이나 진솔함에 분외分外의 감동을 느낄 때가 한두 번이 아닙니다.

시를 쓰는 사람이 많아지면 많아질수록 그것이 좋은 현상이라고 나는 생각합니다. 왜냐하면 거칠고 사나워지기 쉬운 인간의 마음 가꾸기로 시 쓰기보다 더 적절한 수단은 그리 많지 않기 때문입니다. 수십 년 전보다는 시 쓰는 분들이 점차 늘어나서 우리 주위를 둘러보면 전문적 자기 직업에 종사하는 분들, 이를테면 교사, 경찰관, 사업가, 목수, 인테리어 전문가, 컴퓨터 프로그래머, 공무원, 화훼 기술 및 경영자, 철도기관사, 환경전문가, 화가, 신문기자, 방송국 프로듀서, 자영업자, 농민, 출판인, 정치인 , 약사, 의사 등으로 직접 시 쓰는 즐거움을 누리며 살아가는 분이 많습니다. 시인의 숫자가 늘어나는 만큼 우리 사회는 차츰 아름답고 정신적으로 풍요한 삶을 살아가게 되는 것이라 확신합니다.

오늘 우리가 함께 읽어보고자 하는 시 「철길의 여정 2」는 철도기관사의 경험을 가진 분이 쓴 시작품으로 여겨집니다. 특별한 주제와 테마를 아무나 쉽게 다루기란 불가능합니다. 가령 특별한 분야의 테마를 다루었다 할지라도 경험의 부족과 결핍 때문에 곧 실패로 끝나고 말 것은 불을 보듯 뻔한 것입니다.

이 시의 형식에서 연 구분은 커다란 의미를 지니지 않습니다. 원활하게 소통을 이루게 하는 시적 호흡의 한 장치로써 도합 7개의 연이 나뉘어져 있을 뿐입니다. 그리고 이러한 구분은 의미 단락의 변화와 진행을 편리하게 이끌어 줍니다.

도입부에서 독자들은 아직 철길과 그 위를 달려가는 기차의 존재성에 대하여 그리 큰 자각을 갖지 못합니다. 하지만 2연으로 접어들면서 사정은 판이하게 달라집니다. '차가운 대지에 뿌리 내리고 흘러온 검은 혈맥'이란 대목에서 심상치 않은 시인의 의욕과 포부의 방향성을 가늠케 합니다.

2연의 3행 '상처 같은 세월'을 읽으면서 대지의 차가움과 세월의 상처가 의미하는 역사성에 대하여 암암리에 공감의 분위기로 접어들게 되는 자신을 발견합니다. 하나의 궤도로서의 철길은 차가운 대지 위에 놓여서 그 대지 위의 삶을 소통시키고 피를 뛰놀게 하는 생명력의 총체성입니다. 하지만 그 철길이 걸어온 도정은 결코 순탄치 않습니다. 온갖 험난한 시간 속에서 철길의 생애는 상처투성이입니다.(경부선의 부설 과정과 철도를 통한 식민지의 수탈과정 등에 관한 역사적 이해가 이를 증명합니다)

이쯤에서 독자들은 철길의 역사가 인간의 역사, 혹은 민족의 역사와 크게 구별되지 않는다는 공통점을 깨닫게 됩니다. '달빛 따라 굴려온 은륜'이란 표현은 철길에 대한 오랜 사색의 경험을 가진 시인만이 쓸 수 있는 깊은 표현입니다.

3연의 분위기는 자못 애절합니다. 두 가닥의 레일은 침목을 깔고 누워서 서로의 손만 뻗으면 바로 닿을 수 있는 바로 지척에 있으면서도 그들은 영원한 평행선입니다. 결코 함께 서로의 몸과 마음을 하나로 만나게 할 수 없습니다. 아마도 이것은 운명적 비극성을 상징하고 있는 듯합니다. 이러한 상징의 구체성이라면 대개 분단으로 갈라진 민족, 혹은 함께 만나고 싶지만 끝내 그 만남을 이룰 수 없는 비극적 사랑의 관계성을 의미하고 있기도 합니다. 상봉을 기대하는 둘 사이의 애타는 갈망은 항시 육중한 열차의 무게 때문에 애당초 표현 자체가 불가능해집니다.

4연에서의 기적소리는 두 가닥 레일이 서로 만남을 이루지 못해서 토해내는 신음으로 들리기도 합니다. 흔히 기적소리가 슬프게, 때로는 비감하게 들리는 까닭이 모두 이 때문인 것 같습니다. 사람 사는 마을로 울려 퍼지는 기적소리가 지니는 애처로운 이미지와 그 풍경은 인간의 삶이 지니고 있는 가장 비극적인 황홀의 극치가 아닌가 합니다. 매천梅泉 황현黃玹(1855~1910) 선생이 그의 절명시絶命詩에서 '바람 앞의 등불이 촛불 비추네'라고 정리했던 그러한 비극적 황홀과도 일치를 이루지요.

철길인들 왜 일탈逸脫의 꿈을 꾸지 않겠습니까?

누구나 답답하고 따분한 일상을 과감하게 거부하고 벗어나서 마구 소리를 지르고 싶을 때가 있는 것입니다. 그동안 예의나 체면 때문에 전혀 시도해 보지 못했던 일탈의 행동들을 적극적으로 저질러보고 싶을 때가 있는 것입니다. 하지만 우리는 쉽게 그러한 일탈을 결행에 옮기지 못합니다. 대상과 자아와의 거리를 수치로 계량화計量化시켜 시작품의 내부에 슬쩍 집어넣는 표현도 즐겁습니다. 철도전문직만이 알고 있는 특별한 상식이겠지만 이를 작품 속에서 보통 명사들과 더불어 활용하고 구사하는 일은 자못 흥미롭습니다.

6연과 7연은 마침내 사랑의 대상에 대하여 다가갈 수 없는 운명적 비극성을 하나의 섭리로 수용하며 체념하는 자세를 그리고 있습니다. 이것은 달관達觀의 경지에 다다른 사람만이 나타내는 높은 정신 세계입니다. 사랑의 대상을 늘 마음속으로 느끼며 더불어 먼 길을 걸어가는 과정은 아득하기만 합니다. 어쩌면 시인이 이 시작품을 통하여 말하고자 하려는 의도는 아마도 고독한 인간의 존재성과 그의 삶에 대한 통찰이 아닌가 합니다.

　시인은 세상의 그 어떤 사물로서도 인간의 근본을 설명해낼 수 있습니다. 이 시작품에서 시인은 영원히 평행선으로 달리지 않으면 안 될 두 가닥 철길의 운명과 그 위를 육중한 무게로 달리는 열차의 존재성을 통하여 인간의 삶을 독자들에게 일깨워주고 있는 것입니다.

　나의 열차는 지금쯤 어디를 달리고 있는지요?

　여러분의 열차는 또 지금쯤 어느 역을 통과해 가고 있는지요?

　우리가 탄 열차는 기적소리를 울리며 거침없이 인생의 어느 구간을 달려가고 있는 중입니다. 그리고 그 질주는 시작도 끝도 없습니다. 하지만 잠시 짬을 내어 열차의 하중을 떠받치고 있는 두 가닥 철길에 대하여 곰곰이 성찰해 보는 저녁 시간이 되기를 바랍니다.

시월 어느 오후

목장승 비스듬히
하늘 보고 누워있는 공방 뜰
켜켜이 쌓아둔 배 불룩한 항아리
붉은 햇살이 곱다

문 틈 사이로
두런두런 들려오는 목소리
주인은 간데없이
저 혼자 라디오가 떠들고 있는데

구구구구
숲 속의 작은 새여
담쟁이덩굴 땀 젖은 뜰에
어여쁜 너의 노래 들려주지 않겠니

솔 내음 가득한 숲길
살아남기 위하여 내게로 왔구나
깊숙이 뿌리내린
상처를 달래 듯 가만가만
도깨비바늘을 떼어내었다

　　　　시는 언어의 그림이라고 합니다.

이 말은 시의 표현과 회화繪畵의 표현이 지니는 동질성에 대한 암시를 담고 있습니다.

그런데 시를 읽으면서 느끼는 감정과 회화를 보면서 느끼는 감정은 서로 다릅니다. 시든 회화든 자연이라는 존재의 모방 과정임에는 틀림없지만 표현 수단에 따라서 이처럼 서로의 감응 과정은 차이를 보이는 것입니다. 달리 말하자면 시를 읽는 맛과 그림을 보는 맛이 서로 다르다는 소감의 고백과도 같습니다.

모든 예술은 그 지향의 근본에 있어서 결국은 하나로 만나게 되는 것인지도 모릅니다. 돌파하기 힘들고 어려운 삶의 여러 도정을 굳건하게 헤쳐 나가는 과정에서 마침내 빛나는 예술은 생겨나는 것이요. 그리하여 모든 예술의 궁극적인 방향은 극복의 경과, 혹은 승리를 획득하기 위해 나아가는 악전고투의 과정으로 볼 수 있을 것입니다.

시인이 다루는 언어의 질감은 어떤 시를 쓰는가, 또는 시인이 어떤 삶을 살아왔는가에 따라서 현저히 달라질 수 있습니다. 그것은 '화가가 어떤 색상에 대한 구체적 선호를 보이는가'라는 문제와 유사한 것입니다. 그러므로 어떤 시인은 밝고 명징한 언어를 즐겨 쓰는데 또 다른 시인은 어둡고 침울한 언어에 집착을 보이는 경우도 있는 것입니다.

우리는 한 편의 시에서 구사되는 언어의 특성이 매우 특별한 것이어야 한다는 고정관념을 가고 있는 듯합니다. 하지만 그것은 자칫 오해를 유발시킬 염려가 있습니다. 시적 언어(poetic diction)라는 것이 일상적인 언어와 구별되어야 한다는 사실에는 의문의 여지가 없지만, 시를 쓰기 위해 특별히 고안된 어떤 언어의 형태가 있어야 한다는 생각은 자칫 시와 시인 자신을 독자들로부터 고립시킬 수 있는 것이지요.

잘 알려져 있는 것처럼 지난 1960년대의 이른바 난해시라는 형태가 바로 그러한 전형적인 모습을 지녔습니다. 공연히 어려운 한자말, 아무도 쓴 적이 없는 생경한 외국어, 수학이나 화학의 기호와 공식, 현학적이고 철학적인 어휘들, 야릇한 서구적 방법론에 포로가 되어 있는 경우 따위를 들 수 있는데요, 과거 우리 시는 이러한 속물주의적 취향에 젖어서 시의 세계를 오직 시인 자신의 축제로 전락시켜간 부정적 현상들이 많았던 것입니다. 이것은 독자권을 완전히 무시하는 독선적이고 편향적, 패권주의적이며, 시인들만의 일방통행적 사고입니다.

그러나 이제는 그때보다 시에 관한 생각이 많이 달라졌고, 당시보다도 민주화의 진행이 눈에 띌 만큼 이루어졌지만, 아직도 여전히 과거의 독선적 스타일이나 방법론을 고수하는 창작 경향이 많은 것이 사실입니다.

시의 언어는 일찍이 이탈리아의 시인 단테Dante(1265~1321)가 자신의 고향 말로 그 유명한 서사시 『신곡神曲(La divina commedia)』을 써서 만인의 심금을 울렸고, 더불어 영국의 계관시인 워즈워드William Wordsworth(1771~1850)가 오로지 농민들의 투박하면서도 삶의 철학성이 무르녹아 있는 민중언어로 쉽고 울림이 큰 작품을 써서 놀라운 갈채와 지지를 받았던 것입니다. 한국에서는 1970년대로 접어들면서 신경림申庚林(1936~) 시인에 의해 시집 『농무農舞』가 발표되고 그 이후의 시적 인식에 대한 파장은 엄청난 변화를 가져오게 되었던 것입니다.

이제는 쉬운 말로 쓰는 시, 쉬운 말이지만 곱씹어 읽을 때 그 문맥에 서려있는 또 다른 철학성이나 관념성이 향기처럼 은은히 풍겨나는 작품이 주목받는 시대입니다.

오늘 우리가 함께 읽어보고자 하는 작품 「시월 어느 오후」는 이러한 여러 요소들을 두루 갖추고 있는 참한 특성을 지니고 있습니다.

먼저 첫 연에서는 시각적 이미지로 도입부를 시작합니다.

장면을 그려내는 과정에서 색상이나 형용을 표현하는 어휘들이 제각기 적절한 위치에서 반짝이며 빛을 발하고 있습니다. 비스듬히, 누워있는, 켜켜이, 배 불룩한, 붉은 등의 시어들이 바로 그러한 사례들입니다. 마치 한 장의 선명한 사진을 보듯 카메라의 앵글이 장소를 이동해 다니며 구체적으로 보여줄 것을 보여주고 있는 것이지요.

둘째 연에서는 새로운 상황의 변화를 느끼게 합니다. '두런두런' '떠들고 있는 라디오' 등의 대목들에서 느끼는 것은 청각적 이미지의 효과와 그것의 재치 있는 활용입니다. 한시에서도 이런 기법이 간혹 즐겨 구사되고 있지요. 사람은 보이질 않는데 밥 짓는 연기만 숲속에서 올라온다든가, 사람은 보이지 않는데 나무 찍는 도끼 소리만 숲에서 들려온다는 방식처럼 말입니다.

한 편의 영화를 보듯 카메라는 공간을 이동해 다니며 사물의 형상을 시각화시켜서 보여주다가 곧 청각적 울림으로 바꾸어갑니다. 이러한 기법을 이미지의 전환轉換이라 부르는데, 이 작품의 전체 구조에서 가장 아름다운 울림이 느껴지는 부분을 선택하라면 나는 주저 없이 2연을 고를 것입니다.

셋째 연에서는 청각 이미지와 시각 이미지의 혼합 스타일입니다. 그러한 과정에서 '새'와 '너의 노래'란 대목을 통하여 시인은 삶에 대한 긍정적이고도 낙천적인 자세로써 대상과의 순결한 통합이나 일치를 갈망하는 자신의 사상을 슬쩍 드러내 보여줍니다.

이렇게 읽어갈 때 마지막 연에서의 '숲길' '상처' '도깨비바늘' 등의 시어들이 결코 범상치 않은 의미를 지니고 독자들 앞에 새롭게 다가오는 것을 은연중에 감지하게 됩니다. 숲길은 어쩌면 우리가 살고 있는, 혹은 살아온 삶의 터전일지도 모릅니다. 그리고 우리는 그 터전에서 크고 작은 상처를 수없이 받으며 살아가고 있습니다.

이 세상에 마음의 상처가 없는 사람이 과연 있을까요?

달리 말하자면 인간이란 존재는 누구나 자기만의 상처를 속으로 품고 있기 때문에 자신의 삶을 더욱 잘 다독거리며 튼튼하게 살아가는지도 모릅니다. 흔히 일컫는 비유이지만 진주조개의 몸속에서 형성되는 진주라는 보석은 조개의 아프고 쓰린 상처 때문에 생겨나는 것이라고 합니다. 그리하여 상처는 인간만이 가질 수 있는 매우 영예롭고 귀한 것이 아닐 수 없습니다. 여러분께서는 아무쪼록 여러분의 내면에 깊이 감추어져 있으며 그 누구에게도 결코 드러내 보이고 싶지 않은 자신의 어두운 상처를 앞으로는 더욱 보듬고 사랑하면서 살아가게 되기를 바랍니다.

옷자락에 무수히 달라붙어 있는 도깨비바늘에 관한 코멘트도 지금까지의 독법讀法으로 읽어볼 때 꽤 흥미롭게 다가옵니다. 우리 몸에 붙은 저 도깨비바늘에 대하여 두려워하거나 한탄하지 말고, 그저 느긋한 자세로 하나씩 둘씩 떼어내면 되는 것입니다. 그러므로 4연 17

행의 이 시는 고달픈 세상을 살아가는 삶의 지혜를 보여주는 작품으로 읽는 것도 하나의 방법이 될 수가 있는 것입니다.

자기 앞에 펼쳐진 길을 그저 묵묵하고 담담하게 걸어가는 것!

이것이 가장 권장할 만한 삶의 방법이 아닐까 다시금 곰곰이 생각해 봅니다.

한 편의 시작품을 이렇게도 보고 또 저렇게도 읽어보는 여지를 가진다는 것은 그만큼 우리들의 정신적 삶이 윤택하고 풍부하다는 것을 말해주는 것이 아닐까요?

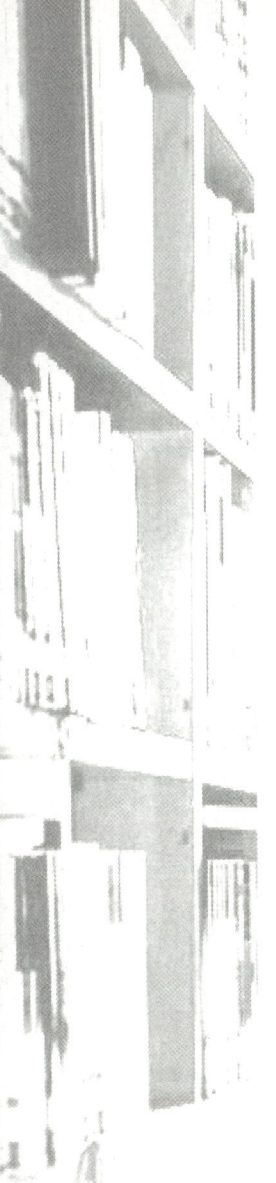

봉성역

잎담배 가득 실은
세렉스 화물 차량이
낡은 시멘트 포장길을 따라
덜커덩거리며 마을로 들어서고 있었다

늘 분주하며 역 앞에 살던
동창생이라 하던 키 큰 가시내의
희미한 이름만큼 지워져 버린 삶들
옥수수 한 자루 아들딸들에게 보내기 위해
플랫폼에 서 있는 사람도 없다

열두 평 남짓한 대합실
나무 의자에 앉아
강릉 묵호를 가기 위해 기다리던
고기장수 아주머니의 검은 손등이

왠지 그리운 것은
철거된 연탄난로 푸른빛이
대합실을 가득 메우다가
꺼지지 않고 남아서 그럴까

찾는 사람은 없는데
역장의 마음같이
길은 넓어져 갓길에는
때 이른 코스모스가 피어 있다

좋은 시는 관념을 극화시키는 것이라고 여러 번 역설한 바 있었지요.

시 「봉성역」의 1연은 참으로 진솔하고도 전형적인 관념의 극화입니다. 이 작품의 1연에 어떤 관념이 나타나 있느냐고요? 그것은 바로 삶의 고단함이나 진지함, 살아가는 일의 꾸준하고도 덧없음, 항상 되풀이되는 관습적인 시간들의 전개와 굴레 따위에 대하여 먼저 차분히 읽는 이의 마음을 정돈하게 해 주지요.

2연에서는 삶이라는 시간과 공간 자체의 쓸쓸함과 무의미함에 대하여 슬픈 구도로 그림을 그리고 있습니다. 역 앞에 살던, 지금은 그 이름을 잊어버린 키 큰 여자 동창생의 표상에다 삶의 구체성을 빗대어 표현하고 있습니다. 이럴 때 '키 큰 여자 동창생'은 삶의 의미를 일깨워주는 매우 훌륭한 보조 장치로 활용이 됩니다.

그것으로도 모자란 듯 시인은 '옥수수 한 자루 아들딸들에게 보내기 위해 플랫폼에 서 있는 사람'을 슬쩍 풍경화 속에 집어넣습니다.

그런데 그 그림이 몹시도 선연하고 애틋하여 두 눈에 눈물이 고일 듯합니다. 인생이란 어차피 쓸쓸한 것이니까요. 그 누구도 이 쓸쓸함에서 피해갈 사람은 없을 것입니다.

3연에서도 이러한 풍경화의 밑그림 그리기와 오버랩의 기법은 계속됩니다.

시골 간이역 대합실은 비좁기 마련이지요. 굳이 열두 평이라 밝힌 부분도 재미를 느끼게 합니다. 그리고 그 대합실의 나무의자가 주는 딱딱함과 고지식함에 대하여 그 독특한 분위기가 물씬 풍겨납니다. 시작품을 읽고 있는데도 그 대합실에서 빨리 오지 않는 열차를 기다리던 고기장수 아줌마들의 몸에서 풍기던 짠내, 혹은 생선비린내가 풍겨나는 듯합니다. 이러한 실감을 자연스럽게 풍겨나도록 하는 것이야말로 시인의 탁월한 솜씨이자 놀라움이지요.

그리고 그 대합실에는 또 하나의 소도구가 겨울철이면 마련되어 있었습니다. 그것은 작품에서 그려지고 있는 것처럼 바로 녹슨 연탄난로이지요. 몹시 추운 겨울이면 그 난로에 장작이나 조개탄 따위가 들어가서 활활 열기를 뿜어내었을 것입니다. 그리고 그 열기는 춥고 가난하며 언제나 마음이 시린 지역 주민들에게 따스한 위로가 되었을 것입니다. 이제 그 난로마저 철거되고 보이질 않는군요.

이만큼 세상은 모든 패러다임이 바뀌게 됨으로써 그만큼 황량해지고, 황폐해졌으며, 원래 제자리에 놓여 있어야 할 것들이 소멸되고 없습니다. 시인은 바로 이러한 아쉬움과 허전함에 대하여 이 작품에서 줄곧 그림을 그려서 보여주고 있군요.

언제나 푸근하고도 넉넉하던 시골 역장의 마음까지도 시인은 마지막 결구에서 하나의 시적 소도구와 장치로써 슬쩍 끼워 넣습니다. 이러한 삽입화는 제 역할을 톡톡히 해내고 있습니다. 그 소박한 표정의 시골 역장은 오가는 길손들의 안부와 소식을 물으며 그렇게 대합실의 난로처럼 늙어갔을 것입니다. 연탄난로가 지금은 철거되어 창고에 처박혀 있거나 고물상으로 사라져 갔듯이 시골 역장도 정년으로 퇴직하여 어느 시골에서 조용한 노후를 보내고 있거나, 혹은 세상을 떠났을지도 모를 일입니다.

아, 우리에게도 언젠가는 아무도 찾지 않는 시골 역 대합실이나, 그곳에 설치되어 있던 연탄난로, 또는 은퇴한 뒤로 소식을 알 수 없는 시골 역장처럼 쓸쓸하고 적막한 시간이 다가올 것입니다. 그 누가 쓸쓸하고 적막한 시간에서 예외가 있겠습니까?

과거 우리 문학사에서는 기차역을 테마로 한 시작품들이 독자들의 심금을 호젓하게 울려준 사례들이 가끔 있었습니다. 오늘 우리가 함께 읽었던 시작품 「봉성역」도 그러한 구실과 역할을 충분히 해내고 있습니다. 우리가 이미 읽었던 그 어떤 시작품보다도 더욱 강렬하고 눅진한 분위기를 이 시는 전달하고 환기시켜 줍니다. 우리에게 아름다운 시작품을 선사해주신 「봉성역」의 시인에게 마음의 인사를 전합니다.

기일 紀日

그리운 집으로 오셨습니까
잎 진 팽나무 삐뚜름히 서 있는 샛길을
뒷짐 지고 조용히 내려 오셨습니까
시월 보름
달빛 밟고 떠나시던 그 밤처럼
달빛 밟고 오셨습니까
아버지

관식이네 집 앞을 꺾어들어
오늘은 대나무 발 걷어낸 사립을 지나
아래 윗채 훤히 불 밝힌 마당 넓은 당신의 집으로
들어서셨습니까
청마루 처마 끝에 대롱거리는 전구 한 알
그 불빛아래 담배 한 대 피시며 앉아 계십니까

즐겨 드시던 전유어 육전 부쳐내는 며느리
자애로운 눈길로 바라보십니까
무 배추 풍성히 자란 텃밭 한 바퀴 둘러 보셨습니까

홍동백서 두동미서 정갈히 괴이었을 상 앞에
몇 식경 머물다 가시렵니까
간절한 마음으로 독배 올리지 못함을 나무라고 계십니까

깊은 밤 달빛 받들고 있는 제게도 다녀가십시오
휘이훠이 팔 저으며 돌아가시는 길
천지에 가득 찬 달빛타고 부디 다녀가십시오

일찍이 공자孔子는 생과 사의 구분이 뚜렷하고 엄격해
야 한다는 삶의 철학을 밝힌 바 있습니다. 하지만 이러한 지적은 사死
의 세계를 전혀 돌보지 말아야 한다는 뜻이 아니라, 일정한 거리를
두면서 현실의 삶을 더욱 건강하게 가꾸어 가야 한다는 논법으로 해
석할 수 있습니다. 예나 제나 사의 세계에 너무 집착하고 거기에 모
든 관심이 쏠려있는 불건강한 삶을 살아가는 사람들에 대한 경종이
기도 하겠지요.

더불어 그러한 과정을 바탕으로 하여 형성된 유학의 심오한 철학
세계는 이승의 삶을 중심으로 그것을 더욱 두터이 만들어가기 위해
서 먼저 가신 분들에 대한 제례의식을 마련한 것이 아닌가 합니다.
그런 측면에서 제사라는 공간은 생과 사의 적절한 연결고리이자, 저
승세계의 조상을 모처럼 만나는 상봉의 장소이기도 하지요.

진작 중국의 유학에서 시작된 망자亡者에 대한 제례의식은 주변 여러 나라, 특히 조선의 생활규범에 엄청난 영향을 미쳤습니다. 조선에서는 특히 제례의 방식과 절차에 대한 미세한 문제를 낱낱이 따져서 일정한 형식을 제정하였습니다. 그러한 제정은 지역마다 가문마다 학파마다 서로 다른 형식으로 제기되어 급기야 살벌하고 냉혹한 당쟁의 한 까닭이 되기도 했던 것입니다. 『주자가례朱子家禮』란 책이 바로 유교적 관혼상제의 내용을 소상하게 기록하여 후세에까지 전하는 고전적 자료이지요.

오랜 세월의 자취가 서려있는 역사적 과정을 거쳐서 발전 정착되어온 제례의식은 한국의 근대사회에 이르기까지 매우 중요하고도 커다란 삶의 비중이자 규범으로 자리를 잡았습니다. 살아가는 일이 아무리 힘들고 고되다 할지라도 설날과 추석날이 가까워오면 대다수의 한국인들은 돌아가신 조상님의 은혜에 대한 감사와 보답의 마음을 되새기며, 정성스럽게 제사 준비를 합니다. 아무리 먼 거리에 떨어져 살아가고 있다 하더라도 제사가 모셔지는 고향집으로 그 복잡하고 짜증나는 교통체증을 무릅쓰고 불원천리 달려갑니다.

제사 당일에는 몸과 마음을 정갈히 하고 깨끗한 옷으로 갈아입은 다음, 엄숙하고도 경건한 마음으로 제사를 올립니다. 오랜 예전에는 차를 끓여서 공양을 바쳤던 습관이 지금까지 흔적으로 남아서 제사를 차례茶禮라고도 일컫지요. 차례 상 위에는 그 해에 빚어진 각종 곡식과 채소로 만든 정성스런 음식과 신선한 과일들을 올립니다. 전통적으로 마련된 법도와 절차에 따라 각종 음식을 배열하고 촛불을 켜두며, 망자의 영혼을 대신하는 지방紙榜을 써서 그 앞에 정중히 모셔둡니다. 이때 후손들은 망자의 혼령이 반드시 그 자리에 와 계신다고 생각합니다.

제사의 후반부에서 모두들 무릎을 꿇고 부복하면서 그 자리에 오신 혼령이 음식을 드시기를 기다리고 있는데 이를 흠향歆饗이라고 합니다. 혼령에 대한 절은 반드시 두 번씩 올리는 재배再拜의 형식으로 하며, 이 과정에서 이룩되지 못한 소원을 간절히 기원하기도 합니다. 제사가 끝나면 지방을 바깥으로 모시고 나와서 불사르며 차례 상에 올렸던 음식을 일가친척들이 함께 나누어 먹습니다. 이를 음복飮福이라고 합니다.

오늘 우리가 함께 읽어보는 이 시작품은 돌아가신 날, 즉 기일에 올리는 제사를 참으로 아름답고도 처연하게 그리고 있습니다. 작품의 첫 연에 나타난 시절로 보아서 기일은 늦가을로 여겨집니다.

달빛은 휘영청 밝은데 망자의 넋은 지난날 떠나실 때와 마찬가지로 밝은 달빛을 밟고 오랜만에 흐뭇한 심정으로 산중에서 돌아오십니다. 이런 망자의 심경이나 자세를 나타내는 적절한 어휘로 표현한 '뒷짐 지고'란 대목이 매우 생생한 실감으로 다가옵니다.

망자는 드디어 자신을 위해 제사를 올리게 될 옛집으로 돌아와 훤히 불빛 밝히고 있는 뜨락의 한 모퉁이에 앉아서 마치 오랜 여행 끝에 모처럼 귀향한 사람처럼 정든 광경들을 바라보며 느긋하게 담배를 피우고 있습니다. 그리곤 시아버지를 위해서 각종 전을 부치고 있는 사랑스런 며느리의 뒷모습을 물끄러미 지켜보고 계십니다. 손자 녀석들의 노는 광경도 흐뭇한 얼굴로 바라보고 계시겠지요.

이런 분위기를 시에서 다룬 경우는 한국의 1930년대를 대표하는 시인 백석의 시 「여우난골족」이 단연 으뜸이 아닌가 합니다. 하지만 후손의 입장에서 묘사한 이 시의 경우도 백석의 시에 버금갈 정도로 뛰어난 한 폭의 한국화韓國畵입니다.

1연에서 3연까지는 제사상을 받으러 돌아오시는 아버지의 모습을 정겹게 그리고 있습니다. 4연에서 5연까지는 망자에 대한 가족들의 갈망과 정성의 부족에 대한 자탄이 나타나고 있습니다. 작품 전체에서 구사되고 있는 애절한 문체도 이 시의 고유한 분위기를 살려내는 일에 커다란 기여를 하고 있습니다. 한 사람이 다른 상대방에게 마치 간곡하게 부탁하는 듯 다정한 목소리로 도란도란 타이르는 듯 엮어가는 문체를 돈호법頓呼法이라고 하지요.

이 시는 전반적으로 한지에 배어나는 먹물처럼 선연하고도 눈물겨운 전통적 정서로 우리들에게 새롭게 각인되고 있습니다. 한 편의 시가 보여주는 아름다움이란 바로 이런 것입니다. 우리가 그림을 통해서 혹은 음악을 통해서 얻게 되는 감동과는 사뭇 다른 것을 느끼게 되지요. 민족적 전통이나 관습의 풍경을 이처럼 쉽고 간결한 언어로 그려내기란 결코 쉽지 않습니다.

명절이나 기일이 다가올 때마다 다시 읽어보고 싶은 한 편의 감동적인 시작품을 오늘 여러분과 함께 읽어보았습니다. 일상의 차디찬 냉기로 서늘하던 가슴이 차츰 저 아랫목에서부터 조금씩 따뜻해져 옵니다.

그 노인

화장실이 거처인 할머니

밤낮으로 시장 지킨다

세상 돌아가는 일 알아야 후련한지

손수레 끌고 펭귄같이 뒤뚱거린다

허리가 ㄱ자로 굽어서

얼굴이 발끝에 닿으니 머리는 하얀 섬

엄동설한에 갑사 치마저고리

자주색 고름이 남 다르다

끈으로 동여맨 허리가 한 줌

배에서 요동치는 소리 들리니

화장실 귀퉁이 보일러 옆에서

찬밥 한 덩이 요기한 뒤

벽에 기대어 잠 청하며 내일을 기다린다

세상의 내부를 요모조모로 돋보기를 들고 들여다 볼 수만 있다면 참으로 기가 막힌 광경들을 많이 볼 수 있을 것입니다. 이 시에 그려진 화장실 지키는 할머니의 경우도 바로 그러한 기막힌 장면 중의 하나가 아닐까 합니다.

거의 대다수의 사람들이 자신의 급한 볼일을 보기 위해 이곳을 드나들지만 용무를 본 다음에는 바람처럼 잠시, 그것도 화장실 관리하는 할머니에게는 눈길 한 번 주지 아니하고 후딱 빠져나갑니다.

그런데 시인은 시장 골목에서도 가장 후미진 곳에 있는 화장실을 평소에도 늘 다니면서 이 할머니의 모습과 일거수일투족을 그냥 흘려 넘기지 아니합니다. 그리고 또한 할머니의 고단하고 지친 삶과 생애에 대한 내적 성찰의 눈길을 이어갑니다.

무릇 사람들의 세상 살아가는 모습은 천차만별일 터입니다.

어떤 이는 곱고 아름다운 것만 추구하고, 또 어떤 이는 슬프고 우울한 것에만 탐닉합니다. 또 어떤 이는 환하고 밝은 것에만 관심을 가지며, 또 어떤 이의 경우는 어둡고 쓸쓸한 것에 유난히 시선을 고정시킵니다. 그가 어떤 장면에 눈길을 주든 그 지속적 과정에 나타난 마음 바탕이 그의 행동과 내용을 규정할 것입니다.

만약 마음이 차디차고 자신밖에 모르는 이기적인 사람이 남의 작품을 흉내 내어 이타적 표현을 한다면 그것은 하나의 위선에 지나지 않을 것입니다. 기성 시인들의 작품 중에서도 그러한 경우를 쉽게 찾아볼 수 있습니다. 자신이 만난 모든 사람은 아름다웠다고 말을 하지만 실제로 그의 삶은 이웃과 완전히 차단되고 격리되어 있습니다. 그가 만난 상당수의 사람들에 대하여 심한 경멸과 혐오를 갖고 있습니다. 또한 자신이 발간한 시집을 세상에서 가장 따뜻한 책이라고 서슴

없이 말합니다. 하지만 조금만 관심을 갖고 지켜보면 그의 표현이 얼마나 위선으로 가득 찬 것인가를 금방 알게 됩니다.

우리의 민족사는 지난날 조선왕조 중반기를 넘어서면서 한 분의 위대한 문학인을 배출하였습니다.

그 분의 이름은 바로 연암燕巖 박지원朴趾源(1737~1805) 선생입니다.

왜 그 분의 작품이 우리들에게 깊은 감동과 따뜻함, 엄정함을 보내오는가 하면 작품 속에 다루어진 중심인물들이 대부분 사회 밑바닥에서 자신의 일을 묵묵히 담당해가고 있는 철저한 서민들이기 때문입니다. 보기를 들어 말하자면 먼저 「예덕선생전穢德先生傳」의 경우를 들 수 있습니다.

'예덕선생'은 경기도 개성 장안에서 인분을 수거하는 일을 담당하는 비천한 사람입니다. 비록 구린 냄새로 가득한 장소에서 힘겨운 일을 하고 살아가지만, 그는 그 어떤 다른 사람들보다 깨끗하고 고결한 품성을 지녔습니다. 거지를 다룬 「광문자전廣文者傳」의 경우도 마찬가지입니다. 비록 거지 '광문'이 비렁뱅이 노릇을 하며 연명하지만 남에게 얻은 밥으로 다른 거지들을 돕는 의로운 사람입니다.

「마장전馬駔傳」에서도 연암은 의로운 마부를 그리고 있습니다. 「양반전兩班傳」에서 묘사되고 있는 양반 사대부의 모습은 혐오스럽고 위선으로 가득 찬 군상에 불과합니다. 「민옹전閔翁傳」과 「호질虎叱」의 경우도 비속한 세태를 비판하고 풍자하는 내용을 담고 있으므로 동일한 관점에서 해석할 수 있습니다. 그 어렵고 힘든 시기에 연암이 온몸을 던져 위험을 무릅쓰고 써내려갔던 소설작품들은 그리하여 혁명적인 의미와 가치를 지니고 있는 것이지요.

오늘 우리가 함께 읽어보는 작품 「그 노인」의 경우, 읽으면 읽을수록 화장실 관리하는 노파의 처연한 모습에 가슴이 아립니다. 아무리

본인의 몸이 힘겨워도 그는 세상 돌아가는 일에 여전히 깊은 관심을 갖고 있습니다.

'손수레 끌고 펭귄처럼 뒤뚱거리는' 그림에서 독자들이 느끼는 감정은 어떤 것일까요? 고통스런 삶에서도 결코 지치지 않고 자신의 중심을 잃지 않으려고 몸부림치는 모습이 아닐까요?

상당수의 노인들은 노화현상의 하나로 골다공증이라는 반갑지 않은 증상을 만나게 됩니다. 그중 어떤 노인은 허리가 낫처럼 굽어서 얼굴이 거의 땅바닥에 닿을 듯한 자세로 힘들게 걸어갑니다.

'얼굴이 발끝에 닿으니 머리는 하얀 섬'이라는 표현은 이 시작품에서 가장 강렬한 대목입니다. 잔뜩 상체를 구부리고 수레를 끌고 가는 할머니의 구부린 모습인데요. 숱이 그다지 많지 아니한 백발이 거꾸로 숙인 머리 아래로 흘러내려 마치 하얀 섬처럼 보인다는 장면을 서술하고 있습니다. 오, 이 장면은 우리의 가슴을 얼마나 슬픔으로 저미게 하는 것인지 모르겠습니다. 지금은 세상을 떠나신 나의 아버님께서도 허리가 ㄱ자로 꼬부라지셨습니다. 당신께서는 일평생 고통의 시간과 그 멍에를 짊어지고 살아오시느라 그처럼 허리가 굽으셨던 것이지요.

이 작품에서 그려지고 있는 노파의 입성은 너무나 보잘 것 없습니다. 한 겨울인데도 불구하고 여름철의 옷감인 갑사로 만든 의상을 걸치고 있습니다. '끈으로 동여맨 허리가 한 줌'이라는 대목도 이 시에서 독자의 가슴을 쿵 하고 울리는 위력을 지니고 있습니다. 시인은 그냥 평범하게 말하듯 수월하게 내뱉는 시적 발화發話일지 모르지만 이러한 대목들은 앞에서의 '얼굴이 발끝에 닿으니 머리는 하얀 섬'이라는 대목과 더불어 이 시에서 가장 뛰어난 압권을 이루는 부분입니다. 이 구절들 때문에 이 시가 엄청난 감동으로 살아납니다. 그리고 그 감동은 눅진한 슬픔과 연민으로 되살아납니다.

걸신이 뱃속에서 아우성치는 무렵이 되면 할머니는 화장실 귀퉁이 보일러 옆에서 찬밥 한 덩이로 점심 끼니를 때웁니다. 이러한 정경을 유달리 주목하며 언어의 그림으로 그려내고 있는 시인의 시선과 마음에 우리는 주목할 필요가 있습니다.

시인의 눈길과 자세는 바로 이러한 역할이어야 합니다.

남들이 대개 가볍게 흘려보거나 놓쳐버리는 장면을 간파하여 의미롭게 되새기고 하나의 완전한 그림으로 재생시켜놓는 그것이 시인의 임무가 아닐까 합니다. 그런 점에서 이 시는 시인의 역할과 책임에 대하여 엄정한 메시지를 던져주고 있습니다.

그 할머니에게 과연 '내일'이라는 시간이 있기나 한 것일까요?

이미 심신은 늙어서 곤비하고, 또한 지독한 가난으로 말미암아 풍요롭고 밝은 내일은 전혀 노파에게 보장되어 있지 아니합니다. 그럼에도 불구하고 시인은 '벽에 기대어 잠 청하며 내일을 기다린다'라고 말합니다. 그것은 아마도 일상의 묵묵한 반복을 뜻하는 기다림일 것입니다. 어떤 점에서 인간이 살아가는 삶의 도정은 이러한 모습이어야 할 것입니다.

일찍이 박남수朴南秀(1918~1994) 시인은 한국전쟁 시기에 방공호로 대피한 어느 일가의 모습을 시로 그리면서 여생이 얼마 남지 않은 할머니가 위험을 무릅쓰고 방공호 바깥으로 나가서 꽃씨를 받는 장면을 시 「할머니 꽃씨를 받으신다」에서 노래한 적이 있습니다. 삶에 대한 낙관적 전망과 그 가능성은 할머니 세대로써 끝이 나는 것이 아니라 우리 모두가 대를 이어가면서 이룩해야 할 과제인 것이지요.

우리는 미래라는 시간을 기다리면서 현재 시간을 너무 조바심치며 호들갑스럽게 살아가는 것은 아닌지 반성해야 하겠습니다. 그런 점

에서 시 「그 노인」은 항상 불만으로 가득 찬 우리들의 일상적 삶을
다시금 매서운 반성과 성찰의 눈으로 되돌아보게 하는 놀라운 효과
를 지닌 작품이라 하겠습니다.

가장 평범한 것의 아름다움과 숭고함

뽕잎 사랑

내 어머니께서 새벽이슬을 헤치고
다래끼에 수북이 따오신 뽕잎엔
파란별이 묻어 오스스 떨고 있다

반질거리는 풋풋한 꿈 먹이시느라
졸리운 눈 비비며 뽕잎을 던지시던
여기도 던지고 저기도 던지고

밤 깊어도 지칠 줄 모르고 던지면
누에는 자꾸 쏴아 바람 소릴 냈다
쉴 새 없이 불어오던 바람 소리 따라

누에의 별이 담긴 파란 꿈은
이제 단단한 껍질 속에서 그의 꿈이
희다 못해 푸른 고치가 되었구나

사람이 살아가는 과정에 대하여 곰곰이 생각해 봅니다. 그렇게 생각하노라면 그 평범한 과정 가운데 서려있는 어떤 놀라운 엄숙성 때문에 문득 소스라쳐 놀랄 때가 있습니다.

우리는 한 사람의 인간으로 태어나서 대지 위에 발을 딛고 제각기 주어진 분량의 보행을 계속하면서 분주히 살아갑니다. 살아있는 동안 우리는 얼마나 많은 걸음을 걷는 것일까요? 우리가 제대로 헤아릴 길이 없어서 그렇지 틀림없이 우리가 걸었던 걸음의 숫자는 엄청난 숫자로 우리의 등 뒤에 차곡차곡 적립이 되어 있을 것입니다. 더불어 한 인간이 어느 길을 어떻게 걸어왔는가에 대한 역사적 성찰과 경과에 대한 분석은 참으로 크나큰 의미를 지니고 있을 것입니다.

여러분은 여러분 자신이 걸어온 길에 대하여 어떤 후회를 하고 있습니까? 아니면 작은 성취에 대하여 어떤 보람을 느끼고 있는지요? 대체로는 만족스러운 족적을 남기지 못한 아쉬움에 대하여 후회하거나 안타까워하는 경우가 많으리라 여겨집니다.

오늘 우리 앞에 놓인 이 「뽕잎 사랑」이라는 시작품은 누에에게 먹일 뽕잎을 따는 한 농촌 아낙네와 그의 노동 과정, 그리고 그 뽕잎을 잠상蠶床에 얹어 주었을 때 누에들이 뽕잎을 사각사각 먹어 들어가는 광경을 재치 있게 그리고 있습니다.

일찍이 내가 읽었던 어느 고전 작품의 구절은 누에가 뽕잎 먹는 소리를 소낙비 오는 소리에 비견하고 있었습니다. 누에가 뽕잎 먹는 소리를 '호박잎에 비 떨어지는 소리'로 표현한 시인도 있었습니다. 하여간 누에는 기묘하고 신비로운 우주의 소리를 내면서 그 많은 뽕잎을 재빨리 먹어치우는 것이지요.

그런데 누에는 뽕잎을 먹고 그냥 배설물로 내보내는 것이 아니라 너무도 아름답고 멋진 명주실을 뽑아냅니다. 그 끝을 가늠할 길 없는 명주실을 꽁무니에서 뽑고 또 뽑어서 마침내 하나의 어여쁜 고치로 자신의 온몸을 둘러싸고 적멸寂滅의 세계로 접어듭니다.

하지만 그 적멸의 시간은 그리 오래 가지 않습니다. 일정한 시간이 지나면 마치 예수가 깊고 어둔 동굴에서 부활하듯이, 혹은 겨울을 이긴 나무가 새순을 틔우듯 아주 새롭고도 싱그런 모습으로 되살아납니다. 고운 솜털이 달린 나방으로 변하여 기운찬 나래 짓으로 공중을 높이높이 날아오를 수 있는 것이지요.

인간의 삶도 누에가 번데기와 고치의 과정을 거쳐서 마침내 나방이 되는 이러한 과정을 반드시 겪어야만 합니다. 기나긴 인내의 과정을 굳건히 참고 이겨내었을 때 비로소 한 사람의 완전한 인격자로 다시 태어나는 것이지요. 그런 점에서 누에가 고치를 짓고 나방으로 다시 태어나기까지의 전 과정은 매우 상징적인 의미를 지니고 우리에게 새롭게 다가옵니다.

지금은 모두 사라지고 없는 풍습이지만 지난날 농경시대 우리 민족의 삶에서 누에치기는 삶의 기본을 이루는 매우 중요한 연중행사이자 통과절차였습니다. 양잠은 고대 실크로드의 문명교통로 주변에서 엄청난 삶의 저층을 이룩하며 펼쳐져 왔던 것입니다. 지금도 수천 년 전의 무늬와 채색을 넣은 실크가 사막의 모래밭 속 어느 고인의 무덤에서 생생한 모습으로 출토가 되는 경우를 수년 전 실크로드 여행길에 직접 눈으로 확인하고 돌아왔습니다. 천 년 전에 만들어진 비단의 그 신비스런 무늬와 채색을 바라보는 감동이란 그 무엇과도 비견할 수 없는 신비스런 경험이었습니다.

새벽이슬에 흠뻑 젖으신 채 누에에게 공급할 뽕잎을 채취해 오시던 어머니의 전통적 표상을 우리는 이 시작품에서 만날 수 있습니다.

한국에서도 누에치기는 매우 중요한 농경 활동 중의 하나였습니다.

이제는 민속박물관에 가야 만날 수 있는 전통적 농기구의 하나였던 '다래끼'란 시어도 정겹게 느껴집니다. 대나무나 짚을 엮어서 만들었는데 이는 대개 각종 농산물이나 곡식 따위를 담는 도구였지요.

어머니께서 따오신 뽕잎에 파란별이 내려앉아 있다는 표현도 싱그럽습니다. 그 파란별이란 다름 아닌 이슬의 시적 표현입니다. 하지만 '이슬이 맺혀 있다'라고 했더라면 이 시는 무척 싱거워졌을 것입니다. 이런 경우는 다만 상식적이고 진부한 설명에 불과하지요. 그러나 이슬을 '파란별이 내려 앉아 있다'라고 슬쩍 바꾸어 표현함으로써 삶의 즐거움과 훈훈한 두께는 한층 넓어지고 깊어졌습니다. 바로 이러한 것이 시의 즐거움입니다.

과거 선인들이 '뽕잎 먹는 누에가 소낙비 소리를 낸다'라고 표현했던 대목을 이 시작품은 바람소리로 대신하고 있습니다. 솔밭을 불어가는 바람을 송뢰松籟라고 합니다. 그 바람은 얼마나 싱그럽고 산뜻한 바람일까요? 그런데 이 시에서는 누에들이 일제히 뽕잎을 갉아먹을 때 마치 소낙비가 풀밭에 떨어지는 듯한 소리처럼 불어오는 바람소리로 표현이 됩니다. 이런 표현은 결코 쉽지 않습니다. 삶의 경험과 시간성의 체득과정에서 비로소 가능한 것이기 때문입니다.

누에는 이렇게 파란별을 먹고 파란 꿈을 꾸면서 때로는 바람소리를 입으로 줄곧 힘겹게 불어내면서 비로소 희고 눈부신, 그리고 단단한 껍질을 만들었습니다. 그리고 그 껍질 속에 자신만의 푸른 꿈을 알차게 담아내고 있습니다.

자, 어떻습니까?

우리 인간의 삶도 어쩌면 누에가 보여주는 전체 과정과 마찬가지로 온갖 어려움과 힘든 인고忍苦의 시간을 거친 다음에 비로소 이룩하는 뿌듯한 성취가 아닐까요?

　그저 쉽게 얻어지는 재물, 노력하지 않고 이룩하는 명예와 부는 사실상 아무런 의미가 없는 것입니다. 작은 일에도 감사할 줄 알고, 인간의 도리를 지키면서 이웃과 더불어 나누며 살아가는 삶! 혹은 가장 평범한 것의 아름다움과 숭고함! 바로 이러한 삶의 기본과 철리哲理를 시 「뽕잎 사랑」은 우리들에게 일깨워주고자 하는 것입니다.

안동 성좌원

-나환자촌에서-

안동시 募동 1359번지
고사목들이 군락을 이룬 곳에도 해는 뜬다
질척이는 천형으로 등피가 갈라지고
오한으로 부러지고 꺾여 썩은 가지들...
죽음 언저리서 얻은 나머지 생명
그래서 더욱 치열하게 그들은 숨을 쉰다
병든 가지와 등줄기가 위태하지만
그들의 뿌리는 더 깊이 박힌다
별자리 아름다워 서러운 천사들의 마을에
눈 코 입 짓물러 앉고 멀쩡한 것은 푸른 영혼 뿐
댕그렁 댕그렁 교회 종소리 시리게 울려 퍼지면
그들은 골고다 언덕을 힘겨이 오른다
육신을 십자가에 걸어 놓고 더욱 단단해진 마음으로
가지 없는 굳은 손바닥에 성경과 찬송가를 얹어

햇살 고운 아침, 그들을 버린 나라에 모여든다
지팡이에 더듬이를 달고 절뚝이며
햇살 고운 어둠을 더듬어 오는 것이다

　　　지상에서 한 인간으로서의 삶을 살아간다는 것은 그야
말로 아슬아슬하고 위태롭기 짝이 없다고 합니다. 이렇게 생각하는
사람들은 항시 영육간의 질병에 시달리며, 가난으로 고통 받는 분들
입니다.

　반면에 삶이란 너무나 숭고하고 아름다운 것이라는 정반대의 관점
을 나타내는 사람도 있습니다. 그들은 대개 물질이 넉넉하고 아쉬움
을 모르는 풍족한 사람들일 것입니다.

　하지만 세속적 관점이야 어떻든 간에 우리는 지상에서 한 인간으
로서의 삶을 살아가면서 힘들고 우울한 먹구름의 시간을 혼신의 힘
으로 걷어내고 밝은 태양의 시간이 가득한 세상을 만들어가야 합니
다. 이것은 어쩌면 인간에게 맡겨진 영원한 숙명인지도 모릅니다.

　한국의 문학사에서 한하운韓何雲(1920～1975)이란 이름의 시인을
우리는 기억합니다.

　하지만 그의 작품은 생시에나 사후에나 문학사의 중심에서 제대로
인정을 받지 못하는 시인입니다. 왜냐하면 한센씨병, 즉 나환자 시인
으로 세상에 알려졌기 때문입니다. 『보리피리』 『한하운시집』 등의 피
눈물로 얼룩진 시집을 남겼지요.

　오죽 질병의 고통에 시달렸으면 '나는 나는 죽어서 파랑새 되어 /
푸른 하늘 푸른 들 날아다니며 / 푸른 울음'을 우는 파랑새가 되겠노
라고 고백했을까요? 멀쩡하던 일본유학생이 방학 중에 돌아와 천형

天刑의 병에 감염된 사실을 알게 된 후 그는 혼자 멀고 먼 남녘 바다 소록도라는 섬으로 혼자 걸어서 방랑과 유폐의 길을 떠납니다.

그가 비틀거리며 걸어가는 황토 길은 누런 흙먼지로 뒤덮여 앞이 보이지 않습니다.

아득히 펼쳐진 전라도 땅을 꺼이꺼이 피울음 울면서 걸어가다가 중도에 잠시 물가에 앉아 지까다비(신발)를 벗어보면 육신에서 분리된 발가락이 하나 신발 속에서 떨어져 개울물 위에 둥둥 떠 흘러가는 광경을 봅니다. 차츰 그의 눈썹은 빠지고, 코와 입술도 사라져 전형적 '문둥이'의 모습으로 바뀌었습니다. 눈시울도 아래로 쳐져서 흉한 모습으로 변해버렸습니다.

그 누구도 침을 뱉고 외면하는 가장 저주받은 문둥이가 된 것이지요. 충청도 지역에서는 문둥이를 '용천뱅이'란 말로 불렀습니다. 이문구와 김성동의 소설에 종종 등장하는 존재이기도 하지요.

흘러간 시절, 한센씨병을 앓는 환자들의 관리가 제대로 되지 않았던 시절에는 이 환자들이 무리를 지어서 마을 주변의 다리 밑이나 높은 고갯마루 부근 숲속에 웅크리고 살았습니다. 늘 패거리를 지어서 몰려다니며 마을의 잔치나 상가 대문 옆에 진을 치고 술과 음식을 내놓으라며 주인을 고통스럽게 했었지요. 어린 시절에 보았던 그들의 모습은 너무나 무서웠습니다. 삶의 막다른 벼랑 끝에 선 그들에게 무슨 두려울 것이 있었겠습니까?

미당 서정주徐廷柱(1915~2000) 시인의 시에도 등장하는 '문둥이' 이미지는 그야말로 처참한 슬픔의 극을 달리고 있습니다. '해와 / 하늘빛이 두려워 / 보리밭에 달뜨면 애기 하나 먹고 / 꽃처럼 붉은 울음을' 밤새도록 처연하게 우는 소름끼치는 잔상으로 우리들의 기억에 남아 있습니다.

일본 제국주의 치하에서는 소록도에 한센씨병 환자들을 대거 수용해서 본토와 격리를 시켰지만 섬에 감금된 환자들에 대한 가혹한 인권유린과 학대는 세상 그 어디에도 알려지지 않았습니다. 최근 감추어졌던 당시의 사실들이 하나둘씩 알려지고 있는데요. 일제는 관리하기 힘든 한센씨병 환자들을 생매장해서 집단학살했던 사례들도 있었다고 합니다.

이 최악의 장소에서 나환자들을 위해 평생을 바치는 숭고한 분들도 있다는 사실을 우리는 잊지 말아야 합니다. 벨기에 출신의 다미안 신부는 태평양 한가운데에 위치한 섬 몰로카이에서 평생 나환자들을 돌보다가 자신도 결국 질병에 감염되어 세상을 떠났습니다. 줄곧 나환자촌을 찾아다니며 그들의 처참한 모습을 사진으로 찍어 사진집을 발간했던 한국의 성직자도 있었습니다.

인간이면서도 인간으로서의 삶을 영위하지 못하고 저주와 탄식과 절망 속에서 짧은 세상을 살다간 나환자들의 상처와 아픔을 우리는 이 시작품을 읽으면서 다시금 냉철히 생각해봅니다.

오늘 우리가 함께 읽어보는 작품 「안동 성좌원」은 부제가 알려주고 있는 바처럼 한센씨병을 앓고 있는 환자들의 집단수용 시설을 시로 다루었습니다. 이런 테마의 시를 다루기란 여간 어려운 것이 아닙니다. 왜냐하면 그들의 삶을 제대로 이해하기 힘든 일반인들이 자칫 편하고 배부른 자리에서 비상식적인 담론을 펼쳐가기가 십상이기 때문입니다.

그럼에도 불구하고 이 작품을 쓴 시인은 객관적이고 감정에 치우치지 않는 시적 문체로 적절한 비유를 구사하면서 사실 자체를 실감나게 그려내고 있습니다. 나환자의 무시무시한 질병의 정황을 고사목의 꺼칠꺼칠한 피부에 비유한 것은 매우 적절하고도 효과적인 선택이라 하겠습니다. 시적 구도는 매우 간단합니다. 나환자 수용시설에서 살고 있는 환자들이 교회당 종소리를 듣고 뭉그러진 손으로 성경책을 챙겨서 예배에 참석하러 하나 둘 모여드는 광경이지요.

그들에게 현재 멀쩡한 것은 '푸른 영혼' 뿐입니다.

모든 것이 망가졌지만 그들이 태어난 나라는 그들을 돌보지 않았습니다. '그들을 버린 나라'란 대목에서 우리의 가슴은 마치 칼에 벤 상처에 소금을 뿌린 듯 따갑고 아프게 저려옵니다. 그 암울한 환경 속에서 그들에게 과연 무슨 낙이 있었겠습니까?

그럼에도 불구하고 그들은 몸이 상한 사람들끼리 마음을 나누고 합하여 혼인도 하고, 물품을 생산하는 공장도 운영하며, 자신들만의 공동체 조직을 갖기도 합니다. 하지만 대체로 그들의 삶은 안정된 시간으로 다가가지 못합니다. 혼인을 해서 낳은 자녀들은 이른바 '미감아'란 편견과 누명을 쓰고 학교에서 쫓겨납니다. 그들이 생산한 물품들은 이른바 '신앙촌 물품'이란 명분으로 헐값에 팔려나가거나 혐오대상으로 판매거부를 당하기가 십상입니다. 또한 그들의 공동체 조직은 늘 와해되거나 무시와 억압을 당할 뿐입니다.

결코 쉽게 다루기 힘든 테마를 슬픈 아름다움의 시작품으로 승화시킨 시인의 솜씨에 대하여 박수를 보내고 싶습니다. 더불어 우리는 삶의 표면에서 감추어진 음습한 곳을 일부러 찾아가서 기웃거리며 그 눈물겨운 정황을 시작품으로 써서 남기려 하는 한 시인의 남다른 자세에 대하여 경외심을 가져야 하겠습니다.

시는 이처럼 현실의 표면에서 가려져 있는 속의 진실을 드러내는 것입니다. 이러한 작업을 실천하기 위해서 시인은 그 누구보다도 따뜻한 가슴으로 바쁜 눈길을 두리번거리며 다녀야 합니다. 더불어 남들이 평소 돌보지 않는 응달지고 후미진 곳을 찾아다니며 자신만의 예리한 시의 촉각을 번뜩여야 할 것입니다.

우리 가슴으로 흘러드는 맑은 샘물 같은 시

정애정의 시 「4월 비빔밥」

4월 비빔밥

햇살 한 줌 주세요

새순도 몇 잎 넣어주세요

바람 잔잔한 오후 한 큰 술에

산목련 향은 두 방울만

새들의 합창을 실은 아기병아리 걸음은 열 걸음이

좋겠어요

수줍은 아랫마을 순이 생각은 듬뿍 넣을래요

그리고

마지막으로

내 마음을 고명으로 얹어주세요

행복한 글쓰기를 위한 달고 맛있는 비평

이런 저런 음식들을 두루 먹어 보았지만 「4월 비빔밥」처럼 깜찍하고 정겨운 음식은 처음 대합니다.

이 비빔밥의 재료는 봄 햇살 한 줌, 새 순 몇 잎, 바람 잔잔한 오후 한 큰 술, 두어 방울의 산목련 향, 새들의 합창을 실은 아기병아리 열 걸음, 그리고 수줍은 아랫마을 순이 생각은 손에 집히는 대로 듬뿍 넣습니다. 비빔밥의 최종 마무리에 해당하는 고명의 재료는 모든 것을 사랑하는 나의 마음입니다.

여러분은 이런 비빔밥을 맛보고 싶은 생각이 들지 않습니까?

사실 음식이란 것은 혼자 쓸쓸히 먹는 것보다 여럿이 함께 둘러앉아 정담을 나누어가며 먹을 때 더욱 맛이 난답니다. 독거노인의 적막한 밥상을 생각해봅니다. 아무리 좋은 음식이라 한들 그것을 혼자 먹는다면 제 맛을 느낄 도리가 없습니다. 세상에서 가장 좋은 음식을 혼자 독차지하고 즐기는 모습은 참으로 가증스럽고 뻔뻔한 광경일 것입니다.

남을 생각하며 남의 입장에서 배려하는 마음!

이런 마음이야말로 베푸는 사랑의 마음이며, 불교에서 말하는 아름다운 화엄華嚴의 세계가 아닐까 합니다.

일찍이 음식 이름을 자신의 시작품에 등장시켜 톡톡히 재미를 본 시인이 있었습니다.

그 이름은 백석입니다. 평안도 정주에서 태어나 어린 시절을 그곳에서 보낸 이 시인은 조국이 제국주의의 식민지로 바뀌어져 온통 파괴되고 쑥대밭으로 바뀌어가는 참상을 지켜보았습니다.

그 과정에서 시인은 우리 겨레가 대대로 살아온 고향과 전통적인 음식, 사라져가는 풍습 따위를 자신의 시작품에서 완강하게 재현시켰습니다. 그것도 눈물겹고 옛 추억이 듬뿍 담긴 고향의 방언으로 말입니다. 백석의 시가 오늘에 이르기까지 독자들에게 즐겁고 흐뭇한 아름다움을 느끼게 해주는 까닭은 바로 이런 사연이 담겨 있었기 때문입니다.

백석의 시에 자주 등장하는 음식 이름은 대체로 일반 서민들이 즐겨 먹던 평범한 음식들입니다.

국수, 가자미식혜, 동치미, 만두, 돌배, 떨배, 청배, 풋감, 약숫물, 꿩고기, 개구리 뒷다리 구이, 원소元宵란 이름의 달떡 등 낱낱이 헤아려보면 무려 수십 가지에 해당합니다.

이처럼 정겹고 사랑스러운 음식의 이름을 제시함으로써 점차 소멸되어가던 민족의 전통과 뿌리를 그래도 위기 속에서 꿋꿋하게 지켜나가야겠다는 마음을 불러일으키게 했던 것이지요. 시인으로서의 백석이 위대하고 훌륭했던 점은 바로 이런 데서 찾아볼 수 있습니다.

오늘 우리는 참 정겹고 멋진 비빔밥 한 그릇을 앞에 놓고 앉아 있습니다.

지금 창밖에서는 온통 봄의 제전이 펼쳐지려 합니다.

나무들마다 물이 오르고, 파릇파릇 새순이 돋아납니다. 겨우내 조용하던 뒤뜰에서는 언제부터인가 새들이 재잘거리며 햇살을 마음껏 구가합니다. 바람결도 봄이 왔다고 볼을 간지르며 속삭임을 들려줍니다.

답답하고 웅크렸던 우리들의 마음들도 모처럼 기지개를 켜면서 맑고 싱그런 공기를 가슴 속에 한껏 빨아들입니다. 이런 봄의 시절이 우리 민족에겐 눈물의 시간이었던 기억이 있습니다.

가진 재산 모두 약탈당하고, 쌀독은 텅텅 비었던 시절, 방아 찧던 물레방아는 돌아가기를 멈추고, 참새들도 물방앗간으로 날아들지 않았습니다. 식민지 시대의 그 사무치도록 안타깝고 억울했던 기억을 우리는 지금도 잊을 수 없습니다. 그러한 봄은 온통 두려움으로 다가왔었지요. 먹을거리가 없어서 나무껍질과 풀뿌리를 캐어서 먹었습니다. 그것으로도 허기를 달래지 못해서 하얀 빛깔의 흙을 반죽하여 떡처럼 만들어 먹었다는 신문기사도 읽은 적이 있습니다.

그로부터 수십 년 세월이 흘러 이제는 먹고 입는 것이 너무나 풍족하여 넘치는 시절이 되었습니다. 오만과 방자함이 판을 치고 겸손과 절약은 낡은 고지식함으로 인식되는 세태로 바뀌고 말았지요.

이러한 때에 우리는 「4월 비빔밥」과 같은 상큼한 봄 시 한 편을 읽어보며 흘러간 옛 생각에 아련히 잠겨봅니다. 우리에겐 참으로 많은 격동과 아픔의 시간들이 넘치는 강물처럼 우리를 한바탕 뒤덮고 흘러갔습니다. 우리가 받았던 상처와 가슴의 피멍은 아직도 그 흔적이 생생한 채로 남아 있습니다.

대자연이 해마다 은총처럼 베풀어주는 이 아름다운 계절의 섭리 앞에서 우리는 햇살, 바람, 새순, 산목련의 향기, 새소리를 가슴에 그윽하게 담아봅니다. 잔잔한 평화의 느낌이 가슴속으로 개울물처럼 흘러드는 것을 실감합니다. 그토록 어렵고 힘겨웠던 세월이 있었기에 오늘의 평화가 더욱 아름답고 고귀한 것인지도 모르겠습니다. 이제는 눈물자국을 모두 씻어내고 오늘의 우리를 더욱 건강하고 튼튼하게 만들어가는 일에 땀 흘려 노력해야겠습니다.

여기까지 쓰고 나서 시 「4월 비빔밥」을 다시 소리 내어 낭송해 봅니다.

지금 여러분의 가슴 속으로는 무엇이 흘러들고 있습니까?

물고기자리

머나먼 밤하늘 끝자리
백조 한 마리 퍼득거릴 때
페가수스 남쪽 빅뱅의 시간

떨어진 별똥별
구름먼지 속 떠다니다
스스로 타기를 주저하지 않는다

마지막 타고 남은 재
빛도 빠져나올 수 없는 블랙홀로
침잠해버린 억겁의 고요

작은 불씨 둘 물고기 되어
천상으로 날아가
태양 주위를 공전하더니

은하단 푸른빛에 나란히 눕고

서로의 슬픔에 묶여
해가 떠도 사라질 줄 모르는
외로운 별들의 사랑에
우주는 신열을 내며 아파야만 했다

어린 날, 마당에 멍석을 깔고 누워서 바라보던 밤하늘을 생각합니다.

주변에 가족들이 함께 있었지만 내가 보던 밤하늘은 어찌 그리도 넓고 크기만 했던지요. 참으로 많고도 많은 별들의 광장에 나도 한 개의 별이 되어서 바람처럼 날아다닙니다.

내가 날아다니던 그 우주는 언제나 차디찬 바람과 수억만 년의 오랜 시간이 주는 쓸쓸함으로 가득 차 있습니다. 마음껏 우주를 날아다니다 제풀에 지쳐서 돌아와 보면 주변의 가족들은 이미 깊은 잠에 빠져들었습니다.

나는 다시 나의 상상력이 날아다녔던 그 밤하늘을 바라봅니다.

하늘의 한 쪽 구석에서 느닷없이 한 줄기 별똥별이 강렬한 빛을 길게 그으며 나타났다가 곧 사라집니다. 밤하늘을 가득 메우고 있는 그 무수한 별들은 제각기 눈물에 젖은 듯 촉촉한 눈빛으로 깜빡거립니다. 나는 문득 처연한 생각 속으로 잠깁니다.

나중에 내가 늙고 죽게 되면 나의 영혼은 이 세상을 떠나게 되겠지요.

그때 내 영혼은 한 마리 새처럼 저 광막한 우주를 혼자 바람처럼 쓸쓸히 떠돌게 될 것이라는 생각이 들었습니다. 그렇게 된다면 정답던 친구와 가족들로부터 완전히 헤어져 다시는 만나지 못하게 되는 고립을 과연 어떻게 감당할까? 그 엄청난 고독이 너무도 무섭고 두려워서 온몸에는 소름이 끼쳐지고, 무거운 슬픔으로 눈가에는 이슬이 맺혔습니다.

어느 시인은 죽어서 별이 되어 저 밤하늘을 지킬 것이라 했습니다.

과연 우리는 죽어서 별이 될 수 있을까요? 그리고 별이 된다면 어떤 별이 되어서 지상의 뭇 생명들을 내려다보고 있을까요?

이렇듯 우주와 관련된 상상력은 우리들의 어린 날부터 지금까지 항시 우리의 꿈을 가꾸어주었고, 또 가파른 현실을 잘 버티어갈 수 있도록 은근한 힘을 보내주었습니다.

우리의 삶이 힘겹고 지칠 때마다 밤하늘의 달과 별을 바라보면서 어금니를 꽉 깨물던 기억들이 있었습니다. 정월대보름날, 유난히 크고 밝은 만월을 바라보면서 소원을 빌던 추억들도 떠오릅니다.

수년 전 몽골의 고비사막에서 밤을 지낼 때의 일입니다.

'게르'라고 부르는 둥근 양털천막에서 초저녁잠이 들었다가 문득 화장실에 가려고 게르 밖을 나왔습니다.

그때가 새벽 두 시경!

비좁은 게르의 내부에는 화장실이 따로 없었고, 한참을 걸어가야 화장실 건물에 당도할 수 있었지요.

새벽의 고비사막에는 우주가 숨을 쉬는 듯 말발굽 소리와도 같은 바람소리가 들렸습니다. 그 무시무시한 고비사막의 한가운데서 나는 밤하늘을 보았습니다.

참으로 밝게 빛나는 깨끗한 별 떨기들이 바로 눈썹 위에까지 내려와 있었습니다. 손을 머리 위로 뻗으면 금방 별을 딸 수 있을 것만 같았습니다. 내가 게르 안에서 세상모르고 잠들어 있었을 때에도 저

별들은 사막의 밤하늘을 지키며 찬란한 빛의 잔치를 펼치고 있었던 것입니다.

그날 밤의 감동을 과연 무엇으로 표현할 수 있을까요.

오늘 우리가 함께 읽어보는 시 「물고기자리」는 이러한 우주적 생기와 시인의 무한한 상상력을 마음껏 펼쳐 보여주고 있습니다. 이 시를 통하여 대면하게 되는 우주라는 마당은 인간의 따뜻한 삶의 터전을 그대로 옮겨다 놓은 듯 정겨움으로 가득 찬 공간입니다.

그곳에도 세상과 마찬가지로 방황과 눈물과 사랑과 이별의 아픔이 있습니다.

'스스로 타기를 주저하지 않는' 별의 광경은 떠돌이 유성을 표현한 대목입니다.

우리의 삶도 경우에 따라서는 스스로 타기를 주저하지 말아야 할 때가 있는 것이지요. 하지만 대부분의 경우 세속적 미련과 집착 때문에 자리를 떠나지 못합니다. 과감하게 미련을 떨쳐버리고 한 줄기 광망光芒으로 길게 선을 그으며 사라지는 별똥별의 뒷모습이란 얼마나 개운하고 멋진 광경입니까?

한편 이 시는 '빛도 빠져나올 수 없는 블랙홀'에 대한 코멘트도 잊지 않고 있습니다.

참으로 무서운 곳이지요. 블랙홀이 우주에 존재한다는 사실이 알려지게 된 것은 그리 오래전의 일이 아닙니다. 동화 속에서 블랙홀에 관한 이야기가 가끔씩 구전되어 오곤 했지만 이 블랙홀이 사실로 규명되고 난 이후 시인과 작가들의 상상력이 얼마나 정확하고 직관적 통찰을 머금고 있었던 것인가를 알려준 계기가 되었지요.

블랙홀!

참으로 무섭고도 두려운 공간입니다.

우주에 존재하는 그 모든 것을 집어삼킨다는 무시무시한 수렁입니다. 시간도 공간도 인간이 고안해내었던 그 모든 업적과 성과들도 이 블랙홀 앞에서는 참으로 무력하고 덧없기 짝이 없습니다. 인간의 집착과 탐욕, 미련 따위가 얼마나 보잘 것 없는 것인지 경각심을 일깨워주는 상징으로 블랙홀은 우리에게 매우 긴요합니다.

이 광대한 우주 공간에서도 애틋한 사랑이 존재합니다.

작은 불씨 두 개가 물고기의 형상이 되어서 뜨거운 사랑에 빠집니다. 그러다가 서로를 꼭 껴안고 밤을 지낸 그들은 '해가 떠도 사라질 줄 모르는/ 외로운 별들의 사랑'으로 슬픈 종말을 맞이합니다. 이것을 인간 세상의 명칭으로 비련悲戀이라고 부를 수 있을까요.

하지만 그들의 이별은 잠시입니다. 다시 태양이 바다 저편으로 넘어가버리고 아득한 밤의 휘장이 드리워지면 그들의 사랑은 부활하는 것이지요. 밤이 되어야 비로소 만나고 아침이면 헤어져야만 하는 슬픈 사랑입니다.

오늘도 우주는 별들의 고통스런 사랑과 눈물을 품고서 밤새도록 신음 소리를 내고 있습니다. 그 신음 소리를 어떻게 들을 수 있냐구요? 그건 그다지 어렵지 않습니다. 밤하늘에 가득 찬 바람 소리가 바로 우주의 신음 소리인 것이지요.

자, 그러면 이제 마당으로 나가서서 밤하늘의 바람 소리에 귀를 한 번 기울여 보십시오. 그것은 밤하늘의 가슴에 귀를 대고 밤하늘의 심장에서 쿵쿵 울려오는 고동 소리를 듣는 것과 같습니다. 그 밤바람 소리에서 우주가 견디다 못해 자기도 모르게 끙 하고 내지르는 작은 신음을 한 번 느껴보지 않으시렵니까?

행상집 앞

해진 뒤 동생이랑 두 손 꼭 잡고
장에 갔다 늦게 오는 엄마 마중 갈 때에
길옆의 산 힐끗 힐끗 쳐다보며
숨소리도 쌕쌕 걸어갔다

드디어 나온 행상집
잡았던 손 놓고 눈도 꼭 감은 채
걸음아 날 살려라 달아나는데
바람이 가슴을 찔러 따끔거리지만
뒷덜미 누군가 낚아챌까봐
감은 눈 더욱 꼭 감고 달렸던 행상집 앞

질메지 동네 희미한 불빛만 봐도
휴! 하고 무서움 털며 다리 후들거리던
그 집 앞 지나치다 보니

최신식 슬라브 집으로 지어 놓아
귀신도 서양식 양복 입고 나올 것 같다
지금은 자동차 타고 달려 지나가는 행상집 앞

오늘은 시 「행상집 앞」을 다시 읽어봅니다.

아무리 읽고 또 읽어도 읽을 때마다 입가에 흐뭇한 웃음이 묻어나는 것을 느낍니다.

우리들의 어린 시절에 보던 사물들이 매우 크고 우람했었던 기억이 있는데, 어른이 된 뒤에 옛 터전을 다시 가보게 될 때 의외로 규모가 옹색하고 별로 크지 아니한 구조물이었다는 사실을 깨닫고 놀랄 때가 있습니다.

왜 그럴까요?

어린 시절에 경험했던 사물의 지각 능력과 범위는 가히 우주적인 것이었지요.

하지만 인간이 성장한다는 것은 자신의 영역을 점차 좁혀가면서 살아간다는 의미와도 같을 것입니다.

세속적 욕망이 없던 유소년기에는 세상 모든 것이 크고 넓고 찬탄의 대상이었습니다.

하지만 세속적 욕망으로 가득 찬 성인의 단계에 이르러 세상은 별로 넓고 큰 것이 아닙니다. 가슴속에 아무리 많은 것을 채워도 여전히 부족하고 갈증이 납니다.

이렇게 해서 어린이의 마음은 하늘의 모든 것을 담고 있어서 천진하며 아무런 때가 묻어있지 아니하므로 무구無垢하다고 하지요. 어린 시절의 마음을 고스란히 유지하면서 살아가는 어른이 있을까요? 있습니다. 시인이야말로 동심을 다른 어떤 사람보다도 많이 지니고 있는 사람이어야 합니다. 시인이야말로 자신의 가슴에서 풍성하게 흘러넘치는 깨끗하고 아름다운 동심으로 오염되고 때 묻은 세상을 정화시켜야 하는 것입니다.

하지만 현실은 실제로 그렇지 아니합니다.

문학 판에 몸을 담고 있으면서도 세속적 욕망과 사리사욕에 눈이 어두운 문학인들을 많이 보게 됩니다. 그러고서도 반성을 모르는 그들은 엄밀한 의미에서 이미 문학인으로서의 도리와 역할을 포기해버린 것입니다.

우리들의 어린 시절, 마을 주변에는 왜 그리도 무섭고 흉흉한 것들이 많았던지 모릅니다.

시인 백석은 일찍이 자신의 시 「마을은 맨천 구신이 돼서」란 작품을 통하여 민족적 전통성의 의미와 그것이 직면하고 있는 위기에 대하여 정리한 적이 있었습니다.

봉건시대를 거쳐 오면서 누더기처럼 많이 쌓였던 낡고 때 묻은 관습들, 이와 더불어 식민지를 겪으면서 더욱 덧쌓이게 된 뒤숭숭하고 을씨년스런 제국주의 잔재들까지 합세하여 우리들의 마을 주변은 항시 음습한 기운으로 가득 찬 곳이 많았습니다. 그런 장소는 걸인과 나병환자와 도둑고양이와 시궁쥐들이 자리를 잡고 들락거리는 불길한 장소였지요. 이 시에서 '행상집'으로 불리는 '상여집'도 바로 그러한 공간 중의 하나입니다.

마을에서 초상이 났을 때 사용하는 꽃상여를 보관해 두는 장소였는데, 대개 마을로 들어가는 어구의 후미진 공터에 이 어두운 건물은 위치해 있었습니다. 낮에도 문이 잠겨 있고, 혹은 문이 부서져 바람에 덜컹거리는 소리를 내기도 했었습니다. 그 건물에 가까이 다가간다는 것은 공포 그 자체였습니다. 금방이라도 안에 숨었던 귀신이 튀어나와 나를 잡을 것 같은 두려움이 온몸을 휘감던 소름끼치는 아련한 기억들이 있습니다.

상여집 앞을 지나며 이 시에서의 작중 화자는 두려움으로 오금을 제대로 펴지 못합니다.

1연과 2연을 아동화법으로 처리한 것은 이 시의 분위기와 환경적 정황, 공포를 느끼는 어린이의 심리를 전달해주는 데 매우 적절한 방법입니다. 두려움을 느끼며 바라보는 태도를 그린 '힐끗힐끗'과 가쁜 호흡을 가누지 못하며 내는 소리인 '쌕쌕'이란 시늉말은 이 시에서의 효과를 고조시키는데 커다란 기여를 하고 있습니다. 눈을 질끈 감고 상여집 앞을 쏜살같이 달려가는 어린이의 모습을 그리고 있는 2연은 시적 효과를 드높이는 훌륭한 보조 장치가 되고 있습니다. '질메지'란 토속적 지명을 구사하는 방법도 효과적입니다.

3연의 마무리 부분에서 귀신이 이제는 서양식으로 양복을 입고 상여집에서 툭 튀어나올 것 같다는 표현은 참 재치 있고 기발한 발상입니다. 대상에 대한 느낌을 공연히 수식하거나 치장하지 않고 대담한 솔직성으로 표현하는 것이 놀라운 성공을 거두는 경우가 많습니다.

이 시가 바로 그러한 경우 중의 하나입니다.

우리네 삶은 최근 100여 년 안쪽에서 엄청난 변화를 겪어왔습니다. 이른바 근대화의 총체적 과정이 그러한 변화를 주도적으로 이끌었던 담당주체였지요. 그런데 20세기의 전반기에는 식민지 제국주의가 이러한 근대화를 강압적으로 밀어붙였습니다. 파괴와 왜곡과 유린이 식민지 근대화의 특징이었지요. 이후에는 제국주의자들의 근대화를 모방한 근대화의 태풍이 한반도를 휩쓸고 지나갔습니다. 군부독재자들에 의한 개발독재와 근대화의 과정이 바로 그것이었지요.

아름답고 그윽했던 많은 민족문화와 그 유산들이 그 소용돌이 속에서 먼지처럼 사라져버렸습니다. 어쩌면 슬라브집으로 외관이 바뀐 상여집과 그곳에서 양복을 입고 툭 튀어나올 것 같은 귀신의 표현에서 우리는 이러한 변화의 속성을 읽어낼 수 있을 듯합니다. 이런 관점에서 시 「행상집 앞」을 다시 한 번 찬찬히 음미해 보시기 바랍니다.

꽃 진 자리

꽃 진 자리에

어느 틈엔가 별 같은 열매가 맺혔네

별아가 떨어져 나간 엄마 태반은

미처 아물지도 않았는데

그렇게 봄은 오고 가는구나

지나간 시절 우리 문단에는 작품의 분량으로 자기과시를 하던 시절이 있었습니다.

한 편의 시작품에서 언어의 분량이 상대적으로 늘어난다는 것은 그만큼 마음속의 충동이나 할 말을 정제하지 못하고 범람하듯 자기감정을 쏟아낸다는 말과도 같습니다. 과거 1920년대 낭만주의적 경향의 작품들이 대체로 그러하였지요.

낭만주의 계열의 시인들은 대개 긴 시를 많이 썼습니다. 이상화李相和(1901~1943), 한용운韓龍雲(1879~1944), 오상순吳相淳(1894~1963), 박종화朴鍾和(1901~1981)의 시작품은 우선 그 형태가 장형인 경우가 많습니다. 그러다 보니 자연히 창작 과정에서 가급적 노출시키지 말아야 할 결함이나 허점을 드러내게 되었지요. 이에 대한 반성으로 1930년대 모더니즘적 경향이 생겨났습니다. 모더니즘이란 낭만주의의 감정분출에 대한 반발과 저항에서 시작된 것입니다. 이러한 모더니즘은 감정의 조절과 억제를 미덕으로 삼고 있습니다. 그리하여 모더니즘적 창작방법으로 쓴 시를 보면 대개 언어의 분량이 극도로 짧고 최대한의 응축을 한 사례들이 많습니다.

쓰고자 하는 시가 너무 길어도 독자들이 곧 피로를 느끼게 되고, 너무 짧아도 허탈감을 주게 될 것입니다. 하지만 아무리 길어도 길다는 느낌이 들지 않을 정도로 재미있는 작품이 있습니다. 훌륭한 서사시나 뛰어난 장편소설들이 이에 해당합니다. 더불어 아무리 짧은 단형서정시라도 결코 짧다는 느낌이 들지 않는 의미의 복층을 느끼게 하는 작품도 있습니다.

1950년대의 한 여성문학인으로 결핵에 걸려 고통을 받다 요절한 서정희徐貞姬란 시인은 단 한 줄의 작품으로 세간의 화제가 된 적이 있습니다. 그의 시집 제목은 『배암』입니다. 이 시집에 실린 작품 「배암」은 단 한 줄로 이루어진 작품입니다. 작품의 전문은 다음과 같습니다.

꼬리가 너무 길어서 탈이다

뱀의 꼬리가 짧다고 했지만 사실 긴 것은 뱀의 꼬리만이 아니라 몸 전체의 형태입니다. 이 기다란 모양으로 태어난 것이 탈이라고 했습니다. 이 시를 읽으면 읽을수록 자신의 힘으로는 어쩔 도리가 없는 인간의 비극적인 숙명이나 삶의 처연함을 느끼게 합니다. 그리고 그 느낌은 독자의 가슴속에서 자꾸만 야릇한 파장을 일으키며 메아리 같은 반향으로 되울려옵니다. 무엇이 이런 효과를 자아내게 하는 것일까요.

오늘 우리가 함께 읽어보는 작품 「꽃 진 자리」는 시 「배암」에 비하면 그래도 제법 많은 어휘를 동원하고 있습니다. 바쁘고 쫓기는 듯한 일상을 살아가는 현대인들에게 '꽃 진 자리'를 느긋하게 들여다 볼 수 있는 여유는 별로 없습니다. 그럼에도 불구하고 이 시의 작중화자는 꽃이 피고 지는 과정을 유심히 지켜보고 있습니다. 이것은 모든 사물을 항시 관조적으로 응시하며 살아가는 삶의 자세를 알려줍니다.

그 꽃이 진 자리를 유심히 들여다보니 바야흐로 작고 앙증맞은 열매가 맺히기 시작합니다. 그런데 그 열매가 마치 하늘의 별처럼 어여쁘고 신비스럽습니다. 하늘의 조화, 대자연의 섭리, 조물주의 권능을 새삼스럽게 인식하게 하는 매개물임에 틀림없지요. 더불어 그 '별 같은 열매'는 인간의 삶에서 땀을 흘린 사람만이 누릴 수 있는 아름다운 성취일 것입니다.

그런데 그 '별 같은 열매'가 때로는 전혀 예기치 않은 강풍에 의해, 혹은 누군가의 폭력으로 말미암아, 혹은 인연의 끈이 서로 닿지 않아서, 혹은 불행한 운명에 의해 자신이 매달려 있던 장소(시인은 이를 '태반'으로 규정하고 있습니다)를 떠나고 말았습니다. 결코 떠나고 싶지 않았지만 어떤 불가항력적 힘에 의해서 그 태반을 떠나고야 말았습니다.

사실 우리 주변에는 이런 경우가 얼마나 많을까요.

그 구체적 사례를 들어보면 수몰민, 노숙자, 강제철거민, 떠돌이 행상, 노점상, 고아, 해외입양아, 홀로 된 과부나 홀아비, 해고당한 근로자 등등이 이에 해당할 것입니다. 그들 모두는 원래 자신이 있던 곳을 참으로 떠나고 싶지 않았을 것입니다. 결코 원하는 바가 아니었지만 강제로 자신의 터전을 쫓겨나게 되었으므로 그들은 마음 속 깊이 상처를 받았습니다. 그리고 평생 아물지 않는 상처를 가슴속에 지니고 살아가게 되었습니다.

이제 이 시는 마무리를 이렇게 강렬하고도 쓸쓸한 여운이 감도는 방법으로 처리합니다.

'그렇게 봄은 오고 가는구나'

하지만 이러한 어법은 덧없는 탄식이 아니라, 봄이라는 시간성의 의미를 진지하게 되새기도록 이끄는 처연한 호소력을 머금고 있습니다.

세월은 항시 바람처럼 물결처럼 우리 곁을 스쳐 지나갑니다. 천 년 전에도 만 년 전에도 세월은 그러했을 것입니다. 앞으로도 세월은 그렇게 흘러갈 것입니다. 아무도 그 세월을 붙잡을 수 없습니다. 그 세월 앞에서 우리 모두는 호젓하게 순종하며 겸허해질 수밖에 없습니다.

오늘 우리가 함께 읽어본 시 「꽃 진 자리」를 쓴 시인은 평소 자기 앞에 다가오는 모든 사물과 인간을 따뜻하고 정겹게 바라보며 관조하는 자세를 가졌습니다. 그리하여 이 작품은 깊은 사유와 정신적 격동을 겪어낸 사람만이 써낼 수 있는 창작물이라 하겠습니다.

모름지기 바쁜 일상 속에서 창작의 오묘한 아름다움을 사랑하는 시인이라면 자주 꽃이 피고 지는 광경, 나무 잎이 돋아나서 무성한 숲을 이루고 드디어 땅으로 되돌아가는 대자연의 장엄한 광경을 골똘히 응시하며 관조하는 습관을 가져야 할 것입니다. 간결하고 짧은 구성이지만 시간의 의미에 대한 사유와 깊은 철학성을 듬뿍 머금고 있는 단형서정시 한 편을 흐뭇하게 읽고 또 읽어봅니다.

아침, 모네의 정원

그곳엔
빛이 먼저 와 기다리고 있었다

가슴 부풀어 오른 수련이
마알간 바람으로 머리를 빗고
부신 눈으로 첫 빛을 밟는다
밤새 태양으로부터 달려 온
맨발의 하루가 뒤따르며
보폭을 키우는 사이
투명한 채색이 시작되고
흩뿌려진 햇발 위 조금씩
드러나는 색색의 일정들은
더 선연한 제 색을 찾아갈까
갓 깨어난 버드나무 아래
그림자 숨긴 여백이

새벽 내음을 코끝에 묻힌 채
살풋 정오의 계단을 살핀다
햇살들의 빼곡한 일과가
어제에 이은 연작의 색감을
연못 위에 띄우는 찰나,

아직 이른 아침이다.

여러분께서는 혹시 프랑스의 대표적 인상파 화가였던 클로드 모네Claude Monet(1840~1926)를 기억하십니까? 흘러간 시절, 중고등학교 미술시간에 배웠던 정겨운 이름으로 다시 재생이 되실 테지요.

오늘 우리가 함께 읽어보는 이 시작품은 모네가 그린 작품「수련睡蓮」을 중요 오브제로 다루고 있습니다. 지난 시기 우리 한국의 시작품 중에서는 회화, 무용, 조각 등의 근원적 의미를 언어공간으로 이동시켜 시로 쓴 경우가 이따금 있었습니다. 1930년대의 모더니스트들이 이 특별한 시도를 종종 했었는데, 그 가운데서도 그림에 뛰어난 재주를 보였던 시인 이상李箱(1910~1937)의 작품에서 그러한 사례를 실제로 확인할 수 있습니다. 이상은 시인이면서 동시에 당시 선전鮮展에 입상할 정도로 한 사람의 독립된 화가의 인정을 받았던 것이지요.

모네의 작품「수련」은 캔버스 위에 유채로 그렸습니다.

모네는 1883년 지베르니로 주거를 옮겨 창작에 몰두하였고, 만년에는 저택 내의 넓은 연못에 떠 있는 연꽃을 그리면서 세월을 보냈다고 합니다.「수련」을 한참 응시하노라면 자연을 감싼 미묘한 대기의 뉘앙스, 혹은 빛을 받고 변화하는 풍경의 순간적 양상이 너무도 실감나는 분위기로 묘사되어 있습니다. 그만큼 오랜 응시의 과정에서 화가 모네는 근원의 실체를 장악하였으며, 순간포착에 뛰어난 재주를 보였던 경력을 지니고 있었습니다.

파리에서 출생한 모네는 그림을 처음 배우던 어린 시절부터 주로 외광外光 묘사에 대한 초보적인 화법을 배우기 시작했습니다. 이후 쿠르베와 마네의 영향을 받아 인물화를 그리다가, 점차 밝은 야외에서 풍경화를 그리는 방식으로 옮겨갔습니다. 그러다가 1870년 독불전쟁 시기에 영국의 런던으로 옮겨가서 영국 풍경화파의 명쾌한 색채표현 기법을 배우게 되었는데, 이것이 모네의 화풍에서 크나큰 변화의 계기가 되었던 듯합니다.

1872년 모네는 프랑스로 돌아와서 파리 근교의 아르장퇴유에 살면서 센 강변의 밝은 풍경을 주로 그리며 인상파 양식을 개척하였습니다. 1874년 파리에서 '화가, 조각가, 판화가, 무명예술가 협회전'을 개최하고 여기에 12점의 작품을 출품하였는데, 이때 출품된 작품 「인상·일출」이란 작품 제목에서 이른바 인상파印象派 이름이 당시의 화가 집단에 붙여졌던 것이지요.

인상파 화풍의 창작 스타일은 외광을 받은 자연의 표정을 따라 밝은 색을 효과적으로 구사하고, 팔레트 위에서 물감을 섞지 않는 대신 '색조의 분할'이나 '원색의 병치倂置'를 실천하는 하나의 전형이었던 것으로 보입니다. 이러한 화풍은 오로지 모네를 중심으로 이루어졌습니다. 이후 1886년까지 무려 8회에 걸쳐 계속된 인상파 전시회에 모네는 줄곧 많은 작품을 출품하여 인상파 화가들의 대표적 지도자로서 당당한 위치를 차지하게 되었습니다.

작품 「수련」을 가만히 응시하노라면 자연을 감싼 미묘한 대기의 뉘앙스, 빛을 받고 변화하는 풍경의 순간적 양상에 관한 따뜻한 묘사가 가슴속에 깊이 각인됩니다. 수련이라는 하나의 테마를 두고서 모네는 아침, 낮, 저녁으로 시간에 따라 시시각각 변화하는 주변 분위기를 생기롭게 다루고 있습니다.

모네 이야기를 하다 보니 서두에서의 인상파 화풍에 대한 설명이 다소 길어졌습니다.

시작품 「아침, 모네의 정원」은 모네의 유명한 작품 「수련」을 시인이 오랜 응시를 하며 지속적으로 사유하던 과정에서 마침내 획득하게 된 아름다운 시적 성과라 하겠습니다. 이 시를 풀어가면서 시인은 먼저 빛이라는 눈부신 태양광선에 관한 진술로부터 이야기의 발단을 엮어가고 있군요. 그것은 모네의 화풍 중 가장 전형성을 띠는 것과 동일한 방법입니다.

첫 행에서 시인은 '그곳엔 / 빛이 먼저 와 기다리고 있었다'라는 구절로 시적 암시를 환기하고 있습니다.

시인은 모네의 시선과 숨결을 따라 수련을 집요하게 응시합니다. 그러한 응시는 실제 저수지의 연꽃이어도 무방하고, 모네의 작품 화폭 속에서 우연히 눈길이 머문 수련이어도 무방합니다. 마치 한국의 고전시가인 엇시조에서의 작품 형태를 연상하듯 간결하고 깊은 울림을 주는 1연, 3연의 처리와 그 중간 단계인 2연에서의 복합적 의미구조를 다채로운 문채文彩의 형식적 외연으로 선택합니다.

2연에서 시인은 수련의 이미지를 한창 싱그런 젊음을 과시하는 풋풋한 처녀의 표상으로 비유하고 있습니다. '가슴 부풀어 오른 수련' '마알간 바람으로 머리를 빗는 수련' '부신 눈으로 첫 빛을 받는 수련' 따위의 형상적 분위기에서 그러한 시선을 느낍니다. 작품 속에 등장하는 처녀는 희랍신화의 분위기, 혹은 성모 마리아의 정갈한 이미지를 방불케 합니다. 이와 더불어 신화에 등장하는 아프로디테를 비롯한 순결하고 성스러운 처녀성 등을 연상케 하지요. 그만큼 서양적 분위기와 감각에 집중되어 있습니다.

'밤새 태양으로부터 달려온 맨발의 하루'란 표현도 참 신선하게 느껴집니다.

시간성의 표상을 신발 신지 않은 맨발의 인간에 비유하고, 마치 성큼성큼 자신의 보폭을 키워가는 청춘의 활달한 생기를 느끼게 합니다.

이른 아침 햇살은 이 세상 온갖 천지만물에 금빛 찬란한 빛으로 뒤덮이는데, 이 장엄한 광경을 시인은 '투명한 채색'으로 표현합니다. 아침 햇살은 이러한 채색작업을 수억만 년 동안 하루도 빠짐없이 성실하게 수행해 왔습니다. 이는 장엄한 대자연의 순환론을 그대로 말해주고 있지요.

하지만 더욱 자세히 사물을 관찰해보면 일광의 표면에 감추어져 있는 온갖 사물들의 또 다른 다양한 얼굴이 확인됩니다. 이를테면 '갓 깨어난 버드나무 아래 / 그림자 숨긴 여백'과 같은 대목에서 우리는 시인의 사물인식과 관점이 매우 폭넓고 활달한 보폭을 지니고 있다는 사실에 자연스럽게 경의를 갖게 됩니다. 이 대목에서 우리는 시인의 관점이 지니고 있는 비범성에 다시금 놀랄 수밖에 없습니다. 즉 모든 색색의 일정들이 더욱 선연한 자신의 본색을 회복해가려는 의지를 떠올려 보여주면서, 인간의 삶이 지니는 의미와 깊은 결합을 이루게 하는 방법의 구사일 테지요.

여러분은 혹시 이 시에 등장하는 신선한 '새벽 내음'을 코끝에 묻혀 보셨는지요?

일상적이고도 평범한 말로 새벽 내음을 쉽게 풀어내기란 참으로 어려운 일입니다. 그런데 시인은 그 새벽 내음을 중요한 시적 소도구로 작품의 내부공간에 안정되게 자리를 잡게 합니다. 연못을 중심공간으로 설정한 배열방식은 찬란하고도 아름다우면서, 동시에 혼신의 힘으로 스스로를 일으켜 세우려는 한 인간의 진지하고도 집요한 노력을 떠올리게 합니다. 그리고 이러한 모든 행동이나 사유양식이 '이른 아침'이라는 매우 짧은 시간성의 배경을 통하여 자연스럽고도 명쾌하게 펼쳐지고 있습니다. '아직 이른 아침'이라는 대목으로 이 시작품의 장엄하고 명쾌한 마무리를 확정하는 시인의 솜씨는 비범한 수준으로 느껴집니다.

그리하여 이 시를 다시금 정리하여 짧은 한 대목으로 요약한다면 '고요하고 싱그러운 아침나절, 연꽃과 그 주변에 찬란히 비치는 금빛 햇살'에 관한 매우 간결하고도 단조로운 문구와 그 테마일 뿐입니다. 그럼에도 불구하고 이 작품은 독자들로 하여금 언어적 호흡, 정신적 건강미, 신선하고 풋풋한 표현기법과 언어감각 등으로 시인의 완강하고도 성과적인 세계와 그 솜씨를 충분히 누릴 수 있도록 체험 세계로 이끌어 들입니다. 바로 이러한 측면이 이 시의 아름다움을 더욱 배가시키며, 명쾌한 의미를 자유자재로 펼쳐내지 못하는 어눌한 언어의 불편함으로 항시 허덕이는 우리네 일상적 독자들로 하여금 깊고도 깊은 성찰省察의 세계로 인도해줍니다.

오, 우리는 이 아침, 참으로 아름답고도 사랑스러운 한 편의 명징한 시작품과 만났습니다. 그리고 그 조우遭遇는 대단히 뜻밖의 즐거움이자 성과입니다. 모네라는 프랑스 인상파 화가의 작품에 깊이 몰입했던 경험이 이 시작품의 놀라운 감각과 고유성으로 승화된 것입니다. 회화繪畵에서 문학작품으로 모네의 예술은 잠시 공간이동을 하고 있지만, 그 실질적 원형은 조금도 손상이 없습니다. 그것은 시인이 모네의 회화성에 대하여 깊은 탐구와 사색의 과정을 거쳤기 때문에 비로소 실현 가능했던 세계일 것입니다.

　이제 우리는 모네의 명작 「수련」과 시작품 「아침, 모네의 정원」을 번갈아 비교 검토해 보며, 이 시에서 다루고 있는 감각적인 언어 표현 중 어떤 부분이 과연 미학적 함의含意를 머금은 것인지, 진정 한 편의 시작품에서 독자들이 가장 눈여겨보아야 할 중요 포인트가 어느 곳인지에 대하여 호흡을 가다듬고 차분하게 되짚어보아야 하겠습니다.

효림요양병원 211호

군포 변두리께 효림요양병원 211호
할머니 여섯 분이 누워 계신다
허리가 부러진 이
기억을 잃은 이
농사짓다가 굴러 떨어진 이
아들 사망 소식에 털썩 주저앉아 고관절 금간 이
중풍으로 대소변 가리지 못하는 이
온종일 누웠다가 말없이 앉아 계시곤 한다
우리 딸 언제 오냐고 아무에게나 묻는 할머니 옆에서
걷지는 못하지만
정신은 맑은 엄마가 내 귀에 대고 속닥이신다
나까지 전부 보자기에 싸서 내버려도 아까울 것 하나
없다고
안 그래, 엄마
자기 집에서는 다 귀한 사람이야 했더니

창 밖 앙상한 나무를 바라보시며
조용히 고개만 내저으신다

한 편의 좋은 시를 읽고 난 느낌은 마치 잘 익은 석류알처럼 가슴에 꽉 찬 행복감으로 느껴지기도 합니다. 또한 맛있는 요리를 즐기고 난 뒤의 흐뭇함에 견줄 수도 있습니다. 바닷가 돌밭에서 뜻밖에 멋진 수석을 발견했을 때의 기쁨과도 비슷합니다. 시「효림요양병원 211호」가 바로 그러한 놀라운 경험을 제공해주는 작품입니다.

이 작품은 근년에 접어들어 매우 심각한 사회병리적 현상으로 떠오르고 있는 노인문제에 관하여 깊은 성찰을 불러일으키게 합니다. 늙음이라는 현상은 인간의 생물학적 측면과 사회학적 측면에서 함께 설명할 수 있겠으나 반드시 연령과 그대로 정비례하지는 않는 것으로 보입니다. 우리가 흔히 말하는 노화현상이란 인간생물체가 발육이 완성된 성숙기 이후에 일어나는 기능의 쇠퇴현상을 주로 말합니다. 사람에 따라서 노화현상이 일찍 혹은 더디게 나타나는 경우도 있지만 대체로 65세 전후를 노년기 연령으로 판단하는 것이 보통이겠지요.

급속한 경제성장과 국민생활수준의 향상, 보건의료의 발달에 힘입어 우리 국민의 평균수명은 점차 늘어나기 시작했습니다. 전체 국민 중에서 노인인구가 차지하는 비중은 대단히 높습니다. 사회학자들의 예측으로는 2025년경 마침내 초고령화超高齡化 사회가 다가온다고 합니다.

과거 어느 사회나 시대를 막론하고 노인문제는 있어왔습니다. 모든 사회는 그들의 문화 속에서 적절한 노인부양체계를 갖고 있습니다. 하지만 21세기로 접어들면서 더욱 급속히 진행된 서구화 과정은 기존의 노인부양 체계마저 비정하게 해체시키고 말았습니다.

우리나라의 경우 첫째로 노인인구가 급속히 늘어난 현상, 둘째로는 산업화 및 도시화에 따른 가족의 분리와 핵가족화, 셋째로는 전통적인 노부모 부양체계가 무너지고 이에 대한 새로운 대응책의 미비, 넷째로는 노인의 탈가족화와 이로 말미암은 노후생활의 여러 문제점이 늘어난 것, 다섯째로는 이러한 현상에 대하여 너무나 안일하고 소극적인 정부 대책 등이 중요한 문제점으로 우리 앞에 떠오르고 있습니다.

산업사회의 엄격한 정년제로 말미암아 노인들은 모든 사회활동으로부터 퇴출을 당합니다. 부자세대는 대부분 분리와 별거의 거주형태를 나타내고 있습니다. 젊은 세대들은 핵가족을 선호하며 부모부양에 대한 기피의식이 점차 늘어나는 추세입니다. 이 때문에 노인이 가족으로부터 스스로 튀어나오는 탈가족화 현상이 심각한 사회문제로 대두되기도 합니다.

이제 노인문제는 가족 안에서의 문제가 아니라 사회적 책임의 문제로 바뀌고 있습니다. 모든 환경은 노인의 노후생활을 위협하는 열악함을 지니고 있지요. 모든 노인들이 직면하고 있는 가장 고통스런 문제들은 경제적 빈곤, 보건의료문제, 쓸쓸함, 사회적 소외 등입니다. 노쇠와 질병은 노화 때문에 발생하는 자연스런 현상입니다. 신체기능의 전반적 감소로 말미암아 각종 퇴행성 질환을 앓게 되는데, 주로 관절염, 고혈압, 심장병, 당뇨병, 치매, 골다공증 등에 시달립니다. 이러한 질환은 조기발견이 어렵고 만성적이며, 한 노인이 여러 가지의 복합적 질병을 지니고 있으며 대부분 완치가 불가능한 상태로 방치되어 있는 형편입니다.

노인의 쓸쓸함은 대개 역할의 상실과 노쇠에 따른 심정의 약화로 발생합니다. 이와 더불어 배우자와의 사별死別에서 오는 슬픔과 고립감은 몹시 고통스럽습니다. 여기에다 죽음을 앞두고 느끼는 두려움, 인생의 허무함 따위는 고독감을 더욱 강화시켜 갑니다. 젊은 세대 중심으로 빈틈없이 짜인 우리 사회는 노인에 대한 철저한 거부, 천시와 냉대, 무관심, 무례함 등으로 나타나고 있지요.

이처럼 노인문제는 우리 사회의 저변에 깔려있는 대단히 심각한 병리적 현상 중의 하나입니다. 이제는 노인 스스로가 노년기 심신의 변화를 자각하고 이에 슬기롭게 적응하는 자세가 필요함에도 불구하고, 먼저 좌절하고 비관하며 낙담하는 자세를 나타내 보이는 것은 극히 우려할 만한 일입니다. 노인은 더 이상 낙오자, 패배자가 아닙니다. 노인이야말로 여생을 마칠 때까지 사회 발전에 이바지하는 자세로 살아야 할 것입니다. 노인은 언제 어디서건 그들의 여생이 항시 존경받고 보호를 받으며, 즐겁고 보람찬 것으로 바뀌어야만 합니다.

시 「효림요양병원 211호」에 등장하는 여섯 할머니는 소외된 노인의 전형적 모습을 그대로 보여주고 있습니다. '허리가 부러진 이' '기억을 잃은 이' '농사짓다가 굴러 떨어진 이' '아들 사망 소식에 털썩 주저앉아 고관절 금간 이' '중풍으로 대소변 가리지 못하는 이'가 바로 그들입니다. 이 할머니들의 모습은 어쩌면 바로 우리 자신의 미래상인지도 모릅니다.

그들은 한때 우리 사회의 주역으로 눈코 뜰 새 없이 분주한 삶을 살았습니다. 수차례의 참혹한 전쟁과 빈곤의 고통을 묵묵히 참아내며 허리띠 졸라매고 살아왔습니다. 하지만 그들의 삶은 이제 중심부에서 주변부로 냉혹하게 밀려나 있습니다. 오로지 하는 행동이라곤 병상에 누웠다가 일어나 무표정한 얼굴로 우두커니 앉아있는 것이 고작입니다. '우리 딸 언제 오냐고 아무에게나 묻는 할머니'는 이미 자신의 기억을 잃었습니다. 그리고 그 할머니의 딸은 영영 찾아오지 않을 것입니다. 노령인구의 쓸쓸한 탄식은 다음과 같이 이어집니다.

나까지 전부 보자기에 싸서 내버려도 아까울 것 하나 없다고

　노인은 중심부에서 밀려난 자신을 세월의 폐기물이라 생각합니다.
이 시의 중심화자는 가족구성원으로서의 단단한 유대와 사랑의 확인
을 노령인구에게 줄곧 일깨워줍니다.

안 그래, 엄마
자기 집에서는 다 귀한 사람이야

　그렇지요. 우리 모두는 사회공동체와 그 내부에서의 가족구성원들
에게 서로 귀한 존재임에 틀림없습니다. 이처럼 따뜻한 인간의 체온
과 사랑의 습기를 머금고 있는 이 대목이야말로 이 시의 가장 중요한
핵核인지도 모릅니다. 서로가 서로를 귀하게 여기고 살뜰하게 거두
며, 또 사랑을 잃어버리지 않는 그 아름다움을 끝끝내 가슴속에 갈무
리하고 있는 것! 어쩌면 인간이 가장 인간다울 수 있다는 확신도 이
거룩한 사랑이 있기 때문입니다.
　인간이 인간으로서의 존재성을 스스로 포기하는 것은 가슴 속의
사랑을 완전히 휩쓸어낸 심리적 공황상태를 말하는지도 모릅니다.
서로 멀리 떨어져 있어도 상대방을 그리워하면서 흘리는 뜨거운 눈
물이야말로 가슴속에 사랑이 작용하기 때문입니다. 점차 각박해져만
가는 우리 사회에서 전통적 사랑의 회복은 우리에게 맡겨진 가장 벅
찬 과제가 아닐까 합니다. 시 「효림요양병원 211호」가 우리에게 보
내오는 메시지는 바로 이러한 사랑의 회복입니다.

평소 우리는 가족 간에 너무 무관하기 때문에 사랑을 표현하지 않고 살아가는 것은 아닌지 스스로를 반성해야겠습니다. 작품의 결말 부분에서 시적 화자의 어머니는 망연자실한 표정으로 창밖의 앙상한 나무를 바라보는데, 이때 '앙상한 나무'란 곧 우리 자신의 메마른 가슴 속 적막한 풍경으로 다가옵니다. 이와 동시에 '앙상한 나무'는 노년기로 접어든 모든 사람들의 전형적 표상인지도 모릅니다. 그 노년기 세대들은 깊은 우려 속에서 오늘도 고독한 세월 속에 홀로 방치되어 있는 것은 아닌지요.

'조용히 고개만 내저으신다'는 대목에서 우리는 고령화 사회에서의 노인문제에 대한 부정적 시각을 읽어볼 수도 있습니다. 하지만 몹시 차가운 인간의 가슴을 사랑으로 데워서 원래의 온기를 되찾을 수 있도록 해주는 중요한 도구로써 시가 그 역할을 할 수도 있다는 사실을 우리를 깨달아야만 합니다. 이처럼 시는 온갖 일을 다 해낼 수 있습니다.

시는 삶의 구석구석까지 다 찾아다니며 어두운 곳에 빛을 들게 하고, 모든 불행한 곳을 행복의 기류로 가득 채워줍니다. 시는 슬픈 가슴을 기쁨으로 바꾸어주며, 분노한 얼굴에 부드러운 미소를 머금게 합니다. 시는 쓸쓸하고 외로운 노인으로 하여금 그들이 더 이상 소외의 사각지대에서 시달리지 않게 하며, 젊은이들로 하여금 노인의 말동무가 되도록 사랑과 연민의 가슴을 회복시켜 줍니다.

아, 시는 처음부터 끝까지 오로지 사랑 그 자체입니다. 조금도 시간을 지체하지 말고 우리 주변의 가까운 노인을 찾아가서 그분들과 사랑의 대화를 나누며, 고독한 가슴을 사랑의 훈풍으로 채워드립시다.

김승희의 시 「행복한 가족」

행복한 가족

한국전쟁 때 간호원으로 참전했다
20년을 우리나라에 눌러 산 적이 있다는
카이로 미국학교 영어 선생 디디에는
가족이 열 명
지프차 밑에서 주워온 막내 이름은 지프
소아마비로 다리를 저는 존
먹성이 너무 좋아 끼니땐 화장실에 갇혀 식사를 한다
는 뚱보 팻조
몽둥이세례로 횡경막이 이탈된 채 데려왔다는 뭉크
감염된 두 눈을 수술로 뽑아낸 이사벨라
이사벨라 오빠 아폴로도 한 눈이 멀어 앙탈이 심하다네

이층 난간에서 공 굴리며 장난 중인 놈
꽃무늬 소파에 오도카니 앉아 있는 놈
입맛 쩍쩍 다시며 단잠에 빠진 놈

키 높은 책꽂이에서 타잔처럼 카~오 뛰어내리는 놈
냉장고 위에 거처를 마련한 놈

온 집안엔 봄바람에 휘날리는 꽃가루처럼
어지러이 흩어진 고양이 털
몸 닿는 곳마다 실지렁이 문양 새겨지는 노랑 털옷 입고
김치 냄새에 익숙해지는데 5년 남짓 걸렸다며
주름진 얼굴 가득 수수꽃다리 웃음 짓는
칠순의 어머니 디디에

사람으로 태어나 아무런 고통이나 역경을 겪어보지 않은 채 한 세상을 살아간다는 것은 어쩌면 크나큰 지복至福이라 말할 수 있을 것입니다. 불행을 뜻대로 모면할 수 있다면 그 얼마나 다행 중 다행이겠습니까? 거리에 다니는 많은 사람들의 얼굴이 겉으로는 멀쩡한 듯 하지만 기실 한 사람 한 사람 그의 내면을 파고 들어가게 되면 온갖 눈물과 얼룩의 흔적, 혹은 생채기로 가득한 모습을 보게 됩니다. 그러므로 우선 당장 나의 삶이 불행을 겪지 아니하고 안정되게 살아갈 수만 있다면 그것이야말로 행복이라 일컬어도 별반 무리가 아닐 것입니다.

저는 수년 전, 대학생 해외봉사단을 이끌고 베트남의 호치민시를 한 달간 다녀온 적이 있습니다.

호치민시 외곽의 어느 자그마한 기술학교에 머물며 그곳 베트남 학생들과 친교를 가지며, 낡은 건물에 페인트 도색도 하고, 한국문화 의 체험을 갖게 해주는 전령사 역할도 했었지요. 이렇게 꽉 짜인 일

과 중에도 틈을 내어 호치민시 근교의 한 고아원을 방문하는 일정을 갖게 되었는데, 호주에서 온 늙은 수녀님 한 분이 이끌어가는 제법 커다란 규모의 고아원이었습니다.

그곳에는 세상에 태어나자마자 부모로부터 버림을 받은 갓난이로부터 10대 후반에 이르기까지 여러 부류의 불쌍한 아동들이 수용되어 고달픈 하루하루를 보내고 있었습니다. 이미 끝난 지 오래된 베트남전쟁의 악몽과 후유증이 아직도 계속 유전되어 이어지고 있다는군요. 실로 소름끼치는 일이 아닐 수 없습니다.

제국주의 외세에 의해 저질러진 전쟁, 무차별적으로 뿌려댄 고엽제의 피해와 그 여파, 지뢰의 폭발 등으로 부모를 잃었거나 영영 불구가 된 아이들이 그곳에는 많이 있다고 했습니다. 원장 수녀님으로 참으로 억장이 막히는 브리핑을 듣고 나서 고아원으로 통하는 출입문을 열자마자 강아지처럼 네 발로 엉금엉금 기어서 달려와 내 품으로 뛰어오르는 한 소년이 있었습니다. 얼마나 정에 겨웠으면 자신을 껴안는 손길이 그렇게도 그리웠을까요.

저는 직감적으로 이 아이가 원하는 갈증을 재빨리 파악하고 두 팔로 아이를 감싸며 따뜻하게 보듬어 주었습니다. 그리곤 연신 등을 토닥여 주었지요. 함께 간 대학생들의 품에도 여러 아이들이 주렁주렁 열매처럼 매달려 뺨을 부비며 칭얼댔습니다. 대학생들의 뺨에는 매달린 아이들의 침과 콧물이 묻어서 몹시 난처해하며 엉거주춤한 자세로 표정을 찡그리는 모습도 보였습니다.

처음에 당황했던 마음이 점차 안정이 되면서 일행은 원장의 안내를 받아 시설 내부를 천천히 둘러보았습니다.

지뢰를 밟아서 다리를 잃은 아이, 두 눈을 완전히 실명한 아이, 엄마가 복용한 피임약의 부작용으로 두 손목이 어깨에 달랑 붙어서 태어난 아이, 고엽제의 부작용으로 형언할 수 없는 기형으로 태어난 아이, 목발을 짚고 피노키오처럼 쩔뚝거리는 아이, 불편한 의족을 하고 껑충껑충 새처럼 뛰는 아이, 줄곧 침을 질질 흘리며 불안한 눈망울을 휘번뜩이는 아이, 어두운 한쪽 구석에 홀로 돌아앉아 고개를 푹 숙이고 계속 몇 시간째 혼자 중얼거리는 자폐증 아이, 손바닥을 제대로 펴지 못하는 조막손 아이, 몽둥발이 아이, 팔과 다리가 아예 없이 풍뎅이처럼 몸통만 남은 채 수녀님 등에 업혀서 돌처럼 무표정한 아이, 별별 아이들이 이곳저곳에서 '나는 이렇게라도 살아있다'며 꼼지락거리고 있었습니다.

오, 하느님! 이 아이들은 왜 이렇게도 불운을 한 몸에 그렇게도 무겁게 타고난 것일까요?

왜 그들의 연약하고 가녀린 삶은 불행의 과부하過負荷 상태인지요?

불쌍한 아이들의 몸과 마음은 이다지도 과중한 불행을 한꺼번에 집중적으로 받아들여 스스로 처리할 능력이 전혀 갖추어져 있지 않답니다. 하느님께서는 무슨 엄중한 메시지를 그 작고 가련한 아이들에게 그토록 과중하게 입력하셔서 시간의 흐름을 즉시즉시 스스로 처리할 수 없도록 만드셨습니까? 아무래도 철없고 못난 어른들에게 보내시려는 무서운 메시지를 아이들이 대신 짊어지도록 만드신 것이 분명하지요? 하느님은 분명 짓궂은 분이십니다. 하느님의 속뜻이 그러한데도 저 못난 어른들은 이런 광경을 보고 전혀 깨달음을 갖지 못하는 것이지요? 제발 대답 좀 해주세요. 하느님! 이런 질문이 줄곧 저의 가슴 속에서 꼬리에 꼬리를 물고 일어났습니다.

이윽고 하얀 페인트로 칠한 이층 건물로 안내를 받아서 올라가게 되었는데, 그곳은 완전히 갓난아기들의 방이었습니다. 작은 침대들로 가득한 그 방에는 목도 제대로 가누지 못하는 아기, 지쳐서 눈도 뜨지 못하는 아기, 머리가 풍선처럼 부풀어 몸통보다 크게 보이는 아기, 작은 배에 복수가 차서 배가 퉁퉁 부어오른 아기, 코와 입에 여러 가지 호스를 꽂은 채 숨만 겨우 할딱거리는 아기, 고엽제의 피해를 입은 어머니에게서 기형으로 태어난 아기, 혹은 그 때문에 생긴 백혈병으로 서서히 죽어가는 아기들의 참혹한 고통을 직접 눈으로 볼 수 있었습니다. 누가 이들에게 이다지도 가혹한 천형天刑을 안겨주었나요?

아, 그런데, 머리가 풍선처럼 부풀어 오른 아기의 손발이 자꾸 마비가 되어 누군가가 계속 주물러주어야 하는데, 그 일을 묵묵히 하고 있는 한 소년의 모습이 보였습니다. 가까이 다가가서 보니 놀라워라, 아가의 손발을 주물러주고 있는 십대 후반의 그 소년은 앞을 전혀 못 보는 소경이 아니겠습니까? 이 숭고한 광경을 보는 순간, 저의 두 눈에는 눈물이 비 오듯 줄줄 흘러내렸습니다. 자신도 몹시 불행한 처지에 자기보다 더욱 불행한 아가의 손발을 주물러주는 맹인 소년의 모습은 성화聖畵의 한 장면처럼 너무도 장엄할 뿐 아니라, 저의 존재를 한껏 왜소하고 부끄럽게 만들었습니다.

오늘 우리가 함께 읽어보는 시작품 「행복한 가족」을 한 대목 한 대목씩 읽으며 저는 베트남의 고아원 방문 체험에서 흘렸던 그날의 눈물 추억을 떠올렸습니다. 이 작품은 간호사 출신의 한 외국인 여선생이 자신이 현재 머물고 있는 이집트의 불쌍한 고아 열 명을 한 가족으로 받아들여서 공동체 생활을 영위해 가고 있는 숭고한 광경을 그림처럼 보여주고 있습니다. 작품 속에 등장하는 디디에 선생님은 이타적利他的 삶으로 평생을 살아갔던 마더 데레사Mother Teresa(1910~1997) 수녀의 숭고한 삶을 닮아 있습니다.

지프는 자신을 낳은 부모에게서 버림을 받았습니다. 존은 소아마비로 다리를 절고 있습니다. 그러한 지체장애는 평생을 따라다닙니다. 팻조는 식구창食口瘡이 심해서 자꾸만 먹어대는 희귀병을 가졌습니다. 아동학대와 사회적 제반 모순에 희생물이 된 뭉크, 앞을 못 보는 이사벨라 남매 등이 한 집의 식구들입니다. 이름만 낯선 외국인의 느낌일 뿐이지 이처럼 불행 속에서 헤어나지 못하는 가련한 군상들은 우리 주변에 너무도 흔하게 널려 있습니다.

하지만 보다 중요한 문제는 그 가련한 군상들이 우리들 자신이 아닌가라는 매서운 반성을 시인은 이 작품을 통하여 독자들에게 반문하고 있는 것입니다. 반드시 신체의 일부가 손상된 사람만이 지체장애가 아니라, 사지는 멀쩡하더라도 심한 정신적 장애와 불구적 증상을 나타내는 경우가 우리 주변에는 너무도 흔합니다. 그러지 않아도 현대인은 누구나 정신적으로 고향을 잃어버린 실향민이며, 정신적 불구상태에 있다고 어느 누군가가 날카롭게 지적한 바 있습니다.

하루 세 끼를 제대로 찾아서 먹고, 가족들과 오순도순 탈 없이 살아가는 우리들이 진정 관심을 가지고 눈길을 돌려야 할 곳은 바로 나보다 못한 사람들, 나보다 불행한 처지와 환경에서 시달리는 사람들에게 따뜻한 관심을 갖고 그들을 돌보는 일입니다. 하지만 이러한 삶의 실천은 참으로 어려운 일이며, 성자聖者의 길을 뒤따르는 일이기도 합니다. 내 삶의 균형을 올바르게 갖추려는 노력이 그 어느 때보다도 절실하게 필요한 시점입니다.

역시 수년 전 인도를 여행하던 시절의 이야기입니다.

어슬렁거리며 돌아다니는 소의 모습이 흔하게 눈에 띄는 골목길 모퉁이에 그 고아원은 있었습니다. 겉으론 평범하게 보이는 뉴델리 근교의 일반 가정집이었는데, 막상 출입문을 열고 들어가자 약 마흔 명 가량의 소년소녀들이 모여 있었습니다. 침침한 방안에 빼곡히 들어앉아 까무잡잡한 얼굴로 웃는 그들의 하얀 치아가 유난히 두드러져 보였습니다.

잠시 후 어둔 방안의 광경에 익숙해지자 고아 소년들의 해맑은 웃음이 한눈에 들어왔습니다. 눈을 감고 서로의 손을 잡은 채 힌두교 방식으로 기도를 바치는 아이들의 모습이 너무도 해맑았습니다. 눈만 잠시 마주쳐도 활짝 웃는 아이들의 얼굴은 완전히 꽃송이처럼 느껴졌습니다.

비록 삶의 어두운 환경 속에 놓여있다 할지라도 이러한 밝은 웃음이 그들의 얼굴에서 떠나지 않는 한 그들은 불행하지 않습니다. 누가 그들의 얼굴에 계속 환한 웃음을 머무르게 해줄 수 있을는지요? 인도 고아 소년들과 어울려 어깨동무하고 뜻 깊은 시간을 보냈던 그날의 아름다웠던 추억이 떠오릅니다. 불행 속에서 살아가지만 디디에 할머니가 이끌어가는 가족공동체의 표정은 너무도 오붓하고 따뜻하며 행복합니다. 자신의 조국을 떠나 이집트에서 성자적 삶을 그대로 실천하며 살아가는 디디에 선생님은 아름답고 행복한 할머니입니다.

항시 기름지고 맛있는 음식만 찾아서 배불리 먹으며, 비만한 체중을 줄이기 위해 공연히 땀 흘리며 애를 쓰는 덧없는 시간 속에서 살아가는 현대인들은 이 작품을 읽으며 과연 어떤 소감을 갖게 될지 궁금합니다. 돈이 많은 사람은 오늘도 자신의 많은 돈을 더욱 많게 부풀리려고 아등바등 안간힘을 씁니다. 옷과 음식을 탐내는 사람은 오늘도 더욱 좋은 옷과 맛난 음식을 탐내는 일에 골몰합니다. 그들은 늘 이렇게 살아가다가 한 세상을 마칠 것입니다.

어쩌면 이러한 광경이야말로 오로지 물질지향적인 삶에 정신이 팔려 있는 현대인들의 가장 커다란 맹점이자 불행의 극치가 아닌가 합니다. 이러한 때에 우리가 진정 관심과 애정을 가져야 할 것, 우리의 인간성에서 크게 훼손된 부분을 회복시켜야 할 것이 무엇인지를 이 시작품은 은근히 일깨워주고 있는 것입니다.

제2부
∎

행복한 글쓰기를 위하여

제 2 부

■

행복한 글쓰기를 위하여

듬직한 부성성父性性에 대한 믿음

이유환 시집 『용지봉 뻐꾸기』
— 모아드림, 2004

시를 쓰는 시인으로서 한 권의 시집을 발간한다는 일은 참으로 감격스럽고 축복할 만한 일이다. 시력이 이미 십여 년 이상 지난 시인에게 있어서 시집 발간이 의미하는 것은 한 문학적 개인사 구간에서의 자기 정리란 의미도 있을 것이나, 그것보다는 보다 새로운 세계를 갈망해 나아가는 창조적 열정의 실천이란 측면에서 훨씬 값진 의미로 살아날 것이다.

과거 경제적으로 어려웠던 시절에는 시인이 시집을 발간하기가 하늘의 별을 따는 것만큼 어려웠다. 이런 청복清福을 누릴 수 있는 시인은 문단 전체에서 그 수가 별로 많지도 않았을 뿐더러 시집을 내기 위해 일정한 적금을 다달이 부어서 그 목돈을 타는 날, 드디어 시집 내기를 결심하고 원고 정리에 착수하였던 것이다. 돌이켜 보면 이러한 광경이란 얼마나 눈물겹고 살뜰한 시인적 삶의 모습이었던가?

더불어 그것은 돈이 모이는 대로 더 큰 자본을 형성해 보려는 세속적 염량세태와 완전히 반대되는 모습으로 마당에 작은 공간이 생기면 꽃밭부터 가꾸려는 생활인의 아름다운 마음과 비견할 수도 있는 것이다. 이처럼 시인들이란 경제적 이윤추구의 삶과는 전혀 배치되는 삶을 선택하여 스스로 물질적 고난을 마다하지 아니하고, 오히려 그 가난과 더불어 벗을 삼으며, 가난을 하나의 도道로 여기고서 항시 친숙한 관계를 유지하는 이른바 안빈낙도에 젖어들었던 터이다.

이윤추구와 거대소비에만 모든 관심이 집중되어 있는 시정잡배들의 눈으로 보면 시인이 살아가는 모습이 옹졸하게 보일 수도 있고, 또 시속의 유행을 타지 않는 모습이 더러는 꾀죄죄하게 보일 수도 있을 것이다. 하지만 어떤 힘겨운 간난신고艱難辛苦에도 꿈쩍 하지 않고 자신의 자리를 지켜온 시인들이 있어서 이 나라 민족문화의 정신사는 이어져 온 것이요, 또한 문화민족으로서의 긍지와 자부심을 지켜온 것이 아닌가?

무릇 시인이란 철이 바뀔 때에도 요란하고 유난스런 의상을 바꿔입는 일에 호들갑스럽지

아니하며, 무슨 새로운 물질이 유행처럼 세간의 이목을 집중시킬 때에도 올연히 사색과 관조에 잠긴 눈을 끔뻑거리며 오로지 자신의 길만 걸어갈 뿐이다.

우리나라의 문학사가 그토록 굴곡도 많았던 근대사의 속박과 시달림 속에 방치되어 아무도 돌보지 않던 불모의 땅에서 땀 흘리고 씨뿌리기를 거듭하여 마침내 풍성한 민족문학의 비옥한 풍토를 조성하게 된 것도 어찌 보면 이처럼 우직한 시인들이 있었음으로 가능했던 일

이 아닐까 한다.

나는 이제 영남지역에 은거하여 있는 듯 없는 듯 활동해 온 한 분의 우직한 시인을 소개하고자 한다. 이유환李裕煥 시인이 바로 그 주인공이다. 그는 일찍이 1950년대 초반 대구 동촌東村에서 출생하여 현재까지 이 지역 토박이로 살아왔다.

1983년 〈현대시학〉지를 통하여 등단하였고, 당시 추천인은 박양균 시인이었다.

박양균朴暘均(1924~1990)은 경북 영주 출신의 시인으로 1952년 〈문예〉에 「창」, 「계절」, 「꽃」 등으로 데뷔하였으며, 시집 『두고 온 지표地標』(1952), 『일어서는 빛』(1976) 등 세 권의 시집을 펴냈다. 그의 작품에서 드러나는 서정은 자연발생적인 주관적 서정보다 객관적 현실과 맞서는 서정적 태도로 흔히 해석된다. 즉 사물에 대한 정밀한 관찰과 세밀한 묘사를 통하여 가혹한 현실상황과 자연을 대비시킴으로써 자연의 생명력과 건강성을 형상화하려 하였다. 대표작 「꽃」은 2연의 짧은 산문시로서 전쟁의 폐허에서 피어난 한 송이 꽃을 통하여 인간성의 부활과 소망을 노래하였다.

이유환은 그의 문학적 사부師父로부터 서정성을 강화시키는 방법, 군더더기를 극복하는 지혜, 작품을 만들어 가는 엄정한 자세와 투지 등을 배웠고, 인간적으로는 고결한 품성과 소박한 생활인의 전형성을 배웠다. 화려한 겉멋에 넋이 팔려있는 문단 시류의 천박성을 결연히 거부하고 홀로 돌아앉아 시인적 고독을 지키면서 일생을 살았던 그 고고한 모습을 무언의 가르침으로 이어받았다. 시인으로서의 이유환은 어쩌면 그의 사부 박양균의 정신적 감화와 훈육을 실천하는 방향으로 자연스럽게 초점이 맞추어졌을 것이라 여겨진다. 이처럼 제자가 스승의 장점을 닮으려 하는 것은 얼마나 아름다운 광경인가?

시끌벅적한 시속의 중심부를 결연히 등지고 앉아서 홀로 시인적 내밀함을 키워 가는 자세는 스승과 제자가 참으로 닮은꼴을 지닌 것이라 아니할 수 없다.

문단에 시인으로 얼굴을 내민 지 무려 20여 년이 지나서 늦깎이로 두 번째 시집을 펴내기 위해 원고를 들고 온 그의 표정은 사뭇 겸손하고 진지하다. 그러니까 첫 시집이 발간된 해가 1991년이니까 그 후로도 13년 세월이 훌쩍 지났다. 이유환 시인은 그 동안 충분한 분량의 작품을 써 모은 환경 속에서도 감히 시집 내는 일에 대하여 지나칠 정도로 겸손과 자기절제를 가해왔던 것이다. 과연 본인의 작품을 시집으로 묶어내는 것이 온당한 것인가에 대하여 항시 생각하고, 또 생각하였다.

요즘처럼 출판물의 홍수로 번잡한 사태가 나는 시대에서 이유환만큼 자기절제와 겸손으로 다져진 시인이 과연 몇이나 될 것인가? 우리는 이런 특이성만으로도 이번에 발간하는 이유환 시인의 두 번째 시집에 주목할 만한 가치가 있다고 여긴다.

이번 시집의 원고를 일독하면서 주로 저자가 느낀 것은 평범한 생활인으로서의 진지한 감정 표현과 그 충실성이다. 그는 현재 대구의 남쪽 최정산最頂山의 한 자락인 용지봉 언저리에 살고 있다. 시집을 내는 이에게 항시 고민거리 중 하나가 독자의 가슴에 선명히 와 닿는 타이틀을 정하지 못해 고심하는 일은 항용 일반적인 경우이다. 이유환도 표제를 명쾌하게 정하지 못하고 무려 10여 가지 이상을 가제假題로 만들어 보내 왔으나 그중 저자의 마음에 드는 것은 한 가지도 없었다.

그러던 중 작품을 읽어가다가 문득 눈에 띠는 것이 있었으니 그것이 바로 '용지봉 뻐꾸기'였다. 이유환 시인의 표상을 너무도 잘 상징하는 대뜸 이 제목으로 시집의 표제 삼기를 권유하였다.

이 나라 산천에 뻐꾸기 울지 않는 곳이 없듯 대구 용지봉에도 해마다 봄이면 뻐꾸기가 운다. 이곳 주민들은 뻐꾸기 소리를 들으며 바야흐로 봄이 무르익어 가는구나 하고 생각한다. 뻐꾸기 소리는 삶의 안정감을 주는 커다란 위안이다. 사람들은 무심결에 뻐꾸기 소리를 듣고서 자신의 삶을 평정하고 비로소 편안한 느낌에 젖어든다.

그 뻐꾸기 소리는 사람들의 일상에 커다란 부담을 주지 않는다. 있는 듯 마는 듯 단속적으로 들려오는 봄 텃새의 소리는 그 존재 자체로서 얼마나 기쁨이며 감격일 수 있는가? 한 사람의 시인이자 생활인으로서 이유환의 존재성은 바로 우리 주변에 있으면서 항시 편안함과 성실성으로 다가오는 뻐꾸기 소리의 평화, 바로 그것이다.

뻐꾸기(Common Cuckoo)는 두견과의 조류로서 몸길이가 약 33cm 정도이다. 일년 농사를 시작하는 시기에 우는 새라고 하여 일명 포곡조布穀鳥라고도 한다. 이 말 속에는 농사에 풍년들기를 기원하는 농민들의 갈망이 음역으로 담겨 있다.

뻐꾸기는 몸의 윗면과 멱은 잿빛이 도는 푸른색이고, 아랫면은 흰색 바탕에 회색 가로무늬가 있다. 꽁지는 길고 회색 얼룩이 있으며 꽁지 끝은 흰색, 다리는 노란색이다. 암컷은 가끔씩 빛깔이 붉은 갈색인 것도 있으며, 등에는 검정색 가로무늬가 많고, 아랫면은 색이 연하다. 산지나 평지 또는 하천부지 숲에 사는데, 한국에서는 낮은 지대 숲에서 흔히 볼 수 있는 여름새이다.

주로 5월에서 8월까지 그 울음소리를 들을 수 있다. '뻐꾹 뻐꾹~' 하고 우는 것은 수컷이고 암컷은 '삐삐삐삐~'하는 소리를 낸다. 뻐꾸기는 단독으로 생활할 때가 많다. 가끔 관목에 앉아 쉬지만 전깃줄에도 곧잘 앉는다.

원래 준비된 이번 시집의 원고 분량은 약 100여 편 가량 된다. 저자는 이 해설 원고를 쓰기 전 먼저 시집의 편집부터 착수하였고, 이어서 표제를 정하였다. 시집의 부 나눔은 전체 4부 구성으로 하였고, 서로 비슷한 부류이거나 작품성이 두드러진 것을 1부에 배열하였다. 2부에서 4부까지는 자연친화적인 테마이거나 생활의 편린이 우러난 것들로 구성되었다.

> 감자꽃 피는
> 바람더미의 땅
> 후미진 곳에
> 낯설게 손을 내미는
> 하얀 더듬이가 있다
> 칡덩굴 우거진 산
> 안개 일어서는 풀벌레 숲
> 이따금 새들이 날아와
> 둥지를 튼다
> 감자꽃 피는
> 바람더미의 땅
> 먼 강으로 흘러가는
> 따뜻한 아버지의 흙이 있다
>
> ― 시 「감자꽃」 전문

감자꽃이라면 일찍이 일제강점기에서 충청도 지역의 한 시인이었던 권태응權泰應(1918~1951)이 '하얀 꽃 핀 건 하얀 감자 / 파보나 마나 하얀 감자 // 자주꽃 핀 건 자주 감자 / 파보나 마나 자주 감자'란 놀랍고도 용감한 확언으로 식민지 시절 우리 민족의 곤비한 신념을 한층 다부지게 이끌었던 전례가 있거니와 '감자꽃 피는 / 바람더미의 땅'도 예사롭지 않은 고토故土에 대한 인식이 서려있다.

그 땅은 언제나 한반도의 모든 일체중생이 터를 잡고 스스로의 살 뜰한 삶을 자리 잡아 가는 아늑한 공간이다. 그리하여 항시 바람더미에 시달리는 땅이지만 듬직한 부성성父性性에 대한 믿음이 있기에 우리의 삶은 평정을 유지할 수 있는 것이다.

이유환의 시에서 이러한 믿음은 시 「기다림」에서 늦은 밤 딸을 기다리는 아버지의 표상으로 나타나기도 한다. 「밤꽃이 필 때」의 마지막 결구에서 풍겨나는 역동적 이미지도 이러한 세계와 밀접한 관련을 맺고 있다. 한국문학사에서의 이미 광채로운 별로써 자리 잡은 시인 이육사李陸史(1904~1944)와 조지훈趙芝薰(1920~1968)을 다룬 시 작품에서도 부성성에 대한 깊은 신뢰를 발견한다.

시 「지천명」의 후반부는 파도처럼 다가오는 거친 운명 앞에서 온몸으로 그것을 거역하지 않고 차분한 순명적順命的 자세로 다음 단계를 기다리는 모습은 장엄하다. 1부에서 또 한 편 눈여겨볼 만한 작품은 「풀꽃」이 아닌가 한다.

꺾지 말아요 제발
손만 닿아도 소름이 끼칩니다
척박한 땅에 자라나
햇살 모르고 견디어 온
식물도감에도 없는 하루살이
풀꽃입니다

남들은 밟기도 하며
꺾어 강물에 던지기도 하고
때로는 질근질근 씹기도 합니다
칼을 버려요 제발
썩어서 흙이 되도록
내버려 두세요

— 시 「풀꽃」 전문

　무릇 시인이란 존재는 남들이 보지 못하는 것을 볼 수 있어야 하고, 장막 뒤에 가려진 실체를 직관과 상상으로 읽어낼 수 있어야 하며, 작고 가녀린 생명에 대한 긍휼한 마음과 연민의 정을 도타이 가져야만 기본자격이 있는 법이다.

　그런데 세상에는 시인의 이런 기본 자격조차 제대로 갖추지 않은 자들이 시인을 참칭僭稱하고 다니는 가소로운 광경을 종종 목격하곤 한다. 또 어떤 이는 일부러 자신이 아주 동정심과 연민으로 가득 찬 인격이라는 점을 위선과 거짓으로 뻐기고 다니며 독자들의 동정심을 자극하는 목불인견目不忍見의 사례들도 있다. 이런 부류들일수록 가슴속에는 한 자루 비수를 품고 다니며 자신의 위선을 지적하는 이에게 가면을 벗고 도리어 독한 칼날을 들이대는 경우가 잦은 것이다.

　이제 시인 이유환은 오히려 자신을 더욱 낮추고 겸손하게 시인의 세계를 궁구하려 하며, 일호一毫의 거짓됨이 없는 진실한 마음 자세로 풀꽃의 서러움과 고독을 노래함으로써 읽는 이의 심정을 도저한 슬픔으로 아련히 젖어들게 한다. 문학세계와 포부에 대한 거대한 포부를 과시하면서 진실성이 결여된 모습보다는 오히려 작고 담담하면서도 생활 경험에 대한 진실한 자기고백과 시적 승화의 과정이 나는 더욱 값진 것이라고 여긴다.

논어에도 나오는 말이지만 교언영색巧言令色, 즉 기교를 몹시 부린 말, 화려하게 겉만 치장한 말보다는 오히려 진실한 눌변이 훨씬 높은 등급이라는 대목을 모름지기 문학하는 이들은 어떤 경우에도 잊지 말아야겠다.

때로는 그러한 과정의 고단함이 시 「나의 시는」의 한 대목처럼 시 '밟히고/ 꺾이고/ 뽑히고/ 빗물에 썩으면서' 시인을 절망과 무력감으로 이끌기도 하지만 결국은 「샛강」의 마지막 대목처럼 '숯이 된 나무'의 표상으로 우뚝 남아있기도 한다.

백두산이 한참 활화산일 때 뜨겁고 뜨거운 용암의 불물이 산기슭 일대를 덮쳐서 무성한 수풀은 일시에 타고 녹아 흔적조차 없어지게 되었다. 그런데 그 나무들 중 오래된 고목들의 일부는 불지옥 속에서 타고남은 속살의 일부가 여전히 꼿꼿이 하늘을 향해 우뚝 서서 유구한 세월의 바람을 견디고 있으니 이를 일러 '강대나무'라 한다.

어찌 보면 시인이란 존재는 남들이 모두 고통 속에서 신음할 때 그 고통을 더불어 헤쳐 가며 남을 위로하고 격려해야 하는 운명을 가졌다. 그러다가 마침내 살아남아 고통을 이겨낸 과정을 낱낱이 증언해야 하는 백두산 강대나무와 흡사한 임무를 지녔다.

남들이 고통을 겪을 때 자신은 그 고통으로부터 달아나 일신의 평안과 영달을 꿈꾼다면 그를 어찌 시인이라 이름하리오. 겉으론 시인의 이름을 앞세우며 거짓된 삶을 살아가는 이가 있다면 세상의 여러 비천한 인간의 등급 중에서 가장 낮고 천박한 등급이 아닐까 한다. 그러므로 쉽사리 자신이 시인임을 앞세우는 경솔함도 주저할 일이요, 더불어 시인이면서도 자신에게 맡겨진 임무와 자격에 소홀한 사람을 마찬가지로 지탄해야만 하리라.

이유환은 심성이 따뜻한 시인이다. 돌아가신 어머니에 대한 그리움을 나타낸 시 「어머니」, 일찍 요절한 친구를 생각하는 시 「눈은 내리고」 등이 독자에게 경험하도록 해주는 생활정서는 매우 따스한 온기로 충만해 있다. 각시붓꽃, 싸리꽃, 엉겅퀴 등의 야생초를 비롯한 주변의 작고 여린 사물이나 생명에 대한 연민의 시선도 눈여겨 볼만하다.

심지어는 알코올중독자와 증권브로커 따위의 시정잡배들에 대해서도 시인은 측은지심惻隱之心으로 충고하며 올바른 삶에 대한 엄격한 권유의 자세를 잃지 아니한다. 선과 악에 대한 단순한 구별과 비판이란 누구나 손쉽게 선택하기 쉬운 일이나 악을 사랑으로 감싸며 그를 선도하는 일이란 결코 쉬운 경지가 아니다.

시 「고무신 다섯 켤레」는 어린 자식의 신발을 껴안고 연민으로 부풀어 오르는 애틋한 부정父情의 모습을 보여주고 있는데, 이런 작품 세계는 일찍이 청록파의 시인 박목월朴木月(1916~1978)이 진작 이룩한 전통적 세계를 고스란히 계승하고 있는 의미 있는 작품이다.

> ⅰ) 내 신발은
> 십구문 반
> 눈과 얼음의 길을 걸어
> 그들 옆에 벗으면
>
> 육문삼의 코가 납작한
> 귀염둥아 귀염둥아
> 우리 막내둥아
>
> ― 박목월의 시 「가정」 부분

ⅱ) 소금에 절은 바람을 안고
　　어둠의 뼈 속을 걸으며
　　프로스트의 갈림길에 이르렀을 때
　　내 위치가 혼란스러워
　　미래에 대한 얼음이 산을 덮을 때
　　그래도 나를 지켜주는 것은
　　때묻은 검정 고무신 다섯 켤레이다

— 이유환의 시 「고무신 다섯 켤레」 부분

　한 권의 시집 속에서 누구든 읽는 이의 관점에 따라서 좋아하는 작품의 선호選好는 다를 수 있을 것이다. 적어도 독자의 가슴에 선연하게 와 닿는 시작품이 다섯 편 정도만 된다면 나는 그 시집을 성공한 경우라 감히 말하고 싶다. 그런데 종종 보내오는 시집들을 읽어보면 마지막 쪽까지 뒤적이도록 심금을 울리는 작품이 없을 때 그 허탈감은 거기서 그치지 않고 사뭇 배반감으로까지 이어질 때가 있다.

　이번에 펴내는 이유환 시집은 담담하게 생활정서를 다룬 시작품들로 충만한 구성임에도 불구하고 읽고 나면 가슴에 아련한 여운으로 와 닿는 작품들이 적지 않다. 나는 이번 시집의 작품 중에서 단 한 편을 뽑으라고 한다면 단연코 「낙타」를 고르기에 주저하지 않을 것이다.

한반도 건너편
아득히 사막이 불타는 땅
모래바람이 분다
낙타는 뜨거운 사막을

조금도 움츠리지 않고

풀 한 포기

한 뼘 그늘조차

허용하지 않는 무서운 형벌

갈증의 모래 언덕을 넘기 위해

낙타는 서로 다른 크기의

산봉우리 같은 육봉을 짊어지고

제 스스로 자기의 그늘을 만들며

가끔씩 울어

끝이 보이지 않는 사막

뜨거운 모래 바람 속에서도

낙타는 침을 흘리지 않는다

— 시 「낙타」 전문

연전에 저자는 중국 신쟝성 실크로드의 관문인 툰황敦煌을 직접 가서 부근의 명사산鳴沙山을 올랐던 경험이 있다. 비사주석飛砂走石, 즉 강풍에 날아오는 모래와 잔돌을 헤치며 산자락까지 낙타에 몸을 실어 흔들흔들 다가가 드디어 발이 자꾸만 미끄러져 내리는 명사산 꼭대기에 오르니, 이윽고 일몰이 올 때까지 그 자리에 선 채로 깊은 명상에 젖었었다.

낙타는 아래쪽에서 내가 내려올 때까지 나를 기다리고 있었다.

어미 낙타의 고단함을 전혀 알지 못하는 새끼 낙타는 제 어미 곁에 바짝 다가앉아 젖을 빨기에 여념이 없었고, 어미 낙타는 저물어가는 서역의 하늘을 물끄러미 바라보며 하염없는 되새김질을 반복하였다. 낙타의 거친 돌발행동을 막기 위해 낙타몰이꾼들은 뾰족한 나뭇가지

를 깎아서 낙타의 콧구멍에 가로로 찔러 놓았고 그 끝에다 고삐를 매
달았는데, 고삐를 당길 때마다 낙타는 고통의 비명을 지르며 콧구멍
에서 피를 흘렸다. 만약 어떤 굴욕의 업보業報로 말미암아 낙타가 되
어 환생한다면 얼마나 고통스런 삶일까 잠시 생각해보았다.

타클라마칸 사막에서 탐험대의 무거운 장비와 사람을 태우고 니야
尼雅 유적을 찾기 위해 여러 날 행군에 지친 낙타들의 모습은 어찌 그
리도 안타까운 광경이었던가? 비록 일본방송국의 영상으로 목격한
장면이지만 목마른 낙타들은 사람들이 따르는 물통을 향하여 자꾸만
타는 혓바닥을 들이밀었고, 사람들은 그러한 낙타에게 사정없이 잔
인한 채찍을 날렸다.

그 이듬해 몽골의 대초원에서 만났던 낙타 떼의 평화스런 광경은
명사산이나 타클라마칸의 낙타와 너무도 대조적이었다. 뉘엿뉘엿한
황혼 속을 낙타 떼는 천천히 걸어가며 방금 돋아 오른 이슬 머금은
풀들을 사각사각 뜯어먹고 있었다. 그 호젓하고도 유유한 걸음걸이
로 한 번씩 서서 아득한 지평선 쪽을 고즈넉이 바라보는 낙타의 눈썹
은 참으로 신비스러웠다. 모든 사물은 자연 속에서 인간의 손길이 닿
지 않은 상태가 진정 아름다운 모습이라는 사실을 새삼 깨닫게 하는
광경이었다.

실크로드의 낙타를 직접 보지 않은 이유환 시인이 어찌 이토록 실감
나게 낙타를 시로써 그려낼 수 있었던가? 곰곰이 이 작품을 읽어보면
무거운 육봉肉峰을 짊어지고 제 스스로 그늘을 만들며 끝이 보이지 않
는 사막을 고달프게 걸어가는 낙타의 표상은 곧 시인 자신의 모습이
다. 열악한 주변 환경에 결코 지치지 않으며 꿋꿋하게 자신의 길을
걸어가는 낙타의 모습을 시인에게서 읽어낼 수 있다는 사실은 얼마나
다행스런 일인가?(내 일찍이 명사산의 낙타몰이꾼으로부터 듣건대 고비사

막의 낙타는 쌍봉이지만 아라비아 사막의 낙타는 단봉이라 하였다)

이제 이 글을 마무리할 시점에 이르렀다.

이유환 시집의 원고를 넘겨받아서 오래도록 뒤적이며 읽어보다가 어느 날 분연히 선택의 칼날을 뽑아 들고 가려 뽑기에 몰두하니 무려 100여 편 시작품 중에서 서른 편 이상이 제외되었다. 원래 한 권 시집의 적절한 분량이란 예순다섯 편 내외가 일반적인 경우가 아닌가 한다. 어떤 이는 분량에 욕심을 내어 두께가 사전 같은 볼륨으로 시집을 발간하여 받아서 읽어보는 이에게 고통을 주는 사례도 있거니와 무엇보다도 시집에는 꼭 필요한 적정량의 정선된 작품으로 편집의 체계를 선명하게 꾸미는 것이 절실하게 필요할 것이다. 모름지기 한 편이 이룩하는 보다 완벽한 경지를 향해 몰두하는 시간이 얼마나 많았던가를 반성적으로 되짚어 보면서 자신의 문학세계를 일으켜 세워 가는 노력과 열정이 한 시인의 시 세계와 품격을 결정짓는 중요한 지표가 되리라.

아무쪼록 이유환 시인이여!

대구에서 태어나 대구를 터전으로 얼과 뼈가 자라난 시인으로서 전국적으로 명망 높았던 우리 지역의 개결介潔한 문학정신, 그러나 지금은 현저히 훼손되고 정통성이 망가진 그 위업과 줄기를 다시금 살리고 이어가는 소중한 시인의 반열에 오르도록 더욱 스스로를 엄정하게 채찍질해가기를 바라마지 않는다.

마지막 문장을 쓰고 붓을 던지니 창밖에 올해의 첫 뻐꾸기가 우는구나.

존재의 쓸쓸함으로 보내오는 시인의 따스한 눈길

곽대근 시집 『간이역』
— 선출판사, 2007

인간의 삶에서 인연이란 것이 지니는 의미는 놀라웁다.

반드시 불가佛家의 해석이 아니라 하더라도 인연은 인간의 삶을 근원적으로 굴려가는 에너지와 그 역동성에 속하는 것으로 보인다. 만남, 어울림 따위의 사회성과 관련된 항목들은 거의 대부분 이 인연에 바탕 해서 형성되어 간다. 그 어느 한 가지라도 인연이 없는 만남이나 어울림이 있을 수 있는 것인가. 아름다운 인연이란 대체로 좋은 관계성을 가질 때 일컬을 수 있을 터이나 그렇지 못한 경우 악연으로 전락될 수도 있다. 이 때문에 모든 인간은 이승의 삶을 살아가면서 위험한 인연을 가급적 피해가면서 아름답고 선한 인연을 만들어가려는 노력을 하게 되는 것이다.

이번에 첫 시집을 발간하는 곽대근 시인이야말로 아름다운 인연의 인도로 말미암아 따뜻한 관계성을 지니게 된 경우라 하겠다. 곽 시인과 나의 인연은 일단 문학에 남다른 애착과 관심을 지니고 있다는 점, 다음으로는 현대사회에서의 중요한 소통도구인 인터넷을 통한 마음의 연결을 갖게 되었다는 점 등이다.

나는 지난 수 년간 내가 관여해온 인터넷 창작 카페인 〈생명과 사랑의 시〉의 시작품 발표 공간을 통하여 곽 시인의 작품을 눈여겨 지켜보아왔다. 그 과정에서 곽대근 시인이 문학, 특히 시 창작에 대단한 열정을 지니고 있다는 사실을 확연히 알게 되었다. 뿐만 아니라 곽 시인이 발표하는 작품들이 영남 북부지역 주민들의 고단한 삶과 그 내면을 여실히 담아내려는 애잔한 열정을 갖고 있음을 알았다.

세상에 시작품을 쓰는 직업이 별도로 지정되어 있는 것은 결코 아닐 터이다.

어떤 이는 문학을 하기 위해 일부러 문예창작과라든가 국문학 전공으로 입학을 하는 경우도 흔히 볼 수 있다. 그것이 다소간 도움이 될 수는 있겠지만 도움을 위한 절대성을 제공해 주지는 않는다. 오히려 문학을 해석하고 바라보는 관점의 편협성으로 떨어질 위험이 상존한다. 그리하여 나는 진정한 창작과 상상력의 활달함, 혹은 자유로움을 위하여 이러한 경우보다는 문학전공과 전혀 다른 직종에 종사하는 경우를 보다 높이 평가하는 것이다.

시를 쓰는 분들의 직업이 대개 교직이나 편집, 출판업 따위에 종사하는 경우가 많다. 또 더러는 상업, 제조업, 자영업 따위에 골몰하는 경우도 있다. 그런데 곽대근 시인의 경우는 경찰직에 몸담아 온 지 햇수가 오래되었다. 어떻게 보면 다분히 비시적이요, 비문학적 직종이라 할 수 있을지 모르지만 곽 시인은 자칫 건조해지기 쉬운 일상의 굴레에 빠지는 것을 몹시 경계한다. 그런 한 편으로 시라고 하는 정서적 영역과 기능을 통하여 점차 엷어져가는 고향 이미지와 도시에 비해 상대적으로 황폐한 상태에 놓여있는 농촌지역의 우울한 양상을 시작품으로 따뜻하게 그려낸다. 이 얼마나 놀랍고 흐뭇한 일인가.

이번에 곽 시인이 첫 시집을 낼 뜻을 지니고 보내온 작품은 무려 200여 편이 넘는다. 그만큼 왕성한 창작활동을 펼쳐왔다는 정련精鍊의 과정을 여실히 증명해 주는 자료이다. 그는 문학으로 자신의 정신적 삶을 지탱하고, 자부심을 가지며, 당당하게 자리매김해 왔던 것이다.

그 작품들을 두루 일독하며 갖게 된 나의 소감은 곽 시인이 영남 북부지역 주민들의 공허한 마음과 환경을 따뜻하게 담아내는 거의 유일한 시인이라는 확신을 갖게 되었다. 가뜩이나 문학인들은 지역에 홀로 남아 있는 것을 고통스럽게 여기고 기회만 있으면 도시로 서울로 이주해가는 사례가 얼마나 비일비재했던 것인가. 이 때문에 지역문학의 낙후성과 황폐함은 한층 고조되었다. 곽 시인인들 왜 대도시로 옮겨가고 싶은 생각이 없었을 것인가. 하지만 그는 외롭고도 힘든 지역인으로서의 삶을 당당하게 버티며 기나긴 세월을 자신의 고향과 그 주변 환경을 날카롭고도 정감어린 시선으로 응시하며 살아온 것이다.

그런 점에서 곽대근 시인의 첫 시집 『간이역』에 담긴 71편의 작품은 영남 북부지역 주민들의 삶을 따스한 눈길로 포착하여 정겹게 담아낸 아름다운 결실이라 하겠다. 더불어 건강하고 격조 있는 지역문학으로서의 높은 가능성을 보여준 시집으로 평가된다.

일찍이 식민지 시대에도 서울로 집중되는 현실을 외면하며 자신의 고향 함경도 북청北青에 칩거하여 높은 문학성과 예술성을 이룩한 시인이 있으니 이찬李燦(1910~1974) 시인이 바로 그 주인공이다. 이찬의 경우는 식민지 수탈에 못 이겨 두만강을 넘어 쫓기듯 떠나가는 유랑농민들의 슬픈 정경을 시작품 속에 적극적으로 담아내려는 노력을 실천하였다.

이처럼 한 지역에서 자신이 자리 잡고 있는 지역성을 중시하며 시인적 책무와 역할을 충실히 수행해가는 시인이 당당하게 존재하고 있다는 사실은 얼마나 흥겹고 놀라운 것인가. 비록 현재의 삶은 고독하고 고달프지만 그 과정 속에서 써낸 작품들은 오랜 세월 속에서 더욱 빛을 내는 금강석으로 되살아나게 될 것이다.

첫 시집 발간의 뜻을 밝히며 보내온 곽대근 시인의 원고 중 엄선해서 가려 뽑은 71편을 이번 시집에 담았다. 함께 한 권 시집에 들어갈 수 있는 제재적 연관성을 밀도 있게 가진 작품들을 위주로 선정했다. 그 가운데서 주로 간이역 테마를 시리즈로 쓴 작품들, 곽 시인의 고향 마을 및 그 부근 지역의 구체적 장소를 시적 테마로 다룬 경우를 우선적으로 골랐다. 물론 시인 자신의 부모형제와 일가친척들을 비롯하여 혈연적 관계를 지닌 인물들에 관한 시적 묘사도 연결적 의미로 선별했다. 뿐만 아니라 꽃을 주요테마로 다룬 작품들도 비범한 느낌으로 다가왔다.

곽 시인의 작품 속에서 간이역 테마는 어떤 의미를 내포하고 있는 것일까.

간이역簡易驛이란 기차가 정식으로 멈추는 웅장하고 번듯한 규모의 역이 아니라, 그저 통과해가는 볼품없는 작은 역이다. 어쩌다 특별한 하역물품이 있거나 특수목적이 있을 경우 간이역에 열차가 정거한다. 이러한 간이역은 존재의 쓸쓸함과 소외의 상징으로 해석되기도 한다.

또 다른 측면으로는 호젓하게 쉴 수 있는 휴식의 장소로 정겹게 다가오기도 한다. 왜냐하면 간이역에서는 급박한 시간의 관리나 일사불란한 통제가 아무런 소용이 없기 때문이다. 그런 간이역을 일부러 찾는 사람들은 고독한 섬처럼 외딴 곳에 자리하고 있는 간이역 한 모퉁이에 앉아서 살아온 추억의 시간을 더듬고 반추하기도 한다. 단지 드러내고 보여주기 위한 시적 테마가 아니라 간이역을 통하여 존재와 삶의 깊은 고뇌를 암시적으로 일깨워주려는 것이 시인의 의도이다.

이번 시집에서 내가 가장 인상적으로 읽은 작품들은 영동선의 한 간이역을 다룬 「녹동역」과 「봉성역」, 「잃어버린 시간들」, 「막차를 타고 떠날 시간」 등이다. 고향과 그 주변의 장소를 다룬 작품으로는 「봉성 장터에 서면」, 「궁터마을을 돌아설 때」, 「떠나지 못하는 이유」, 「그 해의 가을은 가고」, 「주실령을 넘을 때」 등이다. 「빈 둥지」도 읽은 느낌도 애잔함이 오래 남았다. 「어머니와 산나물」, 「아버지」, 「아버지와 지게」는 가히 그림 같은 명편들이라 할 수 있다. 「초롱꽃」, 「굴참나무」, 「고목」도 눈여겨 읽어볼 만한 작품들이다. 그만큼 이번 시집에 담긴 세계는 모두 독자들에게 보내주는 시인의 통찰이자, 정겨운 선물이다.

이렇게 해서 이번 곽대근 시집 『간이역』의 중심 테마는 단연 고향 이미지로 귀착된다.

하지만 그 고향 이미지가 단순히 그리움의 대상으로 고정되지 않고 고향의 황폐함, 고향의 쓸쓸함, 고향의 공동화空洞化를 다루고 있는데, 이러한 방식은 자연스럽게 고독과 황폐화, 공동화의 원인에 대한 질문과 비판으로 발전해가게 된다.

한국의 근대사회 전반을 통하여 농촌붕괴와 농민분해 문제는 매우 심각하고도 중요한 테마였다. 제국주의 식민통치 시절부터 비롯된 이런 위기성은 전통적 농경사회가 무너져가던 시기엔 극에 이르렀다. 삶의 모든 중심을 오로지 공업화, 산업화에 초점을 맞추고 정책을 수행해가던 시절부터 어쩌면 우리 모두는 근원적 고향을 잃어버린 실향민으로 전락해버린 것이다.

곽대근 시인의 첫 시집 『간이역』에 담겨진 세계는 우리가 잃어버린 근원적 고향에 대한 눈물과 아픔이 낱낱이 배어있을 뿐만 아니라, 우리의 고향을 그토록 방치해놓은 현실에 대한 비판이 담겨있다고 하겠다.

우리는 한 편의 시작품을 통하여 그 작품을 쓴 시인의 정신적 됨됨이를 충분히 미루어 짐작할 수 있거니와 이런 관점에서 곽대근 시인의 작품세계는 그의 시를 읽는 독자들에게 크나큰 믿음과 기대를 갖게 한다. 모든 것이 기계화되고, 전광석화처럼 통제와 구획으로 정리되는 전자정보 시대에서 문학마저도 점차 본연적 감성이 메마르는 현실을 깊은 우려로 보고 있다. 이를 염려하고 비판해야 하는 문학인들이 오히려 건조한 감성을 스스로 촉발하는 창작스타일에 골몰하는 경우도 흔하게 볼 수 있다. 이러한 시기에 곽대근 시인의 존재와 역할은 더욱 빛이 나는 것이라 하겠다.

진실의 시와 위선의 시

김용락 시집 『시간의 흰 길』
— 사람, 2000

오랜 세월을 문학을 해 오면서도 과연 문학이 추구하는 진실이란 것이 무엇인가를 생각하며 당혹과 좌절에 빠질 때가 있다. 아니 문학의 현장을 지켜보면서 과연 문학의 진실이 무엇인가에 대하여 궁극적 의문을 가질 때가 있다. 세상이 아무리 혼탁하고 부패의 구렁텅이로 바뀌어가고 있다 하더라도 문학하는 사람의 마음자세는 항상 진실을 향하는 자세가 되어야 한다. 시인의 가슴속은 진실이 가지는 마그마(magma) 같은 열기로 언제나 뜨겁게 달아 있어야 한다. 세상이 만약 멸망의 구체적 조짐을 보인다면 그것은 다른 모든 것의 생명이 소멸되고 가장 마지막으로 시인의 진실한 정신이 죽음의 문턱에 다다른 경우를 말하는 것이 될 것이다. 굳이 파스칼Pascal(1623~1662)의 『명상록』에 의존하지 않는다 하더라도 진실은 언제나 인간의 삶에서 가장 가까운 곳에 있다. 다만 우리가 그것을 깨닫거나 발견하지 못할 뿐이다.

　문학이 궁극적으로 문학다울 수 있는 최후의 조건은 이러한 진실성의 확보에 달려 있다. 이만큼 인간의 삶에서 진실은 가장 가치 있는 것이라 할 수 있다. 하지만 우리는 진실을 경제적으로 현명하게 사용해야만 한다고 미국의 작가 마크 트웨인은 말하였다. 왜냐하면 진실을 필요 이상 남발하게 될 때 오히려 그러한 태도는 진실을 가장한 위선의 세계를 드러내게 되기 때문이다. 일단 위선의 세계로 떨어져 버리면 문학의 본 모습은 간 곳 없고, 아주 몰염치하며 물욕에 눈이 어두운 간교한 모습으로 나타나기가 쉽다. 그것이 바로 상업주의적 야심을 속으로 품고 있는 위선적 문학의 본성과 어떤 관련이 있지 않은가 한다.

　인간은 원래 천사도 아니고 짐승도 아니지만, 일단 위선의 세계에 떨어진 인간은 자신이 마치 천사처럼 행동하려고 하면서, 동시에 동물처럼 행동하기도 하는 야누스적 속성을 갖고 있다. 언젠가 우리는 그 제목부터 「내가 아는 사람은 모두 아름다웠다」라고 시작하는 기성시인의 한 시작품을 본 적이 있다. 그런데 이런 종류의 언술言述은 일견 자신이 가장 진실한 사람인 것처럼 진지한 표정을 짓고 있는 것으로 생각하기 쉽다. 하지만 조금만 자세히 살펴보면 그것이 공연한 직유와 상투적 비유를 작품 속에서 무책임하게 남발하는 위선이자 거짓임을 금방 알아차리게 된다. 이른바 맹목적 낙관론의 표본이라고나 할 수 있을 듯하다. '거짓으로 꾸민 말과 진실하지 못한 얼굴 표정'이란 뜻을 가지고 있는 교언영색巧言令色의 의미도 바로 이런 경우를 가리키는 말일 것이다.

위의 언술 방식에 이어서 말을 다시 엮어보자면 '그러므로 나 또한 아름다운 사람이다'란 형태로 전개될 것이다. 얼마나 낯간지러운 말인가? 양식을 갖춘 사람의 특별한 용기로도 이런 말을 쉽게 하기란 참으로 어려운 일이다. 이 작품을 비롯하여 그의 다른 연작 시리즈들을 살펴보면 거기에 얼마나 진정한 진실성이 부재하면서 동시에 그것이 진실의 비경제적 남용인가를 알게 해준다. 더불어 이것이 자신만의 위선에 그치지 아니하고, 독자대중들을 곧바로 위선의 늪으로 끌고 들어가서 집단적으로 몰락시키려는 의도를 그대로 나타내 보여주고 있는 것이다.

대개 이런 부류의 작품들이 지향하는 의도는 대중시의 한 흐름이나 성향에 영합해 보려는 뜻과 관련되어 있다. 독자 대중들을 제아무리 기만하고 정신을 몽롱하게 만들고자 할지라도 현명한 독자들이라면 결코 이런 불순한 함정에 끌려 들어가지 않을 것이다.

세상의 실체는 우리가 알고 있는 이상으로 거칠고 험악하다. 대부분의 사람들은 불편한 인간관계로 말미암아 마음에 상처를 받고, 그들의 삶까지도 불행해지는 경우가 허다하다. 책임 있는 시인의 발언은 험악한 세상을 고발하고 비판하며, 아무쪼록 세상이 원래의 균형 잡힌 모습으로 회복될 수 있도록 묵묵히 노력해 가는 일이다.

문학에서 진실성의 문제는 문학인 자신이 스스로 제아무리 강조하고 부각시킨다 한들 그 진실이 생기롭게 살아나지는 않는다. 문학적 진실이란 잘 익은 과일이나 술의 향기처럼 은근히 풍겨나는 자생적인 것이 되어야 한다. 그리고 그 진실은 스스로 빼기며 남들에게 보여주는 것이 아니라, 작품의 행간에 깃들어 있는 눈부신 상태를 타인(그들은 대개 독자, 혹은 비평가들이다)이 조심스럽게 찾아내 보여줄 수 있다.

이러한 맥락에서 문학이 다루는 관념이나 이데올로기의 문제들도 결국은 이처럼 스스로 강조하는 인위적 조작이나 공연한 부각, 혹은 자기과시가 되어서는 안 된다. 시에서의 진실성은 저절로 발산되는 향기처럼 은근한 감화력을 지니고 자연스럽게 독자를 끌어안아야 하는 것이다.

연중 많은 시집과 시작품들이 홍수처럼 쏟아져 나오고 있지만 그 가운데서 우리의 가슴을 진실의 향기로 감화시키는 작품은 그리 흔하지 않다. 아무리 비평의 촛불을 켜고 샅샅이 뒤적거려 보아도 진실을 가장한 위선의 작품들이 문학의 터전에 버젓이 행세를 하며 앉아 있는 경우를 자주 보게 된다.

이런 가운데서 우리는 다음 작품을 발견하고 무척 놀라워하면서 동시에 그것이 지니고 있는 보석과도 같은 풍부한 문학적 진실의 함량에 눈물겹고도 은은한 감격을 느끼게 되는 것이다.

늙은 측백나무가
반쯤 대머리가 된 회색빛 건물 뒤편 변소 입구에서
사색하듯 말없이 서 있는 단촌역
붉은색 페인트칠이 다 벗겨진
대합실 나무의자가 카바이드 불빛 아래서
힘이 다한 노인처럼 꾸벅꾸벅 졸고 있던
경북 의성군 단촌역
개찰구에 한쪽 다리를 약간 저는
소아마비 역무원 馬주사가
어긋나버린 자신의 인생을 끼워 맞추듯
금속성 표찰기로 꼼꼼히 기차표를 찍어주던

중앙선의 작은 시골역

여름이면 붉은 사루비아가 홍운보다 더 짙던

그 역의 낡고 좁은 문을 통해

나는 안동 50리 길을

아니 청춘 수만 년의 미래로

눈이 오나 비가 오나 중 3년을 통학했지만

미안하게도 나이든 역장님 이름을 알지 못했네

가끔씩 바람 드센 날

국기 게양대의 태극기와 새마을기가 찢어지고

밤새 눈이 한길이 넘게 내려

힘에 부친 측백나무 가지가 부러지고

그 부러진 상처 위에도

소독약가루처럼 하얗게 눈이 쌓이고

무릎이 빠지는 눈 쌓인 논둑길을 걸어와

수십 분이나 연착한 아침 통학열차를 간신히 탔을 때도

말없이 청춘의 우리를 격려하던

시골에서는 보기도 드문 왜식 목조건물

내 유년이 그 주변에서 끝나고

대구로 유학 나와

일요일 저녁이면 쌀자루 둘러메고

멸치조림 봉지 옆 허리에 꿰차고 대합실을 나설 때

점점이 멀어져 가던 어머니의 아련한 뒷모습

가슴 아프던 단촌역

나는 오늘 별 볼일 없는 중년의 사내 되어 홀로 그곳에 가보지만

지나간 세월처럼 혹은 바람처럼

흔적도 없이 모든 것은 사라지고
낡은 驛舍 위로 흰 구름만 말없이 흘러가는
내 실존의 먼지 같은 단촌역
내 쓸쓸하고 초라한 영혼의 집

— 김용락의 시 「단촌역」 전문

이 시작품은 김용락金容洛 시인의 시집 『시간의 흰 길』(사람, 2000)에서 발견한 것이다. 전체 규모가 무려 40행이나 되는, 단형 서정시로서는 상당히 장대한 분량이라 하겠는데, 한 번 읽기 시작하면 끝까지 아무런 지루함이나 무리가 없이 쉽고 재미있게 읽어갈 수 있는 장점이 있다. 이 장점을 튼튼하게 떠받치고 있는 가장 커다란 힘은 바로 진실의 작용력이다.

일찍이 조선 시대의 시인 남구만南九萬(1629~1711)이 지적했던 바와 같이 우주의 가장 맑고 아름다운 기운의 핵심과 정수精髓가 인간의 영혼에 이슬처럼 맺히게 되고, 그 맑은 이슬은 인간의 언어를 통하여 바깥으로 모습을 나타내는데, 이 구체적인 형태가 시라는 것이다.

이 남구만의 논리로 곰곰이 생각해 볼 때 김용락 시인의 시작품에서 느껴지는 문학적 진실성은 원래 시인의 것이 아니라 우주적인 상태로 허공을 떠돌아 다녔다. 그러다가 한 시인의 영혼 속으로 그 진실의 기운이 들어가 시인의 삶은 오직 진실 그 자체에 감화를 입어서, 정신이 아름답고 고결한 한 사람의 아름다운 시인으로 살아가려는 자세를 갖게 되었다. 그러므로 시 「단촌역」에 나타난 진실은 바로 시인이 살아온 삶 그 자체이자, 우주적 진실을 그대로 담아내고 있는 것으로 보아야 한다.

이 시는 시인이 살아온 삶을 시적 형식으로 정리한 유소년기의 회고록이다. 도입부에서 인생의 쓸쓸한 추억을 환기시키는 은근한 분위기로 제시하면서, 점점 낡아가는 시골 간이역의 황량한 풍경과 좋은 대비를 이루며 그려간다. 그 간이역에서 근무하고 있는 역무원과 늙은 역장의 분위기는 인생의 쓸쓸함을 관조하게 하는 묘한 작용력으로 되살아나고 있다.

안도현의 「바닷가 우체국」과도 유사한 전개과정을 나타내 보이지만 오히려 안도현의 작품보다 더욱 가슴 뭉클한 진실성을 느껴보게 해준다. 이 시에서 가장 눈물겨운 아름다움으로 살아나는 부분은 어머니와 아들의 이별 장면이다. 이 대목을 읽다보면 1950년대 후반에 발표된 아름다운 가요시 한 편을 떠올리게 된다.

> 하늘은 푸르고 꽃은 피어도
> 내 맘속에 쓸쓸히 떠오르던 고향 생각 어머님의 그 얼굴
> 고향 떠날 때 눈물을 흘리면서 산비탈 언덕길에
> 외로이 서 계시던 어머님이 그리워
> ― 「내 **고향 내 어머니**」(백호 작사, 박춘석 작곡, 남인수 노래)

「비나리는 고모령」도 이와 유사한 경우이다. 예술에 있어서의 진실성이란 바로 이 노랫말이 환기하는 특유의 정서처럼 가장 풍부한 심리적 상태로 환기되어 온다. 아무런 가식과 이해관계의 헤아림이 없는 지고지순한 마음의 상태! 그리고 그것이 대체로 삶의 슬픔과 관련되어 독자의 마음을 움직이게 하는 경우. 바로 그것이 문학이 담아내고자 하는 진실성의 실체가 아닌가 생각해 본다.

▌외유내강外柔內剛의 시정신▐

권숙월 시집 『그의 마음 속으로』
— 대일, 1998

　　나의 고향은 경북 김천 구성이란 곳이다.

　권숙월 시인의 터전이 김천 감문甘文이란 곳이니 그와 나는 동향이다.

　이른바 산업사회가 시작된 이후 전국의 농촌에 밀어닥친 급격한 붕괴와 해체가 이곳도 예외가 아니어서 고향의 모습은 이미 옛 모양이 아니다. 산은 옛 산이로되 물은 옛 물이 아니라고 그 누가 말했던가?

　1960년대까지만 하더라도 반가班家의 습속과 예의범절, 독특한 가례家禮가 여전히 당당하게 유지되어 오던 것이 당시의 집안 어른들이 하나 둘 유명을 달리하신 후부터 차츰 쓸쓸하고 찬바람 부는 황폐한 공간으로 변하고 말았다. 조상 대대로 약 600년이 넘도록 터를 잡고 살아온 곳이라 오래된 낙락장송, 옛스런 느낌이 물씬 감도는 선산의 고총古冢들, 재실 부근에서 풍겨오는 고서의 향취와 짙은 먹물 내음들이 이제는 모두 사라지고 없다. 이럭저럭 내 나이도 이순耳順이 가까웠으나, 고향은 오직 마음속에서 어렴풋이 살아있을 뿐 마음은 허전하기만 하다.

이런 내 고향에 언제부터인가 거대한 댐이 들어선다는 소문이 들렸다. 수년 전 봄, 진달래꽃이 사방에 만발한 사월 산천을 아버님의 영구를 모시고 구성 상좌원 성주골에 있는 유택을 향해 가는데, 고향의 산천은 의구하되 전에 못 보던 온갖 구호와 담벼락에 휘갈겨 쓴 격문들이 즐비하였다. '조상 대대로 살아온 고향 물 천지가 웬 말이냐?' '조상님 뼈가 묻힌 고향 죽어도 못 떠난다!' '구성댐 결사반대!' 하나같이 피눈물이 맺혀 있는 격노한 구호들을 보니 가뜩이나 아버님을 잃고 서러운 심정에 가득 차 있는 나의 마음은 더욱 어둡고 쓸쓸하기만 했다. 우리는 언제까지나 이런 근대화의 고통을 겪어야만 하는가. 도대체 근대는 언제까지 우리들을 따라다니며 괴로움을 강요하는 것인가?

이런 사념에 넋이 나간 듯 망연자실한 얼굴로 나는 고향 마을의 적막하고도 왠지 어두워 보이는 산천을 바라보았다. 정책의 입안대로라면 내 고향 상좌원은 온통 물 천지가 되어서 우리 가족이 살던 옛집터는 물론이요, 큰집, 작은 집, 고모님 댁, 호야네 집, 꿈분이네 집, 정숙이네 집, 성화네 집, 길화네 집, 상돈네 집, 잔치 때 형형색색의 떡을 멋들어지게 만들던 정매 할머니의 집, 벙어리 할머니 황새말댁, 버드네댁, 봉계댁, 누루목댁, 양동댁, 한포댁, 하계댁, 지동댁, 앞실댁, 다원댁, 유촌댁, 장동댁, 두곡댁, 가천댁, 상림댁, 관터댁, 장동댁, 수다곡댁의 옛집들이 모조리 물속에 잠겨버릴 것이 아닌가?

원 터의 옛 유적들과 모성암의 모성정, 들음들, 벽계동까지 모두 물에 잠기면 내 고향 마을 어디 가서 찾으리? 어느 틈에 나는 정신적인 수몰민이 되어 있었다. 사람이 어떤 말이던 함부로 말을 입 밖에 내뱉을 것이 아니로되, 자신이 무심코 내뱉은 말이 씨가 되어 오로지 그 말대로 운명이 결정지어진다는 말이 있다.

내가 일찍이 1970년대 후반 안동의 한 대학에서 살 때의 일이다. 한번은 강의 시간에 자신의 삶에서 가장 강렬한 기억들을 간추려서 글을 쓰게 했는데 한 제자가 수몰민이 되어버린 자신의 집안 이야기를 써내었다. 그 내용은 대체로 이런 것이었다.

즉 안동댐이 건설되면서 조상 대대로 살아오던 고향을 물속에 수몰시켜 버리고 제자의 부친은 보상금을 받아서 다들 떠나는 먼 곳으로 차마 떠날 수가 없었다. 그래서 물속에 잠긴 고향 언저리의 물가에 움막을 치고 몇 달째 거지처럼 거주하면서 가장은 매일같이 술에 취해 물새들이 훨훨 날아다니는 고향 쪽 물길만 바라보고 계신다는 것이다. 나는 이 글을 읽고 숨이 멎을 만큼 놀랐다. 세상에 이런 고통이 있었다는 것이 도저히 이해가 되지 않았다.

그동안 나의 삶은 얼마나 숙맥처럼 바보스럽고 무지하며 편협했던 것인가.

나는 그 글을 써낸 제자를 불러서 이런 저런 궁금한 것들을 모조리 물어보며 일변 메모도 하였다. 그 후로 나는 안동댐 주변이 몹시도 궁금했고, 불같이 끓어오르는 호기심을 감출 길이 없었다. 방학이 되어 다소 조용한 시간이 생기자 나는 버스를 타고 혹은 걸어서 안동댐 지도를 펼쳐 들고 이곳저곳을 기웃거리며 온갖 것을 살피기 시작했다.

많은 수몰민들을 만났고, 그들의 가슴속 애환을 들었고, 여러 곳을 가보았으며, 느닷없이 고향을 잃어버린 피맺힌 하소연을 들었다.

동시에 나는 근대화라는 미명 속에 까마득히 파묻혀버린 힘없고 여린 민중들의 아픈 가슴과 안타까움을 흠씬 느끼며 분노를 금치 못했다. '이북에서 내려온 실향민들이야 통일이 되면 자신들의 고향을 되찾아 갈 수 있으련만, 우리들은 고향을 지척에 두고서도 영영 살아서는 고향을 찾아 갈 수 없는 영원한 실향민'이라고 자신들의 딱한 심경과 처지를 눈물로써 밝히는 수몰민들의 애환을 그 누가 달래줄 것인가.

월곡月谷이란 마을은 완전히 수몰되어서 물밑으로 들어갔고, 행정명마저 사라지고 말았다. 관청에서 작성한 홍보물은 댐을 완공한 뒤의 관광수입에 대해 이러쿵저러쿵 하고 차마 읽어내기 힘든 망언까지 넉살좋게 늘어놓고 있었다.

'물새 훨훨 나는 안동댐의 푸른 물결 위로 유유히 물살을 가르며 오고 가는 유람선! 그들이 뿌리고 갈 관광 수입이 기대된다'

무릇 세상의 모든 일은 작은 것까지도 세심히 살펴서 두루 쓰다듬어야 큰 일이 제대로 되는 법이 아니던가. 큰일을 한답시고 이처럼 힘없는 백성의 가슴에 피멍을 들게 해서야 그것이 어디 훌륭한 근대화일 수가 있는가? 따지고 보면 우리의 근대화란 것이 대개 이처럼 마구잡이로 밀어붙이는 식의 강압적 폭력 속에서 이루어졌던 것이다. 우리가 지금 겪고 있는 심각한 외환 위기와 경제 파동도 모두 민초民草들의 삶을 무시해온 누적된 관습의 병적인 결과에 다름 아니다.

이렇게 안동댐 주변을 답사하기를 수개월. 나는 내가 이 시대의 한 사람 시인으로서 안동댐 수몰민의 뼈저린 한을 위해 할 수 있는 어떤 일의 몫이 분명히 있을 것이라고 생각했다. 그들의 슬픔을 대신 울고, 그들의 고통을 시작품의 정서로써 대변해주는 '고금비鼓琴悲의 정신'을 차츰 깨닫기 시작했다. 그로부터 어언 일 년여의 세월이 지나서 나의 구상은 한 편의 서사적 장시로 완성되었으니, 그것이 바로 「물의 노래」이다.

이 작품을 쓰고 나서 나는 곧 안동을 떠나 충청도의 청주로 옮겨가서 살게 되었다. 그런데 인연이란 무섭고도 묘한 것인가 보다. 여러 해를 전셋집만 전전해 다니다가 드디어 내 집을 장만해서 옮겨가게 되었는데 글쎄 그 마을이 바로 충주댐 수몰민들의 이주 정착촌이 아닌가? 모두 아홉 가구가 살았는데 집 모양도 꼭 같고, 같은 성씨들이 그중 여러 가구였으며, 어디를 가나 공동체로서의 끈을 다부지게 틀어쥐고 있는 사람들이었다. 김장도 함께 하고, 장도 일제히 함께 담으며, 제사를 지낸 다음날은 반드시 서로 기별을 해서 아침 식사를 함께 나누는 것이었다. 나는 인연의 무서움을 새삼 느끼었다.

그로부터 십여 년 세월이 흐른 지금, 아직도 그로서는 모자라는지 하늘은 나를 완전한 수몰민으로 만들어버리려 하시는구나. 이러한 탄식에 젖어 있던 그끄러께 겨울, 짙은 먹구름이 하늘을 뒤덮고 있던 어느 날, 나는 무심코 새로 발간해서 부쳐온 『김천문학』을 뒤적거리다가 어느 시인의 시 한편에서 문득 눈길이 멈추었다.

1) 물먹은 감천이 거품을 물었다
　　속이 부글부글 끓는 모양이다

　　　　　　　　　　　　　　　　　　　　　　　— 시 「성난 감천」 부분

2) 감천에 댐은 죽어도 안된다
　　타당성 조사고 뭐고 집어치워라
　　꼭 만들 생각이면 네놈들 고향 어디에나 만들어라
　　대대로 살아온 천금과도 바꿀 수 없는 고향을

수몰시킬 생각 아예 말아라

— 시 「감천댐」 부분

3) 구성이 어떤 곳인데 댐 뚝을 쌓을 생각을 해
　　타당하다고 해도 이곳엔 절대 안 된다
　　죽어도 두 발로는 걸어 나가지 않을끼다
　　구성사람들도 보다 못해 일어섰다

— 시 「구성사람들」 부분

　위에 인용한 이 시들은 모두 내 고향 구성 상좌원에 대한 이야기다. 이 시를 쓴 권숙월 시인은 여러 지면에서 틈틈이 그의 작품을 보아온 분으로 김천이라는 지역성을 대표하고 있는 시인이다. 『젖은 잎은 소리가 없다』 등 여러 권의 시집을 잇달아 펴낸 매우 적극적인 활동의 시인으로서, 드디어는 감천댐 건설에 대하여 말문을 열기 시작했다. 시인은 댐 공사의 불합리성과 무리함, 지역 여론의 향배와 전혀 조화를 이루지 못하고 있는 공사의 진행 등을 깨닫고, 수몰민의 신세가 될 주민들의 심정적 아픔에 동조하며 그들의 편이 되어서 아픔을 대변하고 있는 것이다.

　이 작품을 보면서 나는 시인에게 빚을 진 듯 매우 쑥스럽고 죄송스러운 생각이 들었다. 왜냐하면 내 고향 마을의 애절한 이야기를 다른 시인이 대신 쓰도록 나는 과연 무엇을 했는가라는 자책감 때문이다. 하지만 한 지역의 이야기를 반드시 그 지역 출신 문인이 써야 할 책임은 따로 없는 법. 오히려 권숙월 시인은 나로 하여금 무릇 시인이란 자기 지역성에 보다 투철하고 애정 어린 시각을 가져야 할 것이라는 매서운 질타와 충고로 하나의 일갈을 주고 있는 듯하다.

이 기회에 권숙월 시인이 지금까지 펴낸 『젖은 잎은 소리가 없다』 등 시집을 다시금 찬찬히 살펴보매, 그는 차분히 안정되고 늘 단아한 시심으로 줄기차게 시를 써내는 적극성을 지닌 품성으로 보인다. 무엇보다도 특이한 점은 권 시인이 식물적 이미지의 천착에 집요하다고 할 정도로 꽃에 대한 애착에 매달리고 있다는 것이다.

배꽃, 장미꽃, 접시꽃, 달맞이꽃, 백일꽃, 참깨, 밤꽃, 해바라기, 들꽃, 벼꽃, 코스모스, 제비꽃, 모과꽃, 씀바귀꽃, 등꽃, 자두꽃, 찔레꽃, 감꽃, 매실꽃, 개나리꽃, 진달래꽃, 벌금자리꽃, 복숭아꽃, 사과꽃, 참외꽃, 과꽃, 찔레꽃, 아카시아꽃, 밤마다 젖는 꽃, 민꽃, 연꽃, 눈꽃, 못난 꽃 등이 그의 시집의 식물적 이미지를 대표하고 있는 표제들이다.

이러한 점은 이번 시집에도 예외가 아니어서 개나리꽃, 패랭이꽃, 글라디올러스꽃, 안개꽃, 들국화, 순한 꽃, 마음이 가난한 꽃 등이 첨가되고 있고, 코스모스의 경우에는 시인 자신이 특별한 애착을 갖는 대상으로서 무려 세 편이 넘게 다시 들어가 있다.

권숙월의 시에서 꽃 이미지는 하나같이 우리들 주변에서 흔히 만나는 보편성 인물상에 다름 아니다. 공무원, 학생, 일가친척, 친구, 후배, 영농후계자, 의지할 곳 없는 불쌍한 노인, 촌사람, 시골처녀, 군에 간 아들, 시력이 나쁜 어린이 등등… 그 꽃들은 대개 착하고 순박하며 어질기만 한, 그야말로 우리 시대의 민초들인 것이다.

달리 불러줄 이름이 없다
쓸쓸하고 힘없어 쓰러질 것 같을 때면
어김없이 피고
어김없이 새 힘이 솟게 하는 꽃을
누구나 불러 되는 이름 붙일 수가 없다

꾸밈이 없어 꾸밈없이 볼 수 있고

꾸밈없는 말을 나눌 수 있는 꽃 이름을

그냥 민꽃이라 불러본다

— 시 「민꽃」 부분

시인은 아마도 이 꽃 이미지의 줄기찬 시적 형상화를 통해서 우리
가 살아가야할 방향의 진정성을 제시하고, 나아가서는 조금도 흔들
려선 아니 될 다부진 양심의 좌표를 제시해 보여주고 있는지도 모른
다. 이 세속 도시는 얼마나 얄팍하고 비천하며 상스러운가? 우리는
그 시정에 파묻혀 자칫 잡스러운 무리들 속에서 오염된 삶을 살아가
기가 쉽다. 권력과 자본은 항시 민초들의 연약한 존재성을 내리깔고
유린하며, 자신의 도구로 종속시키려 애쓴다.

무수한 세월을 민초들은 억압과 착취와 유린에 시달려 왔지만 그
폭풍의 시간 속에서도 여전히 요지부동의 모습으로 제자리에 돋아나
있는 것이다. 그 민초들 위에 군림하던 폭력성은 거의 무너져 갔고,
오늘 그 자리엔 다시 새로운 폭력구조가 똬리를 틀려고 꿈틀거린다.

그리하여 민초들의 삶은 평온한 것 같지만 항시 불안스러움을 바
탕에 깔고 있다. 불안스러움이란 민초들의 공기와도 같다. 그만큼 익
숙하며, 동시에 불안을 묵묵히 뚫고 나가는 지혜 또한 풍부하다. 사
실 그들이 언제 편안한 적이 단 한 번이라도 있었던가?

보고 웃기만 해도 꽃은 흔들린다

누가 눈짓만 해도 바로 안길 것처럼 흔들리지만

중심은 그게 아니다

요지부동이다

코와 코가

입과 입이 닿을 정도로 가깝지 않으면

향기도 안줄 정도로 철저하다

겉은 비록 호락호락해 보이지만

속은 분명 그게 아니다

— 시 「가을부터 봄까지」 부분

실로 외유내강이랄까?

겉은 늘 웃고 부드러워 보이지만, 그래서 남에게 때로는 무시를 당하기도 하지만 사실은 요지부동에다 철저함, 결연함, 다부진 자세를 굳게 가지고 있다. 이것이 꽃, 즉 민초들의 특징인 것이다. 이는 시인 자신의 기질적 표상처럼 여겨진다.

시인은 언젠가 이렇게 말했다. 환경 오염된 땅위에서 사철 산성비를 맞아도 쓰러지지 않는 꽃, 쓰러지지 않는 나무를 나의 시에 끌어들이고 싶었다라고. 이제는 작고한 비평가 김양헌 시집 『이미지 변신』의 해설에서 권숙월의 문학을 불안의 시대에서 그 절망과 싸우는 변방의 문학이라 적절히 규정한 바 있거니와, 권숙월은 실제로 막다른 절망의 끝에서 다들 떠나간 변방의 지역성을 외로이 지키며 힘겨운 싸움을 감내하고 있는지도 모른다.

지역성을 황폐화시키려는 이 시대의 모든 불안 요소들과 싸우면서도 시인은 결코 노기 띤 목소리와 분노한 표정을 겉으로 드러내지 않는다. 오직 온유한 얼굴을 겉으로 나타내면서 속으로는 따뜻한 사랑을 내뿜고 있는 것이다.

바람이 불어도 쉽게 쓰러지지 않는 것은

힘이 없기 때문이다
강한 바람과 맞서지 않고
힘없는 이웃과 얼싸 안기 때문이다

속이 텅 비었어도 소리 내지 않는 것은
익을수록 고개를 숙이기 때문이다
억울하고 분해도 찍소리 않고
속없는 이웃과 머리를 맞대기 때문이다

온몸 다 익도록 끝내 들을 지키는 것은
평생 먹어도 물리지 않는 밥이 되기 때문이다
마디마디 맺힌 한 그보다 무서운
익지 않는 그리움 있기 때문이다

　　　　　　　　　　　　　　　　— 시 「벼 2」 전문

　　권숙월의 문학정신을 단적으로 대변해 주고 있는 시작품은 바로
이 「벼 2」라고 생각된다. 무력한 듯이 보이는 벼는 실제로 무력한 것
이 아니라 자신이 바람과 정면으로 맞서지 않고 오히려 힘없는 이웃
들과 하나가 될 수 있기 때문에 세찬 바람을 이겨낼 수 있다는 내적
질서와 가치관을 보여준다. 진정한 힘이 무엇인가를 가슴 찐하게 감
동적으로 느끼게 해주는 아름다운 시작품이다.
　　우리는 믿는다. 권숙월 시인이 이 시에서의 표현과 같이 끝내 자신
의 지역을 굳세게 지켜 가리라는 것을. 우리가 '김천'이란 단어를 입
속으로 나직이 외이면, 머릿속에서 먼저 꽃의 시인, 외유내강의 시인
권숙월을 떠올리게 되리란 것을!

사랑의 시학, 혹은 따뜻한 존재론

이진흥 시집 『칼 같은 기쁨』
— 문학세계, 1999

내가 대구로 돌아와 살게 된지도 그럭저럭 십 년 세월이 흘렀다.

대구는 원래 나의 고향은 아니지만 고향과 다름없는 도시다. 왜냐하면 내 나이 세 살 적에 이농민 가족의 서러운 정경으로 경부선 철길 너머 대구의 변두리에 정착하게 된 것이 1950년대 초반이니, 그로부터 내 유소년기의 눈물도 많았던 시간들을 거쳐 학교를 모두 이곳에서 마쳤고, 또 내 친한 벗들이 대부분 여기서 만난 인사들이기 때문이다.

그 대구를 최초로 떠난 것은 군 입대 때문이었고, 또 그 얼마 후에 새 직장을 따라서 이곳을 떠나 있었으니 어언 십오륙 년은 족히 넘는 것 같다. 그러다가 내 나이 불혹不惑을 넘을 즈음에 나는 다시 정든 추억의 옛 터전으로 되돌아오게 되었던 것이다. 그것은 내 인생에 있어서 몇 안 되는 매우 감격스러운 경험 중의 하나이다.

하지만 오랜만에 돌아온 대구는 더 이상 옛날의 다정하고 따뜻한 대구가 아니었다. 후기산업 사회의 도시구조가 지니는 부정적 특성을 고스란히 지니고 있으면서 지난날 대구의 기개 높고 범절이 깍듯하던 기질은 간 곳 없고, 분열주의와 맹목적 외래지향성이 활개를 치는 곳으로 바뀌어져 있었다.

1990년 벽두에 내가 이처럼 척박한 심리적 환경 속에서 대구 생활의 새로운 적응을 위한 이런 저런 힘겨운 몸부림과 노력을 할 때 나의 허전한 마음을 우정으로 보살펴 주고 도움을 주었던 분들 가운데 하나가 바로 이진흥李震興 시인이다.

당시 이 시인은 문인수文寅洙, 이하석李河石 등과 교분이 두터웠고, 그리하여 나는 그들과도 자연스럽게 어울려 대구 근교의 산천경개를 두루 살피며 돈독한 우정을 쌓아가게 되었던 것이다. 그 무렵 이 지인들이 가장 큰 관심을 갖고 있었던 취미생활은 돌, 즉 수석이었다. 지인들은 진작부터 수석 모으기에 대한 애착이 남달라서 전국의 유명한 수석 산지를 두루 다니며 탐석探石의 체험을 가졌거니와 이진흥은 그들의 열성적 탐석 행위와 성과를 부러운 눈으로 우러러보며 수석에 관한 기초적인 학습을 그들로부터 조금씩 전수 받는 일을 하나의 즐거움으로 여기고 있었다.

나는 뒤늦게 그 대열에 합류했지만 애초 돌을 갖고 별스럽게 다루고 의미를 옮겨다 붙이는 행위 자체에 대하여 별반 흥미를 갖고 있지 않았던 나로서는 탐석 여행의 과정에서도 돌보다는 그냥 그 주변의 수려한 풍광이나 빼어난 경개의 아름다움에 넋을 놓고 있기가 일반이었다. 말하자면 여행의 목적 자체가 달랐던 셈이었다.

우리가 이렇게 다닌 곳은 경남 밀양密陽의 밀양강을 비롯해서 제법 여러 곳이다. 그 중에서 안동 임하臨河댐이 수몰되기 직전 그 현장을 직접 다녀온 일이 가장 인상적인 기억으로 남아 있다. 나는 일찍이 1980년대 초반에 시집 『물의 노래』를 통하여 안동댐 수몰지구의 황폐한 정경을 장시로써 노래한 바 있거니와 그 때문에 당시의 여행은 더욱 옛 감회를 자아내는 속내가 있었다. 사람들이 살다가 떠난 논밭과 마을의 흔적은 마치 전쟁 직후의 광경처럼 고적하고 을씨년스러웠다.

우리 일행은 임하댐 내부의 어느 텅 빈 마을로 어슬렁거리며 들어갔다.

하지만 마음 편한 여유는 없었고, 빈 마을이 주는 야릇하고도 섬뜩한 긴장이 가끔 머리끝을 쭈뼛거리게 했다. 쓰다가 버리고 간 가구와 살림부스러기들, 방안에까지 서슴없이 기어 들어와 흘끔거리는 덩굴식물들, 인간의 흔적이 고스란히 남아 있지만 인기척이 없는 곳에 홀로 서 있을 때의 그 긴장감은 이루 형언할 길 없는 고통의 경험이었다.

어느 담 모퉁이를 돌아가는데 하얀 옷을 입은 노파가 저쪽에서 갑자기 나타났다. 손에는 낫을 들고 있었다. 빈 마을인데 웬 할머닐까? 틀림없이 귀신이거나 혼자 헤매고 다니는 치매癡呆 노인일지도 모른다는 생각이 들었다. 이하석 시인과 나는 혼비백산해서 여차하면 어디론가 달아날 생각을 분명히 하고 있었다. 그런데 그 노파는 토끼의 풀을 베러 가는 길이었고, 우리 옆을 지나가면서 탄식이 섞인 목소리로 이렇게 말했다.

"모두들 떠날 임시에 며늘아기가 몸을 풀었지요. 그래서 산바라지하느라 아직도 못 떠나고 있다오."

그러고 보니 노파가 방금 나온 토담집의 앞마당에는 하얀 기저귀가 빨랫줄에 널려서 바람에 펄럭이며 눈부신 광경을 연출하고 있었다. 아, 이 텅 빈 죽음의 마을에도 사람이 살고 있었구나. 갑자기 긴장이 풀린 우리는 허탈감에 온몸이 스르르 무너지는 듯하였다.

그날 밤, 우리는 임하댐을 정면으로 바라보는 곳에 옮겨다 새로 조성한 김원길金原吉 시인의 지례知禮 창작촌이란 곳을 찾아들어 하루를 묵었다. 모닥불을 피우고 소주를 마시고 올려다보는 하늘에는 낮게 드리운 은하수의 별 떨기들이 곧 머리에 스칠 듯 가까이 다가와 있었다. 어디선가 휘파람새가 긴 휘파람 소리를 내며 스산하게 울어댔다. 삼라만상이 자신의 존재에 대해 깊은 성찰과 응시로 몰입해 들어가는 시간!

이진홍 시인은 모닥불의 불꽃을 보며 무엇인가를 깊이 생각하는 눈치였다. 그는 돌밭에서도 항상 그러하였다. 항시 무엇인가 골똘히 생각하는 듯한 표정으로 고개를 숙이고 즐비하게 널려 있는 돌밭의 돌들을 요모조모로 들여다보고, 때로는 한 개의 돌을 주워서 손바닥이나 엄지 검지를 동그랗게 구부린 손가락 위에 문제의 돌을 올려놓고는 우주를 통찰하는 듯 자못 진지한 얼굴이 되곤 하였다. 이렇게 해서 모은 돌들이 제법 여러 점이 되었을 것이다.

사물에 대한 깊은 사유와 통찰, 이지적 관조와 응시! 어쩌면 이진홍의 시작품이 즐겨 다루는 시적 소재들과 스타일은 바로 이러한 그의 삶의 자세와 어떤 관련이 있는 것은 아닐까?

날씨가 추우면 추울수록 뜨거우면 뜨거울수록 그 계절에 맞는 복장을 하고 우리는 여러 곳을 헤매고 다녔었다. 끼니때가 되면 돌밭에 모여 제각기 갖고 온 도시락을 꺼내어 먹으며 담소를 나누었는데, 당시 우리가 서로의 얼굴을 들여다보며 웃었던 그 흐뭇한 홍소哄笑는 이제 어느 하늘 가장자리를 떠돌고 있는가?

이진홍 시인에 관한 기억을 떠올리자면 1970년대로 한참 거슬러 올라가야 할 것 같다. 미래시간이 어떻게 펼쳐질 것인가에 대한 막연한 불안감과 두려움으로 가득하던 어느 가을 저녁, 나는 지금은 모두 대학에 자리를 잡은 이상규李相揆, 이임수李任壽 등 나의 대학 동문 후배들과 어울려 술도 한잔 거나하게 했던 길에 당시 이진홍 시인이 거주하던 달서구 지역의 한 아파트를 들이닥친 적이 있다.

그 자리에는 이웃 아파트에 살고 있던 박재열朴在烈 시인도 뒤늦게 가세해서 제법 열띤 문사철文史哲 전반에 대한 토론이 펼쳐지기 시작하였는데, 원래 토론적 기질에 약한 나로서는 술기운을 빙자해서 비스듬히 누웠다가 어느 틈에 스르르 몽롱한 잠결로 빠져들고 있었다. 이미 자정도 훨씬 넘은 깊은 밤이었다.

한 번씩 소스라쳐 잠을 깨어보면 다른 사람들은 앉아서 대부분 꾸벅꾸벅 졸거나 지친 자세로 두 팔을 뒤로 돌려 방바닥을 짚은 자세들이었는데, 오직 꼿꼿하고 형형한 자세로 동서고금의 철학과 문학적 담론을 도란도란 진지하고도 줄기차게 엮어가는 이가 있었으니 그가 바로 이진홍 시인이다.

나는 그때 이 시인의 해박한 지식에도 놀랐을 뿐 아니라, 지루한 토론을 다부지게 버티고 이끌며, 넉넉히 제압해가는 끈기에 속으로 무척 놀랐고 또 감탄을 금치 못했다. 당시 그의 아파트 좁은 현관의 문 위에는 내가 익히 잘 알고 있었던 양달석梁達錫(1908~1984) 화백의 아기 업은 소녀를 그린 듯한 인상적인 온화한 그림 한 점이 은은하게 걸려 있었던 기억이 있고, 그림의 순수한 분위기와 이진홍 시인의 인문주의적 기질이 서로 잘 어울린다는 생각도 했었다. 그림 이야기를 하니까 문득 그 화폭이 다시 보고 싶다. 아직도 그 그림을 보관하고 있는지.

또 하나 내가 무척 놀라고 감동했던 것은 담론을 이끌어가는 이 시인의 탁월한 비평가적 능력에 관한 것이다. 어느 지면인지는 확실히 떠오르지 않지만 그는 조선 중엽의 명기名妓 황진이黃眞伊의 평시조 작품 「청산리靑山里 벽계수碧溪水야」 한 편만을 소재로 해서 그 작품의 존재론적 해명을 200자 원고지 기준으로 거의 100여 매도 훨씬 넘는 논문 한 편을 너끈히 써내었던 것이다.

이 시조의 초장인 '청산리 벽계수야' 한 구절만을 가지고 무려 6쪽이 넘는 분량의 글을 써내었고, '일도창해一到蒼海하면'이라는 단 여섯 음절의 글귀만으로 거의 4쪽이 넘는 분량의 해설을 이끌어내었던 것이다. 글의 내용 여부는 일단 차치하고서라도 그 짧은 한 글귀만으로 거기에 담겨있는 우주적 철리哲理와 존재론에 관한 담론을 종횡무진 끄집어낼 수 있다는 것은 결코 아무나 할 수 있는 능력이 아닌 것이다. 그 글의 제목이 일단 「부조리의 인식과 실존의 각성」이라는 제목을 달고 있지만 적어도 내가 아는 한 황진이의 시조 「청산리 벽계수야」 한 편만을 대상으로 이렇게 길고도 깊이 있는 사색적 비평을 써낸 이는 아마도 이진홍 시인이 거의 유일하지 않을까 한다.

그는 이후로도 김춘수金春洙(1922~2004) 시인의 「꽃」, 서정주 시인의 「국화 옆에서」, 정지용鄭芝溶(1902~1950) 시인의 「유리창」 등 한국 문학사에서 이미 널리 알려진 여러 편의 시작품들이 지닌 오묘한 존재성과 구조상의 비의秘義를 낱낱이 밝혀내는 일에 학자로서의 온힘을 다하였던 것이다. 물론 그렇게 될 수 있었던 바탕에는 일찍이 학부學部 시절에서 터득한 철학 공부의 기초에다. 니체Nietzsche(1844~1900)와 하이데거Heidegger(1889~1976), 휠덜린Holderlin(1770~1843) 등이 포진하고 있는 독일 문학과 철학의 통과 경험이 보태어져서 가능했을 터이다. 거기다 이 시인이 맨 끝으로 선택한 한국문학의 연구는 국문학자로서의 이진흥 시인의 학문적 넓이와 깊이를 남다른 분위기로 형성하도록 하였고, 또 이것은 이후에 이 시인만의 독자적인 개성으로 자리 잡게 되었다.

1972년 중앙일보 신춘문예를 통해 문단에 나온 뒤로 창작 활동도 왕성하였고, 비평 활동도 이에 뒤질세라 놀라운 두께로 두드러졌다. 문단 데뷔 12년 만에 첫 시집을 내었는데 그 제목이 『별빛, 헤치고 낙타는 걸어서 어디로 가나』였다. 시집 서문에서 시인은 당시 이렇게 말했다.

정치나 경제가 삶의 표면적 행위라면 시나 철학은 그것의 내면적 탐구라고 여겨진다. (중략) 삶의 내면적 탐구인 시작은 기교와 수식을 버리고 진솔하게 수행되어야 하며 그 결과로 나온 시는 조용한 감동이나 눈물로 남아야 한다고 믿는다.

낙타가 사막을 하염없이 걷고 걸어서 가 닿고자 하는 곳은 과연 어디인가?

그곳은 바로 존재의 근원이다. 사유하는 인간은 존재의 근원에 가 닿으려고 맹렬하게 불철주야 노력한다. 오죽하면 불가佛家에서조차 용맹정진勇猛精進이라는 말까지 나왔을까? 낙타가 온갖 고통을 무릅쓰고 사막을 걸어가는 모습은 바로 용맹정진의 실상과 무엇이 다른가? 그런데 문제는 우리가 그렇게도 추구해 마지않는 존재의 근원이란 항시 신기루처럼 우리들 앞에 어렴풋이 떠올라서 일정한 거리를 두고 있는 것이다.

어쩌면 우리는 영원히 그 존재의 근원에 가 닿을 수 없을지도 모른다. 이진흥의 첫 시집은 그러한 추구와 비극적 지향의 애처로운 모습,

정신적 강단剛斷을 있는 그대로 진솔하게 보여 주었다. 「임종 1」과 「피테칸트로프스」 연작시 중의 2번, 「면도」, 「이오니아」 시리즈 중의 4번 등이 아직도 우리의 뇌리에 선명한 각인으로 남아있다.

　　그대 보았는가
　　어둠이 내리는 저녁
　　쓸쓸한 거리를 걸어가는 것
　　지평을 적시는
　　소음의 그늘 속으로
　　번쩍이는 소문들이 스러지고
　　이끼 낀 기왓장에 꽂히는
　　달빛처럼, 적요한 고통으로
　　마지막 시간을 다스릴 때

— 시 「임종 1」 부분

　첫 시집의 주조主調와 빛깔은 대개 앞의 인용 시와 유사한 비극적 울림을 바탕에 깔고 있는 것이었다. 그러한 와중에서도 형형하고 이지적인 탐색의 눈, 사물의 이치와 존재의 기원을 궁구하는 포즈의 완강함을 잃지 않았다.

　그로부터 다시 15년 세월이 흘렀다. 존재의 근원을 향해 닿을 듯 말 듯한 손길을 내뻗던 시인의 열정은 사람들로부터 잊혀진 듯하였다. 하지만 첫 시집 이후 이진흥 시인의 시간은 결코 공백이 아니었고, 오히려 더 크고, 더 가열하며, 스스로를 더욱 단근질하는 극단적 스토이시즘으로 정리되고 있는 모습을 보인다. 온갖 거추장스런 형해形骸와 남루한 언어의 치장을 그는 한사코 거부한다. 오직 필요한 것은 가장 긴요하고 절대적인 언어, 그 이상도 이하도 아닌 것이다. 할 수만 있다면 가장 막다른 간결성의 세계, 그 이전의 투명성 속으로 되돌아가고 싶은 갈망이 시인의 가슴속에 들어 있다.

눈을 돌리고 보면 세속 도시의 모습은 얼마나 많은 치장과 거짓된 꾸밈으로 요란한 것인가? 시인들은 원래의 간결하고 명료한 세계에다 얼마나 많은 거추장스런 분칠을 하고, 실속 없는 인테리어를 엮어서 우리들의 눈을 속이고 있는가? 문학도 이러한 거짓 치장의 풍토에서 예외가 아니다. 그야말로 외관상 인테리어만 그럴 듯하게 되어 있는 작품이 요란한 해설을 곁들여 맹렬하게 유통되는 현상은 없는지를 우리는 반성해 보아야겠다.

이러한 배경 속에서 이진홍 시인의 시는 극도의 간결성과 맑은 심성으로 말미암아 독자 대중들에게는 다소 염분이 부족한 음식처럼 느껴질 위험도 있다. 하지만 이루 상상을 초월하는 중금속 오염과 당뇨, 혹은 각종 성인병에 노출되어 있고 또 더러는 심각한 중독 증상을 보이고 있는 독자 대중들의 안타까운 문화적 생활과 정신적 환경에 이진홍 시인의 시작품은 현저한 개선 효과를 가져다 줄 수 있는 치료제로서의 가능성이 있다고 여겨진다.

이번 시집의 대체적인 스타일은 연가풍戀歌風으로 이러한 작품들이 꽤 다수를 이루고 있다. 삶과 거기에 내재하는 사물에 대한 다함없는 애정과 연민, 그리고 반짝이는 감격으로 가득 차 있는 것이다. 주옥같은 가편佳篇들이 많은 중에 나는 「아침서정 1」, 「충격은 아름답다」, 「엘레나 후름 키에프」, 「청량산 비누방울」, 「사북을 지나며」, 「마카오 풍경」, 「어머니, 아득한 햇살」, 「어머니, 폭설」, 「어머니, 병상」 등을 매우 감명 깊게 읽었다.

아침의 숲 속으로 들어선다

대기에 오슬오슬 소름이 돋고

어디선가 별빛처럼 새소리가 반짝인다

날마다 만나는 오솔길

이슬에 젖어 안개 속에 끊어지고

문득, 회나무 뒤쪽으로

희끗한 것이 사라진다

숲이 갑자기 숨죽이고

명주실처럼 팽팽한 것이

적막을 조여온다

웅크린 바위 밑 어둠 속에서

푸드득, 힘차게 푸섶을 깨뜨리고

솟구치는 새, 동그랗게 눈을 뜨고

패랭이꽃이 돌아본다

솟아 오른 가지 끝에서

깃털 하나가 하늘하늘

까마득한 벼랑 아래로 침몰한다

상쾌하게, 슬프고 아름답게

— 시 「아침서정 1」 전문

대개 짧은 소품 위주로 되어있는 이번 시집의 수록 작품 중에 이 시는 비교적 긴 형태에 속한다. 역시 아침 풍경을 다루고 있는 첫 시집의 시 「면도」의 작품세계와 흥미로운 대조를 보이고 있다. 시인은 이 작품에서도 첫 시집에서 떠올린 바 있는 중요 화두話頭인 존재의 근원에 대한 탐색과 갈망을 여전히 집요하게 이어가고 있다.

그런데 첫 시집의 세계와 어떤 차별성을 이루는 점은 사물을 바라
보는 시인의 시각이 몰라볼 정도로 따뜻하고 섬세하며 넉넉한 여유
를 갖고 있다는 점이다. 오죽하면 팔랑거리며 날아오르다 아래로 떨
어지는 새의 깃털 하나조차 '상쾌하게, 슬프고 아름답게' 침몰한다는
표현을 쓰고 있을까? 이는 중요한 변화이다. 첫 시집에서의 어떤 냉
정함, 이지적인 관조는 어딘지 모르게 차갑고 비정한 느낌을 주는 이
미지로 엮어져서 마치 한겨울의 고드름 끝에 매달린 햇살의 영롱함
같은 세계로 비견할 수 있다. 거기에 비해 이번 시집의 세계에서는
구체적 삶의 정조情調가 때로는 아름다움으로 때로는 눈물겹게 그려
져 있다는 점이다.

　검은 슬픔이 내장의 긴 날들을 드러낸 거리, 빈집들의 숨막히는 정적을
빠져나가니 숲의 상처에서 흐르는 시냇물 소리 들린다 팔십년대의 착암기들
붉은 녹으로 쓰러져 있고 은사시나무 잎사귀를 흔드는 바람이 싸릿재까지
따라 오른다 문득 알 수 없는 것들이 가슴을 저미고 지나간다 산 위에 차를
세우고 돌아보니 모롱이 뒤쪽, 물소리가 씻어낸 태백의 삽에 아름다운 폐허
의 그늘이 깃들고 고통의 햇살이 캄캄하게 빛나고 있다

— 시 「사북을 지나며」 전문

　모두들 시를 보는 감식안鑑識眼이 다르겠지만 나는 이번 시집에서
가장 아름다운 한 편의 백미白眉를 들라면 이 작품을 손꼽기에 주저
하지 않겠다. 이진흥 시인의 작품세계는 원래 그 자신이 시적 대상의
존재론적 탐구에 주로 몰두해왔기 때문에 작품의 사회성이라든가 현
실의식을 거론한다는 것 자체가 별 의미를 지니지 않는다. 이 작품의
경우도 사물을 있는 그대로 드러낼 뿐만 아니라, 존재의 가장 첨예한

날 끝을 정리해낸 것이라 할 수 있다.

　그러나 이 작품의 울림은 1980년대라는 산업사회의 뒷골목 풍경을 상징적으로 압축하고 있는 기묘한 감정의 공명共鳴 효과를 발생시킨다. 어쩌면 이런 계열의 작품은 이진홍의 시세계에서 느닷없이 형성된 것인지도 모른다. 하지만 우리는 노환老患의 어머니를 소재로 한 여러 시편들에서 너무도 애틋하고 따뜻한 시인의 가슴을 발견하고 눈시울이 젖어든다.

　아무쪼록 시인이여! 문학이란 모름지기 작고 가녀린 존재를 따스한 마음으로 감싸는 연민에서부터 시작된다는 어느 비평가의 말이 참으로 적절하다는 생각을 오늘 당신의 시를 읽으며 다시금 소스라쳐 하게 된다. 오랜 기간의 고독과 절대한 시적 긴장 속에서 형성된 이번 시집의 세계가 다음번에는 더욱 알찬 열매로 맺어져 마음이 허전한 독자들에게 사랑의 체감體感으로 다가가게 되기를 진심으로 기원한다.

진정 아름답고 맑은 시인의 마음

김세환 시조집 『어머니의 치매』
— 북랜드, 2002

매달 많은 시집이 쏟아져 나오고, 그 중에서 여러 권의 책이 부쳐져 온다.

나는 그 책들을 대체로 샅샅이 읽어보는 편이다. 하지만 정독은 불가능하여 내가 개발한 속독법에 의거해서 읽어 가는데 그 방법이란 이러하다. 왼손 바닥에 단정하게 책을 올리고 오른 손으로 책을 구부려 잡고 검지로 책장을 넘기며 좌상우하左上右下로 시선을 끌면서 매우 빠른 속도로 읽어간다.

그냥 눈으로 따라가기만 하질 않고, 어쩌다 괜찮은 작품이 눈에 띄면 신중하게 책장을 펴서 그 부분을 유심히 새로 읽어본다. 그런 후에도 가슴에 남는 무엇이 있으면 책장의 모서리 부분을 조금 접어서 일단 표시를 해둔다. 책의 전체를 일별하고 난 다음에 귀를 접은 부분만을 골라서 새로 찬찬히 읽어본다.

이때 가슴속에서 일어나는 잔잔한 파문은 분명히 좋은 작품을 발견한 나만의 기쁨이다. 쌀에서 뉘를 골라내는 기계처럼 작품의 됨됨이를 판별하고 걸러내는 기계가 있다면 얼마나 편리할까? 하지만 작품이란 인간의 삶에서 우러나온 정신적 노작에 속하는 것이므로 이런 유물적唯物的 판별은 애당초 불가능하다. 오직 비평적 안목을 지닌 두 눈에 절대적으로 의존할 도리밖에 없다.

무수한 책을 대하면서 좋은 작품을 발견하기란 정말이지 가뭄에 콩 나듯 드물기 짝이 없는 경험이다. 경제적으로 몹시 궁핍하던 시절에는 그 빈궁 때문에 오히려 예술성 높은 작품이 더러 있었으나, 상대적으로 풍요로워진 시대에 접어들어서 예술성의 궁핍은 오히려 더욱 심해지고 있다. 문학인들이 배부른 상태에서 오직 언어의 유희를 즐기고, 형이상학적 관념희롱에만 몰두하고 있는 것이다.

이런 판국에서 진정한 시정신을 논한다는 것 자체가 광야에서 외치는 절규처럼 공허하고 덧없는 일이 아닐 수 없다. 더구나 문학 자체가 인터넷과 전자 영상매체, 영화 등의 세력에 밀려 예전 같지 않은 초라한 상태에 놓여 있는 사실을 생각할 때, 여전히 자신의 문학 세계에 몰두하고 있는 시인, 작가들의 노력이야말로 한 편으론 가상한 느낌도 지울 수 없다.

이 위기의 시대에 문학을 한다면 아무쪼록 인간의 가슴에 와 닿는 선량하고 진실한 문학을 해야 할 것이 아닌가? 적어도 문학이란 이름으로 독자를 기만하는 위선적인 꼴은 보이지 말아야 할 것이 아닌가? 그런데 우리 지역에는 언제부터인가 이런 기만欺瞞의 풍조가 매우 뿌리 깊게 자리를 잡고 있다. 이는 잘못된 관습을 만들고 심어준 우리 지역 선배 문학인들의 책임이라 할 것이다. 다음으로는 밀물처럼 휩쓸어 오는 서구 대중문화에 필요 이상으로 휘말려드는 주체성 상실이 못된 요인 중의 하나이다.

말하자면 우리가 그동안 제 정신을 차리지 못하고 소갈머리 없는 문학을 해왔다는 말이다. 다른 지역에 비해 유달리 건강하고 튼튼한 문학정신을 지녔던 우리 지역이 왜 이다지도 섬약하고 볼품없는 문학주의, 정신주의, 예술지상주의적 온상으로 가득하게 된 것인가? 이 지역에서 문학을 하겠다는 사람들 모두가 이 당면 위기를 곰곰이 되새기고 반성해 볼 일이다.

이런 쓸쓸함 속에서 우리는 최근 좋은 시집 하나를 만나게 되었다. 김세환의 시조집 『어머니의 치매』(북랜드, 2002)가 바로 그것이다. 대부분의 시집은 한 번 읽고 난 다음에 다시 거들떠볼 생각이 나질 않는데, 이 시집은 읽으면서도 내내 가슴이 찡해 왔고, 책장을 덮고 난 뒤에도 슬며시 끌어당겨 다시 읽고 싶은 충동이 들게 하였다.

이 시집의 주된 내용은 늙마에 치매로 고생하셨던 노모를 곁에서 시중들며, 온갖 애증愛憎을 함께 겪어온 시인부부의 일상적 삶에 관한 문학적 기록이자 보고서이다. 한 편 한 편이 모두 평시조의 체격을 지니고 있으며, 1에서 79번까지 계속되는 연시조의 성격도 느껴진다. 시조는 시조이되, 각 어절에 해당하는 구句를 모두 토막 지어 제각기 분리된 행으로 배열함으로써, 전통시조가 주는 따분함과 공식성에서 일단 벗어나 있다. 그래서 어떤 이는 시조를 삼장시三章詩로 일컫기도 하였던 것인가.

나는 김세환의 이번 시집을 읽으면서 도합 일곱 편의 작품에서 눈길이 머물다가 드디어 책장의 귀를 접었다. 그것은 3, 5, 8, 18, 33, 75, 78번으로, 번호 앞의 제목은 모두 「어머니의 치매」라는 형태의 연작이다.

모든 치매 노인들이 그렇듯이 시인의 노모도 자신의 아들을 알아보지 못하고, 퇴근길에 와락 달려와 '오빠!'라 외치며 안기는 광경을 작품 3은 보여준다. 완전히 유년의 시간으로 퇴행하는 것이다.

정갈턴 당신의 모습
산발한 광인이 되어

설움 묶은 보따리마다
풀었다 다시 묶고

묻어온 기억의 한 켠
찢었다 다시 잇고

— 시 작품 5

작품에 의하면 시인의 노모는 한 가문의 종부였다. 하지만 치매 환자로 바뀐 모습은 처절하고 볼품없는 인생 말년의 무상함만이 서려 있는 것이다. 시인의 눈을 지닌 아들은 이러한 어머니의 현재성과 과거성을 묶어서 가슴 절절한 시작품으로 옮겨 놓는다.

① 종부의
    터진 발밑엔
    충혈된 매화가 핀다

    생살 비집고 나온
    세월의 굳은 종양

느개 찬
빈들에 서서
이별을 앓고 있다

　　　　　　　　　　　　　—시 작품 8

② 소다 먹으며
삭인 가슴
돌아가긴 너무 먼 길

깜빡이는
반딧불처럼
어둠은
더 깊어져 가고

시간은 지친 다리를 끌며
꿈길을 서성인다

　　　　　　　　　　　　　—시 작품 18

③ 밤마다 악몽으로 가위눌린 그 형벌도

광인 같은 흉한 모습
아침마다 뵐 수 있다면

충혈된 하얀 밤이라도
함께 뒹굴 수 있다면

　　　　　　　　　　　　　—시 작품 75

④ 어머니란 말만으로 저려오는 부끄러움

모선의
생명 줄 끊겨
우주의 미아가 되어

몇 방울
값진 이슬로도
돌아올 수 없는
어머니

— 시 작품 78

작품 ③과 ④는 이 시집의 가장 핵심을 이루는 시정신을 담고 있으며, 동시에 이 연작시의 총체적 마무리 작품이기도 하다.

치매라는 악성의 질병으로 고통 받던 시인의 노모는 마침내 세상을 떠났다. 하지만 시인은 순정한 마음을 지닌 아들로서 절절한 사모곡을 위와 같이 쏟아 놓고 있는 것이다.

그 누가 시를 일컬어 인간 정신의 가장 정교하고 가장 맑은 부분을 담아낸 그릇이라 하였던가. 조선 왕조 생육신 중 한 분이었던 남구만 南九萬이 바로 그 분인 바, 이 선지자는 수 백 년 후의 시인 김세환과 같은 아름답고 진실한 문학정신을 기다리며 이런 말을 하였던 것이 분명할 진저.

삶과 사물에 대한 따뜻한 응시와 시적 성찰

이영선 시집 『집을 지나치다』
— 선출판사, 2008

이영선 시인이 이번에 펴내는 첫 시집을 전체적으로 관류하고 있는 특별함은 삶과 사물에 대한 따뜻하고 정겨운 응시와 성찰입니다. 응시와 성찰이란 우주에서 오로지 인간만이 누릴 수 있는 권능이라 할 수 있는바 이영선 시인의 응시와 성찰은 정겨움을 기반으로 확장되고 있습니다. 그 정겨움은 첫째로 언어와 감각, 혹은 터치와 관련된 측면에서 놀라운 시적 효과로 되살아납니다. 다음으로는 울림과 여운의 효과로 나타나는 정겨움인데 이 특성은 다분히 동양적이고, 한국적인 것이라 할 만합니다. 마지막으로는 이영선 시인의 기질과 품성에 관련된 특성일 터인 즉, 사물에 대한 섬세함과 성실한 자세가 주는 효과가 매우 비범하게 느껴집니다.

이번 첫 시집에 수록된 여러 시작품들에서 그러한 정겨움을 느끼게 되는데, 가령 「사월」만 하더라도 나무의 널쪽을 잇대어 지붕을 올린 너와집 풍경을 묘사하는 과정에서 잘 그려내고 있습니다. 지금은 주인이 살지 않고, 빈집이 된 너와집에서 비닐 문풍지가 바람에 너풀너풀 날리는 광경을 시인은 작은 새의 비상에 비유하는 참신함을 얻어내고 있습니다. 이 작품에서 2연의 정겨움은 3연에서의 기대와 삶의 향취로 이어져 깊은 시적 울림으로 극대화되는 과정을 보여줍니다.

「생강나무」는 자기내면을 집요하게 응시하고 있는 시인의 자세를 은근히 드러내 보여주고 있습니다. '내 안에 피어난 꽃들을 본다'란 대목이 바로 그 장본입니다. 생강나무라는 이른 봄에 피는 꽃이 슬픔이라는 근원에서 비롯되어 따스한 숨결을 얻은 뒤에 마침내 눈부신 개화로 이어지는 과정을 그림처럼 제시하고 있습니다.

산수유나무의 열매를 '빨간 전등알'에 비유한 「산수유나무 곁에서」도 시 읽는 맛과 즐거움을 배가시켜 줍니다. 시 「강」은 4연에서 특히 표현의 정겨움을 만끽하게 되는데, 서민적 삶의 풍속도가 물씬 느껴지는 스크린 효과에서는 깊고 따스한 공감을 형성하게 됩니다. 우주적 시간의 모든 과정을 기록하려는 포부를 지닌 시작품 「토란잎」에서 독자들은 유기체의 생로병사와 관련된 삶의 필연적 법칙성을 깨닫게 해줍니다. 이런 관점에서 시인의 가치관은 꽤 진화론적 믿음을 지니고 있는 것으로 보입니다.

정겨운 응시와 성찰을 풍부하게 느끼게 해주는 또 다른 시작품으로는 「늦가을 담쟁이」, 「유월의 노래」, 「전등사」, 「안개」, 「가을에는」, 「모정」, 「말을 잃다」, 「꽃잎을 쓸며」 등을 손꼽을 수 있습니다. 낙화를 주검에 비유한 「꽃을 쓸며」라든가, 식당 여주인의 아들 그리움을 살뜰하게 담아낸 「모정」 등은 이영선 시인의 삶의 가치관과 방향성을 짐작하게 해주는 표본적 작품입니다. 특히 「말을 잃다」와 같은 시작품에서는 1930년대 한국의 대표시인이었던 백석의 시작품이 지닌 독특한 호흡과 스타일을 연상하게 하는 요소가 있습니다. 말하자면 백석의 시작품 「여승女僧」과 「통영統營」 등에서 복합적으로 느낄 수 있는 아련함과 서민적 삶의 아픔이 한 세월을 껑충 뛰어 넘어 후대 시인 이영선의 「말을 잃다」에서도 유사한 감각과 화법으로 형성되고 있다는 사실이 참으로 놀랍습니다.

> 연두가
> 초록을 버무리는 사이
> 봄날이 가고
>
> 굼깊은 초여름 숲길
> 어린 처녀 속살 같은 함박꽃이 피었습니다
> 다봇하게 피었습니다
>
> 열병으로 눈감은 어린자식 먼저 묻고
> 죄 많은 어미가슴 흙빛은 날로 깊어
> 잉잉거리는 벌떼도 서러워
> 소금 꽃만 허옇게 피었다고
>
> 오래 묵힌 빈혈증으로
> 몇 달째 앓는 그녀
> 쓸쓸히 웃었습니다
>
> ─시 「말을 잃다」 전문

이영선 시인의 이번 시집에서 발견하게 되는 또 하나의 놀라움은 뛰어난 감각성의 구사라 하겠습니다. 「울음소리」「붉은 꽃등」「빈집」「여름 숲길에서」「달밤」「첫 새벽」 등의 작품이 함유하고 있는 감각적 특성은 우리가 흔히 대할 수 있는 여타 시인들의 감각성과 확연히 구별되는 선명성을 지닙니다. 왜냐하면 일반적 감각성에 치중하는 시인들의 작품에서는 감각성 자체가 단지 표피적 말초적 특성으로 한정되는 경향이 흔하지만 이영선 시인의 감각성은 삶을 해석하고 통찰하는 시인의 따뜻한 품성과 가치관에 직결되어 있기 때문입니다.

그러므로 이영선 시인의 손길과 시적 터치를 거치게 되면 놀랍게도 모든 차디찬 사물과 무기물들이 전적으로 따뜻한 생명력과 호흡을 지닌 사물들로 바뀌어져 있는 것입니다. 어떤 관점에서 보면 이것은 또 다른 물활론物活論의 한 범주라 할 만합니다.

저자는 흘러간 문청文青 시절, 중국의 근대 작가 천푸沈復(1763~1822)가 쓴 『부생육기浮生六記』란 소설 작품을 감동적으로 읽었던 기억이 문득 떠오릅니다. 천푸는 청조 말기에 태어난 소설가로 그의 작품을 통하여 관조하는 인생의 아름다움과 비애를 담담한 필치로 잘 그려내고 있습니다. 작품 『부생육기』의 주인공은 운芸이라는 한 여성입니다. 그녀의 품성은 워낙 살뜰하고 창의적이라 남들이 하찮게 여기는 자질구레한 사물도 특별한 애착으로 받아들여서 삶의 한켠을 멋스럽게 장식합니다. 말하자면 운이라는 여성을 손길을 거치게 될 때 모든 무의미한 것이 깊은 의미로 새롭게 태어나게 되지요. 우리의 삶은 너무 습관과 타성에 길들여져 있는 듯합니다. 그렇게 반복되는 일상 속에서 우리는 참신성의 진정한 뜻을 전혀 모르고 지나치는지도 모릅니다. 조금만 생각을 바꾸면 별것 아닌 것들이 매우 비범한 사물로 새롭게 우리 앞에 감추었던 얼굴을 드러내는 것입니다. 시작품을 쓴다는 창작행위도 바꾸어 생각해보면 운이라는 여성의 삶과 사고방식을 닮아 있는 듯합니다. 발상의 전환, 이것이야말로 따분한 우리네 삶을 신선한 분위기로 일신시키는 위력을 갖고 있는 것입니다.

이영선 시인의 시를 읽으면서 저자는『부생육기』의 주인공을 자꾸만 떠올렸습니다. 그만큼 이번 시집에서 넘실거리는 기운은 습관과 타성에 젖어있는 우리들로 하여금 발상의 전환을 강렬하게 추동하고 있습니다.

현대의 모든 삶은 거대소비와 향락을 향한 무한경쟁 속에서 지구의 싱싱하던 생태와 자연은 현저히 훼손되어 갑니다. 극지의 오존층은 구멍이 난 지 오래 되었고, 지구의 온도를 조절해주던 빙하는 자꾸만 녹아내리고 있는 형편입니다. 환경문제에 대한 많은 보도와 연구보고서들이 이러한 위기를 줄곧 제시하며 일깨워주고 있지만 인간의 삶은 그 위기를 직시하지 못하고, 자꾸만 역방향으로 둔주遁走와 퇴행退行을 거듭해가고 있습니다. 이러한 시점에서 시인의 역할은 참으로 소중합니다. 시인이야말로 인간의 영혼, 그 밑바닥을 향하여 강렬하고도 투명한 울림을 보내어 진정한 호소력을 환기시킬 수 있는 존재이기 때문입니다.

이영선 시인의 이번 시집이 지니고 있는 가장 커다란 특장이자 미덕이란 현저히 차가워지고 메마른 인간의 감성에 따스한 영혼의 숨결과 습기를 불어넣어줄 수 있는 놀라운 효과가 아닌가 합니다. 적어도 그의 시세계에는 이러한 효과의 놀라움과 변화의 가능성을 듬뿍 머금고 있는 것으로 보입니다.

최근 우리의 삶은 기대와 효과란 측면에서 너무나 조급하고 서두르는 경향을 나타내고 있습니다. 남과 북의 분단, 정치적 갈등과 빈부의 격차, 암담하고 먹구름으로 가득한 세계경제, 치솟는 물가, 한반도를 둘러싼 외교 분쟁 따위와 같은 항시 우울하고 불투명한 이슈들 속에서 서민적 삶이 제대로 안정된 뿌리를 내릴 만한 토양은 그 어디에도 찾아보기 어렵습니다.

모든 대중적 집단적 불만과 아우성도 이러한 기류 속에서 점차 강화되고 있는 것은 아닌지 우려됩니다. 사실 여유를 부릴 만한 넉넉한 시간이 우리들에게 보장되어 있지 않다는 사실만은 분명합니다. 하지만 조바심친다고 당장 해결될 문제가 아닌 것도 확실합니다. 급할 때일수록 돌아가야 한다는 옛 격언처럼 우리는 우리네 삶의 리듬에 대하여 완급緩急을 적절히 조절해야만 합니다. 완급 조절의 분별에 실패하면 모든 것이 총체적 위기와 파멸 속에 휩싸이게 됩니다.

이영선 시인의 시작품에서 우리는 삶의 리듬과 그 완급 조절의 현명함에 대하여 하나의 화두話頭를 발견하고 놀라움을 가집니다. 우리는 과연 우리의 미래시간을 어떻게 이끌어가야 하는가? 어떻게 살아가는 것이 가장 당당하고 올바른 모습인가?

여기에 대하여 이영선 시인이 보내오는 메시지는 다음과 같습니다.

i) 산다는 것은 내 안에 돌 하나 키우는 일

— 시 「오후의 집」

ii) 잎도 열매도 다 버리고
사랑도 미움도 거칠 것 없는
당당한 어깨

— 시 「손」

iii) 사는 것이 나날이

　　불 꺼진 창문처럼 아득하여도

　　상현달 아슴한 눈빛 따라

　　밤거리를 걷고 또 걸어볼 일이다

　　　　　　　　　　— 시 「밤거리에서」

삶의 시련을 시의 보석으로 만든 시인

배시연 시집 『할머니와 구들장』
— 선출판사, 2006

사람이 살아가는 일을 단 몇 마디 말로 뭉뚱그려 명쾌히 정리해낼 수는 없는 터. 그만큼 인생의 우여곡절은 천 갈래 만 갈래로 쪼개지고 나뉘어져 그 세세한 사연을 낱낱이 필설로 풀어낼 수는 없는 것이다. 하지만 실타래처럼 길고 유장한 사연들은 모조리 그 뜨겁고 숨 가쁜 시간을 살았던 사람의 몸과 마음속에 고스란히 담겨져 있는 것이니, 대저 이러한 사연과 곡절들이 제각기 하나씩 언어의 나래를 달고 깔끔하게 정돈되어 우리들 앞에 다가오는 것을 일러서 책이라 할 것이다.

사람마다 겪고 돌파해온 경로는 그 두텁기가 산과 바다와 같거니와 이를 모두 흥미진진한 이야기로 엮어내기란 낙타가 바늘구멍에 들어갈 만큼 어렵다. 그러나 어느 입심 좋은 이가 있어

223

자기 살아온 이야기를 고스란히 문장으로 짜 맞추고 다듬어서 걸출한 작품으로 만들어내는 것을 우리는 문학이라 일컫는다.

독자들은 글쓴이의 그 유려한 입심에 반하고 취하여 또다시 다른 이야기를 그로부터 기대하고 갈망하는지도 모른다. 문학 속에 들어 있는 작가 자신의 경험은 대개 그 책을 읽는 독자들의 체험과 크게 다르지 아니한 법이라, 때로는 그 책을 읽으며 삶의 난관을 헤쳐나갈 지혜를 얻을 수가 있는 것이요, 또 때로는 힘과 용기를 전해 받기도 하는 것이다.

그런데 동서고금을 통하여 문학작품 속에 들어있는 대다수의 내용들은 인간의 불행과 고통과 시련에 관한 기록들이요, 또 그 숨 가쁜 과정을 과연 어떻게 헤쳐 나갔던 것인가라는 문제는 자못 독자들의 궁금증을 자아내고도 남음이 있다. 참으로 그러할 것이라. 우리가 문학을 통해 구하는 것은 오로지 깊은 사상도 아니요, 우뚝한 철학도 아닌 것이다. 다만 작품을 통하여 받을 수 있는 한 모금의 위로와 격려만 있다면 우리는 그를 일러 어찌 훌륭한 작품으로 간주할 수 있지 않으리오.

여기 한 시인이 있어 일찍부터 시를 습작하면서 시를 통하여 자신의 시고 쓰린 삶을 다독거리며 살아온 갸륵한 여성을 소개하고자 한다. 그 분은 바로 배시연 시인이다.

비록 한국의 부산에서 태어나 서울에서 줄곧 성장하였으나 이런저런 곡절과 경로에 의해 결혼 후 부군을 따라서 태평양을 건너 아메리카 대륙으로 떠나간 지 어언 21년! 세월이란 아무리 길어도 잠시 눈을 감았다가 곧 뜨고 마는 짧은 수유須臾에 불과한 것이요, 또 아무리 짧은 말미라 할지라도 그 모래알 같이 작은 부피 속에 들어앉은 우주의 막중한 의미를 우리는 짐짓 깨달을 때가 있다. 스무 해가 넘는 봄바람 가을비의 분량은 결코 작고 짧은 것이 아닐 터.

미국 미주리 주의 작고 아담한 도시 컬스빌에 보금자리 치고 살면서 부군께서는 미주리주의 명문 트루만대학 경영학 교수로 재직하며, 배 시인은 만리타국으로 떠나온 한국인의 가정을 아름답고 살뜰하게 돌보는 아내로서 어머니로서 평생을 살아왔다. 그런데 그 삶의 시간들이 결코 차분한 안정과 단조로운 행복 속에서 살아가는 여유를 허락 받지 못하였으니 그 세월의 모래톱으로 밀어닥친 엄청난 슬픔과 고통을 작은 체구의 여성으로서 어이 견디어낼 수 있었으리.

눈에 넣어도 아프지 않을 사랑스런 아드님을 먼저 하늘나라로 떠나보내고, 그 지극한 아픔과 서러움을 어디에도 호소할 길 없이 다만 안으로만 삭이고 또 삭혀서 배시연 시인의 가슴 속 응어리는 상상을 허용하지 않는 발효의 상태에 다다른 것으로 여겨진다. 이런 풍파를 겪으며 마음 속 상처는 결코 저 허공중으로 날아가지 아니하고 어머니의 심신 속에 고스란히 들어앉아 기어이 흉포한 암과 투병하는 세월도 이겨내었으니 모질도다, 인간의 목숨이여! 장하도다, 모정의 다부짐이여!

나는 배시연 시인 내외분과 서울 인사동의 명물 술집인 벌교 꼬막집에서 지난해 가을에 처음으로 해후하였다. 이미 배 여사와는 인터넷 창작 카페 〈생명과 사랑의 시〉를 통하여 이미 수 삼 년 전부터 그 살뜰하고 다정다감한 필치를 친숙하게 대해오던 터라, 그 날의 만남은 전혀 낯설지 아니하였다. 오히려 여러 해 전에 헤어진 반가운 친구를 만난 듯 그저 흐뭇하고 흥겨워서 공연히 입가에 웃음이 종당토록 떠나지 아니하던 것이었다.

미국에서 오래 살아온 교민들의 스타일은 워낙 여러 가지라 배 시인의 용모와 분위기가 어떠할 것인가 자못 궁금하지 않던 것도 아니어서 내심 흥미를 지니고 나간 것이었으나 배 시인과 그의 부군께서는 마치 여러 해 전부터 흉허물 없이 지내온 이웃집 친구처럼 아무런 스스럼없이 만나던 그 시간부터 곧바로 유정하고 푸근하기가 마치 볼을 쓰다듬는 오월 훈풍과도 같았다. 어쩌면 그리도 소박하고 살뜰한 것인지…

사람은 자신이 평소 생각하고 살아가는 가치관과 지향을 어디로 어떻게 두는가에 따라서 그 용모와 표정도 결정된다는 무서운 말이 있거니와 배 시인 내외분의 그 소박함, 그 푸근함, 그 다정하고 은근한 품성은 보는 이의 마음을 감복하게 하는 요소가 있었다.

그날 밤에는 흙돌 심재방 시인, 김철향 시인, 둘아홉 이경구 시인, 안수민 시인, 선출판사 김윤태 사장을 비롯하여 여러 지인과 함께 갓 삶아온 바구니의 벌교 꼬막을 깔 때 껍질에서 흐르는 달콤하고 개펄 내음 가득한 육즙을 두 손에 묻혀가며 어린아이들처럼 깔깔거리며 희희낙락! 연이어 터지는 홍소와 환담 속에 밤이 깊어가는 줄을 미처 깨닫지 못하였다. 자리가 파한 후에도 곧바로 작별하는 것이 두려워서 일행은 기어이 새로 닦은 청계천 물길을 걷고 걸어서 더 이상 걸어갈 수 없는 지점에서 굳은 악수로 이별을 아쉬워했던 것이다. 나는 그날 철향 시인에게 손목을 잡혀 또 한 순배 행차를 돌다가 새벽이슬을 이마에 맞고 돌아오는 처용랑處容郎처럼 비틀거리며 숙소로 돌아왔던 것이다.

그날 모인 분들은 모두 이미 카페를 통한 만남의 횟수를 자주 가지고 또 가져서 이미 형제적 유대를 지니고 서로의 삶을 버티어주고 있는 지줏대 역할과 같은 분들이었다. 이런 분위기에 자목련이란 어여쁜 별명을 갖고 있는 배시연 시인 내외분이 모처럼 귀국하여 바쁜 일과를 보내다가 함께 감격적인 만남의 시간을 갖기 위해 한 자리에 모였으니 모꼬지 자리에 이마를 맞대고 앉은 정인情人들의 가슴속에 흘러넘치는 흥겨움이란 이루 형언할 길이 없는 것이었다. 우리는 반가움을 주체하지 못하여 다만 마주 보며 그저 바보스럽게 미소만 벙긋벙긋 짓고 또 지을 뿐이었다.

그 옛날 조선 순종 때에도 아름답고 살뜰한 한 여인이 있어 이름을 빙허각憑虛閣 이씨李氏라 하였다. 사대부 집안에서 며느리로 살았던 그 여인은 평소 여성들에게 교양지식이 될 만한 술과 음식문화, 의복, 베 짜기, 의복수선, 염색, 문방구, 생활용구, 누에치기 등에 관한 모든 생활 자료를 한글 필사본으로 틈틈이 적어서 『규합총서閨閤叢書』란 이름의 책으로 엮었다. 이제 세월이 여러 바퀴 흘러서 이씨 여인이 엮은 책은 당시의 생활사를 연구하는 데 참으로 좋은 자료가 되었다. 빙허각 이씨가 이런 책을 만들어낼 수 있었던 것은 오로지 작은 것도 잘 간추리고 챙기며 살림을 다독거려온 이씨 자신의 성품 때문이었으리라.

이번에 펴내는 배시연 여사의 첫 시집 『할머니와 구들장』의 원고를 읽으면서 나는 먼저 『규합총서』에 담긴 살뜰한 정서를 떠올렸다. 그만큼 이번 시집의 제1부와 2부에 실린 작품들 중에는 유난히 한국의 전통적 음식을 작품의 중요 소재로 다룬 것이 많다.

「청국장」「수제비」「김밥」「설맞이」「주문진 생선시장」 등이 바로 그것이다.

일찍이 음식명을 작품 속에 적극 도입하여 놀라운 효과를 거두었던 시인이 있었다면 그는 단연코 백석이다. 시인 백석은 1930년대의 제국주의 식민지 압제에 시달리던 한국인의 피로하고 의기소침한 정서에 맑은 샘물을 퍼부어 새 정신이 들도록 하였다.

백석이 주로 다루었던 음식명은 주로 토착적인 음식문화를 느끼게 하는 이름들이다. 무려 150여종이나 되는데, 그 가운데는 전혀 상상조차 할 수 없는 평안북도 지역의 음식들도 있었다. 무이징게국, 쉰두기송편, 명태 창난젓에 고추무거리에 막칼질한 무이를 비벼 익힌 것, 게산이알, 기장차랍, 얼얼한 댕추가루, 겨울밤 쩡하니 닉은 동티미국 따위가 그것인바 우리는 이 가운데 과연 몇 가지를 짐작할 수 있을 것인가. 백석 시인이 이렇게 토속적인 음식명에 집착한 까닭으로는 오로지 제국주의 침탈과 그 이질문화의 홍수에 맞서려는 시인적 순정의 작용으로 풀이할 수 있을 것이다.

그런데 배시연 시인의 작품에서 음식명은 어떻게 나타나고 있는가.

청국장, 멸치 국물, 살짝 익힌, 잘게 썬 김치, 동동 띄운 두부, 송송 선 파, 양푼의 밀가루, 몇 방울 친 소금과 참기름, 물 부어 주물럭주물럭 덮어두는, 깡마른 다시마, 멸치 주머니, 반달 모양으로 썬 감자, 얇게 썬 달큼한 양파, 도톰하게 채를 썬 파릇한 호박, 쫀득해진 반죽, 파전, 낙지볶음, 빈대떡, 차례음식, 나물전 등이 그 주요 구성 목록들이다.

왜 이렇게도 전통적인 한국의 음식명이 즐겨 활용되고 있는가?

그것은 아마도 민족적 정체성에 대한 스스로의 다짐이자 확인 때문일 것이다.

해외로 떠나서 살아가는 교민들 중에는 과거 한국인의 의식주와 관련된 생활습관을 아예 떠나버리고 살아가는 모습이 있는가 하면 유별나게 자신의 민족적 습관을 챙기며 살아가는 스타일이 있는데 배시연 시인은 후자 쪽에 속한다. 그렇게 살아야만 심리적 안정감을 얻는 것이다. 실제로 배시연 시인은 대학시절 식품영양학을 전공한 분으로 한국의 토착음식에 대한 애착과 기호가 특별히 남다른 점도 무시할 수 없으리라.

사실 민족적 관습을 가장 잘 유지하면서 살아가는 사람들은 중국인이 아닐까 한다. 그들은 해외에서 무려 100여 년 넘도록 살아오면서도 중국인으로서의 의생활, 식생활 문화를 고스란히 유지하면서 살아가고 있다. 실제로 미국 전역의 어느 도시에도 설치되어 있는 차이나타운이란 이름의 중국인 거리를 가보면 그곳이 미국인지 중국의 어느 지방 도시인지 분간이 되지 않는 분위기에 휩싸일 때가 있는 것이다.

그리고 그들의 지도자들은 해외에 거주하는 중국인들의 민족적 정체성이 혹시라도 훼손되지는 않을까 두려워하면서 이에 대한 적극적인 배려와 지원을 아끼지 않는다. 이는 참으로 놀랍고 우리가 본받을 만한 일이다. 어떤 이는 해외의 중국인처럼 살아가는 모습을 지나친 폐쇄와 고립으로 파악하는 관점도 있으나 그 사회의 풍습에 곧장 동화되지 아니하고 자신의 정체성을 굳건히 유지해 나아가는 모습이란 얼마나 대단한 것인가. 그런 점에서 본다면 조선족으로 불려지는 중국의 우리 동포들도 비교적 민족적 관습을 충실히 유지하면서 살아온 것으로 평가되나 최근 장년층 이후 세대에서는 고유의 민족문화가 거의 소멸되는 과정에 있으며 차츰 중국문화에 동화되어 가는 현실을 극히 우려하는 견해를 나타내기도 한다. 이런 점은 러시아에서 살아가는 고려인 사회에서도 마찬가지다.

배시연 시인과 그 가족들의 경우 비록 미국에서 스무 해 넘도록 살아오면서도 한국인의 전통음식을 조리해서 먹고, 한국인의 풍습을 지키면서 한국인으로서 살아갈 때 비로소 진정한 마음의 평화를 경험하는 것이다. 이런 모습은 참 아름답고 살뜰하다.

ⅰ) 멸치 국물에

　　냉동 청국장 떼어 넣고

　　잘게 썬 익은 김치 살짝 익혀

　　두부 송송 띄우고

　　송송 썬 파 마무리하면

　　온 집 덮는

　　진한 냄새 빼느라

　　한겨울 오들오들 떨어도

　　토종 입맛 어디 가랴

　　저녁에만 먹는 구수한 청국장

　　　　　　　　　　　　　　　— 시 「청국장」 부분

ⅱ) 양푼에 밀가루

　　소금 참기름 몇 방울 치고

　　물 부어 주물럭주물럭 덮어둔다

　　김 오르는 냄비

　　깡마른 다시마 멸치 주머니 삼켜

　　은근한 불에 맑은 맛 우려내고 뱉으면

　　감자는 반달로 달큼한 양파 얇게

　　파릇한 호박 도톰한 채 썰어 넣고

　　　　　　　　　　　　　　　— 시 「수제비」 부분

행간의 도처에 그대로 배어나는 한국인 여성의 살뜰하고 자상한 표현과 특성에서 독자들은 시인 자신의 삶의 지향과 가치관을 느끼게 된다. 이러한 표현의 근원에 깔려있는 것은 바로 가족에 대한 다함없는 배려와 사랑의 마음이다.

우리는 때로 지극히 평범한 것이 주는 놀라움 때문에 경악할 때가 있으니, 평소 밥상에서 늘 대하는 익숙한 음식이 과연 어떤 의미를 지니는 것인가의 문제가 바로 그것이다. 밥상 위에 놓인 음식은 한 가정의 어머니가 가족 구성원 전체를 위하여 가장 먼저 잠이 깨어 물을 받아 쌀을 씻고, 재료를 다듬어 국을 끓이고 반찬을 만든다. 그러한 과정은 늘 단조롭게 반복되는 일상의 가사노동에 속하는 것이지만 대부분의 가족들은 어머니의 그러한 배려와 사랑을 느끼지 못하고 지나칠 때가 있다.

세상의 모든 어머니들은 가족들을 위하여 음식을 준비하지만 기실 그 음식에 들어가는 가장 중요한 것은 사랑인 것이다. 가족들은 어머니가 만들어준 사랑을 먹고 비로소 편안한 얼굴로 일터와 학교로 떠난다. 어머니의 사랑은 그러한 점에서 가족 전체의 안전과 평화를 담보하는 가장 든든한 재료이다.

시집 『할머니와 구들장』 전편을 통독하면서 또 하나 발견하게 되는 중요한 테마는 슬픔에 관한 시적 진술들이다. 낱낱이 물어볼 용기가 나지 않아 세세한 사연을 알 수 없으나 배시연 시인의 경우 참담한 가족사적 슬픔을 겪은 것으로 보인다. 어떤 곡절로 인하여 세상에서 너무도 사랑하는 둘째 아드님을 먼저 하늘나라로 떠나보낸 일이 바로 그것이다.

「너 그리워」, 「촛불」, 「네가 부르던 새벽」, 「시월 마지막 날」, 「너의 그림자 밟으며」, 「보고픈 날에」, 「그리운 너」, 「바람아」, 「후회」, 「작은 돌」「봄눈 속의 그리움」「겨울햇살」「사랑」「사랑의 언덕」「비 젖은 자목련」 등등… 낱낱이 헤아려 보면 더욱 많은 작품을 발견하게 될 것임에 분명하다. 그러한 고통에 동참하지 못하는 일반 독자의 관점에서 이런 작품들을 읽으며 나의 마음은 사뭇 애잔해진다. 과연 그 무엇으로 시인의 마음을 위로할 수 있을 것인가. 그 어떤 글귀로써 아픔을 덜어낼 수 있을 것인가.

배시연 시인이 작품을 통해서 다루고 있는 것은 바로 단장지통斷腸之痛이다. 이는 바로 창자를 토막토막 끊어내는 단장斷腸의 아픔을 말하는 것이다.

그 옛날 중국의 고서 중에 『세설신어世說新語』란 책이 있었다.

그 책의 출면편黜免篇에는 이런 이야기가 전해져 온다.

진晉나라 환온桓溫이란 사람이 있었다.

그는 촉蜀을 정벌하기 위해 여러 척의 배에 군사를 나누어 싣고 가는 도중 양자강 중류의 협곡인 삼협三峽이라는 곳을 지나게 되었다. 이곳은 쓰촨과 후베이의 경계를 이루는 곳으로 중국에서도 험하기로 유명한 곳이라 한다.

마침 이곳을 지날 때 한 병사가 새끼원숭이 한 마리를 잡아왔다. 그런데 그 원숭이 어미가 환온이 탄 배를 좇아 백여 리를 뒤따라오며 슬피 울었다. 그러다가 배가 강어귀가 좁아지는 곳에 이를 즈음에 그 원숭이는 몸을 날려 배 위로 뛰어올랐다. 하지만 원숭이는 자식을 구하려는 일념으로 애를 태우며 달려왔기 때문에 배에 오르자마자 죽고 말았다.

배에 있던 병사들이 죽은 원숭이의 배를 가르자 창자가 토막토막 끊어져 있었다.

자식을 잃은 슬픔이 과연 창자를 끊은 것이다.

배 안의 사람들은 모두 놀라고, 벌어진 입을 다물지 못했다.

이 말을 전해들은 환온은 새끼원숭이를 풀어주고 그 원숭이를 잡아왔던 병사를 매질한 다음 멀리 내쫓아버렸다. 인간으로서 어찌 그리도 모진 행동을 짐승에게 할 수 있단 말인가.

이렇듯 단장의 고통은 그것이 부모자식간이든 사랑하는 연인간이든 혹은 친구간이든 창자가 끊어질 정도의 슬픈 이별과 그 아픔을 반드시 수반한다.

이제 배시연 시인은 사랑하던 아들을 차마 멀리 보내지 못하고 어미의 가슴속에 품어서 갈무리하듯이 소중히 묻어두었다가 틈날 때마다 꺼내어서 혼자 쓰다듬고 어루만지며 홀로 소리를 죽이며 울었다. 그렇게 숨죽여 울었던 처연한 눈물의 흔적이 이번 시집의 전편에서 흥건한 얼룩으로 배어있는 것이다.

전문가들의 설명에 의하면 부모의 죽음과 자식의 죽음에는 큰 차이가 있다고 한다.

우선 부모는 자식에게 무조건적인 사랑을 준다. 그러나 자식은 아무런 대가 없이 이를 받아들일 뿐이다. 그래서 부모 임종 시엔 은혜에 대해 죄송함이 생기지만 자식의 죽음은 자식을 온전한 인간으로 채 성장시키지 못했다는 죄의식이 부모에게 남게 된다. 그래서 자식의 죽음을 평생 잊지 못하고 무덤까지 가지고 가게 되는 경우가 많다는 것이다. 배시연 시인에게 만약 시라는 유용한 도구가 없었다면 과연 어떠하였을 것인가.

적막하고 쓸쓸한 이 세상을 잠시도 견디어내지 못했을 것이다. 연약한 한 장의 버들잎처럼 바람에 날려 어디론가 멀리 떠밀려가 버렸을지도 모른다. 하지만 아픔을 견디고 삭이는 바늘과 칼끝의 시간 속에서 시는 매우 효율적이고 가치 있는 도구였다.

    ⅰ) 얼어붙은 하늘
       별도 달도 모두 숨어
       어둠만 내린 새벽

       달리던 차들
       모두 돌아가고
       깊은 잠에 빠진 고속도로에
       동트길 기다리며
       오돌오돌 떨고 있는 가로등 불빛

       언 발 동동 구르고
       괜시리 하늘에 대고 소리치면
       부르던 이름 허공에 부서져
       눈발 되어 날립니다

                        — 시 「너 그리워」 전문

    ⅱ) 보고픈 얼굴
       고운 춤사위에 신고

       그리움에 몸부림치다
       제 몸 사르며
       말없이 흘리는 눈물

영원 하자던 약속
긴 그림자에 감추고
애태우며 기다리는 새벽

여명 다가와도
놓치지 않고 드리운
애잔한 너의 잔영

— 시 「촛불」 전문

세상에는 문학으로 자신을 알리고 또 그를 통하여 입신영달과 재화증식의 수단으로 삼는 이도 적지 않으나, 그러한 부류의 대부분은 삶의 진실성을 위장하고 자칫 위선으로 자신의 표정을 고상하게 꾸미고 있으니 독자들은 그들이 이루어낸 문학이라는 무지개의 허울에 잠시 속아서 갈채를 보내는 경우가 많다.

하지만 잠시만 마음의 등불을 켜고 주변을 둘러보면 오히려 세속적 명성을 얻지 아니한 인물 중에 한결 진실하고 갖추어진 삶을 살아가며, 이웃의 감화와 칭송을 얻는 이도 적지 않으니 우리가 진정 눈여겨보아야 할 곳은 정작 이런 분들이 아닌가?

사람과 사람이 만나서 첫 인사를 나눌 때 그가 현재 차지하고 있는 지위와 외형적 평가, 재물의 취득 정도 따위가 그를 평가하는 중요항목의 으뜸으로 여기고 있는 것은 너무도 볼품없는 속류적 태도에 지나지 않는다.

왜 우리는 마음과 마음으로 서로 만나지 못하는가?

우리가 인터넷 창작카페 〈생명과 사랑의 시〉를 통하여 그동안 만남의 횟수를 자주 가져 왔건만 매번 소중하고 살뜰한 기억으로 가슴

저 밑바닥에까지 깊은 울림으로 남아서 우리의 기분을 상승시키는 것은 한 분 한 분의 구성원들이 하나같이 아름답고 따스한 성품을 지닌 분들이라는 점이다.

결단코 확언할 수 있거니와 시를 감칠 맛나게 반지르르 잘 쓰지 못한다고 비판하며 탄식하는 태도는 어리석은 짓이다. 그보다는 오히려 마음 가꾸기에 충직한 분들끼리 만나서 서로의 관심사를 논의하고 협력하는 가운데서 때로는 시와 문학도 더불어 즐기며 살아가는 시간들이 한층 갸륵하고 애착을 느끼게 하는 것이다.

이번에 첫 시집을 발간하는 배시연 시인만 하더라도 어느 유수한 문학지를 통하여 화려한 데뷔의 과정을 거치지도 아니하였건만 그러한 과정을 거친 어느 시인보다도 결코 부족하지 않은 시인적 자질과 품성을 이미 튼튼하게 갖추었다. 나는 이 점이 참으로 든든하고 미더웁다. 지난 수년 동안 항시 고독하고 적막한 만리타국에서 오로지 문학과 창작이라는 한 가지 실끈에 골몰하여 자신의 삶을 살뜰하게 꾸려온 여성시인으로서의 품성과 그 가능성을 높이 평가하고자 한다. 인터넷이라는 실낱같은 통로마저 없었다면 그 적막과 쓸쓸함을 어찌 풀어낼 수 있었으리.

어둡고 우울하던 세월은 이제 장마 끝의 먹구름처럼 멀리 떠나가 버렸다. 어머니로서의 배시연 시인이 더욱 장한 어머니가 될 수 있었던 것은 그 모든 고통의 굴레와 명치끝을 찌르는 쓰라린 곡절을 모두 너끈히 이겨내고 다부지게 어머니의 자리를 지켜왔기 때문이다.

바라옵건대 배시연 시인께서는 앞으로도 더욱 정진하시어 가족들의 따뜻한 삶과 그 울타리의 둘레를 가꾸고 돌보시는 과정에서 그때그때 느끼는 마음 풍경을 보다 실팍하게 보다 진중하게 가다듬고 다스려서 제2, 제3의 시집으로 줄곧 발간해 가기를 기원해 마지않는다.

물론 그러기 위해서는 무엇보다도 심신의 건강이 가장 으뜸이라는 말씀도 꼭 덧붙이고 싶은 것이다.

시적 성찰을 통한 삶의 중심잡기

박앤 시집 『못다 지은 집』
— 선출판사, 2009

2008년 가을, 나는 모처럼의 안식년을 맞아서 미국 메릴랜드주의 친구 집에 머물고 있었다. 친구와 나는 스무 해도 훨씬 넘는 지난 세월 동안 서로 만나지 못하였다. 지난날 친구는 이런저런 힘든 일에 시달리다가 80년대 초반 미국으로 훌쩍 떠나버렸기 때문이다. 벗의 이름은 허태홍許泰洪, 내 고교시절의 가장 가까웠던 동기생이다.

당시 실업계 농업학교에 재학하던 우리는 학교에서 표고버섯을 재배하고 관리하는 농장 장학생으로 일하면서 더욱 친밀한 우정을 쌓아갔다. 함께 서로의 숙소를 찾아다니기도 했고, 친구네 포항 집을 여러 날 방문하기도 했었다. 그렇게 형제처럼 어울려 지내다가 드디어 졸업을 한 뒤에는 가는 길이 달라져서 다시

한동안 적조한 시간을 보내었다.

친구는 베트남전쟁에도 참전했었고, 여러 가지 사업에 골몰하기도 하면서 자신의 청년기 세월을 살아갔다. 나는 나대로 대학과 대학원을 마치고 국문학 연구와 창작인으로서의 길을 평생 걸어가기로 속 다짐 하고 나름대로 열정적인 세월을 보냈었다. 그 과정에서 나의 경우 건강도 크게 상했었고, 그 후 명재경각命在頃刻의 아슬아슬한 문턱까지 다다라보기도 했었는데, 그때마다 가장 그리웠고, 보고 싶었던 얼굴이 있었으니 그가 바로 나의 옛 친구 태홍의 실루엣이다. 하지만 보고 싶어도 만날 길은 막연하고, 과연 어디에서 어떻게 살고 있는지 소식조차 돈절된 지 오래라 마음속으로 살뜰한 그리움만 가득 쌓여 갈 뿐이었다.

내 친구 태홍을 떠올리면 맨 먼저 생각나는 것이 그의 볼기짝에 선명히 박혀 있는 늑대의 이빨자국이다. 유년시절 그는 경북 하양의 시골집에서 살았는데, 어느 해 여름밤 어둠 속에서 슬그머니 인가 부근으로 숨어든 굶주린 늑대에게 물린 채 산등성이 너머로 끌려갔다. 이 광경을 친구 어머님이 얼핏 보았는데 산등성이 능선 위로 늑대의 쫑긋한 두 귀가 보였다고 한다. 한 순간 불길한 예감을 느껴 황급히 아들을 찾아보니 이미 사라지고 없는 것이 아닌가. 고함을 쳐서 마을사람들을 불러 모아 함석판과 놋요강, 놋대야 따위를 두들기며 늑대가 사라진 곳을 뒤쫓았는데, 인파와 소란에 놀란 늑대는 밭고랑 한 구석에 친구를 버려두고 그대로 달아났던 것이다.

그야말로 구사일생으로 목숨을 건진 친구는 그 후 엉덩이에 날카로운 늑대 이빨자국을 평생 지닌 채 살아가게 되었다고 한다. 나는 이러한 사실을 고등학교 시절 친구랑 목욕탕에 갔다가 들어서 알게 되었다. 나에게는 이것이 얼마나 강렬한 추억이고 또한 애틋한 그리움인지, 이를 생각하다가 기어이 「홍이」란 제목의 시작품으로 다듬어서 내 열 번째 시집 『아름다운 순간』에 넣어두고 못 다한 우정을 사무치게 그리워하였다.

그런데 그 친구가 2007년 여름에 모처럼 고국을 다녀가며 나를 수소문하여 마침내 연락이 닿았고, 그때 나의 미국방문을 요청하였던 것이다. 이러한 감격적 상봉을 계기로 나는 마침내 2008년 가을, 미국 메릴랜드주 솔즈버리시 부근의 다우닝로드란 울창한 숲속에서 동화속의 주인공처럼 살아가고 있는 친구네 집을 찾아가 머물게 되었다. 친구네 가족들은 어느 유태인이 살던 작고 아담한 목조 가옥을 구입하여 살고 있었다. 이민 초반기의 혹독한 고생 속에서도 어린 남매를 훌륭히 공부시켰고, 이민 오던 시절부터 해오던 힘든 노동을 지금까지도 계속하며 살아가고 있었다.

친구의 가장 큰 기쁨은 그동안 저축한 자금으로 농토를 장만하여 사과나무, 배나무, 복숭아나무 등을 심어서 가꾸는 과수원을 돌보는 일이었다. 고추, 배추, 무 등속의 채소 재배도 함께 겸하는 것은 물론이다. 친구의 부인 김 여사가 한해 살림 중에서 가장 심혈을 기울이는 것은 콩을 삶아 메주를 만들고 장독에 된장을 담는 것, 그리고 직접 재배한 배추와 무로 김장을 담는 일 등이다. 그리하여 이 많은 김장과 된장을 가까운 이웃들과 더불어 나누어 먹는 한국식 정분과 사랑을 그대로 유지하며 살아가고 있는 것이다. 곰곰이 생각하노라면 이러한 나눔의 삶이란 얼마나 아름답고 고귀한 것인가. 친구 내외의 고집스러움과 결단력, 신념과 의지가 바로 이러한 한국적 삶을 고스란히 지녀오는 원동력이라 할 것이다.

친구는 내가 미국의 동부지역으로 와서 수개월 머물게 될 것을 알고 미리 여러 배려와 준비를 해두었다. 그 가운데 하나가 미주한인시

문학회 회원들과의 만남의 자리이다. 당시 나는 한국에서 내가 평소에 너무나 좋아하던 흘러간 옛 가요를 테마로 하여 한 방송국 라디오의 가요프로그램 MC로 활동을 하고 있었는데, 친구는 미주 한인교민들에게 나의 가요해설과 만날 수 있도록 기회를 주선하였다. 뿐만 아니라 시를 좋아하고 시를 창작하는 교민들과의 우정의 교류를 갖도록 만남의 자리를 만들었다.

2008년 11월 1일 워싱턴 부근, 한인들이 많이 거주하는 애넌데일 지역의 KM 갤러리에서 가요해설 공연이 성황리에 열리게 되었고, 바로 한 주일 뒤인 11월 8일에는 1박2일로 문학 캠프까지 잇따라 열리게 되었던 것이다. 어머니의 나라 한국을 떠난 지 수십 년 이상 되는 교민들이 한 자리에 모여서 「타향살이」와 「불효자는 웁니다」「고향무정」 등의 옛 노래를 함께 듣고 불러보는 자리는 뜨겁고 흥건한 눈물의 마당이었다. 문학세미나는 버지니아주의 프레드릭스 부근 킹조지 지역의 매우 아름다운 별장에서 열렸는데, 그곳 주변의 숲은 완전한 자연이 살아서 숨을 쉬는 싱싱한 터전이었다. 사슴 무리가 풀쩍풀쩍 뛰어서 마당을 가로질러가는 광경이 자주 보였고, 건물 앞 쪽으로 펼쳐진 버지니아강의 아늑하게 실안개 낀 풍경은 차라리 한 폭의 달력그림과도 같았다.

이 두 행사를 통하여 나는 문학을 진정 사랑하고 애호하는 여러 미주한인들과 만나게 되었는데, 그 가운데 유난히 인상적인 분이 한 분 있었으니 그가 바로 박앤 시인이다. 내가 처음 만났던 박앤 시인의 용모와 분위기는 마치 한국의 고향마을에서 평소 흔히 대하게 되는 인정스러운 집안 형수님처럼 푸근하고 정겨운 느낌이었다.

버지니아 킹조지 별장에서 문학세미나가 열리던 그날 밤의 일이다.

이층으로 지은 멋진 건물의 메인 홀에는 「이동순 시인과 함께 하는 문학캠프」란 예쁜 현수막이 걸려있었고, 주방 쪽 옆으로는 맛있는 음식과 음료가 잔뜩 준비되어 있었다. 밤이 깊어갈수록 시와 문학 일반에 대한 깊은 관심과 토론 역시 무르익어만 갔다. 자정이 넘고 새벽 2시가 지날 무렵까지 토론과 여흥은 줄기차게 이어졌다. 작고 아담한 체구로 예의 그 정겹고 푸근한 미소를 지으며 끝까지 단정하게 자리를 지키고 있는 분도 박앤 시인이었다.

참으로 많은 이런저런 화제를 바꿔가며 우리의 이야기는 기나긴 실타래처럼 이어졌는데, 그 가운데는 '미국에서 발표된 교민들의 문학을 한국의 문학사에서는 이민문학이란 범주에 가두어서 왜 편향적 시각으로 보려고 하는가'라는 결코 만만치 않은 질문도 제기되었다. 그만큼 미주지역의 한인 문단에서는 한국에서 형성되는 문학과 조금도 구별 없이 동일한 시각과 조건에서 비평해 달라는 요청들이 강력하게 쏟아졌다. 이러한 테마들은 내가 그동안 다루어왔던 한국문학사 영역구분에 대한 고정관념과 선입견을 확연히 바꾸어놓고 반성하게 하는 중요한 계기가 되었다. 여전히 한국의 문학사 연구자들의 경우 미국, 일본, 중국, 러시아 등지의 교민사회를 통해 발표되는 문학작품을 해외이민문학의 범주로 묶어서 편하게 다루려는 경향이 대체로 일반적이었기 때문이다.

아무튼 그날 밤, 미주한인시문학회 회원들의 시낭송 차례도 있었는데 그동안 써둔 자신의 대표작을 한 편씩 들고 와서 분위기 있는 멋진 낭송으로 실력을 뽐내는 자리였다. 한국 시의 낭송은 원래가 쉽지 않은 터라 평상심으로 듣고 있었던 터였는데, 박앤 시인의 차례가 되어서 낭송을 해가는 솜씨가 범상한 것이 아니었다. 나는 앉음새를 고쳐 앉으며 잔뜩 귀를 기울여 들었다. 그 시작품은 「풍선」이란 제목으로 이번 시집에 수록되어 있다. 라틴아메리카에서 미국으로 노동 이민을 떠나와 있는 에스카리나란 이름의 한 여인과 그녀의 간절한 향수를 풍선이란 객관적 상관물(Objective Correlative)에 빗대어 표현한 작품이다.

시 「풍선」의 낭송은 들으면 들을수록 가슴이 찡해져오는 묘한 여운을 느끼게 했다. 다른 회원들의 작품들도 참 좋았지만 나는 박앤 시인의 작품을 그날 밤 낭송회의 장원으로 뽑았다. 시는 이처럼 직접적 서술이나 묘사에 의존하지 않고, 은근히 본연의 뜻을 암시하는 방법이 가장 으뜸효과를 지닌다는 부연해설과 함께 박앤 시인의 낭송을 다시 청해서 들었다. 고국을 떠난 지 여러 해가 넘는, 이제는 생활이 대부분 안정되어 편안한 삶을 즐기며 살아가는 미주 동부지역 교민들의 밝은 웃음소리와 더불어 나는 너무도 아름답고 흐뭇한 가을밤을 즐기었던 것이다.

박 시인은 한국을 떠난 지 꽤 오래된 듯하였다. 미국으로 온 뒤 연방정부 산하의 여러 기관을 다니면서 컴퓨터 관련으로 중요한 업무를 담당하는 공직생활 경력을 지닌 분이다. 원래의 전공은 한국의 대학에서 국문학을 공부하였으나 미국으로 이주한 뒤에 컴퓨터공학을 다시 공부하여 새로운 분야를 개척하였다. 언제 어디에서 어떠한 일을 하든지 간에 과거에 애착을 가졌던 문학에 대한 꿈과 열정은 고스란히 가슴속에서 갈무리되어 왔다. 힘겹고 어려운 시간이면 항상 시를 읽고 틈틈이 시를 쓰는 생활을 하면서 자신의 삶을 다스려왔다. 그리하여 그동안 써 모은 금싸라기 같은 수십 편의 시작품은 박앤 시인이 미주지역에서 살아온 지난 수십 년 동안의 삶의 발자취라 할 수 있다.

이번에 박앤 시인이 펴내는 첫 시집『못다 지은 집』에는 시인이 미국으로 떠나온 뒤 살아온 삶의 곡절과 애환이 고스란히 스며들어 있다. 그만큼 시는 시간의 발자국과 가슴속의 애환을 고스란히 간직하고 있는 묘한 영역인 것이다. 이 시집의 제1부에는 떠나온 고향과 이제는 흘러가버린 과거시간에 대한 절절한 그리움으로 가득하다. '귀향'이란 부제가 붙어있는「산초꽃」은 아마도 연작 의도로 기획된 듯하다.「할매 손」,「할아버지의 밥」,「빗소리」,「고추밭에서」,「늙은 호박」,「칼국수」,「맞선」,「담배」「아버지 살리기」등의 작품에는 외가댁 추억과 유소년 시절의 애틋한 기억이 촘촘한 그물망처럼 교직交織되어 있다. 그런데 가로 올과 세로 올의 엮음새가 결코 만만하지 않다.

무릇 시란 어떤 분위기의 독특함을 멋스럽고 기품 있게 뽑아내는 시인의 솜씨에 그 생명이 달려있다고 할 수 있을 터인즉 박앤 시의 솜씨는 이미 오랜 세월 시를 매만지고 다듬어온 시인 자신의 품성과 시간의 흔적이 짙게 무르녹아 있는 것이다. 그렇다면 박앤 시인의 작품을 가득 채우고 있는 향수, 혹은 근원적 대상에 대한 연모는 과연 어디에서 기인하는 것일까.「역마살」이라는 시작품이 이를 적절히 설명해준다.

고국을 떠나 지금도 나는
낯선 나라 낯선 언어로
낯설게 산다

무엇에 홀린 듯
한 밤중에 한번은 꼭 깨어나서
역마살이 풀렸나 헤아려보며

온밤을 뒤척이다 듣는

잠결에 듣는

후드득 빗방울 소리

매듭 풀리는 소리

— 시「역마살」부분

명리학命理學을 공부하는 사람들의 설명에 따르면 인간의 삶에는
누구나 많든 적든 간에 역마살驛馬煞이란 것이 있게 마련이라고 한다.
옛날에는 통신기술이나 교통시설이 전혀 발달하지 않았다. 그래서
일정한 거리마다 역참驛站을 두고 그곳에서 말을 갈아타며 급한 볼
일을 보러 다니곤 했었다. 이 역참에 준비해 둔 말을 '역마驛馬'라고
하는데 역마는 당연히 멀고 먼 길을 다니게 마련이었다. '살煞'이란
것은 사람이나 물건 등을 해치는 독한 기운을 일컫는 말이다. 역마에
'살'이란 말이 따라붙으면 천성적으로 역마처럼 이리저리 떠돌아다닐
팔자란 뜻을 의미한다.

고국에서 살지 못하고 멀고먼 이민 길을 떠나 삶의 터전을 낯선 나
라로 옮겨서 살아가는 해외 교민들의 경우 대개 드센 역마살을 타고
난 운명으로 일컫곤 한다. 하지만 이러한 설명은 다분히 감정적 판단
이 전제된 경우가 많다. 박앤 시인이 살아온 삶의 족적도 이 역마살
에서의 역마처럼 고단하고 숨 가쁜 시간이었을 것이다. 그토록 힘겹
고 고달픈 틈바구니에서 언제나 한 줄기 감로수처럼 위로를 주었던
것은 과거시간의 애틋한 기억과 그 실루엣들이다. 그 추억의 사금파
리를 더듬을 때면 현실의 복잡한 긴장과 억압은 풀리게 마련이다.

과거시간을 성찰하는 과정에서 터득되는 삶의 지혜는 우리의 일상

적 삶을 일단 안정되게 한다. 시집의 제2부에서도 이러한 인식은 지속적으로 나타나고 있다. 시 「자화상」의 시적 진술을 통하여 시인은 가슴속을 훑고 지나가는 '슬픔 같은 것, 그리움 같은 것'을 직시하고 있다. 거울이나 사진을 통하여 응시하는 자신의 얼굴이 때로는 아주 낯설게 다가오는 경험을 제시하고 있는데, 이는 사실상 현실과 내면의 두 자아를 지칭하는 것에 다름 아니다. 그런데 그 자아의 바탕에는 슬픔과 그리움이 항시 자리 잡고 있는 것이다.

어쩌면 박앤 시인에게 있어서 이 슬픔과 그리움은 일상적 삶을 떠받치고 있는 가장 커다란 동력이자 근원인지도 모른다. 이런 관점에서 볼 때 시 「만월」에서 여름 밤 냇가에 멱 감으러 온 여인이 벗어놓은 치마폭에 얼굴을 묻고 있는 보름달 이미지도 사실은 그 자체로써 한국의 고전적 전형성이자 슬픔의 파토스이다. 시 「편지」의 경우 딸이 보내온 편지 구절에서 발견하는 대목 '엄마가 없어서 내 가슴에 구멍이 뚫린 것 같아요'와 어머니의 화답을 통해서 듣는 '나도 네가 없어서 / 가슴에 구멍이 났구나'란 아름다운 대구對句도 동일한 성격의 표현으로 해석할 수 있는 경지라 하겠다. 이러한 간절함, 혹은 절대성에 대한 의탁은 시 「목소리」에서도 확인할 수 있다. 삶의 중심이 결코 흔들리지 아니하고, 무한한 집중 속에서만 체득되는 특별한 경험 중의 하나라 하겠다.

하지만 이 놀라운 집중의 체험은 엄청난 고독의 정점에서만 얻을 수 있다. 시 「눈 그친 밤」의 경우 매우 깔끔한 무채색無彩色 수묵화水墨畵를 연상케 하는 분위기로 가득하다. 우주공간에서 오로지 달과 떡갈나무라는 두 존재의 배합이 그렇게도 부드럽고 온화할 수가 없다. 이러한 방식은 시 「고요」의 전개방식에서도 그대로 활용되고 있다. 잿빛 왜가리 한 마리가 전혀 미동도 없는 것처럼 물 위에 서 있는 순간, 저수지 주변의 모든 존재와 환경은 덩달아 움직임을 정지하게 된다. 여기서 왜가리는 존재의 중심으로 규정되고, 삼라만상의 존재 원리도 이 왜가리 한 마리에 온통 집중되어 있다.

시 「비명」은 홍관조란 이름의 새 한 마리가 나비를 잡아먹는 장면을 다루고 있다. 하지만 홍관조와 나비의 두 존재성이 이질적으로 분리되지 않고, 하나의 액자 속에서 멋진 융합을 형성하고 있다는 점에서 시 「고요」의 창작원리와 동질적이다. 박앤 시인의 시적 방식은 대체로 동양적 관조와 응시의 기법에 바탕하고 있는 듯하다. 이와 더불어 박앤 시세계의 상당수 작품들은 회화적 기법의 특성을 보여주는 이미지즘을 느끼게 한다. 이러한 기법은 박앤의 시세계를 형성하는 중요한 질료質料로 정착되어 있음을 말해준다. 박앤 시작품의 기본적 질감은 한국의 토착적 정서에서 경험할 수 있는 푸근함과 따뜻함이다. 이것은 박앤 시를 지탱하고 있는 대단히 소중한 정서적 위력이라 할 수 있다.

> 빨갛게 언 발로
> 하얗게 얼어붙은 얼음장 위를
> 미끄러지며 뒤뚱거리는
> 오리야 오리야
> 발그스름하고 따뜻한 내 아가의 발을
> 네 볼에 대어주고 싶구나
> 가여운 오리야
>
> — 시 「겨울 호수의 물오리」 전문

시의 본래 형태는 행간의 여백을 둔 배열로 이루어져 있지만 일부러 여백을 제거한 상태로 옮겨 보았다. 시적 정서가 보여주는 힘은 존재에 대한 따뜻함과 연민이다. 무릇 이것은 모든 시정신의 기본이라 할 수 있는 바, 박앤 시인의 경우 그 특유의 따뜻함과 연민이 작품 공간에 충만해 있음을 발견하게 된다.

시집 『못다 지은 집』의 제3부에 수록된 시작품 중에서 보기를 들자면 「아기 거북이」, 「열매 세 알」, 「내 열일곱 나이」, 「기억」, 「그날 밤 마지막으로」, 「입덧」, 「그리운 집」, 「기지개」 등을 손꼽을 수 있다. 이 작품계열들은 박앤 시작품 특유의 따뜻함과 연민, 그리고 사랑으로 넘실거리고 있다. 더불어 제4부에 수록된 작품들은 대개 절대자에 대한 겸손과 절제된 삶의 표현양식을 다루고 있다. 「초겨울」, 「저녁미사」, 「봉헌」, 「내 사랑아」, 「곡」, 「새벽의 노래 2」, 「당신 앞에 갈 때」, 「올리브 오일 비누」, 「그 순하신 몸」 등의 작품에서 확인되는 것은 우선 타이틀에서부터 카톨리시즘(Catholicism)이 바탕이 된 신앙시라는 점이다.

박앤 시인의 시세계를 형성하고 있는 중요한 기초 가운데의 한 부분은 바로 가톨릭 신앙을 바탕으로 하는 영적靈的 체험이 아닌가 한다. 박애적인 사랑, 용서와 화해, 조화와 연민, 절제와 응축, 더불어 하나 되는 존재의 화합 따위의 기본명제들은 가톨릭 사상의 이념요소이다. 시적 사물을 관찰하고 응시하며, 대자연과 살뜰하게 교감을 이루어가는 박앤 시의 기본 틀을 형성하고 있는 힘의 바탕은 가톨릭 이념을 통한 사물인식과 가치관에서 비롯된다 할 것이다. 한국의 시 문학사에서 카톨리시즘을 창작원리로 활용했던 시인들로는 정지용鄭芝溶, 구상具常(1919~2004), 김남조金南祚(1927~) 등을 손꼽을 수 있다. 기독신앙의 원리를 기반으로 설정했던 윤동주尹東柱(1917~1945),

김현승金顯承(1913~1975), 박목월朴木月, 박두진朴斗鎭(1916~1998) 등도 이러한 계열에 포함할 수 있으리라.

인간의 삶은 항시 유한한 것이다. 인생은 그 자체가 박앤 시인의 시집 표제처럼 '못다 지은 집'에 해당되는 것인지도 모른다. 어차피 완성에 도달하기란 불가능한 것이 인간의 삶일진대, 우리는 진작 그 미완성의 아름다움과 의미에 대한 철학적 인식에 보다 충실할 필요가 있을 것이다. 욕망과 집착이란 풀잎을 쓸어가는 한 줄기 바람결과도 같은 것. 잠시 이 세상 한켠에 몸과 마음을 의탁하다가 이슬처럼 떠나가는 것이 인간의 삶이라고 한다. 이러한 통찰을 기초로 해서 얼마나 많은 시인과 철학자, 종교인들이 진정한 삶의 의미를 꿰뚫고 통찰하기 위해 엄숙한 구도자求道者로서의 멀고도 기나긴 밤을 보내었던가. 우리가 이승을 떠나게 될 때 남은 것은 고작 이 시작품의 첫 대목처럼 '지푸라기 몇 개'와 '나뭇가지 몇 개' 정도에 불과할 것이다.

박앤 시를 읽는 기쁨과 즐거움은 바로 이러한 종교적 인식과 가치관을 작품을 통해 풍부하게 경험할 수 있다는 점에 있다. 바쁜 일상의 틈바구니에서 벗어나 모처럼 조용한 시간을 맞이하게 되었을 때 박앤 시집『못다 지은 집』을 손에 들고 책갈피를 한 장 한 장 넘겨가며 우리가 살아온 삶, 앞으로 우리가 살아갈 삶에 대하여 호젓하게 사색하고 성찰하는 소중한 시간을 가져보기로 하자.

어머니로서의 삶과 시인으로서의 삶

박향 시집 『바람은 혼자 울지 않는다』
— 선출판사, 2005

근간에 들으니 어떤 법학자가 셰익스피어Shakespeare(1564~1616)의 작품에 스며 있다는 제국주의적 요소를 비판하여 세간의 화제에 오른 적이 있다고 한다. 하지만 나는 셰익스피어의 작품을 그렇게 해석하고 싶지는 않다. 왜냐하면 시인의 삶과 정신적 활동에 대하여 그이만큼 제대로 된 생각을 정리해 낸 사람이 많지 않기 때문이다. 셰익스피어는 이렇게 말하였다.

시인은 그의 예민하고 흥분으로 가득 찬 눈망울을 하늘에서 땅으로! 땅에서 하늘로 굴리며 상상을 모르는 사물의 형체를 구체화시킨다. 시인의 펜은 그것들에 형체를 부여해 주며 형상 없는 것에 장소와 명칭을 부여해 준다.

과연 시인의 눈은 셰익스피어가 말한 것처럼 예민함과 흥분으로 충만한 것이어야 한다.

항시 뭇 사물의 존재와 궁금증에 대하여 눈에 불을 켜고 있어야 하며, 줄곧 호기심 많은 어린아이처럼 주위를 두리번거리는 자세가 되어 있어야 한다. 이런 자세가 갖추어져 있을 때 시인은 비로소 사물과 우주가 서로 교신하는 틈서리에 끼어들어 그 말을 엿듣고, 둘 사이를 단단하게 결합시키며 다정한 하나로 결속력을 갖게 한다. 혹자는 시인이란 존재를 현실에서 가장 무능력한 사람으로 일컬으며 그 존재와 의의를 탐탁지 않게 생각하는 부류들도 있긴 하다. 하지만 그런 부류들은 대개 세속과 시류에 깊이 함몰되어 도저히 현실과 타산의 늪을 빠져 나오지 못하는 족속들이다.

무릇 시인이란 이렇듯 겉으로 드러나 보이지 않는 사물과 존재의 속뜻을 가까이 다가가서 감격에 찬 눈으로 읽어내고, 거기서 들려오는 내밀한 소리를 듣고자 하는 사람이다. 그러니 시인의 행동이 속류의 눈에는 현실에 둔감하고 자못 유치한 수준으로 보일 수 있음은 당연한 것이 아닌가.

여기 한 시인이 있어 이름을 박향이라 한다.

그의 눈과 귀를 비롯한 오감은 항시 자연과 인간의 중심을 향해 열려 있다. 언제 어디서든 흘러간 시간을 반추하며, 그 속에서 우리가 잊은 지 오랜 그리움과 눈물이라는 보석을 다시금 되찾아 낸다. 현실 속에서도 한 송이 꽃의 생김새와 이웃 주민들의 구체적 삶의 형편, 각종 생활도구의 용도와 생김새, 가족 간의 사랑, 친한 벗을 그리워하는 마음 따위를 줄곧 스크랩하며 살아간다.

그냥 세속적 삶을 살아가기에도 사실 분망한 것이 인간의 시간이 아니던가? 그런데 박향 시인은 분망한 시간의 틈을 쪼개어 스크랩한 시적 체험들을 새롭게 정리하고, 선별하며, 시집으로 엮어낼 궁리를 하며 살아왔다. 나는 그의 이러한 모습을 몹시 든든하고 대견스럽게 평가하고자 하는 것이다.

박향 시인의 작품들은 대개 삶과 일상적 사물에 대한 응시와 관조의 과정에서 만들어진 것이 많다. 우선 시작품을 대할 때 다른 발표자들의 작품과 단연 구분이 되는 점은 어휘 선택의 독특함이다. 박향은 우리 민족의 고유어에 대한 관심이 남다르다. 지금은 거의 사라진 말, 혹은 소멸과정에 있는 아름다운 우리말을 일부러 찾아서 자신의 작품 속에 중요한 일부로 활용한다. 우선 몇 가지의 보기를 들어보더라도 논밭 사이로 난 길을 뜻하는 사랫길, 연기가 가늘게 올라가는 모양을 형용하는 '사리사리', 실을 둥글게 감은 뭉치를 뜻하는 '토리', 코스모스의 순수한 우리말이라는 '살살이꽃', 물속에 잠긴 바위를 일컫는 '여', 좁은 틈 사이로 뻗치는 햇살을 가리키는 '빛기둥', 벽돌과 벽돌 사이에 바른 양회를 말하는 '삿춤', 북쪽에서 불어오는 추운 바람을 지칭하는 '막새바람', 아래로 처지거나 다소 느슨한 상태를 가리키는 '청처짐하다'라는 말, 지향 없이 이리저리 함부로 부는 바람을 뜻하는 '왜바람', 시냇물이 급히 흐르는 가파르고 좁은 골짜기를 일컫는 '우금'…….

박향의 시작품에는 이처럼 아름답고 은근한 우리 민족의 고유어가 너무도 풍성하게 들어가 있다. 이는 시인 자신이 평소 어른들로부터 배운 것임에 틀림없는 이런 말들을 즐겨 써온 흔적도 엿보이지만, 필시 국어사전을 뒤적이며 일부러 시를 쓰기 위한 탐색의 과정을 거친 것임에 틀림없다. 시인으로서 이런 자세는 대단한 것이다.

일찍이 벽초碧初 홍명희洪命憙(1888~1968) 선생은 불후의 명작『임꺽정林巨正』을 쓰기 위하여 조선어학회에서 발간한『우리말 큰 사전』을 수십 독數十 讀 넘게 하면서 명실상부한 민족어의 보물창고와 다름 없는 작품을 써낸 바 있다. 또 작가 김주영金周榮씨는 장편소설『객주客主』를 써내기 위하여 전국의 재래시장을 돌면서 장돌림의 언어습관을 엿듣고 수집하기를 수년간, 마침내 자신의 작품 속에서 민중적 호흡을 고스란히 담아놓는 일에 성공할 수 있었던 것이다.

무릇 그 나라의 말은 시인에 의해 연마되고 빛이 나야만 하는 법! 그런데 시인이 자신에게 주어진 역할을 버리고 오히려 민족언어 속에 갈무리된 전통성과 관습에 등을 돌리며 서양적인 풍조에 먼저 길이 들어버리고 있으니 이 얼마나 안타까운 일인가. 이런 점에서도 박향의 시는 언어구사의 독특함이 우선 돋보인다 할 것이다.

박향 시인이 이번에 엮어내는 첫 시집『바람은 혼자 울지 않는다』에는 지난 십여 년 이상 습작해온 200여 편 가량의 시작품 가운데서 가려 뽑은 60여 편이 담겨 있다. 전반적인 시적 테마는 흘러간 시절의 추억담이나 회상, 그리움, 혹은 그 애잔함에 대한 피력들이다. 이런 계열의 작품으로 눈에 띠는 것은 「골목길」「오두막집」「산바람 홀리면서」 등이다.

내가 그리워하는 골목은
라일락 담장 너머 바람이 곱고
달밤에 배꽃이 상긋이 웃는

내가 그리워하는 골목은
방울나무 서로 손잡고 너울대는

내가 그리워하는 골목길은
아가위 붉어붉어 가슴 설레고

감나무 대추나무 까치 날으는

(하략)

— 시 「골목길」 부분

위의 인용에서 보듯 박향의 시작품은 기본 체격에서 일단 순명론적順命論的 자세를 채택한다. 그리고 방법이나 전개의 톤은 전통성을 택하고 있다. 허다한 서양풍의 방법론과 모델들이 들어와 새로운 실험이라는 이름 아래 번거로움을 던져주었지만 여전히 우리에게 편안함과 아늑함을 주는 방식은 전통적인 색조이다. 정지용鄭芝鎔, 신석정辛夕汀(1907~1974), 서정주徐廷柱 등의 시적 문장에서 보이는 안정된 호흡을 느끼게 한다. 시 「산바람 흘리면서」에서는 무리가 따르지 않는 노장적老莊的 자연회귀를 경험하게 해준다.

이번 시집에서 특히 눈에 띄는 작품은 시적 대상의 구체적 장면을 묘사하는 과정에서 뚜렷한 성공을 보이는 계열로는 우선 「재개발촌에서」를 들 수 있겠다.

문 떨어져 나간 안채 사랑채
바람살 몰며
막새바람 휘도는데

삿춤 떨어져 나간 작은 창 옆에
멍히 서 있는 연탄재
사랑한 적 잊어버린 허연 얼굴

양지녘 햇살이

따스한 손길로 어르고 있다

— 시 「재개발촌에서」 전문

이 시의 분위기는 짧은 단형 서정시이면서도 아름답고 그윽한 느낌이 여운으로 감돈다. 평소 가볍게 지나치기 쉬운 사물이나 장면들, 혹은 현실에서 소외된 가련한 존재들에 대하여 시인은 연민의 눈길을 지니고 있다.

시인의 품성은 이러한 시심에서 자연스럽게 우러나오는 것이어야 한다. 우연히 이룩한 것일지 모르지만 놀라운 시적 성과로 평가하기에 충분하다.

시 「엄마의 꿈」은 한 여성으로서의 삶의 위상과 중심 잡기라는 시적 테마를 어머니 이미지를 통하여 순탄하게 풀어내고 있다. 어머니라고 하는 존재의 숭고함을 기나긴 산문으로 아무리 강조하며 진술한다고 한들 정감 어린 시 한 편의 효과에 미치지 못할 것이다. 이 작품에는 어머니로서의 가족을 위한 정성, 고결한 희생과 노력, 자신의 노력으로 보다 개선된 집안 환경에 대한 감격스러움, 일상적 삶의 차분한 응시 등이 정돈된 모습으로 나타나 있다.

시 「선산에서」와 「바람소리」의 경우는 시인의 평소 관심과 시선이 어디를 어떻게 향해 있어야 하는가를 일깨워주는 작품이다.

   ⅰ) 서로 손잡고
      길을 감추고 있는 숲길

      풀잎은 칼날이 되어
      햇볕에 숨어 있던 속살을

사정없이 그어댄다

— 시 「선산에서」 부분

ii) 파르르 꽃잎 눈물을 떨구던 바람
   귓가에 속삭이는 소리
   함께 떠나자고

   소낙비 속에서 춤추던 바람
   가랑잎을 채근하며
   앞섶에서 징경댄다

— 시 「바람소리」 부분

　시인의 눈은 남들이 못 보는 것을 일상적 삶 속에서 볼 수 있어야만 한다. 더불어 시인의 귀는 남들이 듣지 못하는 것을 역시 들을 수 있어야만 한다. 이러한 귀와 눈이 갖추어져야 비로소 시인의 구실을 제대로 해낼 기본 자격을 갖춘 것이라 말할 수 있다. 표면에 드러난 것만 시에 담아야 한다면 그것은 누구나 할 수 있는 일이다. 하지만 속에 감추어져 있는 사물이나 존재의 오묘한 비의秘義를 알기 위하여 오감을 작동시키는 사람이 바로 시인이 아니던가?

　숲길이 서로 손을 잡고 빽빽한 수림 속에서 길을 감추고 있다는 표현은 결코 쉽지 않은 안목이다. 풀잎이 날카로운 칼날이 된 속뜻을 풀이하는 일도 어려운 일이다. 그러므로 i)은 시인의 역할이 바로 삶을 골똘히 지켜보는 응시자란 사실을 알려주고 있다. 이에 비하여 ii)의 경우는 존재의 이면에 감추어져 있는 우주의 소리에 귀를 기울이는 시인의 자세를 보여준다. 바람이 꽃잎과 소낙비와 가랑잎에게 속삭이는 말을 시인은 기민하게 포착하여 서정시라고 하는 독특한 언어적 구조물로 형상화시켰다.

박향 시집 『바람은 혼자 울지 않는다』는 이런 점에서 시 읽는 맛이 쏠쏠하다.

날이 갈수록 세상은 가파르게 바뀌어가고, 정감을 주던 사물과 사람들은 모두 우리 곁을 떠나가 버렸다. 이제 시인만이 외롭게 남아서 아름답던 삶의 추억을 되새기게 하는데, 이 건조한 디지털의 시대에서 시인의 존재는 그 옛날 광야에서 홀로 외치던 선지자의 목소리와 너무도 닮아있다. 목 놓아 외쳐도 바람소리에 절규는 지워지고 들리지 않는데, 시인은 여전히 쏠쏠한 외침을 들려주고 있는 것이다.

삶에 대한 근원적 신뢰와 낙관성

김쌍주 시집 『행복한 동행』
— 선출판사, 2007

인간이 세상을 터전으로 해서 한 생을 살아간다는 일은 보통으로 엄숙한 것이 아니다.

우리가 항시 대하는 삶의 일상을 평범平凡이라 한다면, 그 평범 속에서 인간은 비범非凡한 시간과 가치에 대한 애착과 갈망을 가지게 된다. 어떻게 보면 이러한 모습이야말로 자연의 이치이자 섭리에 대한 순응의 자세가 아닐까 한다. 모든 사람이 평범 속에서 비범성을 꿈꾸며 일상이 주는 나태와 안일을 경계하는 모습이란 얼마나 성실하고 다부진 생활인의 모습인가.

많은 사람들은 평범에 순치馴致되어 비범성의 아름다움을 전혀 감각하지 못하고 스스로의 일상성에 함몰되어 살아가는 사례가 비일비재하다. 하지만 시인과 예술가들은 자신의 삶이 평범의 나락에 떨어져 헤어나지 못하는 것을 가장 무서운 죽음으로 여긴다. 그것이야말로 정체요, 고정이며, 그 어떤 약동의 기운도 없는 화석과 다를 바 없기 때문이다. 바로 이러한 까닭에 뭇 예술가들은 일상의 평범 속에 숨어있는 보석과도 같은 비범성을 찾아내기 위해 오늘도 불철주야 안간힘을 쓰며, 깊은 밤까지 안두案頭의 등불을 밝히고 노력하는 것이다.

세속적 삶의 특징이란 것이 워낙 건조하고 척박하여 자욱한 황사처럼 먼지로 가득한 경우가 태반인 바, 시인은 오직 송곳처럼 청명한 의식으로 주변을 두리번거리며 인간의 삶이 오염되지 아니하도록 애를 쓴다. 집을 짓는 노동자가 건축 재료로써 땀 흘리며 완성에 다가가는 것처럼 시인들은 이 세상 그 어디에도 함부로 휩쓸리지 아니하고, 자신의 중심을 지키며 세상의 바탕을 안정되게 이끌어가려는 땀을 흘리는 것이다. 그러므로 노동자의 땀과 시인의 땀이 서로 다르지 않다는 사실을 새삼 깨닫는다. 모든 땀이란 이처럼 숭고하고 갸륵한 법이다.

이제 우리가 함께 읽어보려는 김쌍주 시인의 작품만 하더라도 순리에 따른 삶의 지혜, 사랑과 조화와 회복을 지향하는 시인의 신선한 정신이 고스란히 유지되고 있으니 얼마나 아름다운 것인가.

김쌍주 시인은 김해에서 태어나 충남 대전에서 성장하였다. 그리고 성장한 이후엔 다시 선대로부터의 고향인 부산으로 돌아와 줄곧 보금자리를 이루고 생활하며 시작품을 써오고 있다. 이번에 그간 차곡차곡 써 모은 수백 편의 작품 중 67편을 골라 첫 시집 『행복한 동행』을 엮으려 하니 가히 축복할 만한 일이다.

문단의 저간 사정을 둘러보면 시를 쓰는 사람들이 대개 창작 전문학과를 졸업하였거나, 외국문학 전공자들이 많은 것이 사실이다. 김쌍주 시인도 진작 국내 명문대학 영문학과를 다닌 경험이 있거니와 이미 그 시절부터 문학과 창작에 대한 남다른 관심과 애착이 싹 트고 자랐을 것이라 여겨진다. 가파른 세상살이의 틈바구니 속에서 많은 사람들이 자신의 직업을 찾아 그 업무에 적응해 가며 숨결을 고르고 살아가거니와 그 과정에서 자신의 일에 흡수되어 영락없는 직업인의 표상에 고정되는 경우가 대다수이다.

하지만 김쌍주 시인의 경우 일견 문학과는 아주 거리가 무관하게 느껴지는 듯한 직종에 종사해 오면서 한날한시도 문학에 대한 애착과 집념의 끈을 놓지 아니하고 항시 틈날 때마다 창작에 매달리는 시간이 많았던 것이다. 이는 아무나 함부로 실천할 수 있는 경우가 결코 아니다. 평소 나의 생각은 시나 소설의 창작이 반드시 문학전문가의 전유물이 아니라는 사실과 더불어 삶의 구체적 체험과 끈끈한 현장과의 관련이 훨씬 짙은 업종에 종사하는 분이야말로 더욱 창작의 뜨거운 공간과 맞닿아 있다는 확신을 갖고 있다.

김쌍주 시인의 경우 평생을 경찰직에 종사해 오면서 선과 악에 대한 확고부동한 신념, 사회정의와 민족정기를 바로 세우려는 굳건한 의지가 창작의 바탕이 되었을 것이다. 이러한 과정은 또 하나의 놀라움을 독자들에게 느끼게 한다. 세상은 오늘도 온갖 소란과 소음 속에 잠겨있다. 김 시인에게 그 소음은 삶의 중심에서 들려오는 생체험生體驗의 음악이다. 그 어떤 것도 거부와 부정의 몸짓으로 냉대하지 아니하고 따뜻한 수용의 자세로 껴안는다. 그리하여 김 시인의 작품을 보면 하나같이 진실함, 따뜻한 인간미, 사랑과 조화의 세계를 지향하는 의지로 가득 차 있다.

먼저 작품 「봄이 오는 소리」를 분석해 보자.

삼라만상의 생명력을 활기차게 일깨우는 봄비가 내린 다음, 세상의 변화와 자신의 내부에서 일어나고 있는 잔잔한 변화를 경이로운 눈으로 관찰하고 있다.

비가 그치면
온 천하가 시원하다
한줄기 산소가 바람에 실려와
숨구멍이 트인다

집 앞 뜰에는
구름 빛 꽃망울을 돌돌 말고 있던
생명의 화신들의 속삭임이
회색빛 기운을 털어내고 있다

보이는 것
내딛는 곳이
하나같이 아낌없이 주는
온 누리를 비추는 햇살이다

마음속에도 해가 뜬다
가슴 속에 스멀거리는 이상은
반짝이는 무지개 되어
온 몸에 전율을 내리고 비상을 한다
— 시 「봄이 오는 소리」 전문

전체 4연으로 구성된 이 작품은 각 연마다 독특한 주제공간을 형성하고 있는데, 첫 연은 비, 둘째 연은 꽃, 셋째 연은 햇살 등으로 구성되어 있다. 이러한 구성은 그 나름대로 연이 거듭되면서 발전적 변화의 양상으로 전개된다. 마지막 연은 내부의 확실한 변화를 정리해서 보여준다. 일광의 기운이 시인의 마음속으로 들어와서 삶의 이상으로 발전하고, 무지개의 찬연한 기운으로 몸 전체에 축복의 기운을 내려준다.

전반적으로 밝고 명징하며, 활기로 가득 차 있다. 이것은 시인 자신의 긍정적 낙관적 세계관의 또 다른 표시와도 같다. 시 「봄이 오는 소리」의 분위기가 이번 시집의 전체 분위기를 압도하고 있다는 점은 독자들에게 하나의 중요한 암시로 다가온다.

시 「자신을 아는 낙엽」도 동일한 경로로 파악할 수 있다. 낙엽이라는 자연현상을 시인 자신의 삶의 통찰과 깨달음으로 연결하고 있는 것이다. 이러한 표현들은 김 시인의 창작방식이 대개 순리에 따른 전개를 보여주고 있다는 말과도 같다.

밝은 감성과 사랑, 조화와 회복을 염원하는 시인의 갈망은 앞에서 보았던 「봄이 오는 소리」를 비롯하여 「행복한 동행」, 「일출」, 「행복한 하루」, 「채마밭」, 「어린 천사」 등의 계열들에서 폭넓게 나타난다. 이번 시집의 표제어가 되기도 했던 이 작품은 사랑하는 사람과 더불어 이 승의 삶을 축복과 조화 속에서 지속하고 싶다는 염원을 나타내었다. 어떤 관점에서 보자면 매우 단순한 테마일 수도 있으나 이 작품은 은근히 철학적 중량을 담보하고 있다. 왜냐하면 대부분의 인간들은 거의 부조화와 갈등, 불일치 속에서 고통 받고 힘들어하기 때문이다. 사실 우리 주변에 자신만만하게 자랑삼아 소개할 수 있는 '행복한 동행'이 과연 얼마나 있을까?

같은 행복 테마의 연작이라 할 수 있는 시 「행복한 하루」도 동일한 관점에서 읽을 수 있는 작품이다. 일상적 삶에 대하여 불만과 고통의 반응을 나타내지 않고, 안분지족安分知足하며 작은 기쁨과 행복에도 그것을 감격으로 받아들이는 시인의 살뜰한 마음이 드러나 있다. 이 시에서 가장 인상적인 대목은 마지막 두 행이다.

> 그냥 모든 사람이 행복했으면
> 좋겠습니다
>
> — 시 「행복한 마음」 결구

어떤 관점에서 보면 시인이 세상을 향해 보내는 이러한 사심 없는 축복의 마음은 얼마나 아름답고 투명한 것인가. 시인의 내적 갈망은 세상 모든 사람들이 서로에게 행복을 축원하는 맑고 깨끗한 마음을 회복하기를 바라는 것인지도 모른다.

이처럼 행복의 절정이자 극치를 보여주는 작품으로는 시 「채마밭」을 손꼽을 수 있다. 시인의 표현 그대로 옮기자면 '바다가 한눈에 내려다보이는 아늑한 포구 안동네 양지쪽에 마련한 손바닥만한 채마밭'에 관한 이야기는 어쩌면 모든 사람들이 희구해 마지않는 꿈의 세계인지도 모른다. 이 행복의 경험을 시인은 그냥 흘려보내지 아니하고 살뜰한 사랑이 묻어나는 작품으로 형상화시키고 있다.

입양의 숭고한 체험을 다룬 시작품 「어린 천사」도 빠뜨릴 수 없는 작품이다. 결코 순간적 소감에 머물러서는 아니 과정이 입양인지도 모른다. 비록 현재는 지극히 사랑스럽지만 이제 앞으로 겪어갈 인고忍苦의 과정이 보다 커다란 문제로 대두될 것이다. 서로 남남으로 만나 가족이라는 새로운 인연의 고리를 잇게 된 입양을 위해 우리는 찬

탄과 염려의 두 마음으로 동시에 품게 되는 것은 어쩌면 당연한 일일 것이다.

　다음으로는 이번 시집의 해법이 되는 작품으로 시 「일출」을 살펴보기로 한다.

　이 작품은 해돋이의 과정을 꼼꼼히 지켜본 시인의 시선 속에서 형성된 작품이다. 시인은 일출의 전체 과정을 부화가 거의 임박한 계란의 껍질을 스스로 깨지 못하고 있는 병아리를 위해 어미닭이 부리로 깨뜨리며 도와주는 과정에 비유하고 있다. 시간적 전개과정에 따라서 꼼꼼하게 정리해내고 있는 참신하고 섬세한 묘사가 읽는 즐거움을 부여해 준다. 마침내 찬란하게 완성된 '금빛 미소'를 세상에 선사하는 태양의 크나큰 축복을 잘 그려내 보여준다.

어미닭이 깃털을 털고
수평선 너머 하늘가에 알을 품는다
부리로 알 벽을 쪼아 기다란 금을 내고
살짝 벌어진 틈새로
계란 노른자위 일출이 톡 튀어 나온다
파란 희망의 얼굴이 발갛게 이글거린다
검은 바다위에는 달디 단 과즙이 흐르고
세상의 곤한 잠을 깨운다
쌔근쌔근 가쁜 숨을 쉬던
동틀 녘 새벽별이 상기된 얼굴로 눈을 뜬다
햇살이 다가 온다
서로 같은 꿈을 간직하고 힘차게 떠오른다

아름답게 세상을 비추고
더 큰 미래를 열자며 금빛 미소를 보낸다
— 시 「일출」 전문

　이번 시집에 수록된 전반적인 작품들에 나타난 특징은 삶에 대한 낙관적 태도와 행복에 대한 신념이 진지하고 강렬하다는 점이다. 독자들은 작품을 읽으며 시인의 사상과 자세가 매우 진실하다는 사실에 놀라움을 가지게 된다.

　시 「햇살은 머물지 않았다」와 같은 작품은 듬직한 신뢰를 느끼게 한다. 경제적으로 풍요를 구가하는 세태 속에서 거대소비와 물질의 혜택으로부터 소외된 계층과 군상들을 다루고 있는 작품이다. 대단지 아파트를 짓기 위해 살던 자리를 강제로 쫓겨나야만 하는 철거촌 주민들을 작품 테마로 다루고 있다. 우리는 김쌍주 시인의 눈길이 이처럼 가혹하고 힘겨운 면모에도 따스하고 자상한 마음으로 보내고 있다는 사실에 주목해야 한다.

　이번 시집에서 또 하나 독자들의 눈길을 끄는 작품들은 육친에 대한 사랑과 그리움을 다룬 작품이다. 시 「주름살 펴질 날 없이」와 「아버지의 디딤돌」은 우리의 마음을 애잔하게 다독거리며, 작품 내부의 정서와 동일한 아이덴티티로 이끌어 들인다.

　시 「주름살 펴질 날 없이」는 아흔을 맞이하신 시인의 모친에게 보내는 사모곡思母曲이다. 지난 세월을 힘들고 험하게 보내지 않은 이가 과연 누구리요마는 시인의 모친이 겪은 세월은 바로 한국인이 겪은 숨 가쁜 세월과 같다. 절구통, 논보리, 힘든 논밭일, 종종걸음, 끼니 걱정, 주름살 등등… 이런 것들이 고단한 세월의 경과이자 표상이었던 것이다. 어떻게 보면 이러한 모든 고통을 감내하며 자녀들을 성장시켜온 우리의 부모들은 삶 그 자체가 숭고함으로 가득 차 있는 것인지도 모른다.

시 「아버지의 디딤돌」도 어머니를 다룬 앞의 작품과 같은 맥락으로 다가온다. 아버지의 듬직한 등판이 아들의 어린 시절을 떠받쳐 주었기에 시인의 오늘이 가능했던 것이다. 마찬가지로 시인은 오늘 아들을 위해 앞으로 아버지로서의 등판을 기꺼이 내어주어야만 한다. 이렇게 자신을 희생하며 대를 이어서 천추만대로 살아가는 삶의 시간이 바로 민족사民族史라는 거대한 물줄기로 형성되는 것이 아닌가.

김쌍주 시집 『행복한 동행』이 나타내 보여주는 총체적인 시적 효과는 삶에 관한 근원적 신뢰와 낙관성이다. 시인은 미래시간에 대한 기대와 전망을 일단 순조롭게 펼쳐져 갈 것이라고 낙관한다. 그리고 그러한 믿음은 우리 자신들의 현재적 삶과 그 자세를 훨씬 튼튼한 자세로 이끌어간다.

시 「삶의 흔적」은 시인의 이러한 사상과 시정신을 그대로 압축해서 보여주는 것에 다름 아니다. 유구한 민족사의 시간과 흐르는 강물의 대비는 적절하다. 높고 낮은 산야에 대한 애정과 통찰에서도 시인의 신념과 창작 관점에 대한 편모를 나타내 보인다. 격동의 세월 속에서 우리는 변하는 것과 변하지 않는 것에 대한 구분을 감각하지 않고 살아왔다.

하지만 이제는 결코 변해서는 아니 될 것, 반드시 그 순정한 고유성을 지켜가야 할 것이 무엇인지 스스로에게 자문自問하면서 보다 진지한 삶을 실천해갈 시점에 다다른 것인지도 모른다. 민족사에 대한 자부심을 일깨워주고 선대 조상들이 우리에게 남겨준 삶의 화두가 과연 무엇인지 다음 시작품은 잔잔하고 담담한 어투로 끊임없이 각성시켜 준다.

흐르는 강물은
세월 흐르듯 흘렀건만
길이길이 변함이 없다
높고 낮은 산야는
예나 지금이나
사시사철 옛 그대로인데
추억의 시간 속에
삶의 흔적은 높게 흔들리며
오늘에 이르렀구나
조상의 거룩한 혼
강물과 산야처럼
예나 지금이나 그대로 일세

— 시 「삶의 흔적」 전문

관조적 삶과 전통 미학의 시

김숙이 시집 『새는 물에서도 꿈을 꾼다』
— 그림과 책, 2004

일찍이 하늘이 시인을 내신 뜻은 가파른 세상을 그 상태에서 한결 부드럽고 완만하게 조절하시려는 크디큰 가슴속 배려 때문이었을 것이다. 세상이 처음 생겨났을 때 인간의 모습은 하늘의 고결한 뜻을 고스란히 지니고 있었을 터이나, 이제 유구한 세월이 강물처럼 흐르고 흘러 그 주변에서 살아가는 인간의 모습은 원래의 하늘 뜻을 잊어버린 지 오래이다.

뿐만 아니라 인간은 더욱 탁하고 날카로운 금속과 먼지의 마음에 익숙하여 잘못을 저지르고도 그 잘못을 감각하지 못하며, 불의에 한쪽 발을 담그고서도 그것이 불의인 줄을 모르는 형편이 되고 말았다. 이것이 요즘 세상의 모습이다.

이런 세상에서 모름지기 시인이 해야 할 긴

박한 일이 분명 뚜렷하게 다가오고 있으니 그것이 바로 탁한 세상을 원래의 하늘 뜻으로 고결하게 정화시키는 과업이 아닌가 한다.

그러나 시인들의 마을 정황을 두루 살펴보고 있노라면 그들에게 맡겨진 진정한 과업을 미처 깨닫지 못한 채 공연한 말놀음을 벌이거나 해괴한 방법론을 들먹이며 시의 본질을 유린하는 일이 펼쳐지고 있으니 참으로 안타까운 참상이 아닐 수 없다. 이 어려운 정황 중에도 시인에게 맡겨진 과업을 제대로 깨닫고 탁한 세상을 염려할 뿐 아니라, 슬픈 표정으로 피로에 지친 세상 사람들의 마음을 위로하고 쓰다듬으며 그들의 고달픈 시간을 보듬어 주려는 시인들의 모습을 볼 수 있다는 사실은 얼마나 아름답고 살뜰한 광경인가.

무릇 시인의 역할은 세상의 오염을 막는 소금과 방패의 구실일 것이니, 가녀린 두 어깨의 힘으로도 정히 모자랄 것이면 끝끝내 스스로의 목숨을 던지어 혼탁의 침입 속도를 더디게 하기 위해 버티는 자세가 아닐까 한다. 그러므로 시인은 자신에게 맡겨진 언어를 사치스럽게 희롱하거나 지적 여유로 즐기는 수준으로 시간을 허송해서는 아니 된다.

그만큼 시인의 역할에는 어떤 엄숙성마저 부과되어 있는 것이어서 문학에 뜻을 둔 이들은 자칫 이런 뜻의 기본을 제대로 지켜내지 못하는 경우가 많지 않은가 한다. 이러한 때에 시 쓰는 일에 뜻을 둔 사람들은 자주 자주 시인으로서의 자신의 길을 소스라쳐 돌이켜 반성하고 앉음새와 마음자세를 고쳐 잡는 성실성이 필요하리라.

이번에 김숙이 시인이 그간 열심히 써 모은 작품으로 한 권의 시집을 엮기 위해 작품원고를 들고 왔다. 이런 저런 연고로 해서 나는 그동안 김숙이 시인의 시를 향한 집념과 자세, 그의 발걸음을 진득하니 지켜볼 수 있었다. 그는 자신의 필명을 스스로 짓기를 '백송栢松'이라

하였다. 백송이란 잣나무를 일컬음이니 그 어떤 풍우와 세파에도 쓰러짐이 없이 꿋꿋이 버티어온 강인함의 표상이 먼저 떠오른다. 젊은 시절에 진작 문학에 한 가지 뜻을 두고 그 꿈을 제대로 이루기 위해 얼마나 고달픈 시간을 경과했을 것인가.

사바세계의 여러 일이란 문학하는 이의 꿈과 뜻을 순탄하게 펼쳐가도록 허용하지 않는 것이니, 전혀 예상치 못했던 개인과 가족의 여러 대소사들로 말미암아 갖은 굴곡과 파란을 겪었을 것임은 충분히 예측할 수 있다. 무려 백여 편이 넘는 작품 중에서 시집 한 권 분량으로 적절한 예순 편 가량을 추리고 추려서 다듬어온 그의 정성스러움은 이미 지천명知天命을 지나 이순耳順을 넘어서는 다가가는 원숙한 연배로서의 신중함과 겸손함마저 엿보이게 한다.

우리 문학사에서 여성시인으로 이름을 떨친 이를 손꼽는다면 단연코 황진이黃眞伊와 이매창李梅窓(1513~1550), 옥봉玉峰과 홍랑洪娘을 거쳐 허난설헌許蘭雪軒(1563~1589)의 처연한 아리따움을 보탤 것이나, 이제 세월을 껑충 뛰어넘어서 여성시인의 면면은 그 수를 이미 헤아릴 길이 없게 되었다. 더러는 존재와 사물을 궁구하거나, 더러는 인생의 비애를 노래하거나, 혹은 종교적 비의秘義를 경건하게 노래하는 이들도 많았다.

여성시인으로서의 김숙이는 이 가운데 과연 어떤 시 세계를 지향하고 있는가. 그것은 황진이의 자연친화적인 언어감각과 홍랑의 애틋한 연정을 함께 아우르는 독특한 세계를 향해 발돋움하고 있으니 그 자세는 일단 소박하고 겸허한 전통적 세계의 아름다움으로 열려 있다. 또 나아가서는 1920년대의 기적같이 돌출한 시인 소월素月과 만해萬海의 시적 정서를 흠뻑 수용하려는 적극성까지 나타내고 있으니 문학사적 연속성과 그 의미를 제대로 의식하고 있는 문학도로서의 성실함마저 보여주고 있음은 참으로 다행스런 모습이다.

김숙이 시인이 동년 세대의 다른 시인들과 뚜렷이 구별되는 점이 있다면 그것은 바로 21세기의 가장 첨단적인 디지털 문화와 그 감각에 진작 익숙하여 전문가적 식견과 판단을 갖추고 있다는 점이다. 일찍이 자신만의 홈페이지를 열어서 평소 습작해온 시작품을 사이버 공간에 올려놓고, 문학에 관심을 가진 길손들에게 선을 보이며 평을 구하였으니, 나 또한 그의 홈페이지에 가끔 들러서 성실하고 진지한 면모를 종종 확인하고 보아왔던 것이다. 현재 우리 문단의 형편은 전통적 성격의 제도권 문단과 오직 사이버 공간을 통해서만 고유의 문학성을 추구해 가려는 사이버 문단으로 양분되어 있는 듯하다.

하지만 제도권 문단에서는 기존의 문단적 권위를 결코 양보할 뜻이 전혀 없을 뿐만 아니라, 새로 돌출한 디지털 문화인식에도 그리 놀라운 관심이나 인정을 나타내지 않고 있다. 이에 반하여 사이버 문단에서 활동하고 있는 문학인들은 그들만의 독자성과 고유성에 자족하면서 제도권 문단에 대한 거부감과 적대감마저 나타내고 있는 것이 사실이다. 그리고 둘 사이는 별반 우호적인 관계를 유지하지 못하고 있다.

가만히 지켜 보건대 제도권 문단에서의 사이버 문단에 대한 폄하와 경멸은 대세를 호흡하지 못하는 낡은 감각과 스타일을 여전히 굳게 지켜 가는 문제점도 있을 것이나, 사이버 문단 자체가 현재 보여주고 있는 문학적 예술성과 작품으로서의 미숙한 성취도에 대해서는 사이버 쪽이 냉철한 반성과 거듭나기를 해야만 할 것이다. 그러므로 제도권 문단과 사이버 문단 양측의 공조共助 관계가 무엇보다도 시급히 요청되는 시점이 바로 지금이 아닌가 한다.

이런 가운데서 김숙이 시인은 대학과 대학원에서 국문학을 전공한 문학도로서 전통적 문단의 성격에 나름대로 익숙한 감각을 지니고 있을 뿐 아니라, 제도권 문단에서 가장 취약한 부분인 컴퓨터와 인터넷을 자유자재로 다루는 기술이 뛰어나서 21세기 문학의 방향을 선도해 갈 수 있는 남다른 자질을 갖고 있는 것으로 보인다.

대학원 석사과정에 진학하여 한국의 사이버문학의 현황과 문제점에 대한 논문을 제출했고, 박사과정에서는 백석 시인에 대한 매우 독특한 관점의 논문을 완성하였다. 국문학자로서 앞으로 그 학문적 성과가 자못 기대되는 바이다. 창작분야에서 김숙이 시인은 현재 지니고 있는 이러한 자질과 장점을 얼마나 유효적절하게 잘 활용해 갈 수 있는가 하는 과제가 남아 있다.

바람은
자고 있는 나뭇잎을
일렁이는 비결이 있습니다

물길은
가고자 하는 곳으로
젖어드는 게 묘법입니다.

바람과 물에게 물어볼까요
어쩌면 마음이 흔들리고
눈길을 머물게 하는지를

이제사
그대가 그리움이 되는

까닭을 가르쳐 주십시오

— 시 「보이지 않는 흔들림」 전문

바람의 비결과 물길의 묘법을 진지하게 궁리하는 자세를 보이고 있는 이 시의 경우 커다란 시적 욕망을 품지 않으면서 아련한 성취를 얻어내고 있는 특이한 작품에 속한다. 시적 호흡과 스타일이 소월과 만해를 연상케 하는 느낌이 있다. 어쩌면 그 둘을 아우르는 세계로서 읽어낼 수도 있다. 바람과 물길을 통하여 마침내 그리움이라는 삶의 최종적 정서로 이동해 가는 과정에서 커다란 무리가 발생하지 않는다.

이번 시집에서는 대체로 사물과 인간에 대한 대상적 연모戀慕를 나타내는 계열들이 가장 많은 것으로 보인다. 「연연戀戀」 「알 수 없는 이유」 「가끔은」 등이 눈에 띠는 작품들이다.

① 어느 날 당신이
　추운 밤길에 갈 길은 멀고
　두 손이 시려우시다면
　따스한 모닥불로
　당신 가까이서 지피고 있을 터여요

— 시 「연연」 부분

② 산에는
　더덕향기 머금은
　비가 흩뿌리며
　꽃잎이 난분분 지는 모습

— 시 「가끔은」 부분

③ 늘 당신이 떠오르는 것은
내가 그 속에 이미 있기 때문입니다

항상 그리움으로 물결치는 까닭은
당신이 저를 걱정해 주기 때문입니다
— 시 「알 수 없는 이유」

공자가 시를 사무사思無邪라고 설파했던 까닭은 가장 맑고 깨끗한 인간의 진심을 시에서 담아내기 때문일 것이다. 아름다운 자연, 사랑하는 사람을 그윽하게 바라보는 인간의 마음이 가장 고결하고 투명한 상태가 되는 것은 그의 마음속에서 그 어떤 세속적 계산과 타협도 하지 않기 때문이리라. 사람이 때로 왜 그런 계산이나 협잡에 유혹받는 시간이 없을까마는 항시 자신의 마음을 관조하고 평정하며 어느 한 쪽으로 쏠리지 않게 하려는 피나는 노력이 지속된다면 이를 제대로 된 시인의 정신이라 어찌 일컫지 않을 수 있으리오.

위에 인용한 김숙이의 시작품에는 이런 가능성이 발견되고 있다. 남을 항시 위하려는 대타적對他的 사랑과 헌신의 자세야말로 모든 아름다움의 극치일 것이다.

저자는 최근 인도를 여행하면서 그들 나름대로의 지극한 모닥불 문화를 확인한 바 있다.

북부 인도는 한겨울 온도도 섭씨 5도까지 내려가는 그곳 사람들로서는 모진 추위에 해당하는데, 가는 곳마다 크고 작은 모닥불을 피워 놓고 손바닥을 쬐며 둘러앉아 이야기의 꽃을 피우는 광경이 흔하게 보였다. 개들도 급작스런 추위에 오금을 못 펴고 모닥불 주위로 다가와 사람들에게 몸을 기대었다. 이것은 일찍이 한국의 1930년대의 대표시인 백석의 시작품 「모닥불」에서 모닥불이 보여주는 아름다움의 극치를 훌륭히 보여준 바 있거니와 김숙이의 시 「연연」이 보여주는 온기도 이런 세계의 연장선상에 놓여 있다 할 것이다.

　김숙이의 이번 시집에서 또 하나 돋보이는 것은 오랜 인고忍苦의 시간을 지나 드디어 맞이하는 삶의 행복감, 혹은 평정에 대한 자부심이다. 「석류」, 「할머니」, 「갈대」 등이 이러한 계열 중에서도 두드러진 작품성을 지니고 있다.

　　　홍보석 주머니에
　　　칸마다 영그는 사랑
　　　한 눈 팔지 않고
　　　향그럽게 물들인 세월

　　　찬란한 기쁨 되어
　　　정표로 내놓습니다
　　　받아주세요
　　　쪼개어 드리고 싶은
　　　새콤 달콤 제 속내를
　　　　　　　　　　　　　　　— 시 「석류」 전문

　석류의 원산지는 서아시아와 인도 서북부 지역이며 한국에는 고려 초기에 중국에서 들어온 것으로 추정된다고 한다. 단단하고 노르스름한 껍질이 감싸고 있으며, 과육 속에는 많은 종자가 있다. 먹을 수 있는 부분이 약 20%인데, 과육은 새콤달콤한 맛이 나고 껍질은 약으로 쓴다. 종류는 단맛이 강한 감과甘果와 신맛이 강한 산과酸果로 나

넌다. 한국에는 감과보다도 산과가 더욱 많다.

저자는 지난날 인도 여행길에서 원산지의 석류를 맛보며 감회에 젖은 적이 있는데, 신맛을 연상하며 침부터 한 입 고였으나 막상 인도의 석류는 너무도 달고 특유의 맛이 있었다. 과육도 피보다 붉은 빛깔이 강렬한 인상을 느끼게 하였다. 어떤 루비가 과연 석류 알보다 더 붉을 수 있을 것인가. 석류 알을 손으로 만지고 나면 손가락이 온통 붉은 자주색으로 물들었다. 이 인도의 석류가 중앙아시아의 파미르고원을 지나서, 실크로드의 전체 구간을 통과하여 드디어 한반도로 전해지게 된 것이니, 석류가 주는 감회는 정녕 각별한 것이었다.

이제 김숙이는 그 석류 알의 완숙을 일컬어 '칸마다 영그는 사랑'으로 갈파하였다. 과육을 영글게 했던 원동력은 오직 '한 눈 팔지 않고' 살아온 끈기와 집념, 혹은 고통을 인내했던 세월의 덕이 아니었을까. 자신의 모든 것을 참고 헌신함으로써 주변부의 삶을 기쁨과 행복감에 잠겨들도록 하겠다는 자세는 곧 한국의 전통적 여성상이 지니고 있는 모성의 미학을 떠올리게 한다.

행여 자손에
바람이 불세라
연두색 이불 아래
부적을 살펴두고
맏손자 도회지에
시험 치러 간다면
갓난아기 배냇저고리
구해 오셔서
절에서 얻어온

색실 한 파람

한 올 집어 올리고

한 올 집어 내리며

신명이 나던 할머니

당신은 아무 것도

모르신다지만

친척들 제삿날도 다 아시던

우리 할머니

그 많은 근심 어디 두고

꽃잎이 되신가요

서늘한 들풀에

엎드려 절합니다

— 시 「할머니」 전문

할머니는 한국의 전통적 가족체계에서 가장 인고의 삶을 훌륭히 살아낸 표상이다.

시인은 이 시적 대상을 풀어내면서 영남지역 내방가사의 율격을 실감나게 활용하는 수법을 구사함으로써 시적 효과를 드높이는 일에 성공하고 있다. 문체의 호흡도 할머니와 마주 앉아 도란도란 정겹게 이야기하듯 정감이 느껴지는 어조로써 적절성을 고조시킨다.

이제 그러한 할머니는 대부분 이 세상을 떠나고 계시지 않지만 그러한 존재에 대한 그리움을 노래함으로써 현대를 살아가는 삶의 내부적 정황이 어떠한 판단으로 정립되어가야 하는지를 암시적으로 보여주고 있는 것이다.

이번 시집을 통틀어 저자가 보기에 가장 빼어난 시적 성취를 이룩한 작품 한 편을 고르라면 「갈대」를 꼽기에 주저하지 않겠다.

　　은빛으로 해 뜨고
　　금빛으로 해질 무렵

　　지난날을 갈무리하며
　　휘어진 잎새

　　씨줄로 살아온
　　갈래가 보인다

　　길쌈마냥 알뜰한 세월
　　소슬바람 불 때마다
　　서성이는 그리움

— 시 「갈대」 전문

　시 「갈대」는 인고의 삶을 살아온 시적 화자가 여전히 주변적 삶과 미래적 시간에 대한 기대와 그리움을 끈질기게 이어가고 있다는 신뢰를 보여준다. 마치 한 폭의 담백한 무채색無彩色의 수묵화처럼 그려놓은 4연9행의 단정한 구조는 그야말로 석류알처럼 빼곡이 들어앉은 정서의 독특함마저 느껴진다. 삶이라는 시간에 대하여 낙관적 전망을 지속적으로 지니면서 동시에 자신의 삶을 관조적 자세로 차분하게 정돈해가는 자세는 필시 한국적 미학의 한 갈래와 연결되어 있는 것이리라.

　이제 글의 마무리에 이르러 시인에게 한 가지 부탁이 있다면 더욱 갈고 닦는 정진을 계속하여 현재에 만족하지 말라는 간곡한 당부이다. 읽다 보면 간혹 싱겁고 심심한 느낌이 드는 작품도 있는데, 이런 굴곡은 잘된 작품들의 성과를 해치는 장애물이 될 수도 있는 것이다. 그러니까 전체 작품의 결 고른 수준을 위하여 한 편 한 편의 세공에 더욱 힘을 쏟으라는 충고이다. 물량보다는 정련精鍊이 잘된 소수의 작품이 더욱 빛을 발한다는 교훈이 바로 그것이다.

부디 백송栢松이여!

그 어떤 눈보라에도 쓰러짐이 없는 꿋꿋하고 강인한 존재의 표상으로 자기 앞에 파도쳐 오는 시간을 당당히 이겨가기를 바라마지 않는다.

생강나무에 관한 사색

김호진 시집 『생강나무』
— 모아드림, 2002

나는 생강나무를 아직 보지 못했다. 아니 산길에서 한 번 보았더라도 그냥 지나쳤을 수도 있다. 왜냐하면 그것이 한국의 야산에 흔히 자생하는 나무이기 때문이다. 나는 백과사전을 뒤적여 생강나무에 관한 해설부터 찾아본다. 이 경우에 있어서 백과사전은 참으로 편리하다. 사물에 대한 웬만한 지식이 대체로 거기에 소상하게 들어있기 때문이다.

* 생강나무 :
   쌍떡잎식물 미나리아재비목 녹나무과의 낙엽관목.

이 기본적인 짧은 설명만으로 나는 만족을 얻지 못한다. 그래서 구체적 설명을 좀 더 찾아서 골똘히 읽어본다.

1. 산지의 계곡이나 숲 속의 냇가에서 자란다.

2. 높이는 3~6m이고, 나무껍질은 회색을 띤 갈색이며 매끄럽다. 잎은 어긋나고 달걀 모양 또는 달걀 모양의 원형이며 길이가 5~15cm이고 윗부분이 3~5개로 얕게 갈라지며 3개의 맥이 있고 가장자리가 밋밋하다. 잎자루는 길이가 1~2cm이다.

3. 꽃은 암수딴그루이고 3월에 잎보다 먼저 피며 노란 색의 작은 꽃들이 여러 개 뭉쳐 꽃대 없이 산형꽃차례를 이루며 달린다. 수꽃은 화피 조각 6개와 9개의 수술이 있고, 암꽃은 화피 조각 6개와 1개의 암술, 그리고 헛수술 9개가 있다. 작은 꽃자루는 짧고 털이 있다.

4. 열매는 장과이고 둥글며 지름이 7~8mm이고 9월에 검은 색으로 익는다. 새로 잘라 낸 가지에서 생강 냄새가 나므로 생강나무라고 한다.

5. 연한 잎은 먹을 수 있다.

6. 꽃은 관상용이고, 열매에서는 기름을 짠다.

7. 한방에서는 나무껍질을 삼첩풍이라는 약재로 쓰는데, 타박상의 어혈과 산후에 몸이 붓고 팔다리가 아픈 증세에 효과가 있다.

8. 한국·일본·중국 등지에 분포한다.

9. 둥근잎생강나무(for. ovata)는 잎이 갈라지지 않고, 고로쇠생강나무(for. quinquelobum)는 줄기 윗부분의 잎이 5개로 갈라지며 중간 부분의 잎은 3개로 갈라지고 밑 부분의 잎은 달걀 모양의 원형이며, 털생강나무(for. villosum)는 잎 뒷면에 긴 털이 있다.

생강나무에 관한 설명은 대체로 이상의 아홉 가지로 정리가 되고 있다.

무릇 한 사물에 대한 마음속의 특별한 느낌을 이미지로 떠올려 그 심상을 언어로써 그려내는 것이 시일진대, 김호진 시인이 이번에 펴낸 시집 『생강나무』는 위의 특징들과 과연 무엇이 서로 닮아 있는 것일까? 모든 일에는 연기緣起라는 것이 있어서 일부러 조작할 수 없는 필연必然이란 것이 작용하고 있다고 나는 생각한다. 시인이 새로 펴내는 처녀 시집의 제목으로 굳이 생강나무를 떠올린 것에도 반드시 운명적인 연기가 작용하고 있다고 나는 굳게 믿는 것이다. 먼저 시「생강나무」의 전문을 함께 읽어보자.

> 생강나무 잎을 문지르면 생강냄새가 난다
>
> 이른 봄 산수유보다 한 뼘 먼저 꽃을 피운다
>
> 산수유보다 한 움큼 더 꽃피운다
>
> 지나가던 바람이 내 가슴을 문지른다
>
> 화근내 진동을 한다
>
> 지난겨울 아궁이보다 한 겹 더 어두운
>
> 아니 한 길 더 깊은 그을음 냄새가 난다

생강나무의 첫 번째 특징: 산지의 계곡이나 숲 속의 냇가에서 자란다. 그렇다면 나는 이 나무를 틀림없이 자주 보았을 것이다. 한창 물오르는 이른 봄, 산 계곡 어구를 나는 지난 수년간 얼마나 셀 수 없이 오르내렸던가. 그 옆을 지나가면서도 나는 나무의 이름을 몰랐던 것이다. 시인과 자주 만나 시인의 옆에 함께 앉아 있으면서도 시인의 속마음을 전혀 알아채지 못했듯이. 우선 산지의 계곡이나 숲 속의 냇가에서 생강나무는 우쭐거리지 않는 나무의 터전을 보여준다. 공연히 높은 벼랑 턱이나 아슬아슬한 고갯마루에 걸터앉아 자신을 뽐내는 고급한 소나무들에 비해 생강나무는 얼마나 서민적인가. 지나치는 행인들이 가볍게 스치기가 쉽지만 제대로 된 나무의 기능은 오히려 생강나무 쪽이 더 실속이 있을 것이다.

현재 김호진이 자리 잡고 있는 일상의 터전은 경북 의성義城의 탑리塔里라는 작은 마을이다. 하고많은 화려한 곳을 피하여 시인은 생강나무처럼 서민적 공간에 자리 잡고 자신의 뿌리를 내리고 있다. 지금 그가 꾸려가고 있는 일은 약국이다. 문학 작품의 창작을 하는 신분이 따로 정해져 있는 것은 아니로되, 김호진이 의약업에 종사하면서도 시 창작에 관심을 갖고 있는 모습이란 우선 아름답게 느껴진다.

생강나무의 두 번째 특징: 높이는 3~6m이고, 나무껍질은 회색을 띤 갈색이며 매끄럽다. 잎은 어긋나고 달걀 모양 또는 달걀 모양의 원형이며 길이가 5~15cm이고 윗부분이 3~5개로 얕게 갈라지며 3개의 맥이 있고 가장자리가 밋밋하다. 잎자루는 길이가 1~2cm이다.

계곡에 자라면서도 생강나무의 키는 높은 공간을 지향한다. 제법 높이 뻗어 올라가서 이 생강나무들은 저희끼리 어울려 하나의 숲을 이룬다. 어쩌면 이 모습은 생강나무의 품성이기도 하다. 황량하고 음습한 계곡의 분위기를 우거진 생강나무의 숲이 모두 가려서 신비스럽고 아늑한 분위기로 바꾸어 놓는다.

이 생강나무의 숲에 우선 깃털이 고운 멧새들이 많이 모여든다. 이 놈들은 나뭇가지에 앉아서 간헐적으로 어여쁜 소리를 낸다. 이따금 산길을 가며 생강나무 옆을 지나치는 사람들은 생강나무 숲에서 들려오는 새소리의 신비스러움에 넋이 팔려 그냥 제 자리에 우두커니 서서 엿듣는다. 매끄럽고 회색을 띤 갈색의 나뭇가지에 내려앉는 아침 햇살은 눈부신 황금빛으로 주변을 물들이며 주변을 얼마나 환상적인 공간으로 바꾸어 놓는가?

잎이 달걀 모양으로 둥글다는 것은 시인의 심성이 부드럽다는 사실과 같다. 부드럽지 않은 심성을 가진 인간이 시인의 행세를 하고 다니는 꼴을 워낙 흔히 보아온 터라 이런 사실만으로도 우리는 놀라움을 가진다. 잎의 모양에 대한 구체적인 설명에서 우리는 섬세한 시인의 표상을 그대로 발견한다. 이런 점에서 시인이 보았던 생강나무는 일단 자신의 표상에 대한 확인이며 재발견이다.

생강나무의 세 번째 특징: 꽃은 암수딴그루이고 3월에 잎보다 먼저 피며 노란 색의 작은 꽃들이 여러 개 뭉쳐 꽃대 없이 산형꽃차례를 이루며 달린다. 수꽃은 화피 조각 6개와 9개의 수술이 있고, 암꽃은 화피 조각 6개와 1개의 암술, 그리고 헛수술 9개가 있다. 작은 꽃자루는 짧고 털이 있다.

이 설명만으로 보면 생강나무는 마치 산수유꽃을 그대로 방불하게 한다.

시인이 시 「생강나무」에서 '이른 봄 산수유보다 한 뼘 먼저 꽃을 피운다 / 산수유보다 한 움큼 더 꽃피운다'라고 노래했듯이 우리는 이른 봄 산 계곡에서 흔히 만나게 되는 생강나무의 노란 꽃을 보면서 흔히 산수유와 착각하기가 십상이다. 사람들은 대개 생강나무를 향하여 "아이구, 산수유꽃이 벌써 만발했구나!"고 감탄하지만, 이것은 사실을 제대로 보지 못한 것이다. 모든 것이 지식과 경험의 부족 때문이다.

나 또한 생강나무를 확연히 알게 되기 이전까지는 생강나무와 산수유나무를 혼동했었다. 이러한 세속적 혼동 때문에 가장 피해를 많이 겪는 쪽은 누구보다도 생강나무다. 인기 높은 산수유나무에 대한 평판이 생강나무에 대한 생소함을 압도해 버리기 때문이다.

김호진 시인은 그늘진 산 계곡에 돋아난 한 포기 생강나무로서 산수유나무만 좋아하는 상춘객들, 즉 중심부 독자들의 세속적 선호도에 많은 소외를 당해 왔다. 하지만 시인은 이런 일로 전혀 마음의 상처를 받지 않는다. 오히려 앞마당에 산수유나무를 심어놓고 고고한 분위기를 즐기려는 고답적인 사람들에게 보란 듯이 생강나무를 시로써 엮어놓고 그 옆에서 웅변적으로 외치고 있다. '산수유보다 한 뼘 먼저, 산수유보다 한 움큼 더'라고. 우리는 이런 그의 용기와 배포가 몹시 보기에 좋다.

생강나무의 네 번째 특징: 열매는 장과이고 둥글며 지름이 7~8mm이고 9월에 검은 색으로 익는다. 새로 잘라 낸 가지에서 생강 냄새가 나므로 생강나무라고 한다.

드러내지 않는듯하면서도 가장 강렬하게 자신을 과시하고 있는 생강나무의 생강냄새는 얼마나 강렬한가? 시인이 시 「생강나무」의 첫 구절에서 '생강나무 잎을 문지르면 생강냄새가 난다'라고 자신 있게 외칠 수 있었던 것은 내적 자아에 대한 확신 때문이다. 아무리 산 계곡이나 바위그늘에 숨어서도 생강나무는 강한 생강냄새를 피우는 것이다. 시인은 비록 궁벽한 산촌의 그늘진 응달에 깃들여 살면서도 결코 자신감의 위축이나 콤플렉스를 가지지 않는다.

시인은 자신의 품성에서 우러나오는 향기를 단지 생강냄새에만 그치지 아니하고, 시간이 갈수록 오랜 불기를 견딘 세계에서 우러나오는 화근내(화깃내가 맞을 것이다)로 발전시킨다. 더불어 화깃내는 다시 한 단계 더 승화되어 아궁이 속보다 더 어둡고 깊은 그을음 냄새로 업그레이드시키고 있다. 놀라운 광경이다. 이런 태도야말로 시인적 자기향상이자, 더욱 고차원高次元의 세계를 향한 발돋움이 아닐까.

아무리 억제하고자 하여도 저절로 가슴속에서 발산되어 나오는 이 시인적 체취를 어느 누가 막을 수 있을 것인가? 시인은 어느 틈에 자신도 모르는 사이에 한 그루의 강인한 생강나무가 되고 있는 것이다.

이제 나머지 설명을 이어서 줄곧 음미해 보자.

생강나무의 다섯 번째 특징: 연한 잎은 먹을 수 있다.

이제는 먹고 살아가는 문제의 절박함에서 과거보다는 한결 나아졌지만 지금도 봄이면 산과 들에서 구황식물救荒植物을 채취하러 다니는 사람들을 본다. 고비, 고사리, 둥굴레, 참취, 미역취, 씀바귀, 명아주, 질경이, 민들레 등등. 우리 주변의 산야에는 이처럼 식용 나물들이 지천으로 널려 있다. 이런 나물들을 캐러 다니는 사람들은 대개 나이 많은 세대들이다. 그들은 건강을 위하여, 혹은 쓰라렸던 소년시절의 추억을 떠올리면서 깊은 산을 다닌다.

생강나무의 어린 새순은 훑어서 치마폭에 담아 모았다. 이렇게 따 모은 새순은 삶아서 된장과 참기름을 넣고 묻혀서 오돌오돌한 맛을 내는 봄나물로 밥상에 올랐다. 자신의 잎에 독을 품어서 인간의 손길을 거부하는 식물들의 고립성보다 생강나무는 얼마나 아름답고 훌륭한 자세를 보이고 있는가. 힘들고 어려운 시간을 잘 견디도록 해주었던 이타적 삶을 생강나무는 살았다.

우리는 시인이 경북 의성의 탑리塔里에서 약국을 운영하는 시인으로서 이러한 생강나무의 훌륭한 삶을 살아가기를 원하는 것이다. 삶의 여러 국면에서 도시 사람들보다 그들의 가슴이 멍들고 상처받으며, 고립감에 허덕이며 살아가는 사람들이 농촌의 주민들이 아니던가.

그런 점에서 우리는 시 「생강나무」에서 '지나가던 바람이 내 가슴을 문지른다'라는 대목을 그냥 가볍게 읽어내려 갈 수 없다. 농촌 주민들의 궁핍한 삶을 바라보며 다각적 측면에서 자극과 각성을 가지는 시인의 속내를 읽을 수 있다. 이런 생각을 하면서 우리는 시인이 주변의 농촌 주민들에게 스스로 먼저 가슴을 열어 보이는 솔직하고도 다정다감한 약사시인이 되기를 바라는 것이다.

생강나무의 여섯 번째 특징: 꽃은 관상용이고, 열매에서는 기름을 짠다.

이러한 생강나무는 얼마나 인간의 삶에 요긴하고 유익한가?

자신의 존재가 주변 사람들에게 늘 보기에 좋고, 남을 위하여 도움이 되는 삶을 살아가는 사람이 과연 얼마나 될까? 타인들 앞에서 자신을 뻐기고 위선으로 가득 찬 모습으로 남을 속이며, 다른 사람이 누릴 이익까지도 자신의 것으로 빼앗아 오는 짓이 없었던지 우리는 냉철하게 참회하는 마음으로 반성해 보아야만 한다. 우리는 진정 생강나무보다 훨씬 못한 모습으로 일상적 삶에 허덕이고 있는지도 모른다.

생강나무의 일곱 번째 특징: 한방에서는 나무껍질을 삼첩풍이라는 약재로 쓰는데, 타박상의 어혈과 산후에 몸이 붓고 팔다리가 아픈 증세에 효과가 있다.

오, 이 대목에 이르면 생강나무는 단지 나무의 세계가 아니라 성자聖者의 표상으로 떠오른다. 어찌 이렇게도 이타적利他的 삶에 충실하였으리오. 자신의 모든 것을 송두리째 바쳐서 생강나무는 죽어가는 생명까지도 되살리려는 구휼救恤과 애민愛民의 자세를 가졌다.

이 특징을 읽으며 우리는 시 「생강나무」를 쓴 시인이 곧바로 의약업에 종사하는 특별한 직업을 가진 사람으로서 문학작품의 창작에 열정을 쏟는 놀라운 신분이라는 사실을 은연중에 깨닫게 된다. 경찰관, 과학자, 교도관, 우편집배원, 튀김 닭 판매, 고물상, 치과의사, 택시 기사, 뇌성마비 장애자, 철근기술자, 요식업, 농민 등 여러 직업에 종사하는 사람들이 시 창작을 겸하는 아름다운 모습들을 많이 보아왔다.

대개 이런 분들의 시작품에서는 삶의 실제적 체취와 강렬한 현실성을 실감할 수 있었다. 오히려 문학전공자들보다 더욱 강한 실사구시實事求是와 이용후생利用厚生의 시정신을 실천해 가려는 의지를 풍부하게 발견할 수 있었다.

이제 「생강나무」의 시인은 주변에서 보기 드문 약사藥師 출신 시인으로서 앞으로 많은 기대를 갖도록 한다. 오직 약사시인만이 해낼 수 있는 어떤 사업이 필시 그를 위하여 마련되어 있으리라는 생각을 우리는 가져 볼 수 있다.

곧바로 말하자면 우리는 시인에게 그의 존재 자체가 약재로 쓰이는 생강나무처럼 살아가기를 바라고, 또 농촌의 농민들 마음을 진정으로 위로하고 고통을 쓰다듬는 양약良藥이 되기를 바라는 것이다. 부디 선성善聲이 들려오기를.

생강나무의 여덟 번째 특징: 한국, 일본, 중국 등지에 분포한다.
가끔 대하는 시인의 풍모는 누가 뭐라고 해도 오리엔탈이며 한국인이다. 연전에 그와 더불어 실크로드를 답사한 것이 있었는데, 『서유기西遊記』의 작품 무대가 된 화염산火焰山 앞에서였다. 위구르족 민속악대의 전통음악에 맞춰 위구르의 무용수들이 춤을 추고 있었다.

곱추도 있었고, 어여쁜 소녀와 늙은이도 있었다.

　이 틈새를 비집고 생강나무의 시인은 그들과 어울려 매우 자연스럽게 춤을 추기 시작했다. 둘러선 모두가 박장대소하며 시인의 신명에 흥겨워했다. 이 또한 생강나무의 이타적 삶과 부합되는 어떤 요소가 느껴지는 것이다. 지금도 그 장면을 생각하면 흐뭇한 웃음이 나온다.

　생강나무의 아홉 번째 특징: 둥근잎생강나무는 잎이 갈라지지 않고, 고로쇠생강나무는 줄기 윗부분의 잎이 5개로 갈라지며 중간 부분의 잎은 3개로 갈라지고 밑 부분의 잎은 달걀 모양의 원형이며, 털생강나무는 잎 뒷면에 긴 털이 있다.

　생강나무여! 더욱 용기를 내어라!

　그대는 결코 혼자가 아니다. 그대가 알지 못하는 사이에 생강나무는 무수한 친족親族으로 확산되어서 산 계곡과 숲 속의 냇가 등 가장 그늘진 곳들을 서서히 채워가고 있다.

　세상의 그늘이 모두 양지로 바뀔 때까지.

　세상의 모든 음습함이 따뜻한 온기로 바뀔 때까지.

『사이』에 관한 시적 탐구

이시영 시집 『사이』
— 창작과 비평사, 1996

하루 종일 비가 온다. 오늘같이 비 오는 날은 시집을 읽는 것이 좋겠다.

하기야 시집 읽는 것이 따로 정해진 것은 아니지만 하루 중에 비교적 호젓한 기분이 드는 때에 시집을 읽으면 시가 마음에 깊이 와 닿아서 그 읽는 즐거움이 훨씬 고조될 수 있을 것이다. 창밖을 내다보니 가뭄 끝에 말랐던 대지가 흠뻑 물기를 머금어 연둣빛 생기를 띠고 있다. 그 광경을 바라보며 내 마음도 싱싱한 생기에 가득 차오른다.

온몸의 털을 솟구쳐 바람 속에서 한바탕 활개를 털고 난 수탉처럼 나는 방안을 성큼성큼 걸어 다닌다. 그러다가 문득 한 권의 시집을 뽑아든다. 이시영 시인의 시집 『사이』(창작과비평사, 1996).

그의 시가 언제부터인가 몰라보게 담백하고 간결해졌다. 한 시인의 모든 삶과 정신의 현주소가 그의 작품 속에 고스란히 반영되어 있다고 하는데, 이시영 시인의 작품이 저처럼 담백하고 간결한 것을 보면 그의 삶이 그만큼 심플한 상태로 정돈되어 있다는 뜻인가?

문명의 현대성이나 편리함을 지향하는 도구들이 사실 겉으로는 간결성을 나타내고 있으나 거기에 익숙해지기까지 얼마나 복잡한 과정을 거쳐야만 하는가? 컴퓨터만 해도 그렇다. 컴퓨터를 알고 있는 사람에게 있어서 그 기계는 한없이 편리하고 간편한 도구임에 틀림없지만, 그것을 전혀 모르는 사람에게 있어서 컴퓨터는 너무도 불편하고 불가해한 괴물임에 틀림없다.

그러한 모든 복잡성에 숙명적으로 고개를 숙이고 들어가야 하는 현대인들에게 이시영 시인은 간결성 속에 깃든 아름다움과 사랑스러움을 보여준다. 복잡한 현실에 시달리며 살아가는 삶보다 그 모든 거추장스러운 관념의 때를 활활 벗어 던지고 가장 핵심적인 정신적 알맹이의 중요성을 일깨워 준다.

실제로 작품 제목 중에도 「관념을 벗고 세상의 나무를 보다」라는 것이 있질 아니한가? 때로는 추억의 환기로, 때로는 우리가 멍하게 먼지 낀 세상을 내다보고 있는 아파트의 베란다나 음울한 병실의 복도에서, 또 때로는 용산 천주교회 앞길이나 중국의 어느 낯선 거리에서 시인은 담백하게 살아가는 삶이 얼마나 고귀한 것인가를 보여준다. 우리가 살아가면서 흔히 겪고 보는 일상적인 삶의 현장에서 시인은 놀라운 장면의 순간포착에 능란하다.

사진작가들이 카메라의 앵글로 재빨리 담아내는 세계처럼 그의 시는 대개 감동적인 현실의 장면들이 싱그러운 생동감을 뿌리면서 살아 있다. 「싱싱한 풍경」 「영롱한 날」 「비룡」 등의 작품을 읽으면서 우리들의 마음은 봄비를 머금은 풀잎처럼 새로운 생기로 부풀어 오른다.

그동안 우리가 전혀 아름다움으로 느끼지 못했던 것조차도 놀라운 아름다움을 자신들의 내부에 감추고 있었구나. 우리가 의미 있는 삶을 살아간다는 것은 바로 우리가 늘 대하던 평범한 것에 대하여 새로운 의미를 발견하고 그것을 인정하는 것이로구나.

나는 이시영 시집 『사이』를 읽고 현실 속에서 느슨히 풀어져 있거나 아예 단절되어 있는 우리들의 모든 사이(관계)를 하나로 탄탄하게 비끌어 매려는 시인의 따뜻한 속마음을 느꼈다.

시인의 진정한 역할을 일깨워주는 시집

신경림 시집 『뿔』
— 창작과 비평사, 2002

한 시인이 거의 50년 가까이 시를 써 오면 어떤 단계에 다다르는 것일까?

물론 그 단계에 대한 궁금증은 자신의 삶과 문학에 대한 진지한 성찰과 진실성, 적극성을 전제로 한 관심일 것임은 두말할 나위가 없다. 문학이라는 간판을 내걸고서도 아무런 성과를 거두지 못한 생애가 얼마든지 있기 때문이다. 이 점에서 신경림 시인의 삶의 궤적은 우리의 관심을 어느 정도 충족시켜 주는 요소가 있다.

자주 만나지는 못하지만 연중 몇 차례 만나게 되는 신경림 시인의 외모는 마치 중국의 현대정치가였던 등소평鄧小平(1904~1997)을 연상케 한다. 등소평은 작은 거인으로 불리었다. 이때 작은 거인이란 말은 왜소한 몸피에 비해 생애가 주는 중량감이 너무도 크고 우뚝하기 때문에 붙은 말일 것이다.

신경림 시인은 오 척 단구에 속한다. 늘 상글거리고 웃는 표정이며, 충청도 억양이 강하게 느껴지는 그의 말씨는 몹시 빠르다. 하지만 그와 대화를 나누고 있노라면 그의 웃음 사이에 한 번씩 섬광처럼 지나가는 날카로운 눈빛을 볼 수 있다. 사악하고 비인간적인 것에 대한 비판과 경멸, 처연하고 아름다운 생명력에 대한 애틋한 마음! 이런 심성을 지닌 시인 특유의 품성을 지니고 있는 분이라 여겨진다.

나는 수년 전 신경림 시인과 함께 중국의 길림성 일대를 함께 여행한 적이 있다.

약 열흘간의 여행이었지만 워낙 일정이 빠듯하여 하루의 일과는 몹시 힘겨웠다. 하지만 이런 일과를 줄곧 즐겁고 유쾌하게 만드는 분은 바로 신경림 시인이었다. 문단 선배였으나 항상 웃음 띤 얼굴로 재담을 즐기고, 스스로 재담을 꺼내놓고서도 무척 큰 소리로 홍소를 터뜨렸다. 이런 선생의 편모는 때로 더없이 순진무구한 아동처럼 보이기도 했다. 함께 여러 날 지내면서도 전혀 존재의 부담이나 불편을 끼치지 않는 분이었다.

사실 이렇게 처신하기가 얼마나 어려운 것인가?

하지만 선생의 일상에서 딱 하나 단점을 꼽으라면 식성이 몹시 까다롭다는 점이다. 중국의 기름기 많은 음식은 특히 선생에게 부담과 불편을 주었다. 개구리 뒷다리 튀김, 전갈 튀김, 자라탕, 잉어찜, 뱀 요리 등등 갖은 진기한 요리가 잇따라 나왔지만 선생은 종내 몇 술의 밥을 물에 말아 젓가락으로 밥알을 헤아리기만 할 뿐이었다. 아무것이나 닥치는 대로 게걸스럽게 잘 먹어치우는 나의 모습이 선생에게는 몹시 부러웠던가 보다.

선생은 어디를 가든 항시 수첩 하나를 꺼내 들고 무엇인가를 열심히 적고 있었다. 슬쩍 어깨 너머로 보았더니 대부분 관련 지역의 유래와 정보였다. 이것이 한참 뒤 그분의 시집에 주옥같은 작품으로 촘촘히 들어가 있을 줄이야.

근간에 출간된 시집 『뿔』의 제5부에서 「신의주」, 「강 건너 남쪽」, 「추석」, 「이웃 아낙네들」, 「고구려 벽화」 등이 대개 이 무렵에 메모한 것에서 출발하였다. 나는 신경림 시인의 이번 시집을 읽으며 슬픔이란 것의 아름다움에 대하여 한참 생각하였다. 그의 시는 시종일관 슬픔에서 일어서고 있으며, 그 슬픔 속에서 싹을 틔우는 눈물겨운 생명체이다.

시집 『뿔』에서 단 한 편만을 뽑으라면 나는 「바람」을 들고 싶다. 왜냐하면 앞서 말한 그 슬픔의 해학성과 여유로움이 한껏 살아 있는 한 경지를 보여주고 있기 때문이다.

산기슭을 돌아서 언 강을 건너서 기름집을 들러 떡볶이집을 들러 처녀애들 맨살의 종아리에 감겼다가 만화방도 기웃대고 비디오방도 들여다보고

큰길을 지나서 장골목에 들어서니 봄나물 두어 무더기 좌판 차린 할머니 스웨터를 들추고 젖가슴을 간질이고 흙먼지를 날리고 종잇조각을 날리고

가로수에 매달려 광고판에 달라붙어 쓸쓸한 소리로 축축한 소리로 울면서 얼어붙은 거리를 녹이고 팍팍하게 메마른 말들을 적시고

— 시 「바람」 전문

이 시에서 중심 사물은 바람이다. 행위의 주체자이다.

말하자면 바람의 경로를 그대로 뒤따라가며 들여다보는 풍경들이다. 산기슭, 언 강, 기름집, 떡볶이집, 처녀의 맨살 종아리, 만화방,

비디오방, 큰길, 장 골목, 좌판 차린 할머니의 젖가슴, 흙먼지, 날리는 종잇조각, 가로수, 광고판 등이 바로 장면이동의 중심 배경이다. 이들은 하나같이 우리들 삶의 가장 가까운 곳에 있는 흔하고 평범한 서민적 삶의 장소다.

그런데 이 작품의 종결부를 우리는 눈여겨보아야 한다. 그 여러 경로를 거쳐 온 바람은 드디어 얼어붙은 거리 전체를 녹이는 역할을 하고 있다. 또한 꽉꽉하게 메마른 말을 적시고 있다.

우리 시대 시인의 진정한 역할이란 바로 이런 것이 아닌가. 유별나게 자신을 과시하고 가식과 위선에 흠뻑 젖어서 그것을 덧없이 즐기고 있는 일부 시인들에게 문단의 작은 거인 신경림 시인은 듬직한 선배의 목소리를 여전히 들려주고 있는 것이다.

수직垂直에 관한 시적 성찰

박철 시집 『험준한 사랑』
— 창작과비평사, 2005

　　수직垂直은 해석기하학에서 생겨난 용어지만 일상생활에서도 흔히 쓰는 말이다. 수직이란 말의 용도는 보통 공간지각 개념으로 응용된다. 말하자면 어떤 물체가 위에서 아래로 똑바로 드리운 모양을 일컫는데, 말 그대로 수평에 대하여 직각을 이룬 상태로 설명한다면 가장 쉽게 인식된다.

　　지구상에 직립直立해 있는 모든 존재와 사물들은 대체로 수직의 형상을 하고 있다. 각종 건축물과 구조물들, 그 사이를 보행하는 호모사피엔스들의 행렬, 무수한 가로수와 전신주, 가재도구와 생활용품을 비롯하여 수직 형상의 사물과 세계는 우리 주변에서 얼마나 많이 자리 잡고 있는가? 수직은 항시 생존의 확인이지만 수평은 때로 생존의 중단으로 상징되기도 한다. 사회 구조와 계층, 각종 인간관계와 삶의 패턴에서도 수직 형상은 언제나 복합적으로 작용하고 있는 것이다.

기하학적인 해설로 수직에 대하여 좀 더 알아보자.

수직(perpendicularity)이란 직선과 직선, 직선과 평면, 평면과 평면이 이루는 각이 직각을 형성할 때 일컫는 말이다. 두 직선 a, b가 만나서 이루는 교각이 직각일 때, 이 두 직선은 서로 수직이라 하고 a⊥b로 나타낸다. a와 b가 수직으로 만나면, 한 쪽을 다른 쪽의 수선垂線이라고 한다. 특히 a, b가 수직일 때, a, b는 직교直交한다고도 한다. 해석기하학에서 평면 위의 두 직선 $ax+by+c=0$, $a'x+b'y+c=0$이 수직일 조건은 $aa'+bb'=1$이며, 공간에서 방향코사인이 l, m, n ; l', m', n'인 두 직선이 수직일 조건은 $ll'+mm'+nn'=0$가 된다.

또 평면π와 한 직선 a가 한 점 o에서 만날 때, o을 지나는 π 위의 임의의 직선과 a가 수직이면 직선 a는 π에 수직이라 하고 a⊥π로 나타낸다. 이때 a는 π의 수선이라고 한다. 또 직선 또는 평면의 수선이 그 직선 또는 평면과 만나는 점을 '수선의 발'이라고 한다.

그것은 우선 직선에 대한 수선의 발과 평면에 대한 수선의 발 등 두 종류로 나눌 수 있다. 또 직선과 평면의 수직에 덧붙여 2평면의 수직까지 함께 지적할 수 있다.

인문학적 기질과 감각에 익숙한 독자들에겐 매우 낯설고 느닷없는 해설로 들리겠지만 우리 삶의 주위를 조금만 유의해서 지켜보노라면 우리가 얼마나 많은 수직의 발과 수선의 발에 둘러싸여 있는가를 깨닫고 새삼 소스라쳐 놀라게 된다.

수직과 수평의 지각은 평형감각에 의한 중력방향 및 가속도 방향의 지각, 시각에 의하여 확인된다. 이를테면 대지의 수평선, 건축물의 수평·수직면의 지각, 신체의 자세에 관한 근육감각, 의자에 앉을 때 느끼게 되는 지지면支持面에 대한 촉각 등으로도 쉽게 확인할 수 있다.

가령 풍랑에 몹시 흔들리는 배 위에서 수면을 보는 경우, 혹은 선회하는 비행기에서 대지를 보는 경우, 긴 고갯길을 자전거로 달리는 경우 등을 상상해보자. 우선 신체의 일부가 기울어진 불안정한 자세에서는 각 요인이 초래하는 수직·수평감이 서로 모순되기 때문에 객관적인 수직·수평방향을 지각할 수 없게 된다. 뿐만 아니라, 때로는 혼란스럽고 불안정한 지각상태에 빠지기도 한다.

현대사회가 걸어온 근대화의 과정과 관련하여 발생한 온갖 모순과 부조리, 각종 불합리한 사실들도 사회구성체와 가치관, 패러다임의 급격한 변화 등과 더불어 그곳에 거주하는 군상들이 겪게 되는 수직·수평감의 혼란과 갈등, 혹은 불균형에서 파생된 경우가 많았던 것으로 보인다. 이것은 개인과 집단을 초월하여 동시에 발생하는 현상으로 순조로운 발전에 현저히 장애를 주기도 하고, 또 때로는 일상적 삶의 평형을 이루려는 힘을 내부에서 추동하고 있는 것도 사실이다. 이처럼 수직과 수평의 공간인식은 우리 삶의 도처에서 항시 작용되고 응용되는 하나의 원리로 여겨진다.

시인 박철朴哲이 걸어온 작품 세계를 면밀하게 지켜보노라면 놀랍게도 수직에 관한 시적 사유와 성찰을 줄기차게 지속하고 있는 특이한 문학인이라는 생각을 하게 된다. 많은 시인들의 경우 자신이 관심을 갖고 있는 테마나 분야에 대하여 집중 탐구와 조명을 일생을 두고 계속하는 사례가 많은데, 수직에 대한 공간인식이라는 문제를 시 창작에서 중심테마로 다루고 있는 시인으로는 박철이 유일하다.

박철은 이번 시집을 포함하여 지금까지 도합 여섯 권의 시집을 발간했다.

그의 첫 시집인 『김포행 막차』(창작과비평사 1990)에서 수직에 관한 공간인식은 일단 인간의 정상적 삶에 장애와 불편을 주는 존재들에 대한 저항감의 표출로 나타난다. 서울에서 출생한 박철은 김포 일대의 변화와 근대화 과정을 주의 깊게 지켜보고 있다. 작품 「김포 11」에서는 비행장 활주로에서 기운차게 공중으로 치솟아 오르는 서치라이트의 광경에 대하여 두려움과 불편한 부담으로 인식하고 있다. '섬뜩섬뜩'이라든가 '몰아치다'라는 대목에서 그런 징후를 강렬하게 느끼게 한다. 「김포 12」에서는 활주로를 타고 미끄러져 나가는 비행기 동체의 꼬리 부분이 지닌 수직적 형상에 대하여 혼돈과 방황으로 설명해 나간다. 시 「외줄타기」는 수직적 공간인식에 대한 시인의 집착을 보여주는 상징적인 작품이다.

외줄을 탄다
장대 끝에 이승과 저승의 추를 달고
누이가 걷던 길을 간다
시치름 떠는 눈동자 위에
서녘으로 넘어가는 노을빛, 서녘빛
휘어질 듯 그려지는
낫낫한 손끝이 흐리다

— 시 「외줄타기」 부분

이 시에서의 공간인식은 수직이 가져다주는 어떤 위기감이나 절박한 심정의 표현이다. 한 시대의 세기말이 풍겨내는 고통과 심리적 부담은 주민들에게 얼마나 큰 무게로 다가오는 것이었던가.

지난 세기의 막바지에 발간된 그의 세 번째 시집 『새의 전부』(문학

동네 1995)를 읽다보면 시 「구직공고」가 사물의 수직적 공간인식이라는 측면에서 유난히 눈길을 끈다. 시인은 버스를 타고 인파로 붐비는 신촌 로터리 부근을 지나가면서 차창에 기댄 채로 벽보판에 붙은 구직공고를 바라본다. 이때 사람이 사람을 데려다가 과연 무얼 어떻게 하겠다는 것인가 라는 자탄에 젖게 된다. 그와 동시에 일상적 삶의 피로와 부담, 혹은 두려움마저 갖고 있는 자아를 발견한다.

이러한 관점이나 공간인식은 21세기 초반에 발간한 시집 『영진설비 돈 갖다주기』에서도 줄곧 계속되고 있다. 관념적이고 서술적 분위기로 일관되던 종래의 시작품에 비해서 이 시집이 주는 극적 효과와 선명한 장면의 제시는 시인의 창작의도를 훨씬 독자들에게 친근감이 느껴지는 분위기로 다가오게 하는 일에 일정한 성공을 거두고 있다.

이 시는 인터넷 사이버 공간에서 네티즌들에게 꽤 인기를 얻고 있는 작품이다. 시인은 기질적으로 현실적 삶과 이해타산에 둔감한 경우가 일반적이다. 또 그래야만 확고한 시정신에 근접한 시작품을 이루어낼 수가 있을 것이다. 시 「영진설비 돈 갖다 주기」는 바로 박철 자신이 꾸준한 화두로 매달려 있는 수직적 공간인식의 또 다른 표현양식에 다름 아니다. 수직적 삶과 사고의 도식적 측면에 대한 저항과 반기를 시인은 이렇게 들 수밖에 없는 것이다. 계산에 밝고 명리에 세속적 집착하는 사람들의 눈에는 시인의 이러한 모습이 매우 우매한 존재로 비쳐질 뿐이다.

하지만 우리는 그러한 시인적 우매함이 주는 신뢰감을 먼저 주목하지 않을 수 없다. 박철의 시가 주는 매력은 바로 이러한 투박함에 있다 해도 과언이 아니다. 시 「투견장에서」는 쇠창살, 싸움 등의 격렬한 이미지를 통하여 삶의 저항 대상이 과연 무엇인지를 암시적으로 보여주고 있다.

이번 시집에서의 최고의 미덕은 작품 「연」이 지니고 있는 자유의 규범성이 아닌가 한다.

끈이 있으니 연이다
묶여 있으므로 훨훨 날 수 있으며
줄도 손길도 없으면
한낱 종잇장에 불과하리

눈물이 있으니 사랑이다
사랑하니까 아픈 것이며
내가 있으니 네가 있는 것이다
날아라 훨훨
외로운 들길, 너는 이 길로 나는 저 길로
멀리 날아 그리움에 지쳐
다시 한 번
쓰러질 때까지

— 시 「연」 전문

박철의 자신의 시 세계를 통하여 꾸준히 보여주는 수직적 공간인식의 윤리성과 도덕성을 가장 단적으로 잘 드러내 보여주는 작품이 아닌가 한다. 세상의 모든 기계적, 도식적 틀과 사고에 대한 거부와 저항의 끝에 이르러 시인이 지향하고자 하는 세계는 끈에 묶여 공중을 훨훨 날고 있는 하나의 연처럼 그렇게 해방을 갈구하고자 한다. 하지만 그러한 자유의 지향은 조리와 질서라는 이름의 끈에 단단히 묶여 있는 것이다.

이번 시집은 박철의 통산 여섯 번째 시집에 해당한다.

이 시집에서 시인은 수직적 공간인식의 줄기찬 탐구가 더욱 승화된 단계에 이르는 과정을 극명하게 보여준다. 시 「빗줄기」를 통하여 우리는 하늘에서 수직으로 떨어지는 물줄기와 시인이라는 주체적 자아가 완전한 하나로 통합되어 있다는 인식에 도달할 수 있다.

나에게 삶을 지탱해 주는 한 가닥 끈이 있다면
그것은 다름 아닌 바로 나였다
그리고 그 곁에는 단지 수직이라는 이유 하나로 평생 지고 나가야 할 빗소리가 있었다

— 시 「빗줄기」 부분

수직이라는 단어가 직접 활용되는 이 작품에서 시인은 '장마가 오고 빗줄기가 수직으로 내리꽂히면'이라는 표현으로 수직적 공간인식을 한층 강화시켜 나간다. 한국에 취업차 와있는 파키스탄 노동자와 연변 아줌마의 열악한 인권과 가련한 처지를 수직적 공간인식에 노출된 전형성으로 제시하는 것은 시인의 따스한 가슴이다.

시 「평교平橋」는 수직과 수평을 이어주는 존재로써 하천의 교량을 그리고 있다. '평교는 어디 또 다른 세상에서 / 이 쪽과 저 쪽의 삶을 이어주고 있을까'라는 대목에서 보듯 이 작품은 모든 차단된 존재와 존재간의 연결과 소통을 암시하고 있다. 앞서서 살펴본 수직의 발, 혹은 수평의 발에 관한 해설에서 우리는 이미 연결과 소통의 중요한 의미가 삶 그 자체의 활발한 가동과 발전을 염두에 둔 것임을 예견한 바 있다.

시 「험준한 사랑」에서는 나무를 뽑아서 넘어뜨리고 숲을 훼손하는

터널 공사도 수직적 삶이 주는 위기감의 한 표상으로 떠올려진다. 인도 출신의 노동자 필리피노는 이 작품 속의 한 보조적 등장인물로 출연하여 줄곧 쇠톱질을 하고 있다. 그 역시 수직적 삶의 가파른 끝에 노출되어 있는 것이다.

시 「꿈에 본 내 낙도落島」에서는 '세상의 한 모퉁이 / 침엽수 돛을 세운 섬 / 먼지뿐이더라' 라는 표현을 통하여 수직적 삶이 초래하는 위기감을 뾰족하고 날카로운 침엽수의 형상과 먼지에 비견하여 비극적 세계관을 드러내고 있다.

행주나루에 새로 닦여진 팔팔도로(「지금도 누군가 사라진다」)도 이런 점에서는 침엽수의 표상처럼 부정적 시각으로 떠올려진다. 국제공항이 김포에서 영종도로 옮겨가는 날 김포의 뒷산에 올라서 바라보는 보아구렁이 같은 트럭의 이사행렬을 바라보는 시각도 곱지 않다. 과연 저러한 것을 진정한 발전이라 할 수 있는 것인가? 더욱 큰 규모로 건설된 공항은 인간의 삶을 얼마나 복된 낙원으로 이끌어 가는가? 여기에 대한 시인의 시각은 부정적이다.

시 「겨울 만행」에서 고압선 위에 열심히 부적절한 재료들을 물어다가 아슬아슬하게 집을 짓는 까치를 그려 보여줌으로서 시인은 현대인이 지금 당장 어떤 위기의 환경에 놓여 있는가를 묵시적으로 일깨워 주고자 한다.

부러진 우산살, 건너 산의 청솔가지
담장 밑의 철사줄이나 옷걸이를 주워다가
집을 짓는 저
고압선 세상 속의 까치집을 바라보며
세상이 또 그렇게 만만치 않다는 것도 사실

나는 모른다

— 시 「겨울 만행」 부분

우산살, 청솔가지, 철사 줄 따위는 수직적 공간인식의 소도구들이며, 동시에 일상적 삶의 폐기물들이다. 잠시 뒤에 어떤 파탄적 운명 속에 놓이게 될지 아무도 모르는 불안한 공간에서 맹목적으로 집짓기에 열중하는 까치의 표상은 바로 현대인 자신의 모습이다.

시인이 진정으로 추구하고자 하는 삶의 원형질은 하루 두 차례 직행버스가 다니던 시절의 지리산 달궁 부근에서 눈 속에 파묻혀 잠시 머물던 시절의 풋풋한 추억이다.(「달궁을 그리워 함」) 또 설악에 첫눈이 내렸다는 소식을 듣던 날, 남쪽 바다의 끝에서 감상적인 기분으로 혼자 중얼거리는 행복감(「남쪽의 끝에 서 있었다」)의 추구이다. 혹은 매우 센티멘탈한 분위기가 느껴지기는 하지만 쓸쓸한 등대지기의 하루(「사랑할 수 있을 때 사랑한다 해도」)를 그리워하는 모습을 보이기도 한다. 이런 고즈넉한 행복감을 느끼면서 시인은 자신이 운명적으로 외길을 불가피하게 선택할 수밖에 없음을 깨닫는다.

외길은 굴곡이 없고 오후의 적막만이 들길을 가르며
이승과 저승의 고리처럼 엄숙하게 누워 있다

— 시 「외길」 부분

그 외길을 걷는 사람들은 대개 폐질자들이나 삶의 심한 장애와 고통에 노출되어 힘든 삶을 살아가고 있는 존재들이다. 시인적 존재 또한 마찬가지로 그러한 외길에서 벗어날 수 없다. 어떻게 보면 시인이 걸어야 할 숙명적인 경로를 박철은 외길이라는 존재성을 통해서 알려주고자 한다.

　박철의 시 세계에서 수직적 공간인식은 꾸준히 선과 악의 두 대립 항으로 자리매김해 왔다. 그리고 그 인식의 깊이는 대체로 비교적 평면적인 흐름에 충실한 편이었다.

　하지만 이번 시집에 수록된 시 「빈 병과 크레인과 할아버지와」는 이러한 평면성을 일거에 극복하는 또 다른 세계의 가능성을 보여준다. 말하자면 그 동안 부정적 관점으로만 판단하고 해석해 오던 기계적이고 금속적인 존재의 냉혹함에 대하여 시인은 먼저 화해와 일치의 손짓을 보내고 있다는 점이 그것이다.

> 강서구 방화동 골목길을 따라
> 9호선 전철 공사가 한창이다
> 힘 좋은 크레인이 마을을 들어올리고 있다
> (…)
> 나 크레인 몰고 너에게 가서
> 아침 햇살이 오후의 빗줄기를 피해
> 담장 밑 빈 병 속에 숨어있다 말하리라
> (…)
> 이리저리 H빔이 날아다니는 하늘가
> 오늘 하루 검게 그을은 무쇠의 손길로
> 달려가 너의 닫힌 가슴 두드리리라
> 땅 속 깊이 박힌 몸 뽑아 멀리 달아나리라
>
> ― 시 「빈 병과 크레인과 할아버지와」 부분

공사장의 소음과 기계 구조물이 주는 무뚝뚝함을 이렇게도 아름답고 정감 있는 언어로 표현한 시는 그리 흔하지 않다. 줄곧 부정적이고 비관적 관점으로만 다루어 오던 냉혹한 사물과 세계에 대하여 일단 수용적으로 감싸 안으며 그것을 자기화시켜 가려는 시인의 모습은 눈물겹고 따뜻하다. 이러한 박철 시인의 행보에 대하여 우리는 일단 긍정적 시선으로 지켜보고자 한다.

현대라는 수직적 공간은 인간의 생존을 점차 비극적이고 험난한 벼랑 끝으로 사정없이 내몰고 있다. 이 가파르고 아슬아슬한 지점에서 시인 박철의 행보는 과연 어디까지 이어지고 펼쳐질 것인가? 그 귀추를 주목해 보기로 하자.

┃ 중심을 얻어가는 숲 ┃

시선집 『처음 본 바다는 푸른 빛이 아니다』
— 포항문학사, 1997

시선집 『처음 본 바다는 푸른 빛이 아니다』(포항문학사, 1997)에 수록된 시작품의 성격은 주로 포항이라는 특정한 지역과 깊은 인연을 맺어온 젊은 시인들의 사화집詞華集으로 보인다. 그래서 그런지 바다와 관련된 작품이 상당수 눈에 띈다. 얼핏 제목만 보더라도 「다섯살 때 처음 본 바다」, 「후포」, 「땅끝에 와서」, 「구룡포에서」, 「거문도 청년」, 「안팎의 물결」, 「흥해 장날」, 「곡강 하구」 등등…

하지만 시선집의 전체 작품들이 어떤 일관된 형태나 방법론적 지향의 확고한 에꼴(École)에 바탕하고 있는 앤솔로지는 아닌 듯하다. 다만 오랜 기간 동안의 인간적 친분과 지면에 의해 규합되고 형성된 지역동인지로서의 성향이 짙다. 이 점에서 본다면 이번 시선집의 전반적 면

모가 다소 개인주의적 취향에 젖어 있는 것도 감출 수 없는 사실이다. 그것은 이 시선집의 장점이자 동시에 단점이 되기도 한다.

일찍이 우리에게도 문학적 앤솔로지(Anthology)가 운동적 성격으로 활성화된 시절이 있었으니 1920년대의 개막과 더불어 시작된 동인지 발간 운동이 그것이다. 일제강점시기에는 국권의 망실과 사회의 혼란, 삶의 불안정이 대개 동인지 운동의 주요 관심이 되었다. 이러한 앤솔로지 운동은 식민지 시대 전반을 거쳐서 더러는 모이거나 더러는 흩어지는 이합집산의 양상을 나타내면서 그 맥을 이어갔다.

해방 후 한국에서 동인지 운동이 적극성을 나타낸 시기는 대개 혼란과 불안정으로 고통 받던 시대였던 것으로 보인다. 한국전쟁 직후 여러 동인지들이 피난지 수도 부산과 대구 등지에서 발간되었던 것과 사월혁명 이후, 광주 항쟁을 겪은 뒤의 급박한 현실 속에서 동인지 운동은 더욱 활성화되었다. 혼란과 불안정의 조정자들은 우선 개별적 작품 활동의 창조적 충동을 제약할 뿐 아니라 계획적, 조직적으로 문학에 대한 감시를 강화해 나간다. 이럴 때에 힘겹게 발간되는 앤솔로지는 작가 개인의 발표 욕구를 충족시키고, 동시에 문학을 통한 저항력 구축의 성향이 수반된다.

지난 7, 80년대에 발간된 「반시」, 「시와 경제」, 「삶의 문학」 등의 동인지들이 바로 이러한 성격을 지닌 앤솔로지였음을 상기한다면 앤솔로지의 발생과 경과를 더욱 쉽게 이해할 수 있을 것이다. 80년대 이후의 앤솔로지 운동은 하나의 지역적 문화 운동의 성격으로 변화되어갔다. 그것은 다름 아니라 이전에 비해 훨씬 강화되고 신장된 지역성에 기초하여 전국 각 지역에 제각기 거주하는 각성된 문인들에 의해 전개된 것이었다. 이는 보다 성숙된 민주적 체제 건설에 대한 갈망과 차츰 정비되어가기 시작한 지자체 분권화의 움직임과 그 시기를 함께 하는 것이었다.

지난 시기 지역문학은 거의가 중앙문단에 대한 상대적 열등감 속에서 고립적이고 단절적인 성향을 지니고 있었는데 이 모습이 이른바 오랜 기간 낙후한 향토주의의 외피를 쓰고 나타났던 것이다. 하지만 지방자치시대 이후의 지역문학은 자신의 지역성이 지닌 제반 문제점들에 대하여 그것을 극복해 가려는 상당히 진전된 의식을 갖추기 시작하였다.

이러한 경과 속에서 관변적 성격을 지니고 있었던 문협 산하 기관지로서의 지방 문학지들이 차츰 그 존재의의가 퇴색되어가고 이에 대신하여 지역성을 주체적으로 강화해가는 새로운 지역 문학지들이 생겨나게 되었다. 이제는 우리들에게 매우 친숙한 지역 문학지가 되어 있는『포항문학』은 이미 이러한 경과 이전부터 지역 문학의 주체성과 중요성에 남다른 각성과 의욕을 가지고 실천적 노력을 쏟아 부었다.

그리하여 이제『포항문학』은 지역 문학지의 성격에 충실하면서도 지역문학의 범위적 제한성을 성큼 건너 뛰어 전국적으로 유수한 종합문예지로서의 수준에 상당히 육박해 있는 것이다. 이는 가장 성공한 지역문학지의 모범적 사례에 든다 할 것이다. 창간 이래로『포항문학』은 일일이 매거하지 않더라도 그 공적이 매우 크다.

이번에 발간되는 시선집에 작품을 제출한 시인들은 거개가 경북 포항을 중심으로 하는 환동해권環東海圈 문학인들이다. 이들 중 상당수는 포항 영일 지역에서 출생하였거나 또는 이 지역에서 일정한 기간을 뿌리박고 살았던 사람들이다. 그리하여 그들의 작품에는 동해안 지역의 삶의 애환과 그 현재성이 매우 추상적인 밑그림으로 어렴풋이 나타나 있긴 하지만 어느 정도 반영이 되어 있다고 볼 수 있다.

이번 시선집에 출품된 시작품들은 크게 세 가지의 주제의식으로 대별되는 듯하다. 그것은 먼저 바다와 자연의 이미지를 주조로 한 것이 첫 번째요, 둘째로는 모순적 삶에 대한 자탄적 표현이 많다. 다음으로는 어떤 어려움 속에서도 희망과 기대를 상실하지 않으려는(혹은 않겠다는) 낙관적 전망이 세 번째의 경우이다.

ⓐ 안타까운 사랑 아직 남았거든
　　죽천 앞바다에 몰래 갈무리하렴
　　이울면 그믐바다 바다로 들어가
　　새벽이면 젖빛 새살 채워 나오는 달처럼
　　스스로 썩지 않는 깊은 속이기에
　　한 석삼년 삭히다보면
　　빛나는 소금 결정체처럼
　　오롯한 사랑만 남을테니
　　　　　　　　　　　— 최부식 「사랑을 위하여」 전문

ⓑ 저 쓰라린 세월
　　눈물강 건너
　　가눌 수 없던 분노의 가슴 안고
　　무릎걸음으로 다가서던 젊음이여
　　뜨겁게 통정하던 시절의 신새벽이여
　　　　　　　　　　　— 김성찬 「저문길 2」 부분

ⓒ 긴 장마 끝 갑작스런 아침에
　　나무도 여린 벼도

잠자리 모기 어린 콩새들도
푸르르 포르르 툴툴 몸을 털고
해도 젖은 몸 말리러 나올 때

— 최부식 「장마 뒤 아침날」 부분

　세 작품 모두 공통적으로 관심 갖고 있는 대상은 자연의 질서와 그 조화로움에 대한 신뢰이다. 대자연은 항시 신선하고 아름다우며 사랑의 위대한 힘으로 가득 차 있다. 하지만 인간이 그 자연의 질서를 역행할 때 삶은 고통스러우며, 온갖 갈등과 모순으로 가득 찬 환경 속에서 괴로워하며 신음한다. 이러한 고통과 힘겨움은 모두 자연의 질서를 위배한 시간의 막다른 끝에서 만나게 되는 필연적인 봉착이다.

　위의 작품들은 자연이라는 초월적 존재성에 대한 찬탄과 두려움, 또는 근원적 신뢰를 바탕에 깔고 있다. 현재 우리가 어떠한 고통을 겪는다손 치더라도 그것이 곧 우리들 자신에게서 비롯된 것임을 암암리에 환기시켜주고 있다. 밝고 향기롭고 발랄한 세계, 그곳은 우리가 언젠가는 반드시 가 닿아야 하는 궁극적 이상의 세계인 것이다.

　이러한 표현의 분위기는 비교적 낙관성을 지니고 있음에 반해 다음의 시편들은 현실의 모순과 갈등으로 인해 겪는 고통을 자탄적 자조적으로 그려내고 있다. 위의 작품세계와는 사뭇 대조적이라 할 만하다.

　ⓐ 병풍차일 둘러친 바위 아래
　　담배 밭에 흩어진 와편들
　　아름다운 동서탑은 서울로 가고
　　금이 가고 부서지다 만 불상 하나 뿐

보호각 속에서 울고 있다

 (중략)

냉해 받아 선채로 불타는 벼들의 산화공덕!

하얗게 빛바랜 겨울배추들의 등신불!

— 김종인 「갈항사지」 부분

ⓑ 떼서리로 몰려들던

　눈먼 고기들

　몇몇은 만(灣) 저편 쇠굽는 불빛을 쫓다가

　산재 병원으로 가고

　더러는 오도를 지나 방어리를 거쳐

　북양산 명태가 되었다

— 이종암 「곡강 하구」 부분

ⓒ 느티나무골 숯불구이

　샘골 한우가든 장군가든

　신토불이 갈비 영영 한우촌

　종갓집 숯불갈비 예 숯불구이

　샛길 건너 담 너머

　골짜기 들판 가리지 않고

　온 천지가 갈비집

　그 간판들 아래

　끼리끼리 우리끼리 모여앉아

텔레비젼 뉴스 보며
순한우 고기를 굽습니다
북녘 아이들 퀭한 눈
앙상한 갈비뼈 보면서
아직 풋보리도 보이지 않는 날
통일의 그날을 들먹이며
토종 한우고기를 굽습니다

　　　　　　　　　— 최부식 「슬픈 풍경」 전문

　ⓐ는 신라시대로 그 유래가 거슬러 올라가는 오래된 고찰인 갈항
사지라는 건축물의 황폐한 광경이 작품의 모티프가 된다. 갈항사지
의 황량한 모습은 어쩌면 오늘날 우리들의 현실적 정황인지도 모른
다. 귀하고 아름다운 것은 모조리 서울로만 집중되고, 보호각 속에서
우는 것처럼 보이는 손상된 불상의 초라한 모습은 우리들 자신의 모
습을 방불하게 한다. 지역성의 소외현실에 대한 자탄으로도 읽힌다.
　지역시인들은 중앙의 시인들에 비해 상대적으로 활동 무대가 지극
히 제한되고 고립적이며 한없이 쓸쓸하다. 더러 자족적인 행사가 있
긴 하지만 별반 기대할 만한 내용이 없다. 가끔 성공의 기회를 얻은
문인들은 즉시 서울로 이주해 가서 어느 틈에 어설픈 중앙문인의 위
압적인 표정으로 가끔씩 고향에 돌아와 지역문인들과 대면하고 있
다. 비열하고 못난 모습이 아닐 수 없다.
　어떤 방식으로든 '한탕'을 꿈꾸는 상업주의와 저속한 감각일변도의
풍조가 만연된 현실 속에서 더욱 황폐해가는 지역 문단의 모습을 극
명하게 그려낸 것이 '갈항사지'의 쓸쓸한 광경이 아니고 무엇일까?
　ⓑ도 앞의 작품이 내뿜는 정서에서 예외가 아니며 그 상징성의 확

장 공간이 보여주는 세계는 자못 의미심장하다. 이 작품에서 '떼서리로 몰려들던 눈먼 고기'는 우리 시대 노동자들의 처절한 모습에 다름 아니며, 보다 구체적으로는 포항 지역의 한 철강 생산 단지를 지칭하는 듯하다. '만 저편 쇠 굽는 불빛'이 바로 그 대목이다.

이 작품에서 '만灣'은 곧 영일만이며, '쇠 굽는 불빛'은 포항제철의 철강 생산 현장을 지칭한다. 생생한 현실감이 반영되어 있다. 70년대 이후 개발독점의 거대한 기획과 매머드식 체제로 출범한 포항제철은 한국을 철강생산 대국으로 껑충 뛰어오르게 하면서 경제 발전의 중추적 역할이 되었다. 하지만 포철의 성공은 지역주민들의 정신적 물질적 풍요로움까지 동시에 담보하는 것은 아니었다. 오히려 심각한 환경오염 문제를 유발시키고, 제2 제3의 임해공단을 남동해 연안에 조성하는 기폭제가 됨으로써 예상치 못했던 숱한 문제점을 낳았다.

결국 '쇠 굽는 불빛'의 환상을 맹목적으로 추종해 갔던 노동자들 가운데 상당수는 이른바 산재産災 노동자로 처리되어 현실에서 완전히 절연된 불구자, 폐질자로 전락되었다. '북양산 명태'가 함축하고 있는 비극적 상징성도 이러한 문제들과 깊이 관련되어 있다. 지역문학이 다루어야할 가장 모범적인 양식을 이 작품은 보여주고 있다.

적어도 포항지역의 현실적인 문제를 서울이나 혹은 다른 지역 문인들이 수용해내기는 거의 불가능에 가까운 것이 아닐까? 지역문학의 정신은 본연적으로 이러한 모습으로 나아가야 하는 것이 아닐까?

ⓒ는 경제의 표피적인 풍요로움과 또 그것을 진정한 풍요로 착각하고 있는 세기말 한국인들의 맹목성, 정신적 빈곤성을 은근히 풍자하고 있는 작품이다. 불과 이삼십 년 전만 하더라도 극도의 궁핍과 기아가 사회의 중대한 문제 중의 하나였던 우리 사회가 언제부터인

가 엄청나게 부유한 국가의 시민들처럼 마구 소비하며 마구 폐기하는 볼썽사나운 천민들이 득시글거리는 사회로 바뀌었다.

언론에서의 여론 조사에 의하면 응답자의 상당수가 자신을 중산층이라고 착각하고 있다고 한다. 사실 자동차로 시골의 곳곳을 돌아보면 이른바 '가든' '구이집' 등의 소비성 식생활 향락문화가 판을 치고 있음을 본다. 참으로 꼴불견이다. '가든'이라는 틀에 박힌 이름은 또 무엇인가? 채식성을 기반으로 하면서 평등과 화해를 사랑하던 민족이 언제부터 이렇게 파괴적이고 도전적인 육식성 민족으로 바뀌어졌던가?

일 년 사철 산과 강 어디를 가도 도처에서 지글지글 고기 굽는 연기가 누릿하게 피어오르는 것을 본다. 그런 장소에서 대개 사람들은 고기를 질겅질겅 씹으며 '북한 사람들 정말 큰 일이야!'라고 남의 집 불구경처럼 건성으로 말한다. 그들의 속마음은 북한의 처참한 현실에 대해 철저히 냉담하다. 80년대까지만 하더라도 우리 민족의 최대 목표는 조국의 통일이었다. 하지만 90년대 말에 이르러 북한의 심한 경제적 파탄과 잇따른 흉년과 수해로 말미암아 북한 경제가 거의 파탄 지경에 이르게 되자 어느 틈에 민족 통일에 대한 열망은 슬그머니 희석되고 말았다. 남한 주민들의 상당수는 통일 비용에 대한 심적 부담을 느낄 뿐만 아니라 굶주리는 북한 주민을 모두 자신들이 먹여 살려야 한다는 생각을 하고 있는 것이다.

이런 인식을 기초로 해서 어느덧 반민족적 통일비관론까지 공공연히 들먹여지고 있는 실정이다. 이 작품은 우리 시대 남북한 문제가 직면하고 있는 모순적 현실을 풍자적 대칭구도를 통해 선명하게 극화시켜 보여주고 있다.

ⓐ 자명천

　고기 한 마리 튀어 올라

　공기에 몸 부비고
　냇물에 내리는 동안
　형제산 갈참나무 숲으로 퍼지는 물결
　숲이 술렁술렁 하늘에 가 닿는다
　　　　　　　　　　— 조현명 「안팎의 물결」 부분

ⓑ 살찐 바나나와 개구리 참외가
　혼숙을 즐기는 20세기말
　마트와 마켓에 등 떼밀려도
　아직은
　망둥이와 꼴뚜기
　그리고 미꾸라지가 함께 놉니다
　　　　　　　　　　— 이종암 「흥해 장날」 부분

ⓒ 나 이제 새가 되리라
　너에게 아무 간섭도 약속도 말하지 않는
　나 스스로 기쁜 새가 되리라
　오늘도 말할 수 없는 아픔들을
　나 홀로 떠들다가
　식구들 모두 깊이 잠든 밤이면
　이 넓은 세상 훨훨
　꿈속처럼 날아 다니는 새가 되리라
　　　　　　　　　　— 채상근 「기쁜 새」 부분

ⓓ 풀을 본지 오래인 나는

　　새로 돋아나는 풀을 만나러

　　다시 살아나는 너를 만나러

　　나가야겠습니다

　　풀을 만져보고 싶습니다

　　코를 들이대고 만져보고 싶습니다

　　　　　　　　　　　— 채상근 「풀 같은 세월」 부분

　위의 인용 시작품들은 비극적 세계관에 기울어 있는 앞의 작품들에 비하여 훨씬 삶에 임하는 자세가 낙관적이다. 언제 어느 때이건 희망과 기대를 잃지 아니한다.

　ⓐ는 아침저녁 나절에 수면 위에 튀어 오른 한 마리 물고기의 도약을 보면서 얻은 착상이다. 그런데 그 물고기의 도약이 주는 메시지가 결코 범상치 않다. 냇물과 공기와 형제산 갈참나무 숲과 하늘은 모두 한 마리의 작은 물고기를 향해 한없이 열려져 있다. 다시 말하면 작은 물고기 한 마리의 도약을 둘러싸고 모든 주변적 자연의 환경들은 조화와 일치가 깨어질세라 긴장된 예비를 하고 있는 것이다.

　자연과 섭리가 지니는 대질서와 그 장엄함을 이 작품은 느끼게 한다. 그야말로 감격의 극치요, 법열法悅의 순간이다. 유가에서도 마음이 가장 화평하고 생기를 얻은 절대의 경지를 연비어약鳶飛魚躍이라는 말로 함축했던가.

　우리가 살아가는 삶의 지향은 어쩌면 이러한 화평의 세계가 아닐까? 그러한 세계는 어떤 갈등도 모순도 불협화음도 일어나지 않는 일관된 아름다움으로 가득 차 있다. 이 작품의 결말부는 우리들로 하여금 매우 의미심장한 사색에 잠기게 한다. 자연의 조화로움과 그 극

치의 순간에 이르러 드디어

> 숲은 중심을 얻고
> 어린 것들 눈을 뜬다

라고 시인은 확신에 찬 어조로 말한다. 곰곰이 생각해 보면 우리의 삶이 항시 기우뚱하고 불구적이었던 것은 삶이 스스로의 무게중심을 상실하고 있었기 때문이다. 숲이 중심을 얻는다고? 이 말은 이 세상의 모든 생령이 마땅히 가져야할 삶의 질서를 스스로 얻어서 드디어 화평의 시간으로 접어들게 된다는 어떤 섭리를 함축하는 뜻으로 나는 해석하고자 한다.

이번 시선집을 통찰하면서 나는 이 아름다운 한 마디의 화두를 건져 올리고자 한다. 더불어 포항의 젊은 지역시인들과 그들의 가열 찬 창조적 정열이야말로 서서히 중심을 얻어가는 숲의 미쁜 광경이 아닐까 라는 생각도 해보았다.

ⓑ도 앞서 우리가 살펴본 작품 「슬픈 풍경」처럼 재치 있는 대칭구도를 통해 선명한 낙관주의를 지켜가고 있다. 이질성과 토착성의 갈등 속에서 주체성의 심한 손상을 이 작품은 암시하고 있다. 이 암시를 통해 시인은 토착적인 것이 결코 물러나서도 안 되고 물러설 수도 없다는 엄정한 사실을 독자들에게 강력히 환기시켜주고 있다.

ⓒ는 모든 총체적 난국과 그 위기를 너끈히 딛고 이긴 기쁨의 표상을 한 마리 새의 이미지로 상징화시켜서 나타낸다. 이처럼 넓은 마음과 포부, 소아(小我)에 집착하지 않는 대범한 자세야말로 우리 시대 지역시인이 감당해 가야할 실천적 화두가 아닌가 한다.

ⓓ는 온갖 협잡과 모순으로 가득 찬 현실에서도 희망에 대한 기대

를 저버리지 않으려는 시인의 의지가 잘 반영되어 있다. 한국시에서 풀 이미지만큼 다양하고 풍부하게 변용되어온 시적 대상도 그다지 많지 않을 것이다. 워낙 흔하게 사용해온 이미지인지라 범속하거나 진부한 형태가 되기 쉬운데도 불구하고 이 작품의 풀 이미지는 신선하게 살아 있다. 이 작품에서 풀 이미지는 아마도 사랑이라는 관념성의 함축이 아닌가 한다.

그 밖에도 우리는 여러 작품들의 의미 있는 성과를 검토할 수 있으나 대략 이 정도로 간추리고자 한다. 다만 시적 창조의 법칙성과 그 가열함에 대해 은근한 암시를 보여주는 한 작품을 인용하면서 이 글을 매듭짓는다.

참된 시인이 걸어가야 할 길, 시인이 자연과 그 주변 사물에 대해 대응해가야 할 자세, 시적 대상과 언어에 대하여 가져야할 바르고 진실한 자세, 혹은 그 순정함 따위에 대하여 이 작품은 우리들에게 깊고도 아름다운 시사를 풍성하게 던져준다.

돌은 문을 열어준다
보지 못한 것들을 건어내며
보았던 것들을 간명하게
돌은 몇 겹의 세월 속에 몸에 묻은 바람의 결을
냇물로 반짝 반짝 닦아 열어 준다
　　　　　　　　　　　　　　— 조현명 「돌의 표면에 열리는 미술전」 부분

시적 진실과 희망의 징표
— 다섯 권의 시집

김윤배 시집, 『부론에서 길을 잃다』— 문학과지성사, 2001
정일근 시집, 『누구도 마침표를 찍지 못한다』— 시와시학사, 2001
안도현 시집, 『아무것도 아닌 것에 대하여』— 현대문학북스, 2001
김영무 시집, 『가상현실』— 문학동네, 2001
김만수 시집, 『오래 휘어진 기억』— 실천문학사, 2001

　　　　　진정한 시정신이 사라진 시대에 살고 있는듯하면서도 위의 다섯 권 시집을 읽을 수 있어서 우리는 지금 행복하다. 곰곰이 우리 주위를 돌아다보면 모든 면에서 진실과 위선이 뒤섞여 위선이 진실을 가장하고, 진실은 위선에 시달리고 유린되는 광경을 흔히 보게 된다.

　　근대 이래로 우리 사회가 전개해 온 갖은 고통과 시련들은 어떤 측면에서 이러한 가치의 교란과 도착 속에서 일어난 혼란들이었다. 이 혼란의 현상은 세상이 아무리 바뀐다 한들 현재의 그 틀에 획기적인 변화는 당분간 오지 않을 듯하다.

　　문학은 독자 대중들이 겪고 있는 숱한 가치의 혼란과 교란을 적절히 다스리며, 고통을 조절해

주는 기능을 담당하고 있다. 그런데 언제부터인가 문학은 이러한 제본연의 기능을 잃어버리고, 작가들은 세속의 부박한 가치와 매명賣名을 위하여 분주하며, 자본의 전지구화에 휩쓸려 문학 자신이 먼저 물질의 뒤를 허겁지겁 쫓아가는 꼴이 되고 말았다. 이것이 작금의 우리 문학이 직면하고 있는 가장 커다란 위기 중의 하나가 아닌가 한다.

위의 다섯 권 시집들에 나타난 공통된 가치 지향과 추구는 대개 이처럼 비뚤어진 현실적 삶의 가치관을 바로 잡아보려는 충정을 갖고 있다는 점이다. 어떤 악조건 속에서도 이렇듯 개결한 정신을 지키고 있다는 사실은 우리 시대가 요청하는 올바른 시인의 모습이 아직도 건재하고 있다는 희망의 징표가 여겨진다.

김윤배의 시집 『부론에서 길을 잃다』는 가장 최근의 시집이다. 수록 작품 전체가 외부 사물이나 정경들을 내면의 기호로 읽어내고 있다는 점이 특징이다. 시인의 눈이 마치 카메라의 앵글처럼 사물을 향해 움직이면, 거기에 비쳐오는 모든 사물들이 일제히 시인에게 말을 걸어오는데, 시인은 이러한 사물의 차분한 어조로 옮겨 놓는 것이다. 이 시집에서 가장 눈길을 끄는 작품은 「세상을 비스듬히 살아보지 않았다면」이다. '비스듬히 살다'라는 뜻이 의미하는 것은 매우 특별하다. 그것은 아마도 대상에서 조금 떨어져 사물을 지그시 내려다본다는 뜻으로 해석된다.

세상을 비스듬히 살아보지 않았다면 창마다 입김처럼 피어오르는 따스한 불빛이 얼마나 큰 슬픔인지 알 수 없습니다
(중략)
세상을 비스듬히 살아보지 않았다면 할 일 없는 봄날 그늘 흐드러진 진달

래꽃 무덤이 얼마나 사무친 밥그릇인지 알 수 없습니다

— 시 「세상을 비스듬히 살아보지 않았다면」 부분

이 대목은 전체 5연 가운데서 첫 연이다. 삶의 관조적 자세가 시인의 따뜻한 가슴과 결합되어 시집의 도처에서 물기 머금은 새벽달처럼 빛나고 있는 아름다운 시집이다.

정일근의 시집 『누구도 마침표를 찍지 못 한다』의 해설에서 비평가 정과리는 분할과 통일의 마술적 놀이로 읽어내고 있다. 사실 이런 명제는 문학의 기본 이념에 해당하는 것인데, 난삽한 해설을 읽어보면 오히려 문학의 진정성을 담백하게 이해하려는 독자들의 노력에 오히려 번거로움을 주고 있다. 정일근은 원래 따뜻한 온기를 지녔던 사물이나 그 주변정서가 더욱 차가워지는 것에 대한 경계심을 품고 있다. 이번 시집의 미덕은 이런 부분에서 먼저 발견해가야 한다. 「청도, 방음리에서 듣다」와 같은 시는 이 시인의 시정신이 가리키는 방향성을 선명하게 그려서 보여주고 있다.

아침이면 동촌 할머니 콩밭 푸른 콩잎들 깨끗한 햇살 한 줌 놓치지 않으려고 쑥쑥 손바닥 펼치는 소리 들었습니다

한낮 마당 가득 옥양목 흰 빨래 속 맑은 물기가 뽀도독 뽀도독 마르는 소리 들었습니다

저물 무렵 그대와의 저녁밥상을 위해 맑은 샘물을 길어 담근 쌀들이 편안하게 불어나는 소리 들었습니다

— 시 「청도, 방음리에서 듣다」 부분

안도현의 『아무것도 아닌 것에 대하여』는 시인 특유의 기법으로 빚어진 아름다운 시편들이다. 이 시집의 해설자인 김수이는 안도현 시인을 가리켜 '세계를 자신의 빛깔로 물들이는 염색공'이라 평하였다. 이는 비교적 적절한 표현이다. 안도현의 시적 빛깔은 아마도 연둣빛 정서가 아닌가 한다. 주로 삶의 소박한 풍경을 섬세한 시선으로 발견하고 인식하며, 아름답게 성찰한다.

하지만 치열한 고뇌가 시의 바탕에 깔려 있지 않다는 따가운 지적도 시인이 귀담아 들을 필요가 있다고 생각된다. 안도현의 시가 가장 쉽고 평이한 말로 구성되어 있으면서도 항상 생철학적 메시지를 담아내는 일에 성공하고 있는 것은 창작에 임하는 시인의 성실성 때문이다. 시 「살구나무 발전소」에서의 구절처럼 시인의 가슴속에는 자신의 시정신에 불을 밝히는 발전소가 있을 것으로 여겨진다.

> 그 많고 환한 꽃이
> 그냥 피는 것이 아닐 거야
>
> 너를 만나러 가는 밤에도 가지마다
> 알전구를 수천, 수만 개 매어다는 걸 봐
>
> 생각나지, 하루종일 벌떼들이 윙윙거리던 거,
> 마을에 전기가 처음 들어오던 날도
> 전깃줄은 그렇게 울었지
>
> 그래,
> 살구나무 어디인가에는 틀림없이

살구꽃에다 불을 밝히는 발전소가 있을 거야

— 시 「살구나무 발전소」 부분

김영무의 시집 『가상현실』은 올해 백석문학상을 수상한 시집이다. 심사위원의 한 사람이었던 비평가 황현산의 말처럼 이 시집은 '우리 시대에 발간된 가장 거대한 시집'이라는 평이 빈 말이 아님을 실감하게 한다. 주제의 폭이 넓고 사고의 깊이도 출중한 일가를 이루었다. 우리 시대의 모든 문화적 정치적 역사적 사회적 병폐를 파악하고 분석하였으며, 자신의 신병에서 오는 고통을 통해서 시적 표현의 육체를 거뜬히 얻어내고 있는 것이다.

암 선고를 받고 수술과 오랜 투병의 체험을 그대로 담아낸 시집의 제1부를 읽으면 전율과 크나큰 감동이 온몸을 휘감는다.

환하디 환한 나라
시간의 뿌리와 공간의 돌쩌귀가
뽑혀나간 너의 현실은 안과 밖 따로 없이
무한복제로 자가증식하는
아, 디지털 테크놀로지 최첨단
암세포들의 세상

비평가 염무웅은 시집 『가상현실』의 세계를 분석 정리하면서 '질병과 종교와 문학이라는 세 층위의 통일을 달성한 문학'이라 규정하였다. 더불어 따뜻하고 부드러운 영혼을 지닌 한 생태적 감성의 소유자가 오늘의 끔찍한 폭력문화에 온몸으로 맞서 언어의 번제燔祭를 올린 감동의 기록이라 높이 평가하였다. 시인 김영무는 폐암과 싸우던 자신의 투병기를 절묘한 시작품으로 승화시켜 놓고, 백석문학상의 수상식 직전에 안타깝게도 세상을 떠나고 말았다.

김만수 시집 『오래 휘어진 기억』은 해설에 수록된 한 대목처럼 형태나 내용면에 있어서 절제를 지키며 소박한 심성을 잔잔하게 펼쳐가는 무욕의 태도를 결 고르게 보여주고 있다. 아름다운 작품이 많이 담겨져 있는 이번 시집에서 특히 눈길을 끄는 작품은 시 「청니헌靑泥軒」이다. 청니헌이란 지금은 고인이 된 작가 손춘익孫春翼(1940~2000)의 집필실 당호이다.

지난날 저자는 감포에서 포항을 향해 동해안을 오르다가 잠시 청니헌을 찾은 바 있다. 주인 잃은 청니헌 주변은 한없이 쓸쓸하였으며, 이미 집의 한 쪽 귀퉁이에서부터 낡고 사그라져 가는 광경을 보여주고 있었다. 오래된 선인장 한 그루만이 날카로운 가시를 세우고 잔뜩 경계의 눈빛을 보내는 청니헌 앞, 텅 빈 마당에 서서 나는 검푸른 동해를 바라보았다. 갑자기 청니헌 주인이 왈칵 그리워졌다.

> 사람의 마을에 저리
> 붉은 노을이 지니
> 우련히 밝은 紙燈 하나 켜들고
> 이승의 노둣돌 내려서시네
> (중략)
> 붉은 서녘 그 땅에 엎드려
> 맑은 몇 줄 글 더 쓰시려고
> 한 종지 작설과 바람을 마시고
> 새벽 먼 길 가시네 선생님
>
>   — 시 「청니헌」 부분

북한 정권의 실상에 대한 고발과 비판

장진성의 서사시 『김정일의 마지막 여자』
— 강남지성사, 2009

　　　　　오랫동안 포로가 되어왔던 나의 영혼이여. 이제 너의 감옥으로부터 빠져나갈 때가 닥쳤으니, 이 육체의 속박으로부터 빠져나가라. 기쁨과 용기로써 이 찢어져 나가는 아픔을 참으리라

　　독일의 철학자 데카르트Descartes(1596~1650)는 한 쪽 폐에 염증이 발생하여 마침내 죽음을 앞둔 시기에 이르렀다. 그는 스웨덴의 한 병원에서 최후를 맞이하며 독백처럼 이렇게 말하였다.
　　인간의 육신에서 영혼이 빠져나가는 순간을 이보다 더 절실하게 표현한 경우는 드물 것이다. 이 유언에서 데카르트는 육신을 영혼의 감옥이라 말했으나, 오늘날 우리 주변에서 흔히 만나게 되는 탈북자(새터민)들에게는 북한에서 살아왔던 세월이야말로 감옥의 시간이 아닐 수 없었을 것이다. 오랫 동안 고통스런 생존의 포로가 되어서 축생과도 같은 목숨을 부지해 오다가 마침내 그 속박으로부터 과감하게 일탈할 수 있었던 그 용기 와 결단은 과연 어디에서 비롯된 것일까? 무엇이 그들로 하여금 부 모형제와 친구들, 심지어는 처자식마저 그대로 둔 채 자신의 터전을 박차고 새로운 세계로 떠나도록 추동했던 것일까?

수년 전 북한을 잠시 방문했을 적의 일이다. 짧은 며칠 동안의 방 문에서 나는 평양과 묘향산 등지를 둘러보았다. 하지만 그 여행은 내 가 가고 싶은 곳을 스스로 선택해서 마음대로 찾아갈 수 있는 것이 아니라, 철저히 계획되고 지정된 코스를 따라 버스로 이동하면서 관 람하는 극히 제한된 여정이었다. 주로 안내된 곳이 북한의 정치적 우 월성을 대내외에 과시하는 기념비나 조형물 따위였고, 김일성과 김 정일 등 최고지도자의 유품이나 해외에서 보내온 선물 따위가 보관 된 기념관 등이었다.

일행들에게는 여러 가지 주의사항과 금지조항이 마치 잊었던 사실 을 환기라도 하듯이 시시때때로 전달되었다. 이동 중에는 결코 바깥 풍경을 사진기로 촬영할 수 없으며, 북한의 정치체제와 관련된 화제 를 떠올려서도 아니 되며, 오로지 눈으로 보고 마음속으로만 느끼는 정숙한 관람만 허용될 뿐이었다. 이러한 통제는 여행을 완전히 죽은 모델로 바꾸어버렸다. 이를 감시 감독하기 위하여 버스 안에는 맨 뒷 좌석과 한 중간, 그리고 맨 앞좌석 등 세 군데로 나뉘어서 안내원이 란 이름의 감시원들이 일행의 동태를 수시로 살피었다.

일단 목적지에 도착하면 그 감시원들은 일행을 마치 포위라도 하 듯 방사형으로 삽시에 흩어져 전체를 둘러싸며 혹시라도 주변 외곽지 주택가나 행인들의 표정, 거리 풍경을 촬영하지는 않는지, 또 더러는 행인들과의 접촉이 없는지 줄곧 의혹의 눈길을 두리번거리었다. 눈치 없이 카메라의 앵글을 바깥으로 들이대는 사람이 있으면 즉각 달려가서 강압적으로 카메라의 방향을 거친 손길로 내려누르고, 다시는 그러지 못하도록 매서운 주의와 경고를 주었다. 시간이 갈수록 이러한 통제와 삼엄한 분위기는 숨통을 옥죄어드는 듯하였다.

마침 초여름 무렵이어서 신록이 무성한 평양 보통강 주변의 풍경은 아름다웠다. 한가롭게 거니는 평양 시민들의 모습도 보였고, 자전거를 타고 퇴근하는 노동자의 광경도 보였다. 보통강변에 위치한 '보통강려관'에서 하루를 자고난 다음날 이른 아침, 나는 보통강변을 산책하고 싶은 충동을 억제하지 못하고, 가벼운 차림으로 려관 출입구를 향하여 나아갔다. 그런데 왼쪽 풀숲에서 한 청년이 불쑥 나타나 앞을 가로막았다.

"출입구 밖으로 절대 나갈 수 없습니다."
"잠시 산책하고 오려구요. 보통강 풍경이 너무 아름다워서……."

하지만 나의 뜻은 이 강압적인 한 마디로 완전히 봉쇄되고 제지당할 수밖에 없었다. 짐작컨대 그 청년은 풀숲에 숨어서 밤을 새우며 출입자를 감시하고 있었던 것이다. 나는 다시 방으로 올라와서 창틀에 턱을 괴고 멀리 대동강 다리를 오고 가는 트럭과 출근하는 평양 시민들, 애인을 뒤에 태우고 신나게 달려가는 평양의 청년학생들, 줄을 지어 등교하는 학생들, 교통경찰의 모습들을 다만 망연히 바라볼 뿐이었다. 마치 죄수가 된 듯 그 갑갑한 심정을 이루 무슨 말로 형언할 수 있으리오.

묘향산을 다녀오던 길, 버스 안에서 바라본 또 하나의 진기한 풍경이 있다. 내 옆 좌석에는 키가 유난히 크고 얼굴이 깡마른 전형적 북한 남성이 앉아 있었다. 그는 여러 수행원들 중에서도 서열이 비교적 높은 선배격의 지위를 가진 듯하였다. 검정색 바지에 하얀 와이셔츠를 입었는데, 소매 깃을 둘둘 팔꿈치까지 말아 올려 팔등이 드러나 보였다. 그런데 그 팔등에는 북한식 필체의 '충성'이란 두 글자가 파란색 문신으로 뚜렷하게 새겨져 있었다. 그 광경을 보는 순간 나의 가슴은 마치 감전된 듯 저릿한 느낌이 강하게 전해져왔다. 과연 어떤 심정으로 저런 문신을 새긴 것일까? 대체 누구를 위한 충성이며, 무엇에 대한 충성이란 말인가? 틀림없이 당과 수령에 대한 충성이었을 것이다. 봉건시대라면 지배자인 왕에 대한 충성이었을 텐데, 21세기 현대 북한에서의 충성 대상은 아직도 봉건시대처럼 당과 수령이다.

서양 세계에서 이른바 타투打圖로 알려져 있는 문신은 남한 사회에서 특별한 소수의 청년들만이 즐겨 시술하는 하나의 특수문화라 할 수 있다. 이른바 조폭이라 불리는 세계에서 그들만의 밀교적密敎的 고유성을 강조하고 공감력을 과시하기 위한 방식이자 표현이기도 하다. 남한에서의 문신으로 가장 일반적인 형태는 꿈틀거리는 듯한 실감이 느껴지는 용과 꽃, 섬뜩한 해골, 일본도 따위가 아닌가 한다. 대체로 이 문신은 사납고 천박한 느낌을 주어서 만약 대중목욕탕에서 이처럼 문신을 한 사람과 맞닥뜨리게 되면 그 당혹감과 두려움을 참을 수가 없다. 그런데 북한에서 목격했던, '충성'이란 두 글자를 팔뚝에 새긴 문신은 왜 그렇게도 처연하고도 쓸쓸한 느낌을 주었던 것일까?

이미 여러 해 전의 기억이지만 TV에서 북한의 국경지역 주변 시장 바닥을 헤매 다니며 음식찌꺼기를 주워 먹는 이른바 '꽃제비' 걸인소년들의 처절한 광경을 잠입 취재한 영상을 보면서 가슴이 찢어질 듯한 고통을 느낀 적이 있다. 얼어붙은 두만강을 넘어 도망치다가 총탄에 맞아 쓰러진 채로 몸뚱이의 절반가량을 물속에 잠그고 그대로 동태처럼 꽁꽁 얼어 널브러진 북한 여인의 처참한 주검을 보도사진으로 본 것도 그 무렵이다.

연길의 어느 조선족 시인의 집에서 묵던 여름날, 장백에서 식당을 운영한다는 한 할머니의 이야기도 가슴을 사무치게 했다. 국경을 넘어서 중국 땅으로 건너온 탈북 청년들이 북한의 비밀경찰에게 체포되어 끌려가는데, 철사로 코가 굴비처럼 줄줄이 꿰인 채 걸어가는 모습을 보았다는 증언은 무서운 충격이었다. 칭다오에서 만났던 조선족 기사 하나는 북한 황해도 지역의 지독한 굶주림에 대하여 치를 떨며 증언했다. 워낙 굶주리다가 실성한 상태가 되어서 공동묘지에 묻었던 시신을 몰래 파내어 그 인육을 먹었다는 한 가족이 잡혀가는 것을 보았다고 했다.

북한지역의 대흉년과 기근, 그로 말미암은 집단적인 아사餓死가 수시로 보도됨에도 불구하고, 당시 남한 사회는 마치 강 건너 불처럼 팔짱을 끼고 멀뚱히 구경만 하는 형색이었다. 문단에서도 그 누구 한 사람, 이런 참상에 대하여 문학작품의 중심 테마로 다룬 사례가 없었던 것이다.

일찍이 1923년 일본 도쿄에서 대지진이 발생했을 때 가장 억울한 피해를 겪은 사람은 바로 우리 재일한국인 동포들이었다. 그 까닭은 일본의 극우파 무리들이 지진의 참상을 이용해서 '조센징'들이 우물에 독약을 넣고 다닌다는 매우 질이 나쁜 악성의 거짓 루머를 퍼뜨리고 다녔기 때문이다. 이로 말미암아 속 모르는 일본인들은 이른바 자경단自警團이란 극우단체를 조직하여 길에서 만나는 모든 한국인들을 죽창으로 찔러 죽이는 만행까지 서슴지 않고 저지르게 되었던 것이다. 모든 것이 붕괴되고 전도되었던 대지진의 참상 속에서 이러한 참극은 슬픔의 극대화를 불러일으켰다.

이와 같은 혼란의 틈바구니 속에서 노동자로 일하던 어느 재일한 국인 청춘 남녀의 처연한 사랑을 그린 파인巴人 김동환金東煥(1901~1958)의 서사시 「승천하는 청춘」(1925)은 우리들에게 깊은 슬픔의 감동을 준다. 도쿄대지진의 과정에서 억울하게 살육을 당한 한국인들의 죽음에 대하여 당시 식민지 조선의 문학인들은 그 누구 하나도 입을 열지 않았던 것이다. 일본의 식민지 지배에 철저히 순응하고 동조해서 온순하게 길들여졌던 식민지 조선 문단의 형편은 실로 그러하였던 것이다. 이 때문에 서사시 「승천하는 청춘」의 우월성은 더욱 크게 부각이 된다고 할 수 있다.

문학인은 작품을 통하여 마땅히 자신의 시대를 증언하고 대변해야 한다. 자기가 현재 호흡하면서 심신을 담고 있는 시대와 환경을 두루 통찰하며, 사회 각계각층의 틈바구니에 서려있는 모순과 부조리를 적출해내어 그것을 고발할 책임이 있는 것이다. 이 비판과 고발이야말로 작가에게 맡겨진 책임이자 의무인 것이다. 진정한 리얼리즘의 정신이란 바로 이런 데서 싹이 트고 강건하게 발전해가는 것이 아닌가.

한국의 문학은 일찍이 1920년대 신경향파 문학을 통해서 리얼리즘 정신의 싹을 틔웠고 줄기가 자라왔다. 식민지 사회의 모순과 부조리한 모습들은 당시 최서해崔曙海(1901~1932), 강경애姜敬愛(1906~1943)를 비롯한 여러 문학인의 작품을 통해서 제대로 반영될 수 있었고, 차츰 리얼리즘 문학으로서의 제 자리를 잡아가기에 이르렀다. 하지만 식민지 정황은 리얼리즘 문학을 제대로 수행해가기에 순탄한 환경을 보장

받지 못하였다. 걸핏하면 제국주의 경찰력에 의해 검열과 수색, 압수와 감금, 출판등록의 취소, 체포와 구속 따위로 이어져서 많은 시련을 강요받지 않으면 안 되었다. 그리하여 식민지 리얼리즘문학은 프롤레타리아 문학 속에서 방향성과 돌파구를 모색하게 되었고, 이러한 여건에서 마치 위험하고 아슬아슬한 곡예와도 같은 사회주의 리얼리즘문학의 발생과 정착의 과정을 펼쳐가기에 이르렀던 것이다.

이런 가운데서 서사시 장르의 전통도 하나둘씩 확립되어 갔다. 파인 김동환이 발표했던 서사시 「국경의 밤」과 「승천하는 청춘」은 작품 구성과 전개상 많은 문제점을 지니고 있었음에도 불구하고 당시 엄혹했던 시대상과 그 정황을 증언하기에 비교적 충분한 요건을 갖추고 있었던 것으로 평가된다. 해방 후에는 김용호金容浩(1912~1973)의 서사시 「남해찬가」(1952)를 거쳐서 1960년대 신동엽申東曄(1930~1969)의 「금강錦江」(1967)에 도달하게 되는데, 이를 기반으로 해서 신경림申庚林(1936~)의 「새재」(1979), 「남한강」(1987), 고은高銀(1933~)의 「백두산」(1987) 등으로 이어져가게 되는 것이다.

분단시대 북한의 문학은 어떤 측면에서 본다면 서사적 구조의 연속성을 담보한 상태로 전개되어온 것이 아닌가 한다. 조기천趙基天(1913~1951)의 「백두산」(1947)을 필두로 해서 박세영朴世永(1907~1989), 박팔양朴八陽(1905~?), 민병균閔丙均(1914~?), 오영재吳永在(1935~) 등에 이르는 서사시에 대한 특별한 관심을 가졌던 시인들을 두루 찾아볼 수 있다. 하지만 북한에서의 서사시는 하나같이 당과 수령에 대한 집중적 애정과 관심, 충성의 표현구조로 일관되어 있다는 점이 남한의 서사시와는 판이하게 다른 점이다.

이런 맥락에서 살펴볼 때 우리는 오늘 장진성 시인의 서사시 「김정일의 마지막 여자」를 접하고 새로운 당혹감에서 헤어나지 못한다. 그

동안 남북한 서사시가 다루어온 내용과는 매우 판이하게 다른 특별한 테마에 집중하고 있기 때문이다. 표현과 분위기의 특성상 이 작품은 김지하의 담시譚詩인 「오적五賊」, 「분씨물어糞氏物語」 등과 일정한 부분 유사성을 지닌다. 담시와 마찬가지로 역시 이야기시의 형태로 전개되는 장진성의 서사시에는 분단 이후 북한사회가 걸어온 모순 및 부조리의 최종적 결말과 그 구체성이 상징적으로 반영되어 있다.

해방 직후 한반도의 남쪽과 북쪽은 제각기 다른 민족국가 건설을 슬로건으로 내걸고 자신들의 정파를 양성하며 세력을 키우고 있었다. 남쪽에서는 이승만이 주도하는 세력들이 자신의 정적들을 차례로 제거하면서 자유당 중심의 독제체제로 아성을 굳혀갔다. 북쪽에서는 김일성이 중심이 되어 다수의 정적들을 차례로 숙청하면서 일당독재 체제를 공고히 구축해갔다. 미국과 소련이 이들 양쪽을 지지하고 정략적으로 관여했음은 물론이다. 말하자면 남북한 두 체제가 공히 모순과 부조리의 척결에 대한 관심을 갖기 보다는 자신들의 체제이기주의에 치우쳐 기형적 통치방식을 펼쳐갔던 것이다.

이 시기 북쪽의 인민과 남쪽의 국민들은 모두 통치전략의 볼모가 되어서 크나큰 고통을 감당해야만 했다. 그 고통은 대체로 극도의 궁핍과 가중되는 경제난 속에서 방치된 삶을 인내하며 살아가는 것이었다. 진정으로 인민을 위하는 통치자, 진정으로 국민을 위해 봉사하는 지도자는 애당초 없었던 것인지도 모른다.

해방 직후 북한정권을 건설한 김일성 통치의 초기에는 다수 인민들의 절대적 지지와 갈채를 받았다. 일본 제국주의자들과 직접적으로 교전하며 펼쳤던 무장투쟁의 경력과 집권 후의 토지개혁, 공산주의적 경제 분배정책들이 일단은 대중적 공감과 이해를 얻는 일에 성공했기 때문이다. 하지만 세월이 경과할수록 그 정치적 순정성은 현저히 퇴색되어갔고, 삼엄한 통제와 긴축, 감시와 억압이 인민들의 삶을 억누르게 되었던 것이다.

마침내 김일성 정권의 후반기에 이르러 아들 김정일에게 정권을 물려주는 전근대적 방식의 세습형태는 크나큰 우려와 불안요인으로 자리하게 되었다. 봉건시대가 이미 떠나간 20세기를 통과하면서 봉건적 세습방식의 표면화는 하나의 소극笑劇으로 세계 언론의 중심화제가 되었다. 이것은 창피한 일이었다. 성장기에서 아무런 고통과 고뇌의 체험조차 없이 단지 최고 권력자의 아들로 온갖 호사를 누리다가 마침내 정권까지 고스란히 아버지로부터 상속받는 이러한 전근대적 방식이 과연 어떠한 상식과 교양으로 이해될 수 있는가. 그리하여 김정일의 통치는 그 출발에서부터 비극적 결말이 이미 예고되어 있었던 것이다.

과연 김정일 체제는 많은 문제점을 불러일으켰다. 우선 방만한 국가재정의 낭비와 그로 말미암은 경제적 몰락이 가장 커다란 문제점으로 부각되었다. 항상 인민을 위하여 살아간다는 이른바 '선군정치'의 슬로건은 오직 텅 빈 구호에 지나지 아니하고, 정작 인민들은 흉작과 대기근 속에서 집단적으로 굶어 죽어가는 참상이 바로 저 한반도의 북녘 땅에서 해마다 펼쳐지고 있지 아니한가. 평양시 보통강려관 뒤뜰 건물 벽에 붙여놓았던 구호는 「가는 길 험난해도 웃으며 가자」였다. 참으로 많은 것을 생각하게 하는 글귀가 아닐 수 없었다. 하지만 그 사념의 끝에는 이루 형언할 길 없는 착잡함과 혼란한 심정을 억누를 길이 없다.

이러한 시기에 정권을 틀어쥔 최고지도자가 통렬한 반성을 하면서 스스로 긴축하고 절제된 삶을 모범적으로 살아가며 그야말로 인민을 위한 정책을 펼치기만 한다면 북한정권은 다시 기사회생할 가능성이 충분히 있을 것이다. 하지만 그 최고지도자는 현재 반성은커녕 오로지 말초적 감각과 향락에 길들여진 병적인 심신으로 매우 괴기적인 통치방식을 계속하고 있는 중이다. 조금만이라도 올바른 상식과 교양을 갖춘 사람이라면 그 괴기성, 속물성, 야수성, 폭력성을 곧바로 간파할 수 있다.

장진성 시인의 서사시 『김정일의 마지막 여자』는 바로 오늘날 북한정권의 최고 통치자 김정일의 괴기성, 속물성, 야수성, 폭력성에 대한 통렬한 비판이자 고발이라 할 수 있다. 그것은 지금 이 시간에도 집단적으로 굶어 죽어가는 북한 인민들을 대신하여 시인이 세계 양심을 향해 호소하고 외치는 하나의 절규와 포효咆哮로써 우리에게 다가온다.

이 작품은 전체 구성이 4장으로 되어있다. 현재 북한에는 보천보전자악단과 왕재산경음악단 등 두 연주단체가 대표적으로 조직 운영되고 있다고 한다. 그런데 이 두 개의 단체는 모두 김정일의 파티만을 전담하기 위해 조직되었는데, 보천보전자악단은 주로 가요만 다루고, 왕재산경음악단은 재즈와 무용을 담당한다고 한다.

이 서사시 작품의 중심인물은 보천보전자악단 소속의 여성가수 윤혜영이다. 윤혜영은 「준마처녀」(1999)란 인기가요를 통해 전체 북한 인민들의 광범한 사랑을 받고 있었다. 그녀는 같은 악단의 피아니스트 김성진과 은밀히 사랑을 나누는 사이였다. 하지만 윤혜영의 남다른 재기와 미모는 우연히 김정일의 눈에 띄게 되었고, 김정일의 특별한 관심과 총애를 받는 지위로 격상된다. 이미 늙마의 김정일은 방년 22세의 윤혜영의 환심을 사기 위해 거액의 돈, 특별히 주문 제작한

20만 달러짜리의 프랑스산 꼬냑, 100만 달러짜리의 다이아몬드 등을 선물한다. 뿐만 아니라 능라도 경기장에서 15만 군중을 동원하여 펼친 〈아리랑축전〉도 가수 윤혜영을 위해 김정일의 특별지시로 조직된 행사였다는 사실이다. 김정일은 이 〈아리랑축전〉의 한 부분에서 윤혜영의 노래 「준마처녀」를 삽입하도록 지시했다. 그리고 이를 윤혜영과 함께 나란히 앉아서 관람하며, 이 모든 것이 너를 위해 만든 것이라고 말했다고 한다.

내가 평양을 방문하던 때, 마침 개선문 앞 광장에 당도할 무렵의 기억이 떠오른다. 〈아리랑축전〉에 동원되어 마스게임을 펼치게 될 어린 여학생들이 그 주변 광장에서 따가운 오후의 햇살을 받으며 고통스런 연습을 펼치고 있었다. 끝없이 이어지는 반복적인 훈련, 앰프로 들려오는 신경질로 꽉 찬 지도교사의 앙칼진 목소리가 가까이로 들려왔다. 내가 그쪽으로 관심을 돌리자 즉각 그것을 감시하는 안내인들의 매서운 눈초리가 날아들었다.

다시 작품 이야기로 돌아가자. 점차 자신에게 옥죄어드는 김정일의 물적 공세의 무담을 이기지 못한 윤혜영은 마음속의 연인 김성진을 찾아가서 그간의 경과를 고백하며 뜨거운 사랑을 나누게 된다. 이 사실을 알게 된 김정일은 그들 두 사람을 영원히 갈라놓으려 하지만 둘은 오히려 더욱 뜨거운 사랑을 고백하며 마침내 목란관 옥상으로까지 떠밀려 올라가게 된다. 김정일의 친위대 병사들은 총을 들고 두 사람을 체포하기 위해 황급히 달려오는데, 이 급박한 상황에서 두 사람은 서로의 몸을 부둥켜안고 옥상에서 바닥으로 주저 없이 몸을 던진다. 김성진은 현장에서 즉사했고, 윤혜영은 아직 숨이 붙은 상태였는데, 김정일은 의료진에게 반드시 윤혜영을 되살려서 공개처형하라고 매섭게 지시한다.

하지만 윤혜영은 끝내 의식을 회복하지 못한 채 서둘러 처형되었다고 한다. 그녀의 가족들도 모조리 정치범수용소로 끌려가서 이후 생사를 알 수 없게 되었다. 중요한 것은 이것이 2003년, 평양 일각에서 발생했던 실화였다는 사실이다.

이 작품을 쓴 장진성 시인은 북한에서 김일성종합대학을 졸업하고, 북한정권의 한 부서에서 중요한 직책을 맡아서 활동하던 시인이었다. 조선작가동맹 중앙위원회 맹원이자 조선노동당 작가로서 촉망받던 그의 서사시 작품이 「로동신문」에도 여러 편 발표되었을 정도였다.

이 과정에서 최고 권력자 김정일 측근에서 그를 보좌하던 당조직부 요원들과의 친분을 갖게 되었고, 이런저런 은밀한 이야기들을 그들로부터 들어서 알게 되었다. 다만 최고지도자에 대한 순정한 충성심만 갖고 있던 북한의 한 청년시인이 최고지도자의 위상에 대한 의혹과 불신을 갖게 되었고, 차츰 마음속에서 일어나는 가치관의 갈등과 혼란을 억제하지 못하게 되었다. 평양의 시장과 변두리 외곽지에서 목격하는 빈민들의 참상을 직접 지켜보면서 시인은 남몰래 가슴속으로 통곡하며, 위험천만한 시적 메모를 틈틈이 쌓아갔다.

이러한 심정은 끝내 시인으로 하여금 탈북을 결행하도록 이끌었고, 중국을 통해 한국행을 성공하게까지 파란만장한 삶을 살아왔다. 두만강을 넘는 과정에서도 틈틈이 쓴 원고 메모를 깊이 갈무리했음은 물론이다. 이 메모를 정리하여 장진성 시인은 2008년 시집 『내 딸을 백 원에 팝니다』를 발간하였고, 이 책은 많은 독자들의 뜨거운 관심과 주목을 받았다. 이 시집은 미국과 일본에서도 번역 출판될 정도로 세계적 관심의 대상이 되었다.

시집 속에는 21세기 북한 사회의 생생하고도 리얼한 현실이 그대로 담겨져 있다. 초근목피로 연명해가는 북한 주민들의 참상, 부족한 양식 때문에 입이라도 하나 덜어보려고 사과나무에 목을 매단 처녀 이야기, 집단농장에서 옥수수 한 개를 몰래 훔치다 인민군에게 총살 당한 한 소년, 치약을 배탈 치료하는 약이라 우기는 시장 바닥의 꽃 제비 소년 등이 등장한다.

전력난으로 물병에 뜨거운 물을 담아서 품에 안고 자는 한 겨울 평 양 시민들의 처연한 광경도 있고, 대야에 맹물을 담아 내어와 약간의 푼돈을 벌기 위해 세수하라고 외치는 아낙네들, 굶주린 딸에게 밀가 루 빵이라도 먹이기 위해 '내 딸을 백 원에 팝니다'라고 외치며 통곡 하는 한 북한 여인도 보인다. 베개 속과 이불솜으로 재활용하기 위해 길거리에 버려진 담배꽁초의 필터를 주우러 다니는 아이들과 여인들 의 풍경, 쌀 한 가마 훔친 죄로 시장의 군중들 앞에서 90발의 총탄을 맞고 처형된 한 사내, 부친의 생일날 북녘 땅에서 고초를 겪고 있을 아버지를 눈물로 그리워하는 탈북청년도 보인다. 길거리에서 쓰러진 채 그대로 썩어가는 굶주려 죽은 시체들은 줄곧 등장한다.

1930년대의 시인 백석은 식민지조선의 농촌 소년들과 가련한 주민 들의 풍경을 작품 속에 파노라마처럼 담았다. 그러한 시도는 제국 주의 일본의 강압적 통치와 유린, 착취에 대한 항변이자 비판으로 이 어졌다. 장진성의 작품에 등장하는 가련한 북한주민들의 광경들도 백석의 의도와 사뭇 닮아있다. 문제는 이 시집의 내용과 묘사가 다만 시인의 상상력에 의탁한 것이 아니라, 시인 자신이 북한 땅에서 직접 눈으로 보고, 귀로 듣고, 몸소 겪었으며 그 무엇보다도 생생한 체험 에 기반한 사실이라는 점이다.

남한의 문학은 대체 언제까지 이러한 북한 현실에 대하여 눈을 감고 외면할 것인가?

지난날 우리는 통일과 분단극복의 정신을 외치면서도 대부분 생경하고 공소한 유물론적 관념 위주의 내용주의로 일관하였다. 저널리즘에 자주 보도되는 북한의 실질적 현실에 대해서는 짐짓 둔감하고 기피하였던 것이다. 남북한 작가들이 평양이나 금강산 등지에 함께 모여서 분단극복과 통일을 위한 방안을 논의했다는 과거의 어느 문학 행사도 단지 호기심과 관광 위주의 일회성 자축연으로 끝나고 말았던 것은 아닌지 우리는 반성해야 한다.

바로 그 시간, 북한의 가까운 농촌마을들에서는 무수한 인민들이 주린 배를 부둥켜안은 채 죽어가고 있었다. 그런 판국에 남북한 문학인들은 평양과 묘향산, 백두산과 금강산 일대를 두루 유람하며, 온갖 진기한 산해진미를 맛보고 백두산 들쭉술로 요란하게 축배를 들었다. 그 행사에 참여한 남북한 문학인들은 과연 통일을 위해 어떤 기여를 했노라고 자평할 수 있는가. 남북한 문학인들이 서로 만나서 얼굴만 대면하였다고 통일과 화합을 위한 어떤 기여와 진전이 이룩된 것일까. 진정한 통일문학을 위해 가장 시급한 일은 남북한 정치체제의 모순과 부조리를 하루속히 척결시키고 보다 확실한 민주화를 확립하는 작업이다.

북한은 북한대로 진정 인민을 위한 획기적인 혁신이 있어야 하고, 남한은 남한대로 항상 국민이 모든 것의 우선이 되는 정치를 실현하는 일이다. 지역과 계층 간의 격차를 타파하고, 사회 각계각층에서 올바른 민주화의 열기가 들끓어 올라 그 순정한 원리가 구현되는 날 우리가 바라는 통일은 드디어 완성될 것이다. 그러한 통일을 성취한 다음에 비로소 남북한 화합과 조국통일의 길은 저절로 순조롭게 열리지 않을까 한다.

이 모든 경과에 대하여 곰곰이 예단해 볼 때 장진성의 서사시『김정일의 마지막 여자』는 우리 시대 새로운 탈북문학의 한 형태로서 당당한 위상을 차지하게 될 것이다. 다각적이고도 포괄적인 상징성과 특유의 울림을 지닌 이 작품이 한국문단의 창작풍토에 자극과 경종을 울리는 계기로 작용하게 되기를 조심스럽게 기대해 마지않는 바이다.

'온아우미溫雅優美'란 말의 뜻과 그 실감

이수옥 에세이 『그중 편한 신발』
— 학민사, 2008

삶이란 무엇일까?

어떻게 살아가는 것이 과연 제대로 올바르게 살아가는 모습일까?

많은 사람들이 이러한 삶의 화두를 깨치기 위해 골몰해보지만 결국 습관이라는 제자리걸음으로 되돌아오고 만다. 그리하여 다시 힘을 집중하고 생각의 화두를 일으켜 세우며 '삶이란 무엇일까'에 대하여 고뇌하는 시간을 가진다. 문학을 하는 창작인의 경우에서 삶이란 평범성 속에서의 아름다움, 즉 비범성을 찾아서 내 것으로 확실히 만들어가는 그러한 과정이 아닐까 한다.

일찍이 춘원春園 이광수李光洙(1892~1950) 선생이 말하기를 삶이란 지극히 평범하고, 지극히 상식적인 것이며, 때로는 맹물과도 같은 맛, 늘

행복한 글쓰기를 위한 달고 맛있는 비평

상 먹으면서도 질리지 않는 밥과도 같은 것이라 설파하였다. 하지만 이러한 평범성의 아름다움이란 곱씹어 생각하면 할수록 신기하고 놀라운 것이어서 금방 성냥불처럼 화끈 달았다가 덧없이 소멸되는 것은 결코 아니다. 그저 진득하게 이어져가는 생명력 그 자체로서 강물처럼 유구한 시간의 역사를 엮어온 것인지도 모른다.

비록 동양의 선지자가 아니라 할지라도 삶의 평범성이 지닌 아름다움과 그 오묘함에 대하여 독특한 별견別見을 소스라쳐 피력한 바 있다. 프랑스의 작가 르누아르의 경우가 바로 그러한데 그에게 있어서 삶이란 참으로 음미할 만한 깊은 맛이 별도로 있음을 우리에게 알려주었다. 그래서 삶이란 마치 칡뿌리처럼 곱씹어 맛을 음미할 때 비로소 그 본질의 향내가 가슴에 전달되어오는 것인지도 모른다.

우리는 지난 학창시절 교과서에서 배웠던 피천득皮千得(1910~2007) 선생의 은은한 수필론을 기억한다. 그 글에서 피 선생은 말하기를 수필이란 청자靑瓷로 빚은 연적硯滴이라 했고, 이를 통하여 수필이 지닌 단순성의 미학을 설명하였다. 또한 수필 장르가 청춘의 글이 아니라 중년고개를 넘어선 사람만이 쓸 수 있는 영역임을 말하였고, 인생의 향취와 여운이 멋스럽게 묻어나는 참으로 놀라운 문학의 세계라는 사실을 설파하였다. 이를 일컬어 피 선생은 '온아우미溫雅優美'란 한자말 한 마디로 비유하였는데, 이 말의 뜻은 매우 상징적인 것으로 인간의 품성과 정신세계에 대한 축약형 지적이 아닌가 한다.

시인으로 이름을 날렸던 김광섭 선생도 수필에 대한 관심이 남달라서 삶에 대한 달관과 통찰, 그리고 깊은 이해를 가진 사람만이 향기로운 수필을 써낼 수 있다 하였으니, 우리는 문학선배들의 번개 같은, 혹은 섬광 같은 깨달음이라 할 것이다.

우리는 오늘 한 수필가의 등장과 더불어 그의 은근하고 멋스러운 창작세계를 눈으로 지켜보고 있다. 그의 이름은 이수옥李秀玉이다.

한반도가 겪어온 온갖 애환서린 세월을 모든 한국인들이 예외 없이 겪어왔듯이 그와 그의 가족들도 마찬가지로 겪어왔다. 하지만 그러한 시간의 틈바구니 속에서 수필가 이수옥은 남다른 감각과 통찰력과 지성으로 스스로를 억제하고 조절하며, 삶의 균형을 마치 파도타기 하듯 아슬아슬하게 유지해 왔다. 이러한 과정을 우리는 극복의 장관이라 일컫는다. 하지만 이러한 극복은 아무나 쉽게 할 수 있는 것이 아니다. 남다른 끈기와 집념, 진득한 인고忍苦의 시간을 버티어 왔기에 그것은 가능했다. 이제 마침내 작가의 온몸에서 형성되고 발효된 삶의 체험이 머리에서 정돈되고 그의 손끝을 통하여 마치 누에가 내뱉는 실처럼 하염없이 흘러나온다.

이번에 수필가 이수옥이 그동안 써낸 글을 모아 엮은 작품집『그중 편한 신발』을 읽어보면 작가가 하나같이 수필의 소재를 생활 주변에서 찾아내고 있다. 진작 돌아가신 부모님, 남편과 자녀, 혹은 손녀딸 등을 비롯한 가족과 친지, 친구 이야기로 가득하다. 그러한 테마들은 이수옥의 수필작품 속에서 제각기 하나씩의 윤기와 사랑으로 낱낱이 반짝인다. 그 작품들은 금방 닦아낸 놋그릇처럼 멋진 광채를 뿜내고 있다.

한 편의 드라마를 무대에 올리기 위해 무수한 소도구가 동원되는 것처럼 이수옥의 글에서도 많은 소도구들이 동원되고 있는데, 그 소도구들이란 다름 아닌 생활현장에 놓여 있는 친숙한 사물들이다. 그것은 때로 밥솥과 식기의 모습으로 등장하기도 하고, 수저와 김치보시기의 형상으로 나타나기도 한다. 때로는 베개와 구두의 형상으로, 또 때로는 세탁기와 병풍의 실루엣으로 나타난다. 때로는 저승의 이미지로, 또 때로는 책가방의 그림자로 떠오르기도 한다. 때로는 손녀딸의 재롱으로 떠오르기도 하고, 또 때로는 예수님의 모습으로 솟아오르기도 한다.

하지만 이수옥의 수필에서 가장 듬직한 면모는 결코 탄식이나 좌절, 패배의식이 나타나지 않는다는 점이다. 사람으로 한 세상을 살아가면서 왜 고통이나 역경인들 마주치지 않았으리. 그러나 이수옥은 그 어떤 난국 속에서도 탄식하거나 지친 표정을 짓지 않는다. 항상 그의 얼굴 표정에 서려있는 온화만 미소, 느긋한 여유는 삶에 임하는 그의 낙천성과 미덕을 말해준다.

이러한 낙천성이야말로 이수옥을 오늘까지 이끌어온 저력과 바탕이 아니고 무엇이리.

작품 속에서도 읽어볼 수 있지만 이수옥은 만학도로 최근에 대학을 졸업하였다.

나이 지천명知天命을 훨씬 넘어서 마침내 대학에서 문예창작을 전공하고 졸업식장에서 학사모를 쓸 때 작가의 심정은 어떠하였을까. 우리는 이것을 그저 단순하게 인간승리란 표피적 단어만으로 모든 것을 설명해낼 수 없다.

세상에는 참으로 아름답고 감격스러운 것이 많고도 많지만 글을 쓰면서 자신의 삶을 정리하고 다독거리며, 글을 통하여 자신의 삶의 방향을 추스리고 가치관을 수립해가는 광경이란 얼마나 숭엄한 것인가. 수필가 이수옥이 자신의 문장을 통하여 지속적으로 나타내 보이고 있는 모습이야말로 엄숙한 아름다움을 느끼게 한다.

요즘은 예전과 달라서 인간의 삶에 작용하는 인터넷의 위력이 대단하다. 그 인터넷은 이따금 인간의 삶을 압도하고, 인간의 삶의 상단부에서 인간을 위압적으로 내려다보는 형국을 나타내기도 한다.

하지만 이수옥은 인터넷의 기능성을 효율적으로 조절하고 활용하면서, 인터넷을 통한 글쓰기에도 능숙한 경과를 나타내 보인다. 많은 작품을 인터넷 작품공모에 직접 응모하고, 입상자로 선발되어 상을 받는 영광을 차지하기도 한다. 뿐만 아니라 아름다운 글쓰기에 깊은 관심을 가진 많은 사람들과 동지적 관계를 형성하는 것도 인터넷을 통해 엮어간다.

이수옥은 사이버 공간을 통하여 그가 쓴 자신의 수필작품을 지속적으로 발표하고 다수의 독자들에게 글 읽는 기쁨을 느끼게 한다. 이러한 활동은 자신의 글쓰기 작업을 대중과 연결시키려는 소통의 일환이다.

이수옥의 수필작품이 지닌 특성을 한 마디로 요약하고 정리해내기란 참으로 어려운 일이다. 그러나 우리는 그의 작품 세계가 고난을 헤쳐 온 삶의 역정을 담백한 필치로 담담하게 그려내는 모습을 지켜보면서 이것이야말로 생활에서의 자연스러운 달관과 통찰의 힘에 바탕을 두고 있다는 사실을 확인한다.

일상적 삶의 여러 풍경과 장면들을 자상한 필치로 섬세하고도 정겹게 다루고 있는 그 어떤 부분에서도 무리가 느껴지지 않고, 자연스러운 흐름을 유지하고 있는 것이 이수옥 수필만의 미덕이자 특징이다. 결코 우리의 입을 깜짝 놀라게 하는 화려하고 요란한 음식이나 장식된 요리가 아니라, 항시 우리가 먹는 밥과 김치, 된장의 푸근하고도 모성적인 맛을 그의 글에서 듬뿍 느낀다. 이를 일컬어 수필가 피천득皮天得 선생은 '온아우미溫雅優美'의 세계라 했던 것이 아닐까 한다. 또 다른 말로 표현하자면 겸손과 느림의 미학으로 규정할 수 있다. 어떤 경우에서건 놀라거나 서두르지 않고, 자신의 정직하고도 순

행복한 글쓰기를 위한 달고 맛있는 비평

수한 진면목을 향기처럼 은은히 풍겨나게 하는 진실함은 그의 작품이 지닌 가장 큰 강점이기도 하다.

그러나 이수옥의 수필을 읽으면서 약간의 허전함이 없는 것도 아니다. 일찍이 나의 문청시절, 한국의 수필문학을 대표하는 주옥같은 글들을 모은 자료를 통해 읽었던 감동과 감격을 세월이 갈수록 그리워한다. 호암 문일평, 위당 정인보, 수주 변영로, 무애 양주동, 가람 이병기 선생을 비롯한 한국문학사의 밤하늘에 빛나는 숱한 별들의 문장에서 풍겨나는 짙고 그윽한 향기, 다 읽고 난 뒤에도 난향蘭香처럼 가슴을 설레게 하는 철학적 여운! 이런 빼어난 예술세계에 도달하기 위해 더욱 스스로를 갈고 닦으며 노력할 필요가 있을 것이다.

기왕에 내가 쓰는 한 줄의 글귀가 독자의 가슴에 다가가 그의 삶을 즐겁고 기쁘게 하며, 위로와 격려를 줄 수 있다면 그 얼마나 보람차고 흐뭇한 일일까. 그러므로 글을 쓰는 첫 단계부터 작가의 마음자세는 단지 개인의 차원만이 아니라 그것을 단숨에 뛰어넘어 모든 세상, 모든 인간의 삶을 쓰다듬고 아우르는 포부로까지 이어져야 할 것이다. 흘러간 시절, 한 명망 높은 시인이 자신의 후배에게 주었던 격려의 말이 문득 생각난다.

개인사의 여울물에서 머뭇거리지 말고 민중사의 바다 속으로 신속히 떠나가라!

이 말이 지닌 진정성은 아무리 세월이 흘러가도 변하지 아니할 것이다.

문학을 포함한 모든 예술은 맨 처음 자질구레한 개인사에서 출발하지만 궁극적으로는 저 넘실거리는 우리 민족 전체의 역사와 현실 속으로 다가가야만 한다. 그렇게 되어야만 보다 큰 문학, 보다 큰 정신에 다다를 것이 아닌가. 그런 연후에 비로소 세계 속에서의 한국문학을 논의할 수 있을 것이다.

　이번에 발간하는 첫 수필집을 기폭제로 해서 우리는 수필가 이수옥이 제2, 제3의 창작집으로 계속 집필과 저술활동이 이어져가기를 기원해 마지않는 바이다. 다시금 작품집 발간에 축하의 뜻을 전하고자 한다.

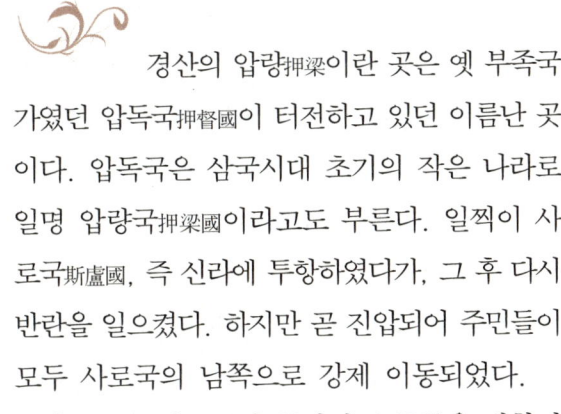

시인의 화법으로 들려주는 다정한 목소리

김동하 문집 『나에게 너는, 너에게 나는』
— 샘터사, 2005

경산의 압량押梁이란 곳은 옛 부족국 가였던 압독국押督國이 터전하고 있던 이름난 곳이다. 압독국은 삼국시대 초기의 작은 나라로 일명 압량국押梁國이라고도 부른다. 일찍이 사로국斯盧國, 즉 신라에 투항하였다가, 그 후 다시 반란을 일으켰다. 하지만 곧 진압되어 주민들이 모두 사로국의 남쪽으로 강제 이동되었다.

압독국은 사로국이 주변의 소국들을 병합시키며 세력을 확대해 나가는 과정에서 독립된 정치세력을 유지하지 못한 채 소멸되었다. 이렇게 해서 경산의 압량 지역은 백제의 침입으로부터 경주를 보호하는 전략적 요충지로서, 신라 중반기에 중요한 군사적 거점이 되었다.

김동하는 이런 역사적 배경이 서린 압독국의 옛 땅에서 태어나고 자랐다.

그의 부모도 바로 그곳에서 과수원을 경영하고 대대로 농업에 종사하며 살아왔는데, 동하는 재학시절에도 틈틈이 과수원 일을 함께 도왔다. 이번 책에서 「마당 깊은 집」, 「등물」, 「동무 생각」 등의 아름다운 글들이 당시의 정황을 그대로 보여주고 있다.

나는 동하의 대학 재학 시절을 잘 알고 있다.

왜냐하면 동하가 다녔던 대학의 학과에서 지도교수를 맡았었기 때문이다. 비단 지도교수란 제도상의 관계가 아니라 하더라도 동하는 워낙 건실한데다 붙임성이 있었고, 늘 상글상글 웃는 그의 표정으로 주변 사람들을 푸근하게 하였다. 이런 가운데서 나하고도 특별히 친밀하게 되었음은 물론이다. 도회지의 중심부에서 대학을 다니는 학생들의 살결이 유난히 희멀건 빛깔이라면 동하는 태양에 검게 탄 구릿빛 얼굴로 멀리서부터 씨익 웃으며 다가오는 농민들의 다정한 표정을 지녔다. 언제나 집안의 농사일을 거들어야 하는 동하의 진실하면서도 정신적 여유가 느껴지는 삶은 바로 그의 얼굴빛에서부터 나타났던 것이다.

나는 이런 동하를 사랑한다.

농사를 도우며 근면과 성실을 배웠고, 삶의 여유와 인내를 터득해서 알고 있는 사람이기 때문이다. 농사를 통해서 겸손과 지혜까지 갖추었으니 이만하면 훌륭한 제자에게 선생이 오히려 배워야 할 요소가 더욱 많아지는 법이다.

경산에 있는 영남대학교의 동쪽 문을 빠져나가면 조폐공사가 보이고, 바로 그 앞으로 갑제甲堤라는 꽤 커다란 저수지가 있다. 이 갑제는 연꽃이 만발하는 9월 무렵, 거의 환상적인 분위기로 자신의 모습을 완전히 바꾼다. 전국에 연꽃이 유명한 저수지가 적지 않다. 호남 땅 전주의 그 유명하다는 덕진 연당을 나는 아직 가보지 못했으되, 이곳

경산의 갑제 또한 연당으로서의 명성은 청도 유등지와 더불어 가히 겨룰 만하다고 생각한다. 연꽃이 만발한 갑제에서 바라보는 낙조는 참으로 아름다워서 보는 사람을 거의 실신하게 만들어 버린다. 이렇게 시적 분위기가 감도는 갑제의 뚝방길을 달려서 동하는 학교와 집을 오가곤 하였다. 거리가 제법 되기 때문에 동하는 오토바이를 자주 타고 다녔는데, 별로 크지 아니한 체구로 꽤 커다랗게 느껴지는 오토바이를 민첩하게 몰아서 바람처럼 달려가는 동하의 뒷모습은 평소 그를 알고 있던 사람들에게 하나의 경이로움으로 화제가 되었었다.

하지만 오토바이라는 탈것이 비록 편리하긴 하지만, 한 번 잘못 다루었을 때 얼마나 위험천만한 물건으로 돌변하는가.

과연 어느 날 동하는 몸을 심하게 다친 모습으로 나타났다.

오토바이를 타고 예의 그 뚝방길을 지나 논밭 사이로 난 길을 달리다가 무슨 연유로 넘어져서 팔과 다리에 심한 상처를 입었던 것이다. 급기야 깁스를 하고 불편한 걸음으로 서너 달 이상을 목발까지 짚고 다니는 동하의 모습을 지켜보는 일은 안타까운 것이었다.

동하가 그렇게 오토바이를 몰아서 급하게 서둘러 달려간 까닭은 바로 집안의 과수원 일을 돕기 위해서였다. 그 얼마나 갸륵하고 대견스런 일인가? 다른 학생들은 날씨 좋은 때를 골라서 산과 들로 다니거나, 학교 주변에서 당구와 볼링을 치고, 술이나 마시며 시간을 보내는 경우가 많은데, 동하는 항상 일과 더불어 살았던 것이다. 하지만 선후배 사이에도 돈독한 관계를 이끌어서 동하를 사랑하고 좋아하는 사람들이 꽤 많았다. 그들은 대개 동하의 인간적 향기에 감복하고 심취한 벗들이었다.

동하의 몸이 완쾌된 다음, 나는 동하와 친하게 어울리는 내 제자 몇 사람과 더불어 경남 밀양의 재약산載藥山을 올랐다. 그때가 초가을 무렵이었을 것이다. 워낙 약초가 많다고 해서 생겨난 이름인가. 밀양의 재약산은 원래 천황산으로 불려오던 곳이었으나, 그 이름에서 너무 식민지 잔재가 느껴진다는 이유로 재약산이 되었다. 실제로 재약산이란 이름의 두 번 째로 높은 봉우리가 그곳에는 따로 있었지만, 지금은 부근 일대를 온통 재약산이란 명칭으로 부르고 있다.

현재는 말끔히 정비가 되었으나 과거 10여 년 전까지만 하더라도 재약산 언저리에는 매우 광활한 평원이 질펀하게 나 있어서 그곳을 사자평獅子坪이라 불렀다. 그 사자평 한 자락에는 염소를 치고 소를 방목하는 몇몇 농가가 있었고, 그 가운데 어떤 할머니가 판자를 얼기설기 엮은 집에 조촐한 식당을 하나 열어서 재약산을 찾은 등산객들은 그곳에서 국수를 청해서 기다리는 동안 솔가지를 넣어서 담근 향기로운 막걸리를 마시는 즐거움이 있었다. 식사를 마치고 나면 평상에 길게 드러누워 낮잠을 즐기기도 하였다.

사자평에는 고사리분교란 이름의 아주 작은 초등학교 분교가 있어서 그곳을 둘러보는 것도 즐거운 일정 중의 하나였다. 영남 지역의여러 대학생들은 해마다 이곳을 단골로 찾아서 MT 행사를 치르고, 밤하늘의 총총한 별 떨기를 바라보는 감격을 누리곤 하였다. 동하는아직 부상을 입었던 다리에 무리가 되었음에도 불구하고 고통을 끝까지 참으며 마침내 산을 올랐다. 김치와 돼지고기를 넣은 찌개를 산정에서 끓여 함께 둘러앉아 먹으며 소주잔을 돌리던 그 소탈한 즐거움의 기억을 우리는 아직도 간직하고 있다.

드디어 동하는 대학 졸업반 때에 서울로 취업이 되어서 올라갔다. 그곳이 바로 동숭동의 샘터사였다. 여기엔 동하와 나만 알고 있는 흐뭇한 사연이 있다. 당시 샘터사를 이끌고 있던 분은 아동문학가 정채봉丁彩鳳(1946~2001) 형이다. 이젠 고인이 되었지만 그분과 나는 동아일보신춘문예의 1973년도 당선 동기가 된다. 그때 나는 시 부문이었는데, 시상식 날 만났던 정채봉 형의 청노루처럼 해맑은 눈빛을 지금도 잊지 못한다. 처음에 나는 채봉이란 이름의 주인공이 여성인 줄만 알았는데, 막상 만나보니 다정다감한 서정을 지닌 뛰어난 아동문학가였던 것이다. 이후로 간혹 서로 연락을 주고받거나, 문단 행사에서 만나 담소를 나누기도 하였다.

이 샘터사는 창간 이래로 유명 문학인들이 많이 거쳐간 곳이기도 하다. 초창기에는 문학평론가 염무웅 선생과 작가 김승옥이 편집장으로 잠시 몸을 담았었고, 후대로 와서 시인 김형영, 강은교, 정호승, 박몽구 등이 그 바톤을 이었다. 소설가 이태호, 심만수, 정찬주, 한강 등도 한때 '샘터'를 기반으로 문학적 활동을 펼쳤었다. 하지만 가장 오랜 기간 동안 재직하면서 '샘터'를 갈고 닦고 일으켜 세운 공로자는 단연 정채봉 형이 아닌가 한다.

그런 채봉 형이 어느 날 전화를 걸어와서 샘터사에 자리가 하나 비었는데, 좋은 제자 한 사람을 추천해 달라는 부탁을 해왔다. 서울에도 인재가 많을 텐데 멀리 남쪽의 도시로 일부러 전화를 해준 채봉 형이 무척 고맙게 느껴졌다. 이 각별한 부탁을 받고 나는 대뜸 동하의 얼굴을 떠올렸다. 우직하고 성실하면서도 예술적 감각을 갖춘 사람으로 가장 적임자라는 판단이 들었던 것이다. 이렇게 해서 서울로 간 동하는 현재까지 샘터의 막중한 일꾼으로 자리를 잡고 있다. 김동하는 정채봉 선생을 처음 만나던 장면을 책 속의 글에서 회상하고 있다. 「채송화 채, 봉숭아 봉」이 바로 그것인데, 이 글은 추억의 흑백사진처럼 읽는 이의 가슴을 훈훈하고도 애잔하게 이끌어간다. 아무튼 정채봉 선생은 동하에게 평생 잊을 수 없는 분 중의 하나일 것이다.

나는 그 동안 동하가 참여하는 월간 〈샘터〉를 지켜보면서 책의 여러 부분을 통해 동하의 흔적을 발견하고 내심 흐뭇한 미소를 지은 적이 자주 있었다. 특집 기사의 취재를 위해 전국의 여러 곳을 다니기도 했고, 또 저명한 사회 인사를 면담하는 모습도 보였다. 더러는 외국으로 취재를 떠나기도 하는가 보았다. 샘터사가 동하로 말미암아 점차 안정을 유지해 가는 모습이란 얼마나 대견하고 자랑스러운 것인가?

이번에 김동하가 그간 샘터사에서 여러 해 동안 써온 글들, 이를테면 포토에세이, 이야기가 있는 풍경 등으로 발표한 이야기들을 단행본으로 발간하게 되었다며 발문을 청해 왔다. 이러한 요청은 무조건 기쁜 일이다. 동하의 생애에서 거두게 된 알찬 중간 수확의 마당에 내 어찌 축하와 기쁨의 정을 표시하지 않으리오.

원고를 두루 훑어보니 대개 시적 형식으로 짧고 간결하게, 인상적인 효과가 강렬하게 풍기는 글들이다. 전체를 5장으로 나눈 뜻은 글의 성격을 구분하기 위함도 있겠지만 무엇보다도 삶에 대한 애착과 사랑이 얼마나 중요한가를 보여주고자 하는 저자 자신의 가치관과 지향을 나타내고 있다.

1장의 글들은 주로 한 인간으로서의 자아에 대한 인식, 평범한 삶의 시간 속에서 늘 잊지 말아야 할 자기 확인과 점검 등에 관한 내용으로 보인다. 2장의 글들은 자아에 맞서 있는 대상으로서의 타자를 다루고 있다. 3장은 삶의 시간성과 삶을 둘러싸고 있는 환경에서의 심리적 긴장과 이완을 펼쳐놓고 있다. 4장의 대체적인 내용은 승화된 삶에 대한 갈망과 꿈으로 보인다. 5장은 인간관계에서 참으로 중요한 만남의 의미와 그 아름다움에 대하여 담담하고도 따뜻한 필치로 그린다.

「찬바람이 불면」「스쳐간 사랑」「마음에 난 길」 등은 제각기 독립된 한 편의 시작품으로서도 손색이 없는 훌륭한 글이다. 읽고 나면 가슴속에 아련한 여운이 느껴지고, 이런저런 속상하는 일들로 말미암아 쓰리게 느껴지던 명치끝이 자신도 모르게 따뜻한 온기로 데워져 옴을 깨닫게 된다.

김동하의 이번 저서『나에게 너는, 너에게 나는』의 중심은 제목 자체가 풍겨주는 느낌과 같이 인간관계의 아름다움, 혹은 더욱 아름다워져야 할 인간관계에 대하여 한층 포인트를 두고 있는 듯하다. 동시에 저자는 독자들로 하여금 바쁘게 일상적 삶을 살아가는 이웃사람들에게 그들이 따뜻한 사랑과 정겨움을 되찾아야만 삶이 더욱 아름다운 공간으로 복원될 수 있을 것이라는 메시지를 은근히 띄워 보내고 있는 것이다.

우리는 김동하가 모처럼 시인의 화법으로 도란도란 읽어주는 다정한 목소리에 가만히 귀 기울여 보기로 하자. 그것은 때로 여울물 소리처럼 들리기도 하고, 또 때로는 아침 창밖에 와서 우는 신선한 까치소리처럼 상큼하게 다가오기도 한다.

이 책을 읽는 과정에서 독자 여러분의 가슴속을 떠나버린 지 오래된 사랑의 새가 다시 옛집에 돌아와 혹시라도 맑고 낭랑한 소리로 울어줄 것인지, 한 번 살뜰한 마음으로 기대해 보기로 하자.